銀河を渡る

全エッセイ

沢木耕太郎

新潮社

銀河を渡る　全エッセイ　目次

第一部　鏡としての旅人　＊歩く

第二部　過ぎた季節　＊見る

第三部　キャラヴァンは進む　＊書く

第四部　いのちの記憶　＊暮らす

第五部　深い海の底に　＊別れる

銀河を渡る

全エッセイ

第一部　鏡としての旅人

＊歩く

ペルノーの一滴

宮脇愛子のエッセイ集『はじめもなく終りもない』の中に、水彩画のように淡いがなぜか深く心に残る情景を描いた短い文章が収められている。

時は一九六二年の秋の夕暮れ、場所はパリの街角のとあるカフェ。若い宮脇愛子は数人の老人たちとテーブルを囲んでいる。

老人たちはペルノーを飲みながら昔話をしている。一九二〇年代のパリ、そこでの彼らの生活ぶり。あのころの君は気取り屋だったな、とひとりが言うと、いや、大真面目だったのさ、と別のひとりが答える。あるいは、四十年も前の乱痴気騒ぎのパーティーの記憶が、当時の女性たちの美しさの思い出を呼び覚ましたりもする……。

そうしたとりとめもない話は、しかし一九二〇年代のダダやシュールレアリスムの芸術家やその周辺の出来事を鮮やかに現前させてくれるものだった。それもそのはず、その老人たちとは、マン・レイであり、ハンス・リヒターであり、ナウム・ガボだったからだ。

彼らの傍らで耳を傾けているうちに、あらゆる現実的なものに絶望し、おおげさな形や色に興味を失って途方に暮れていた宮脇愛子に、啓示に似た瞬間が訪れる。

《この人たちの何という自由な動き、自由なまなざし——。／白濁した液体であるペルノーの一滴一滴は、私の身体中をしばりつけていたかと思われるわなをゆっくりと、そして確実にといていく作業にかかってくれたようであった》

パリにおけるその夕暮れの数時間は、宮脇愛子が彫刻家としての自分を発見していくための黄金の刻《とき》でもあったのだろう。

それから十年後の一九七二年の春の宵、大学を出たばかりの若造だった私は、ホノルルのシーフード・レストランで数人の年長者とテーブルを囲んでいた。それは私にとってすべてが初めての経験となる異邦への旅の一日目のことだった。

食前酒を飲み終わる頃、ウェイターが料理の注文を取りにきた。メイン・ディッシュを決め、サラダを決めると、ウェイターが早口で訊ねてきた。学校でしか英語を学んだことのない私には、彼の英語が聞き取れなかった。二度ほど訊き返したがわからない。するとその場にいたひとりの女性がこう言った。

「ドレッシングは何にするかと聞いているのよ」

私は少し恥ずかしくなり、慌ててフレンチ・ドレッシングはありますかと訊ねた。訊ねたつもりだった。しかし、私の英語はまったく通じない。すると、また同じ女性が教えてくれた。

「そういう時はね、haveを使えばいいのよ」

言われた通りにハヴという動詞を使って訊ねると、ウェイターはいとも簡単に私の言いたいことを理解してくれた。そのとき、私はたったひとつの単語、たったひとつの言いまわしを知ることで世界が開けるということを知ったのだ。そして、そのときのその女性の口調は、何も知らない私を哀れんだり蔑んだりすることのない、それでいて過剰な優しさをにじませることのない、見事なくらいさりげないものだった。

私はハワイ沖でとれた白身魚のムニエルを食べながら、同じようなさりげなさでその女性の口から発せられるマン・レイやイサム・ノグチの話に聞き惚れた。そしてぼんやり思ってもいた。自分はいつの日にか、今日手に入れた〈have〉という言葉ひとつを武器に、世界を歩いていくことになるかもしれないいな、と。


さらにそれから二十年後の一九九二年、バルセロナで催されたオリンピックの会場で、私は宮脇愛子の作品に遭遇することになった。磯崎新が設計したスポーツパレス前の広場に、宮脇愛子の「うつろひ」シリーズのひとつが設置されていたのだ。

バルセロナの「うつろひ」は、彫刻として永遠を目指しながら、時間による侵食を受け、やがては朽ち果てることになるだろう刹那をも含んで美しく揺れていた。

私はその「うつろひ」が抱え込んだ永遠と刹那を陽の光で透かし見ながら、耳元にホノルルのレストランで初めて聞くことになった宮脇愛子の特徴ある声を甦らせていた。くぐもった低い声に、時として硬質の高い声が混じる、あの声を。


（94・4）

買物ブギ

　およそ私に欠けている情熱のひとつに買物に対する情熱が挙げられるかもしれない。物を買うことが楽しい、という感覚が決定的に欠けている。物を買うのが億劫《おっくう》で仕方がないのだ。家具や電化製品のような大きい物はもちろん、腕時計や靴といった小物を買うのも面倒臭い。できれば買物というようなことにはいっさい関わりたくないが、それでも買物をしなければならない時がある。

　中でも憂鬱なのは服を買う時である。いつもジャンパーにジーンズしか着ていないように見える私だって、時にはジャケットの類いが必要になることがある。そうした時に、服を求めて店をうろうろしなくてはならないのが耐え難いのだ。あの、自分にはどのような服が似合うのかを見定めるため鏡の前に立つ瞬間というのは、人生の中でもっとも厭《いと》わしい時であるような気さえする。

　ピート・ハミルだったかボブ・グリーンだったか、やはり自分に似合う服を探して店をうろつくのがいやだというアメリカのコラムニストがいて、洋の東西を問わず、服を買うのが嫌いな男というのはいるのだなと妙に安心した覚えがある。

　物は一切いらない、この身ひとつあればいい、というほど達観はしていないが、とにかく買物が楽しいという感覚だけは理解できない。稀にデパートに行かなくてはならないことがあると息苦しくなってくる。都会の雑踏を歩くのは嫌いではないが、買物客のあいだを縫ってデパートを歩くのは、私にとってあまりいい気分のものではない。そして、なんだってこの人たちはこんなに買うことにエネルギーを注げるのだろうと茫然としてしまう。

茫然。いや、ここではどこかに驚き呆れるという気持が含まれているはずだから、呆然、と書くべきだろう。確かに、私は人の買物姿を見るたびに呆然とする。

外国でも、ニューヨークの五番街やパリのフォーブル・サント・ノーレ界隈で買物に狂奔している観光客の姿を見かけると、思わず眼をそむけたくなってしまう。それはひとり日本人ばかりでなく、最近では、韓国や台湾の観光客もすさまじい勢いで買物をしている。

しかし、その外国で、買物に熱中している観光客の姿を見て、いちどだけ「呆然」としなかったことがある。

二年前、私は秋から冬にかけていくらか長めの旅をした。カナダ、メキシコ、キューバ、アメリカを経てヨーロッパに渡り、フランスを経由してトルコに入った。その折り、十七、八年ぶりにイスタンブールに滞在した。

空路でイスタンブールに入ったのも初めてなら、空港からタクシーに乗るなどという贅沢をしたのもトルコでは初めての経験だった。宿も、一円の金を惜しんで安宿を探しまわった以前の旅とは違い、タクシーの運転手の勧めるホテルに泊まるという酔狂をする余裕さえあった。おかげで、ペリカン・ホテルなどというおよそイスタンブールに似つかわしくない名前のホテルに泊まることになってしまったが、それはそれでまた面白い経験だった。

そのペリカン・ホテルを足場に、以前の記憶のままにイスタンブールの旧市街を歩きまわった。当然のことだがイスタンブールは変わっていた。なにより、かつて私たちのような金のない旅行者が多く集まっていたブルー・モスク周辺の安宿街が様変わりしていた。私が泊まったホテルはなくなっていたし、よく通った食堂もなくなっていた。

変わらずにあったのはプディング・ショップだけだった。しかし、そのプディング・ショップすらも、ヒッピーの情報交換の場所としての役割は終えているようだった。店構えが小綺麗になっているのはいいとしても、店の前に出ている大きな看板には「プディング・ショップ」という名前とは別に「ワールド・フェイマス〈世界的に有名〉」というキャッチ・コピーまで書き込まれている。そして、ガラス越しに内部を覗《のぞ》くと、クロスのかかったテーブルでは、きちんとした身なりの観光客が行儀よく食事を取っていた。今やプディング・ショップは「ワールド・フェイマス」な観光名所になっていたのだ。

変わっていたのはそれだけではなかった。ブルー・モスクとグランド・バザールを結ぶイェニセリレ通りには車と人が溢《あふ》れていた。もちろん、それは以前も同じだった。広場には露天商がいて、歩道にはいたるところに商品を手にした流しの売り子がいる。しかし、驚いたことに、その彼らの眼の前を歩いてもいっこうに声を掛けられないのだ。たまに呼び止められても、いらないと手を振ると簡単に引き下がってしまう。そんなことは以前では考えられないことだった。日本人と見ればしつこく食い下がってくるのが普通だった。最初のうちはどうしてかわからなかったが、やがてその理由がわかってきた。彼らは私たち日本人など相手にしていなかったのだ。

では、誰を相手にしていたのか。

彼らがしつこく食い下がっている相手は白人のようだった。そう思ってイェニセリレ通りを見まわしてみると、以前には考えられなかったほど多くの白人観光客が歩いている。彼らは世界に冠たるアメリカ人観光客なのだろうか。いや、着ているものや雰囲気からアメリカ人ではないことはすぐに想像がついたが、売り手と交渉している彼らの言葉がもうひとつわからない。ラテン系の言葉ではないし、ドイツ語とも違う。そこで、ホテルの雑用係の少年に訊ねてみると、彼はいささか侮蔑の念をにじませながら、その国籍を列挙しはじめた。

「ハンガリー、ユーゴ、ブルガリア、ルーマニア、ポーランド……」

要するに東欧圏のほとんどすべての国から来ているということらしい。

それ以来、イェニセリレ通りを歩くたびに注意して眺めていると、車道にはいつも大型の観光バスが駐車していることがわかった。バスの席の半分は空いていて、夕方になると、大きな荷物を抱えた乗客が続々と戻ってきてはそれを空いた席に詰め込む。

「あいつらは、国に戻ってあれを売るのさ」

雑用係の少年はそうも言っていた。つまり東欧圏の人々は、このイスタンブールまで買い出しにきているということなのだ。しかも、バスで。考えてみれば、イスタンブールと東欧とは地続きなのだ。国境さえ自由に往来できるのなら、バスで買い出しにくることに不思議はない。だが、実際にこの眼で見るまで、イスタンブールが旧体制崩壊後の東欧の人々にとっての買い出しの市場になっているとは思ってもみなかった。

彼らの買物に対する情熱は半端なものではなかった。バスで乗りつけ、降りると、寄ってくる物売りから大きな布製のバッグを買う。それはベネトンのロゴが逆さについているような粗雑なものだが、一種の買物袋なので気にも留めない。そこに安物の衣料品を中心に大量の品物を詰め込んでいく。その買い方を見ていると、商売としての買物という以上の熱気が感じられた。手に取り、丹念に眺め、値段を訊き、値切りに入り、ようやく話がまとまる。その一部始終を彼らは嬉々としてやっているように見えたからだ。

冷静に考えてみれば、このように豊富な品物を前にしてあれこれと迷えるということ自体が彼らにとっては初めての経験かもしれない。イェニセリレ通りの東欧人の体からは買物をするというこことの喜びが溢れ出ていた。やがて私は、大きなバッグを手にイェニセリレ通りを行ったり来たりしている彼らの姿に「呆然」とすることがなくなったばかりでなく、親愛の情さえ覚えるようになったのだ。

彼らは今でもイスタンブールに買い出しに行っているのだろうか。そして、今でもあのように歓喜に満ちた様子で買物をしているのだろうか。もしそうだとすれば、新しい体制のもとでも、依然として買物に対する飢餓感は満たされていないということになるのだが。

（94・10）

トランジット・ゾーン

去年の秋、取材のためアメリカを訪れていた私は、途中でどうしても香港に行かなくてはならない用事ができ、そのたった一時間のためにニューヨークから香港へ飛び、用事を済ませるとその足でニューヨークにとんぼ返りをするという、実に馬鹿ばかしいことをしなければならなくなった。

ニューヨークから香港への直行便はない。そこで、ニューヨークからいったん日本へ戻り、成田で香港行きの便に乗り換えることにした。しかし、その二つの便の間にはかなりの時間差があり、私は空港内でしばらくトランジットの時間を過ごさなければならなかった。

香港行きの便を待つあいだ、到着ゲートからトランジットのゾーンへ移動し、人影もまばらな空港内をぶらぶらした。すると、そこはいつもと変わらぬ成田空港であるはずなのに、その時の私の眼にはまったく異なる貌《かお》を持った見知らぬ空港のように映りはじめた。そして、それと同時に、どことなく不安になってきた。すべてから切り離され、宙ぶらりんにされてしまったような奇妙な感じがしてきたのだ。

あるいは、それはトランジットという状態そのものが持つ不安さだったかもしれない。ひとつの国を出ていながら、まだどこの国にも正式には入国しておらず、宙ぶらりんの状態になっている。そもそも、成田という空港は、私にとっては常にスタートかゴールの地点であり、そこでトランジットすることなどこれまで一度もなかった。本来はゴールであるべき空港でトランジットしているということが、いま自分が宙ぶらりんの状態にあるということを、よけい際立たせることになったのかもしれなかった。

だが、宙ぶらりんということなら、それはトランジットだけに限ったものではないとも言える。異国を旅するということは、属している国から切り離され、恒常的に宙ぶらりんの状態に置かれるということでもあるのだ。たとえ旅行者が、目的の国に着き、イミグレーションで入国許可のスタンプを押してもらい、税関を無事に通過したとしても、彼がその国にとってはトランジット・パッセンジャー、乗り継ぎ客のひとりであることは変わらない。自国を離れた宙ぶらりんの状態にある人間であることに変わりはないのだ。とすれば、異国を旅するということは、無限のトランジットを重ねることと言えなくもない……。

そんなことを考えながら香港に到着し、相変わらず猥雑《わいざつ》な香港の街を歩いているうちに、ここに住むすべての人は、自国にいながらトランジットの状態にあるのかもしれないなと思えてきた。かつて中国から切り離された香港は、今度はまたイギリスから切り離されようとしている。着地が予定されている新しい中国においても、どのような社会になるかは誰もわかっていない。香港は壮大なトランジット・ゾーンではないのか、と。

そういえば、マカオのカジノに行くと、平日でもあふれるように客が入っている。そのほとんどは香港からの客だ。ごく普通の香港の男女が眼を血走らせるようにして博奕《ばくち》に熱中している。しかも、レートは以前と比べものにならないくらい高いものが幅を利かせ、とりわけバカラのテーブルでは、五万香港ドル、十万香港ドルといった超高額チップが山のように積まれたままディーラーと客の間を行き来している。その過熱ぶりは、最近とみに目立つようになっている。

もしかしたら、マカオのカジノがいつ行っても香港の人びとであふれ、高いレートのテーブルの周りに異様な熱気が立ち込めているのは、トランジットの状態にあるという不安をうっちゃろうとする彼らの工夫のひとつなのかもしれない、などと思ったりもする。

もっとも、チャイニーズが世界に冠たる博奕好きであることは疑いえないところではあるのだが。

（95・12）

カジノ・デイズ

私は基本的に博奕好きではない。だから、日常的に競馬場や競輪場に足を運んでいたり、頻繁に麻雀の卓を囲んだりしているということはない。

かつて蠣殻《かきがら》町で会ったことのある相場師は、商品相場という国家公認の大きな博奕場があるというのに、どうして競馬だの麻雀だのという小博奕をしなければならないのかわからない、と言っていた。しかし、私が博奕をしないのはその相場師のように大博奕をしているからというのではない。人生において右か左かという選択をするとき、私はかなり大胆な、だから他人から見れば博奕的な行動を取るらしいが、博奕そのものはさほど好きではない。たぶん、金が増えたり減ったりするということにあまり関心がないからだろうと思う。

私はこれまで財布というものを持ったことがない。金はそのとき使えるだけのものがジーンズのポケットに突っ込まれている。それがなくなれば、またあるだけの金をポケットに突っ込んでおく。かりに、使える金がなくなり、ポケットに一円も入れられないようなときがあっても、それはそれで構わない。金を使わないで過ごすことが苦痛ではないからだ。あればあるだけ使ってしまうが、なければないでいつまでも我慢することができる。いや、それを我慢とも思わない。私にとって個人的に必要な金とは、わずかな本代と酒代だが、本と酒がなければ日が過ごせないということもない。大学時代まではいろいろアルバイトをしたが、学校を出てからは金を得るため必死で何かをしたという記憶がない。金はいつもなかったが、それで苦労したという記憶がないのだ。そのような私が博奕に「淫する」はずがない。

しかし、ただ一度だけ、二十代の時に、長い旅の途中で博奕をしつづけたことがある。それはマカオのカジノの大小という博奕だった。足掛け三日にわたって大小のテーブルにへばりつき、金を賭けつづけた。そのときは、博奕に「淫する」気持がわずかながら理解できたように思えたが、旅から帰ってくるとまた博奕は遠くなった。

その私が、八年前からカジノに通い詰めるようになったのには理由がある。簡単に言ってしまえば、私はバカラを発見してしまったのだ。いや、バカラに発見されてしまったと言い換えてもよい。

その年、阿佐田哲也こと色川武大《いろかわたけひろ》が死んだ。しかし、私にとって何人もいないはずの敬愛する先輩の死に際して、私は一編の追悼文すら書くことができなかった。書けなかったというより書きたくなかったのだ。追悼は、ひそかに、ひとりで行いたかった。

半年後、私はマカオのカジノに行った。それは、色川武大が「いつか一緒にマカオのカジノに行こう」と言ってくれていたことをふと思い出したからだ。色川武大が、同じカジノでもラスヴェガスやモンテカルロではなくマカオを挙げた理由は、私が文庫の解説を書くことになった彼の『新麻雀放浪記』の舞台がマカオだったからである。私は、色川武大を追悼するため、ひとりでマカオのカジノに行くことにした。

私はそこで初めてバカラに遭遇した。

なぜ、バカラだったのか。それは、『新麻雀放浪記』の主人公である「坊や哲」が、最後の最後に大勝する博奕がバカラということになっていたからだ。私はどうせ色川武大の追悼のためなら、まったく未知の博奕であるバカラをやってみようと思った。

そして私はマカオのカジノ・ホテル「リスボア」でバカラのテーブルに座りつづけた。やがて一週間が過ぎ、なにがしかのチップを握ってバカラのテーブルを後にしたとき、私は色川武大の追悼という最初の目的をなかば忘れ、バカラという博奕に思いがけないほど強く惹《ひ》きつけられている自分に気がついて驚いた。

バカラとは、日本で言えばオイチョカブのような博奕である。カードをバンカーとプレイヤーの二方に二枚、場合によっては三枚配り、合計数の下一桁の大小を競うというものだ。つまり、最高は九であり、最低は〇ということになる。

私がこの博奕に惹かれたのは、競馬や競輪のように他人に最終決定権を持たれているということもなく、すべてが自分の責任において判断できるというところにあった。バンカーが勝つかプレイヤーが勝つか。すでに決定されているカードの目を、オープンする前にただひたすら読めばよい。負ければ他の誰でもない自分が悪いだけなのだ。そこには、天候とか、選手の調子とか、ディーラーの腕とかに責任を転嫁できない厳しさがあるが、偶然の要素によって読みを覆《くつがえ》されない心地よさがある。しかも、胴元であるカジノに払うコミッションが、約二・五パーセントと桁外れに安い。

私はマカオからの帰りの水中翼船の中で、一週間の勝負のあれこれを思い出しているうちに、このバカラという博奕の必勝法を見いだしたいという途方もない願望を抱いてしまったのだ。

博奕に必勝法などあるはずがない。あればとっくにカジノがつぶれている。しかし、それでも必勝法を見つけたい。いや、必勝法などないということが骨身にしみてわかればそれでもいい。私が必勝法を見つけたいと思ったのは、金を稼ぎたかったからではないからだ。私はバカラという博奕と「戦いたい」と思ってしまったのだ。

以後、そのような思いを抱きつつ、さまざまなカジノで何昼夜も何十昼夜もバカラをしつづけてきた。

発端となったマカオのカジノはもちろん、アメリカのラスヴェガスとアトランティック・シティー、プエルトリコのサンファン、オーストリアのウィーン、フランスのニースとカンヌ、モナコのモンテカルロ、ポルトガルのエストリル、ハンガリーのブダペスト、トルコのイスタンブール……。

では、バカラに必勝法はあるのか。

現時点では、あるといえばあるし、ないといえばない、としか言いようがない。ただ、私がトータルで勝ちつづけていることだけは確かである。だが、それは私の経験的な手法によって勝っているだけで、誰もが同じように勝てる方法論、つまり必勝法にまで昇華されていないのだ。

ところで、私と同じようにバカラに対して強い執着心を持っている人にプロ麻雀士の田村光昭がいる。彼もまた、カジノのバカラでいかに勝ち越すかを考えつづけているらしいのだ。

ある晩、田村光昭と新宿の酒場でばったり出くわした。そこで、彼もまたバカラを好んでやっているという話を聞いた。麻雀での稼ぎの足りない部分を補うため、年二、三回はマカオへ長期滞在してバカラをやりつづけているのだという。そのとき田村光昭から聞いた話の中で、最も強い印象を受けたのは「日当」という考え方だった。私はそれについて、ある雑誌で井上陽水と対談した折りに、畏敬の念をこめて話したことがある。そもそも田村光昭を私に紹介してくれたのは井上陽水だったからだ。

そのときのやり取りを記せば、以下のようになる。

沢木　麻雀の田村光昭さんもよくバカラをマカオにやりに行くらしいんだ。で、バカラの話をしたことがあるんだけど、田村さんは絶対の方法があるなんて夢にも考えない。考えないけど、彼が言ったことですごく新鮮だったのは、「一日の日当分を稼いだらやめます」って言ったのね。僕には日当分稼いだらやめるっていう発想は本質的にないわけですよ。別に日当は欲しくはないわけ。だけど、それはすごく深い話で……。

井上　ちょっと、こたえるよね。

沢木　こたえた。日当分稼いだらその日は終わって、あとはサウナなんかでマッサージしてもらいますっていうんで、上には上がいるなと思った。日当分稼いだらやめるっていうのは、彼はある程度経験則で勝ち越せるっていう感じがあるわけですよね。僕も経験則でやっていればほとんど負けないんです。しかし、それで勝っても僕にはあまり面白くない。僕は経験則ではなく絶対の方法を見つけたいんですよ。

井上　それは本にしたいぐらいだろうね。『ハウ・ツー・ウィン』という（笑）。

沢木　もし見つけたら、そこの部分だけ袋綴《ふくろと》じにするの（笑）。

以後、会話はあちらこちらに飛んでいったが、しばらくするとまたその話題に戻ってきて、井上陽水がこんなふうに総括した。

井上　でも、逆に言うと、日当分が浮けばいいっていうのは、むしろそっちのほうが押さえた感じがあって、大人っぽいし、玄人っぽいし。つまり、そこに夢なんか見てない感じが……たまたま沢木さんと比較すると、そっちのほうが深いですよね、博奕に対する認識が。

沢木　歴然とね。

井上　日当分でいいんだ、遊ばないんだということですからね。

ところが、しばらくしてまた田村光昭に酒場で会うと、雑誌に載ったその対談を読んだらしく、とても面白かったと言ってくれたあとで、しかし、あそこには誤りがあると言われてしまった。「日当分」ということについて、あなたは勘違いをしているというのだ。

田村光昭によれば、やはり「日当分を稼いだらその日はやめる」ではなく、「日当分を失ったらその日はやめる」なのだという。一日の日当はこれくらいと自分で決めておき、それを失ったら潔くバカラのテーブルを立つのだという。

そう言われて、また考え込んでしまった。

私と井上陽水は、勝っているにもかかわらず、一日の予定の稼ぎがあればそこでやめてしまう、というところに職業的なギャンブラーの凄みを感じていた。ところが、実際は、その日の限度額以上はプレイしないという、ごく普通の考え方だったのだ。

しかし、である。勝っているのにそこでやめてしまうことが本当に「凄い」振る舞いなのか。限度がきたらそこでやめるということがそれほど「普通」なことなのか。実は、考えれば考えるほどわからなくなってくることではあったのだ。たとえば、博奕には勝つ日もあれば負ける日もあるという前提に立つなら、勝っている日の儲けの額に上限を設けるのはかなり危険なことと言わざるをえない。なぜなら、勝てるときに勝っておかなければ、負けを吸収しきれない可能性が出てくるからだ。また、限度額を超えたらやめるという自制心は、実は最も素人に持ちにくいものだともいえる。

では、カジノで勝ち越すためには果たしてどちらがいいのか。日当分だけ浮いたらやめるのか、限度額だけ沈んだらやめるのか。あるいは、その両方を組み合わせるべきなのか……。

ことほどさように、博奕においていかに勝つかということについての考え方は多様なのだ。誰にとっても、必勝法までの道程は遠いということなのだろう。

だが、私はまだ絶対の方法を見つけようという意志を捨ててはいない。少なくとも、絶対の方法が存在しないということを納得するまでバカラをやりつづけるだろう。まだ行ったことのない南米のカジノとオーストラリアのカジノに行き、最後はマカオでバカラをすることになるだろう。腹の底から納得できるまで、何週間でも、何カ月でも……。

（98・6）

ボード・ウォークの海風

アメリカにおけるギャンブル都市ということになれば、まずラスヴェガスとアトランティック・シティーが挙げられるだろう。しかし、ラスヴェガスが単なる男のためのカジノ都市から、無数のテーマ・パークを抱え込む一大ファミリー・リゾートに変貌することに成功したのに対し、すべてに無策だったアトランティック・シティーは大きく差をつけられてしまった。

――ニューヨークのポート・オーソリティー・ターミナルからアトランティック・シティー行きのバスに乗る。もし、それが週末なら、ニューヨークのあまり豊かではない階層の老若男女でぎっしりになっているだろう。バスのチケットを買うと、それと同じくらいの金額のチップ交換券をもらえる。アトランティック・シティーに着き、それをカジノで見せると、チップにしてもらえるのだ。

であるなら、それをすぐに金に換えれば、アトランティック・シティーにはただで行けるということにならないか？

然り、否。

交換券でもらったチップは、普通のものと色が違うため、そのままでは現金化できない仕組みになっている。カジノのどこかのテーブルで賭け、勝たないかぎり普通のチップにしてもらえない。つまり、そのチップは一度どこかの場で「洗う」必要があるのだ。

アトランティック・シティーのカジノには、そのようにして手に入れた少額のチップを握り締め、あわよくばそれを何倍かに増やして帰ろうと眼を血走らせている、ギャンブラーともいえないギャンブラーがたくさんいる。たぶん、アトランティック・シティーをどこかうらびれた、過去のギャンブル都市に見せてしまう原因のひとつがそこにもあるのだろう。

しかし、私はそんなアトランティック・シティーが嫌いではないのだ。

博奕に疲れた私はカジノを出ると、奇妙な物悲しさを覚えながら海岸沿いのボード・ウォークを歩くだろう。ボード・ウォーク、つまり木でできた遊歩道だ。それが夕方なら、風に吹かれ、夕陽を浴びる。そして、ふと、腹がすいているのに気がつき、屋台のような店で魚介入りのスープや四角くカットされたピザを食べたりする。そしてまた、ボード・ウォークを意味もなく歩きはじめる。やがてそこには月が出て、海からの風は波の音の中に溶けていく……。

そう、無数のディズニー・ランドが林立するかのようなあのラスヴェガスには、この風と、この波と、そして何より、このボード・ウォークだけはないのだ。

（99・8）

マカオの花火

三年前、ラスヴェガスでボクシングのタイトルマッチを見た。マイク・タイソンがイヴェンダー・ホリフィールドの耳を嚙み切った、あの試合だ。

その帰り、どうやって日本に帰ろうかぼんやり考えながらタイム・テーブルを見ていると、ユナイテッド航空にサンフランシスコから香港へ向かう直行便というのがあることに気がついた。

これには驚かされた。私には、アメリカの西海岸からユーラシア大陸の東端へ行くには、物理的にも経済的にも日本を経由しなくてはならないという先入観があったからだ。ところが、現実には、ノンストップで太平洋を飛び越す便があったのだ。

私はその飛行機に乗ってみることにした。東京に帰るのには少し大回りをすることになるが、それはノンストップで太平洋を越えるということの醍醐味《だいごみ》に比べればなんということもなかった。

ところが、予約の電話を入れると、満席だという。残念、諦めて電話を切ろうとすると、オペレーターがちょっと待てという。そして、いま一席だけキャンセルがあった、よければ取るがと言う。私は喜んで予約した。

飛行機は満席状態だった。その理由は香港に着陸するときになってわかった。なんと、その日は「ブリティッシュ・ホンコン最後の日」、つまり香港返還の当日だったのだ。

香港返還に際しては私などにもいくつか仕事の依頼があった。しかし、中国に返還された香港がどうなるかには興味があるが、香港返還のセレモニーそのものには興味がない、とすべて断っていた。それがまさに返還当日に香港に行くことになってしまった。その偶然は面白かったが、香港に来ているだろう友人や知人に、やはり香港返還を見たかったのではないかと思われるのもしゃくである。

そこで、飛行機がカイタク空港に着くと、その足で空港前から出ているバスに乗った。行き先は香港島の中環〈セントラル・ディストリクト〉にあるマカオ埠頭《ふとう》。そこからはマカオ行きのフェリーが出ている。つまり、私は返還に沸く香港を素通りしてマカオに行こうとしたのだ。

午後七時二十五分に埠頭に着くと、七時半のフェリーが最終だと言われた。ヴィクトリア湾で行われる大花火大会のため、湾が封鎖されるのだという。私が少し慌てて「席はあるか」と訊ねると、窓口の若い男に笑われてしまった。わざわざこんな日に香港からマカオに出て行く人はいませんよ、と。

確かに、乗り込んだフェリーに客はいなかった。私を含めて七、八人しかいない。小雨の降る中、閑散としたフェリーはマカオ埠頭を静かに離れ、正確に一時間後、マカオに着いた。

私はいつものようにタクシーでリスボア・ホテルへ向かった。香港では返還を当て込んだホテルがとてつもない高値をつけていると聞いていたが、リスボア・ホテルは通常と変わらないレートで泊めてくれた。

しかし、リスボア・ホテルの真ん前にそびえている中国銀行のビルの壁面に、香港の「祖国回帰」を祝う大きな看板が出ている。部屋でシャワーを浴びた私は、地下のカジノに降りて行くついでにフロントで訊ねてみた。香港返還を記念してマカオでも何か特別な行事をやるのか、と。すると、日本語を話すレセプションの女性がにこやかに答えてくれた。

「ハナビ、やります」

マカオで見る香港返還の祝賀花火というのは悪くなかった。時間を訊ねると、午前零時からだという。

二時間ほどカジノのバカラのテーブルに座っていたが、午前零時が近づいてきたので適当なところで切り上げて外に出た。

リスボア・ホテルの前の公園には、さぞかし多くの人が出ているだろうと思っていたが、予想に反してほとんど人影がない。恋人同士らしいカップルが数組と、同性のグループがいくつか、それと家族連れが二組。花火見物はたったそれだけだった。

やがて、午前零時になり、降ったり止んだりの雨空に花火が打ち上げられはじめた。ところが、その花火が、見物人の数と見合った不景気なものだった。

打ち上げ場所は、公園の前に広がる埋立地と沖合にあるタイパ島とのあいだの海である。その海に向かってポンと打ち上げられると、数分してポン……ポンと二発が打ち上げられる。これで勢いがつくのかと思っていると、また数分の間があって、ポンと一発打ち上げられる。そうした調子の打ち上げが果てしなく続くのだ。不景気なことおびただしい。

しかし、そこでぼんやりと見ているうちに、こうしたのんびりした花火も悪くないと思えてきた。一発一発をしみじみと鑑賞できるし、三発も連続して打ち上げられると素朴に「すごい！」

と思えてくる。私たちが日本のさまざまな場所で見ている、何十発も連続して打ち上げられる派手で多彩な花火だけが花火ではないのだ。

ほぼ一時間、ぽつりぽつりと打ち上げられるマカオの不景気な花火を、しかし私はとても幸せな気分で眺めつづけた。わずか数十人の観客と共に。

（00・6）

神様のプレゼント

旅はもうひとつの「生」を生きるためのものだ、という考え方がある。旅は、一時的ではあれ、「私」をここではないどこかに連れ去り、仮構の「生」を生きさせてくれるものだ、と。

しかし、旅はそうした予期せぬ出来事を期待する「夢見た旅」だけで成り立っているわけではない。「余儀ない旅」をしなくてはならない人にとって、旅は予期せぬ出来事など起こってほしくないものとしてある。

アメリカの女流作家アン・タイラーに『アクシデンタル・ツーリスト』という小説がある。その主人公は、ビジネスなどで外国を旅行する人のために、どうしたらいつもと変わらぬ日常的な生活を送れるかの情報を記したガイドブックを書いている。つまり、それは「何も起こらないことを望む旅人」のためのガイドブックということになる。

何かが起こってほしいと望む旅人と何も起こらないことを望む旅人。一見するとまったく違うタイプのようだが、ひとりの人が、時によって、状況によって、どちらの旅人にもなりうるものなのだ。

この六月、私はサッカーのワールドカップを取材するため、何度となく日本と韓国を往復した。

正確には九回。サッカー専門のライターからも、さすがにそれだけの回数を移動した人はほとんどいないだろう、と妙な褒め方をされたくらいだ。多くのサッカー・ライターは、日本と韓国のどちらかに重点を置いて試合を見ていた。しかし、私は東京とソウルにベースを置き、両方の国を見渡すというスタンスを取ることにしたのだ。

このときの私は、いつもと違い、旅の途中で「何も起こらないことを望む旅人」であったろう。大事なのは試合を見ることである。それを妨げることは起きてほしくなかった。しかし、それだけ激しく移動を繰り返せば必ず何かが起きるものなのだ。

あるとき、韓国の大邱《テグ》で行われる試合を見るため、早朝に羽田から関西空港に行き、あとは国際線で釜山《プサン》に飛んでから陸路タクシーで大邱まで急ぐ、という綱渡りのようなことをしなくてはならないことがあった。それでも、キックオフにはぎりぎり間に合うかどうかという時間だったが、前夜は横浜で日本対ロシアという大事な試合があったため、それしか大邱に行く方法がなかったのだ。

ところが、数時間の睡眠を取っただけで朝早く起き、羽田から関空に飛び、さらに釜山行きに乗り換えたが、釜山の金海《キメ》空港を目前にして濃霧のため着陸できず、飛行機は福岡空港に引き返さざるをえなくなってしまった。機内には私と同じ目的の人がいて、「これで大事な試合を見ることができなくなってしまった、どうしてくれる」と乗務員に怒りをぶつけている人もいた。

しかし、私には「いいだろう」という思いがあった。これもまた「旅の神様」のプレゼントなのだろう、と。

旅をしていると、そうした不思議な諦観が身につくような気がする。旅は常に予定通りに行くとは限らない。もし予定通りに行かないことがあれば、その予定外の旅を楽しめばいいではないか。予定通り行かないことに腹を立て、時間を虚しく過ごすのはあまりにももったいなさすぎる。

去年の秋、私はブラジルの奥地でセスナ機に乗っていて、墜落事故に巻き込まれたことがあった。幸い、打撲傷程度で助かったが、現地の報道によれば、助かったのは「奇跡的」ということだった。私は救急車で近くの町の病院に運ばれ、外科の救急治療室に搬入された。それから検査と治療が延々と続けられたのだが、私はそこで、続々と運び込まれてくる現地の救急患者に目を奪われてしまった。刃物で腹を刺された者、オートバイに引きずられて全身が赤剝けになった者、異物で眼球を抉《えぐ》られてしまった者、拳銃の弾丸が何発も撃ち込まれてしまった者。私は自分が飛行機事故に遭ったことなどすっかり忘れ、彼らが治療される様子に見入ってしまった。

そんなことが可能だったのも、怪我の程度が軽かったからだともいえるだろう。しかし、私に、自分の身に起こった「予定外」のことをどこかで面白がるという性癖があったことが大きかったと思う。旅の途中で墜落事故に遭ったが、とりあえず命は助かったのだ。あとは、連れてこられたこの百鬼夜行風の病院を楽しんでしまおう……。

もちろん、そこにおける「旅」を「人生」に置き換えることも可能だろう。人生は予定通りには行かない。だから予定通りには行かないその人生を楽しもうではないか、と。

そういえば、その大邱での試合は最終的に後半だけ見ることができた。再度、飛行機が福岡から釜山に向かうと、ふっと金海空港の上空の霧が晴れ、無事着陸に成功したのだ。そこからタクシーを飛ばした結果、辛うじて後半だけ見ることができた。しかし、後半しか見ることができなかったにもかかわらず、期間中に見た二十一試合の中でも極めて印象の強い試合となった。

もしかしたらそれは、「後半しか見ることができなかったにもかかわらず」ではなく、「後半しか見ることができなかったからこそ」なのかもしれない。そうだとすれば、それこそが「旅の神様」のプレゼントだったのだろう。

何事においても、予期せぬ何かが起きたとき、それを柔軟に受け止めることのできる自分を作る必要があるような気がする。もしかしたら、旅はそうした自分を作ることを手助けしてくれているのかもしれない。

（02・11）

セントラルパークで

自分でも奇妙に思うのだが、私は旅に出ると本当に不思議なことに出会う。不思議なことが向こうからやってくる、といったような気さえする。この五月から六月にかけて、久しぶりにニューヨークに行ったが、そのときにも実に不思議な人に遭遇した。

これまで、何回となくニューヨークには行っている。もしかしたら十回ではきかないかもしれない。しかし、その「ニューヨーク訪問」も、常に他のどこかに行く「ついで」に寄ったに過ぎなかった。アトランティック・シティーで行われるボクシングの世界ヘヴィー級タイトルマッチを見に行く途中だったり、カナダからフロリダへ行く経由地としてだったり、とにかくニューヨーク訪問そのものが旅の目的だったことがない。だから、滞在もせいぜいが一週間程度ということになった。

しかし、今回はニューヨークが唯一の目的地であり、用件をひとつ済ませば、あとはまったく自由に過ごせることになっていた。まさに、初めての「ニューヨークの休日」を楽しめることになっていたのだ。しかも、五月から六月と言えばアメリカの東海岸でも最高の季節であるはずだった。

ところが、残念なことに、到着して以来、ニューヨークは日本の梅雨時のように小雨が降りつづくことになった。大雨は降らないのだが、小雨が降ったり止んだりする。そのたびに折り畳みの傘を広げたり畳んだりしなくてはならなかった。しかし、それでも、わずかに雨の上がった日にはヤンキー・スタジアムでメジャーリーグ・ベースボールを見ることができたし、また、天気のいかんにかかわらず、ブロードウェイでミュージカルを見ることができた。

その日は珍しく午前中から晴れていた。そこで、セントラルパークまで散歩することにした。泊まっていたのは三番街にあるアパートメント・ホテル。朝食はキッチンで作って食べたが、昼はセントラルパークでサンドイッチでも食べようと思ったのだ。

マディソン街の角でサンドイッチを買い、それを公園内のベンチの端に座って食べながら本を読みはじめた。

しばらくすると、ベンチの反対側の端に誰かが座った。他のベンチはいくつも空いているのに、わざわざこのベンチに座るとは物好きだなあと、少し迷惑に思いながら、しかし依然として本に視線を落としたまま読みつづけた。

すると、反対側の端に座った人が話しかけてくるではないか。

「沢木さんですか？」

日本語で、しかも口にしたのは私の名前だった。

そこで、顔を向けると、話しかけてきたのは日本人と思われる小柄な中年男性だった。

「そうですけど……」

私がどこかで会った人なのだろうかと考えながら返事をすると、その男性はこう言った。

「あなたとは、いつかどこかで会うと思っていました」

話しぶりによれば、どうやら私の読者であるらしい。

「あなたとは、同じ齢なんです」

「はあ……」

私が間の抜けた返事をすると、彼はさらにこう言った。

「あなたがロンドンを目指しているとき、僕はアムステルダムにいました」

そして、おもむろに彼は自分の人生を語りはじめたのだ。

アムステルダムでヒッピーのような生活をしていたこと。スウェーデンの少女と知り合い一緒に暮らすようになったこと。アメリカへ行くための金を稼ごうと、二人で一時日本に戻ってきたこと。そこで、女の子をひとり授かったこと。しかし、結局、アメリカに行かないままその少女とは生まれたばかりの娘と共に別れてしまったこと……。

その話は、まるでもうひとつの私の人生を聞かされるような面白さがあった。

私は彼の話を聞きながら、前夜「キャデラック・ウインター・ガーデン」という劇場で見た『マンマ・ミーア!』を思い出していた。ベンチの反対側の端に座った彼の人生の物語は、どことなく、ソフィとその母親であるドナの側からではなく、ソフィの父親かもしれないと目される男たちの側から語られる『マンマ・ミーア!』のようだったからだ。

キャサリン・ジョンソン作の『マンマ・ミーア!』では、最後に若いソフィと恋人のスカイはどこかに旅立っていく。それがどこかは明示されていない。舞台であるギリシャからさらに東に向かったのかもしれないし、逆に大西洋を渡ってアメリカに行ったのかもしれない。アメリカのどこかの都市に腰を落ち着けたものの、ちょっとした行き違いから別れてしまい、そのあとでソフィのもとに生まれた子どもが、またまたその父親を捜すなどということが起きなかったとも限らない。私がセントラルパークで出会った男の娘がそうだったように。

そう、ある日、彼の元に、赤ん坊の頃に別れた美しいハーフの娘が訪ねてきたのだという。イギリスから、彼女のボーイフレンドを伴って……。

もしかしたら、私が彼の話に惹きつけられたのは、連夜見つづけているミュージカルの影響で、彼の物語が日本製のミュージカルになるのではないか、などと頓狂なことを思ったからかもしれない。『マンマ・ミーア！』ならぬ、『アムステルダム』とか『愛の運河』とかいったミュージカルに。

（03・10）

骸骨になる前に

大きな通りを歩いていて、眼に入ってきたものがある。

骸骨がツヅラのような箱に腰掛けて壁にもたれている。そして、その周りには首飾りをはじめとする貴金属のようなものが散乱している。

いったいこれはなんだろう。

足を止め、あたりを見まわすと、その向こうの建物に「トレジャー・アイランド」という看板が掛かっていた。それはホテルのディスプレーの一部だったのだ。

それにしても、このディスプレーにはどのような意味が込められているのだろう。

トレジャー・アイランドとは「宝島」の意である。

果たして、ロバート・ルイス・スティーヴンスンの原作にこのようなシーンがあったろうか。

ぼんやり考えているうちに、もしかしたら、スティーヴンスンの『宝島』とは無関係にこう言いたいだけなのかもしれない、と思いついた。「宝」はただ持っているだけではだめですよ。生きている間に使わなくてはこんな風になってしまいますよ、と。

なぜなら、そこはラスヴェガスであり、それがカジノホテルだったからだ。最近はファミリー用の巨大テーマパークに変身した観のあるラスヴェガスだが、依然として「宝」を使い果たす場所には不足していない。

だが、本当に『宝島』の教訓はそういうものなのだろうか。

そこで、日本に帰ってから阿部知二訳の『宝島』を再読してみることにした。

しかし、というか、やはり、というか、あのカジノホテルの前に展開されていたディスプレーのようなシーンはなかった。

主人公のジム少年が一本足のシルヴァー船長と「骸骨」に出くわすのは「台地の端」であり、荷物箱の、それも切れ端が散乱しているのは「大きな穴」である。そこには当然のごとく「宝」はなく、ただツルハシの柄だけが残されている。彼らが「宝」に遭遇するのは洞窟の中だが、それも金の延べ棒と金貨であり、もともとあった場所から運ばれて山積みされている状態のものだった。つまり、少なくともラスヴェガスのカジノホテルのディスプレーのような、「宝」の箱と共に人が朽ち果てているというシーンはないのだ。

スティーヴンスンの『宝島』には、「宝」の分け前にあずかった人のその後の人生について、典型的な二人についてが書き残されている。

《グレーは金を貯えたばかりでなく、出世の望みに急に取りつかれて、専門の職業の勉強をして、いまでは、立派な全装帆船の航海士で、また共同の持ち主でもある。そのうえ、結婚して一家の父親となっている。ベン・ガンはというと、千ポンドの金をもらったのだが、それを三週間で使ってしまったか、なくしてしまったかだった。いや、もっと正確にいうと十九日でなくしてしまったのだ。というのは、二十日目には、金をもらいに戻ってきたからだ。そこで、島で心配していたとおり、門番小屋へ入れられてしまって、いまでもまだ生きていて、いくらかばかにはされ

っているが、田舎の子供たちの大の人気者だし、日曜日や聖徒祭日には、教会で評判の歌い手にな

っている》

これを読むかぎりでは、「宝」を元手に人生を再構築するタイプと、そんなことに顧慮せず使い果たしてしまうタイプとのどちらが幸せかはわからない。一般的には「グレー」的な人生の方に軍配が上がるのだろうが、「ベン・ガン」の人生だって悪くない。

では、主人公のジムはどうしたのか。

それについてはまったく触れられていないが、冒頭、生き残りたちに《宝島のことをすっかりくわしく始めから終りまで、ただしまだ掘り残した宝もあるのだから、島の位置だけは隠して、それ以外はすべて書きとどめておくように》勧められたのでこれを書くことにしたと説明されている。

あるいは、スティーヴンスンの『宝島』の教訓はこういうことなのかもしれない。

愉しいのは「宝」を探し出すまでの旅そのものであり、あとはその「宝」を増やそうが使い果たそうが大差ない。残されたほとんど唯一の愉しみは、主人公のジムのように、その「宝探しの旅」について「書く」ことなのではないか、と。

もちろん、それは「宝探しの旅」についてだけ当てはまる教訓ではないはずだ。

（04・8）

七一一号室の彼女

私は病院に入院したことがない。

一度、アマゾンの奥地で飛行機事故に遭い、危うく入院させられかかったが、なんとかその日の深夜にはホテルに帰ることができた。日本では、看護のために病院に泊まり込んだことはあるが、それを入院とは言わないだろう。少なくとも、私は病院のベッドで眠るということを一度もしてこなかった。

ところが、この夏、私は病院のベッドで三週間以上も眠ることになった。

場所はギリシャのアテネ。オリンピックの取材者として、アテネのオリンピック組織委員会に割り当てられた宿舎が病院だったのだ。

私は最初、自分が泊まるところがホテルではなく古い病院だと聞かされたとき、取り壊される寸前の病院が活用されているのだろうと思っていた。ところが、案に相違して、深夜アテネ空港に到着し、その病院に直行すると意外なほどきれいだ。これを取り壊すのはもったいないなと思ったが、それは私の早とちりだった。

翌朝、私が泊まるよう指示された七階の「七一一」という部屋からロビーに降りて驚いた。診察を待つ患者であふれていたのだ。なんとそこは稼動中の病院で、宿舎不足の組織委員会のために、七階と八階だけを私たちメディアの人間のために開放してくれていたのだ。つまり、私は病院の七一一号室に「入院」したも同然だったのである。

最初のうちは、病院に寝泊まりしているということがなんとなくしっくりこなかったが、二、三日もするうちにあまり気にならなくなってきた。気にしている暇がないほど忙しかったからということもあったかもしれない。

困ったのは、病院の病室であるため机と椅子がないことだった。そこで、試合の合間を縫って近所のスーパーマーケットに行き、使い捨てることを前提に安い椅子を探した。広い店内を隈《くま》なく歩くと、奥の奥に、狙いどおりの安直なストゥールがある。値段は二ユーロ四十セント、約三百二十円である。私はそれを買い求め、病室の冷蔵庫脇についていた台の前に置いてみた。すると、ちょうど原稿を書くのにぴったりの机と椅子の代用になるではないか。

これによって、私の「入院」生活もかなり改善されることになった。

アテネでは、その病院と、活字メディアのジャーナリストのためのメイン・プレスセンターと、試合が行われる各競技場を行き来するだけの日々を送った。

そうした行き来の中で、旧知のジャーナリストに出会って、驚いたり喜んだりすることが何度もあった。

ある日、競技場に向かうバスの中で、ロサンゼルス大会の時に一緒に取材したカメラマンに会い、いま病院の病室に寝泊まりしていると話すと、こんなことを言われた。

「そんなところで寝ていて、変な夢でも見ませんか」

別に、と一笑にふしたあとで、いやと思い返した。そういえば、明け方、妙な夢を見たことがあったのを思い出したのだ。

　窓の外がいくらか明るくなりかけている。目をやると、窓際に女の人が立っている。ぼんやりしていて誰かはわからないが女の人らしいことはわかる。私はおよそ超能力とか霊感とは無縁のたちで、超常現象に出会ったりすることもまったくない。だから、そのときもこう思っただけでまた眠りに落ちてしまった。ああ、自分は、窓際に女の人が立っているという夢を見ているのだな、と。

　実際、その認識は間違いないものだったろうが、知人と話しているうちに、もうひとつの大事なことを思い出してしまったのだ。

　それは、私が寝泊まりしているのが産婦人科の専門病院だということだった。ロビーで見かけるのは女性の患者か、生まれたばかりの赤ちゃんを抱いている若い夫婦である。しかし、そうだということは、私の部屋に入院していたのも女性であり、中には亡くなった女性がいないとはかぎらないということになる。

　そういえば、と私が彼女の話をしはじめると、その知人が真顔になって訊ねてきた。

「その女性は、日本人のようでしたか、外国人のようでしたか」

　思い起こしてみると、髪は肩まであって、その色までは見当がつかないが、なんとなく彫りは深そうだった。私がそう言うと、知人が言った。

「きっと、その病室で死んだ女性なんじゃないですかね。何か思いを残したまま」

　あるいは、彼の言うとおりなのかもしれない。そう思った私は、その日、メイン・プレスセンターに戻ったあとで、ギリシャ人のボランティアに「どうかしましたか？」というギリシャ語を教えてもらった。今度彼女が出てきたらそう訊ねてみようと思ったのだ。しかし、よく考えてみれば、私の問いに応じて彼女が何かを答えてくれたとしても、私にはその答えの意味がわからない。そのことに気がついて、はたと困ってしまった。

だが、それ以来、彼女は二度と七一一号室に現れることはなかった。私におよそ「霊」に対する関心がなく、しかもそうしたものに感応する能力が不足しているのを見て取り、相手もつまらなくなって一度で懲りたのかもしれない。

ただ、時折、額縁の絵が斜めになっていたり、音のするはずのないところでミシミシといったりするという、まるでホラー映画の中の出来事のようなことが散発的に起きることはあった。

やはり、そこには誰かがいたのだろうか？

（04・11）

エリザベートの鏡

先日、衆議院議長になった旧知の政治家から電話があった。久しぶりに会いたいので食事でもしないか、というのだ。そして、もしよければ、衆議院議長公邸でどうだろうかという。私は小学生の頃の「都内見学」に出かけるつもりで了解した。

かつて、東京の小学生には「都内見学」という恒例の学校行事があった。遠足が東京近郊や関東近県の、たとえば高尾山とか鎌倉や江ノ島、鋸《のこぎり》山といったところに行くのに対し、その「都内見学」では、国会議事堂とか科学博物館とかいう、まさに「都内」の、意外な近さにある諸施設を訪ねることになるのだ。

私は衆議院議長公邸がどこにあるのかはもちろんのこと、そのようなものがあることすら知らなかったが、約束の日に案内されて驚いた。なんとそれは赤坂見附に建つホテルの真裏にあったのだ。そういえば、いつもそこを通るたびに、ずいぶん広い庭のあるところだなとは思っていた。いずれ官公庁の付属施設だろうと察しはついていたが、そこが衆議院議長公邸だとは知らなかった。

その衆議院議長公邸で、久しぶりにあった旧知の政治家は、以前に比べて格段に顔色がよくなっていた。かつての彼は、C型肝炎によって肝硬変の寸前まで行き、どす黒いという形容がふさわしい顔色をしていた。そして、このままだと余命いくばくもないということになって、長男が生体肝移植を申し出た。当然のことながら、息子の肝臓を貰うようなことまでして長生きしたくないと断ったが、親孝行のうえに意固地な長男の説得にあい、しぶしぶ移植手術を受け入れることになった。そして、その手術は大成功し、健康的な顔色を取り戻したというわけなのだ。

「顔色がよくなりましたね」

私が言うと、彼が笑いながら言った。

「みんなにそう言われるんだけど、自分ではよくわからないんだよ」

「そんなものですか」

「悪かった時期でも、鏡なんてあまり見ていないから、自分がそんなに顔色が悪いなんてわかってなかったんだ」

なるほどと思った。私にしても、一日の間に鏡を見ることなどほとんどない。外で人に会わないときは髭《ひげ》すら剃《そ》らないから、朝起きて顔を洗ったときに、セッケンがついていないかどうか見るくらいのものだ。

もちろん、男性の中にも例外的に何度も鏡を見る習慣を持っている人もいるだろうが、一般的には女性が鏡を見る頻度と比べてかなり少ないと言えるだろう。多くの男性が対面する鏡とは、家にある洗面台のものか、会社や学校にあるトイレのものくらいであるような気がする。しかし、女性は各所に自分の鏡を持っている。そして、その鏡は、単に姿や顔を映して見るというだけのものでもない、もう少し微妙な意味を持つものになっているようなのだ。

この夏、ギリシャのケルキラ島に行ったときのことだった。

ケルキラ島は欧米ではコルフ島という名で知られているリゾート地であり、十九世紀のハプスブルク家の皇妃エリザベートが愛した土地だということでもよく知られている。エリザベートは島の中心地から少し離れたところにアヒリオンという別荘を建てて多くの時間を過ごしたという。現在、そのアヒリオンは、一種の博物館として一般に公開されているが、エリザベートの別荘ということを除けば大して見るべきものがある場所ではないとも言われている。しかし、目的もなくケルキラ島に滞在していた私は、あり余るほどの時間があったため、ある日、バスに乗ってそのアヒリオンに行ってみることにした。

さほど広くない宮殿の内部には、エリザベートが使っていた調度品を陳列した部屋がいくつか並んでいた。

気まぐれにそのひとつに入っていくと、そこには先客がいて、スパッツをはいた少女がひとりで立っていた。部屋にはエリザベートのものらしい鏡があるだけだったが、少女はその前をじっと動かない。その鏡自体を見ているわけでもなく、鏡に映っている自分の顔を見ているのでもない。ただそこに立っているのだ。おそらく、それがエリザベートの鏡だからというのではなかっただろう。彼女はたぶんエリザベートが何者かは知らないはずだ。しかし、その鏡に何かを感じるらしく、いかにも離れがたそうにしている。私が入ってからも十分くらいそこに居つづけたろうか。その間、自分の顔はちらっと一度見ただけである。そして、いったんは離れかけたが、また戻ってくると、その前に立ったのだ。何か思い迷うような、何かためらうような風情を見せながら。

私はその少女の後ろ姿を眺めながら、女性と鏡の独特な関係性を見せられたような不思議な気分になった。女性にとって鏡とは単に自分の顔や姿を見るだけではない何かが存在するのかもしれない、と。そして、こうも思った。もし私がＳＦ小説かホラー小説の書き手なら、その少女に、遠い昔、この鏡の前に立ったことがある、といったような感じを抱かせることもできるだろうに、と。

ふと、「私」が眼をそらすと、少女は部屋から消えている。そして、しばらくして「私」は気がつくのだ。少女はあのエリザベートの鏡の中に入っていってしまったのだと……。

（05・2）

桃源郷

父が死んだとき、どうして話を聞いておかなかったのだろうと後悔した。ノンフィクションの書き手として、他人の話にはとてつもなく根気よく耳を傾けていたのに、なぜ最も大事な人の話を後回しにしていたのだろうと。

それもあったのかもしれない。数年前のあるとき、どうして外国ばかり旅をしていて、日本を歩いていないのだろうと反省した。

以前はそうでもなかった。中学三年生のときに伊豆大島にひとりで旅をして以来、高校から大学にかけて、「国鉄」の均一周遊券という便利な乗車券を使って日本全国を歩きまわっていた。

大学を卒業して、フリーランスのライターになってからも、取材のためさまざまな土地を訪れていた。実際、日本の県庁所在地で宿泊したことのないところはないというほどだった。

ところが、二十六歳のときに一年にも及ぶユーラシアの旅に出てからというもの、外国への旅が繰り返されることになった。オリンピックやワールドカップといったスポーツ・イヴェントの取材が多くなったということもあったかもしれない。だが、それ以上に、私の眼が日本より異国に強く向いていたからであったのは確かなように思える。気がついてみると、友人のいる山梨の八ヶ岳を訪ねる以外、ほとんど日本国内を旅しなくなっていた。

ところが、数年前、もういちど日本をゆっくり歩いてみたいなと思いはじめたちょうどその頃、ひとつの仕事の依頼があった。

幕末期最大のヒーローのひとりである坂本龍馬が、土佐藩を脱藩するときに通った道である「檮原街道《ゆすはらかいどう》」について、現地を旅して紀行文を書いてくれないかというのだ。

私はその仕事を引き受けた。

編集者は、適当な乗り物を使い、檮原を中心にいくつかの場所を見てまわってくれればいい、と思っていたようだった。しかし、私はせっかくの機会を逃したくなかった。坂本龍馬と同じように、土佐の高知から愛媛との県境である韮《にら》ヶ峠まで、徒歩で行くことに決めていた。距離にして約百三十キロを四日ほどかけて歩くことにしたのだ。

季節は、春から初夏になろうという頃だった。

その旅で、私はあらためて日本の農村の美しさに心を動かされることになった。いや、農村全体が美しかったというのではない。私が最も強く心を動かされたのは稲田の美しさだった。ちょうど田植えが終わり、水をたたえた田んぼに苗が生育しはじめているところだった。その新鮮な緑が眼にまぶしいほど美しく見えたのだ。

檮原に近づくにつれて、丘陵地帯になっていく。ということは、上り下りの多い山あいの村を通過するということでもあった。そして、それはまた、多くの棚田を眼にするということでもあった。

その棚田が美しかった。小さな棚田が、あちこちに、ポツン、ポツンと点在する。それは、もちろん、カメラマンが撮りにくるような有名なものではなかった。名もない棚田。しかし、初夏の太陽に照らされて、キラキラと輝く水と、そこから真っすぐ伸びようとしている緑の苗を眼にするたびに、つい足を止め、見入ってしまったものだった。

どうして、こんなに心が動かされるのだろう。

そのときは自分でもよくわからなかった。しかし、その一年後に、中国は湖南省の「桃花源《とうかげん》」という土地を訪れたときに、なるほどと理解することになった。

桃花源は、陶淵明《とうえんめい》の「桃花源記」に描かれた想像上の理想郷であり、桃源郷の語源にもなっている土地名だ。「ホンモノ」であるはずもないのに、酔狂にも実際に足を運んだ私は、その桃花源の、あまりの何もなさに愕然《がくぜん》とさせられたものだった。そこには、得体の知れない記念館と、ごく当たり前の農村があるだけだったのだ。

しかし、そこにも田んぼはあり、稲の苗が生き生きと育っていた。私はそれを見て、こう思うことになった。私たちにとって、つまり日本や中国を含めたアジアに住む私たちにとって、稲こそ「幸せ」の淵源なのではないか。この桃花源は確かに名だけを借りた「マガイモノ」の桃源郷だ。しかし、そこに稲があるかぎり、私たちにとってはいつでも桃源郷になりうるのだ、と。

恐らく、私が檮原街道を歩きながら心を動かされつづけていたのは、どんな山深い村にも稲田があり、季節ごとにその稲の美しい姿を見られるということがいかに幸せなことであるかを、深いところで感じていたからなのだろう。

（10・5）

心を残して、モロッコ

かつて、私はこんなふうに書いたことがある。

自分には「夢の都市」というものが三つある。すなわち、ドイツのベルリンと、中国の上海と、ヴェトナムのサイゴンの三つだ、と。どうしてそれが「夢の都市」なのかというと、そこにはもう決して行くことができないからだ。もちろん、ベルリンも上海もサイゴンも、行こうと思えば誰でも行ける。しかし、私が行きたかったのは、一九二〇年代から三〇年代にかけてのベルリンであり、昭和十年代の上海であり、一九七五年に北ヴェトナムに「解放」される前のサイゴンなのだ。もうその時のその都市へは、タイムマシーンにでも乗らないかぎり、誰も行くことはできない。だから、それは「夢の都市」にならざるをえないのだ、と。

だが、私が行きたかった都市ということになれば、本当はもうひとつ付け加えなくてはならなかった。それはモロッコのマラケシュである。マラケシュを「夢の都市」に加えなかったのは、どの時代のマラケシュという限定されたものではなかったので、ベルリンや上海やサイゴンとは違って、いつか実際に行くことができるかもしれない都市として存在しつづけていたからだった。

私が二十代のなかばにユーラシアの端から端までの旅をしたとき、行き当たりばったりのルート選択をしていた中で、さてどうしようと迷ったところが何カ所かあった。

とりわけ悩んだのがスペインのマラガにいるときだった。このまま最終目的地であるロンドンに向かおうか、地中海を渡ってモロッコに行こうか迷ったのだ。

いまのようにインターネットが普及していない時代である。バックパックで旅を続ける者の情報は、安宿ですれ違う旅人が互いに必要なものを教え合うことで手に入れるというのが基本だった。

東から西に向かう私は、西から東へとやって来る旅人からさまざまな話を聞かされた。当時、そうした若くて金のない旅人をヒッピーと呼んだが、西からのヒッピーたちが口々にすばらしいと言っていた街がいくつかあった。それをヒッピーの聖地と呼べば、その「五大聖地」はネパールのカトマンズ、インドのゴア、アフガニスタンのカブール、トルコのイスタンブール、そして、モロッコのマラケシュだった。

とりわけ、ヒッピーたちから聞かされるマラケシュは魅力的だった。喧噪《けんそう》と静寂、猥雑さと聖性が渾然《こんぜん》一体となって異教的な雰囲気を色濃く醸し出しているらしい。行ってみたいな、と思っていた。

しかし、私は、結局モロッコには渡らず、その旅を終わらせるべくマラガからフランスのパリに向かい、最終目的地のロンドンに行く道を選んだのだ。

それから長い年月が過ぎ、ことあるごとに、あのとき、あそこでモロッコに行っていたら旅はどうなっていただろうと考えるようになった。

心に残る、という言葉がある。それとよく似た言葉に、心を残す、というのもある。心に残るという言葉が、あるものが自分の心に棲んでしまうことだとすると、心を残すというのは、自分の心をある場所に残し、棲まわせてしまうことだと言えるかもしれない。私は行ったことのないモロッコに「心を残して」しまっていたのだ。

そうである以上、いつかはその心を引き取りに行かなくてはならないはずだった。そして、十年ほど前、ようやくその機会が訪れた。

ロンドンで、ある人たちに会うという用事を済ませた私に、長い休暇が訪れた。それから先、予定というものがまったく入っていなかったのだ。

私はその休暇を利用してマラガに行くことにした。一軒の古い酒場を再訪してみたかったのだ。二十代の長い旅の、最も幸せな記憶のひとつがその酒場にあった。そして、その酒場を見つけ、酒を飲み、夜のマラガを歩いているうちに、今度はモロッコへの思いが強く湧き上がってきた。そして、思った。モロッコに残している自分の「心」を取り戻しに行こうと。

調べると、マラガからモロッコへの船はメリリャという街へ行くことになっていた。それも一日一便あるかどうかであり、時間も八時間から九時間はかかるという。それより、コスタ・デル・ソル〈太陽海岸〉沿いにアルヘシラスまで行ってしまえば、タンジェに行く便が一日十便近くあるらしい。私もやはり、モロッコに行くならタンジェから入ってみたかった。

結局、ルートは次のようなものにした。

マラガからアルヘシラスまでバスを使い、アルヘシラスからタンジェまでは船に乗る。タンジェからカサブランカまでは鉄道だが、カサブランカからマラケシュまではふたたびバスを使う。

そして、実際、そのようにしてマラケシュまで行くことになったのだ。

マラケシュに着いて最初に驚いたのは巨大な鳥の存在だった。

それはアグノーという名の門の付近をうろついたときのことだった。ふと、空を見上げると、巨大な鳥が大きく翼を動かして悠然と飛んでいる。しばらく空を飛んでいたその鳥は、やがて目の前の建物の屋根に舞い降りてきた。そこには枯れ枝でできた大きな鳥の巣があったのだ。その鳥はツルのようだった。首が細く、体が白い。しかし、こんな暑いところにツルがいるのだろうか……。

あとでわかったのだが、それはツルではなくコウノトリだった。しかし、私には、このような街の真ん中に、これほど大きい鳥が生息しているということが驚きだった。

マラケシュでコウノトリが生息しているのはアグノー門の付近ばかりではなかった。

かつてサアード朝の宮殿として建造され、後にアラウィー朝の王によって破壊されたというエル・バディィ宮殿を通りかかったときのことだ。宮殿を囲む赤い塀の上にいくつもの巣があり、そこに何十羽ものコウノトリがいるのが見えた。

私は興奮し、コウノトリをよく見るために、十ディラハム払ってエル・バディィ宮殿に入ることにした。

だが、そこは「宮殿」とは名ばかりで、だだっ広い空間が崩れかけた塀によって囲まれているだけの、まさに「廃墟」だった。

壮観だったのはその崩れかけた塀のいたるところに、一定の間隔をおいてコウノトリの巣があったことだった。その巣の中で、コウノトリたちは、あるものはうずくまり、あるものはヒナに餌を与え、あるものは翼を羽ばたかせていた。間近に見るコウノトリは、白い羽毛の部分が薄汚れてはいたが、野性の動物としての美しさを保持していた。私はその鳥たちが飛び立ち、舞い降りる様を、飽きもせず眺めつづけた。

廃墟となったエル・バディ宮殿はコウノトリの王国となっていた。

マラケシュではフナ広場に面した安宿に泊まった。

そこを含めた旧市街には、香港の廟街に似た喧噪も猥雑さもあった。強烈な光と影によって導かれた永遠を垣間見ることもあれば、深夜の闇がもたらす聖なる静寂にも遭遇することができた。しかし、遅かったかな、と思わざるをえなかった。来るのが遅かったかな、と。少なくとも、私が二十代のときに訪れていたら、まったく異なるマラケシュに遭遇できていたにちがいなかった。

——遅れてしまったか……。

だが、あらゆる旅人は常に間に合わない存在なのだ。たとえ、二十代のときに訪れていたとしても、たぶん「遅かった」と思っただろう。旅人は宿命的に遅れてきた存在にならざるをえないのだ。

そして、その「間に合わなかった」という思いが、私をマラケシュからサハラ砂漠へ向かわせることになった。

私はメルズーガの砂漠の「ほとり」のロッジに泊まると、好きなときに好きなようにひとりで砂漠に入っていくという日々を送るようになった。

一度など、自分の足跡を見失い、砂漠で迷子になりかかったこともある。しかし、それでも、ひとりで砂漠を歩く自由さには深く心を満たしてくれる不思議な魅力があった。月が美しい夜、毛布を持って砂漠に入り、砂丘の上で横になると、そこが地の果てなどではなく、世界の中心であるように思えたりもしたものだった。

ある日、ロッジを切り盛りしている若者に、ラクダに乗って砂漠の奥に行く二、三泊の旅に出ないかと勧められた。旅に出れば砂漠のことがもっとわかるようになるよ、と。だが、料金が高いこともあり、ひとりで砂漠への出入りをすることで十分に楽しめていたこともあってほとんど考慮もせず断ってしまった。

あれから十数年。いま、あの若者の言葉に素直に従っておけばよかったかなと思いはじめている。異国への旅に出ると、私は自分でもびっくりするほど倹約家になるが、いまになってみれば、そのときの彼の言い値などたいした額ではなかったのだ。勧めに従っていれば、若者の言っていた通り、もっと砂漠のことがわかっていたかもしれない……。

こうして、私は、モロッコに残した心を拾いにいって、また別の心残りを作ってしまっていたのだ。

だが、それでいいのかもしれない。「心を残して」おけば、またいつか行くことができるかもしれないから。

（11・2）

ニューヨーク・ニューヨーク

フロリダのマイアミから乗った飛行機は、ニューヨークのラ・ガーディア空港に到着した。予約したホテルはマンハッタンの四十三丁目にある。

ニューヨークでも、ジョン・F・ケネディ空港からならどのようにしてマンハッタンに行けばよいのかわかっているが、ラ・ガーディア空港はここ何年と利用したことがなく、交通機関の何をどう使えばいいかよく覚えていない。

シャトルバスのようなものでホテルまで送ってもらおうかと横着なことを考えたが、カウンターに申し込みに行くと、いま出たばかりなので次は一時間以上待たなくてはならないという。

「バスと地下鉄で行ったらいいんじゃないの」

係のおばさんに軽く言われ、そうするか、と私も軽く考えを変えた。おばさんが教えてくれたところによると、ターミナルのすぐ前にある停留所からM60番のバスに乗り、途中、クイーンズのアストリア・ブルバード駅で降りて地下鉄に乗るか、終点のマンハッタン百二十五丁目駅まで行って地下鉄に乗ればいいのだという。

そこで私は、構内にあった売店で地下鉄とバスの両方に乗れるメトロカードを買うことにした。買ったのはアンリミッティド〈乗り放題〉七日間というカードだった。

ターミナルを出ると、幸運なことにM60番のバスが停留所に停まっている。しかも、わずかながら席も空いている。これなら、このまま終点の百二十五丁目まで行き、そこから地下鉄に乗った方がいいだろうと判断した。

やがて、バスは走り出し、地下鉄のアストリア・ブルバード駅に着いた。

何人かの旅行客が大きなキャリー・バッグを引きずりながら降りはじめた。その姿を見ているうちに、私もここで降りようかなという迷いが生まれた。時間はまさに夕方だ。これからイースト・リバーを渡ってマンハッタンに入ると、帰宅ラッシュの交通渋滞に巻き込まれ、とてつもなく時間がかかるかもしれない。地下鉄ならその半分以下で行けるだろう。

おばさんによれば、このアストリア・ブルバード駅からは地下鉄のN線とQ線が通っていてタイムズ・スクエアにも停まるという。私が泊まる予定のホテルは四十三丁目だが、タイムズ・スクエアからならワン・ブロック歩けばいいだけだ。

そこで、不意にここで降りようという気持に傾き、バスを降りる客のあとに従って飛び降りた。

これだから一人旅はいい。誰に気がねなく、好きなようなルートを選べる。そんなことを浮き浮きした気分で思いながら、プラットホームに向かう階段を昇りはじめた。乗るのは地下鉄だが、川を渡るまでは高架の鉄道で、プラットホームまでは階段を昇らなくてはならない。

メトロカードをスライドさせて改札口を通過し、風の冷たいプラットホームで待っていると、一分もしないうちにN線の列車がやってくる。なんというラッキーさ、とますます嬉しくなった。

車内は空いており、楽に席に座ることができる。

ぽつぽつと席に座っている客たちは、老若男女さまざまだが、私と同じような旅行客も何人かいる。

いくつかの駅に停まったがさほど乗客は増えない。

それが乗ってからいくつ目の駅だったか数えていなかったが、やはりプラットホームにほとんど乗客のいない駅に停まった。ところが、扉が閉まる寸前、私たちの車両に七、八人のアフリカ系の若者が素早く乗り込んできた。

その瞬間、まばらな客の間に緊張が走った。彼らが、バラバラッとまるで出口をふさぐかのように車両にある四つの扉の前に立ちはだかったからだ。

私も内心「しまった！」と思った。犯罪に巻き込まれそうないやな予感がしたのだ。一時間後であってもシャトルバスを待てばよかった。いや、ラッシュに巻き込まれてもいいからあのバスに乗ったままマンハッタンに行けばよかった……。

しかし、後悔しても遅かった。扉は閉まり、電車は動きはじめてしまった。何が起こるのか息を詰めるようにして見守っていると、ひとりの若者が、手にしていた大型のポータブルステレオを床に置き、スイッチを入れるではないか。

突然、大音量のヒップホップ音楽が流れはじめたが、その次の瞬間、ひとつの扉の前に立っていた若者が車両の中央に進んできて、不意にブレイクダンスを踊りはじめた。それが驚くほど見事なパフォーマンスなのだ。一分ほど激しく踊ると、扉の方に退き、次の若者と交替する。それが次々と繰り返される。頭だけでスピンをしたり、片手で全身を支えてフリーズしたり、助走もつけずに素早く前転したりする。車両の中央に立っているスチール製の支柱を使って天井まで駆け上がり、まるでスパイダーマンのように座席上の手摺りを渡っていったりする若者もいる。

私は直前の恐怖も忘れ、彼らの圧倒的なパフォーマンスに見惚《みと》れてしまった。

いつの間にか電車はイースト・リバーを渡りはじめ、渡り切り、次の駅に近づいてきたらしい。不意に音楽が切られ、ひとりの若者がキャップを脱いで席に座っている客のあいだを回りはじめた。まったく無視をする人もいれば、コインを入れてあげている人もいる。その若者が私の前に帽子を差し出したとき、ジーンズの尻のポケットから一ドル札を取り出し、帽子の中に入れながら言った。

「サンキュー」

私には本当にいいものを見せてもらったという感謝の気持があったのだ。すると、若者は、一瞬、意外そうな表情を浮かべたが、すぐに笑顔になって言った。

「サンキュー・マッチ」

そして、電車が駅のプラットホームに着き、扉が開くと、全員が乗って来たときと同じ素早さで飛び降り、改札口の方向に走り去っていった。

ふたたび静かになった車内で、私はなんだかとても嬉しくなりながら思った。確かに自分はニューヨークに着いたのだな、と。

そして、こうも思った。

フランク・シナトラが歌ってヒットした「ニューヨーク・ニューヨーク」というバラードに、こんなフレーズがある。

俺のドタ靴が

うろつきながら向かおうとしているのは
あの街のど真ん中
ニューヨーク・ニューヨーク

私が履いているのはこの歌詞にあるような「ドタ靴」、ヴァガボンド・シューズの類いではなかったが、これから自分が向かうのは間違いなく「あの街のど真ん中」なのだな、と。

（14・10）

鏡としての旅人

四十年ほど前、二十代の半ばだった私は、一年に及ぶ長い旅に出た。計画などといったものはなく、ただインドのデリーからイギリスのロンドンまで、シルクロードを抜けて乗り合いバスで行こうという大雑把《おおざっぱ》なイメージしかなかった。ということは、そのときの私の意識の中からはアジアがすっぽりと抜け落ちていたことになる。

それもある意味で無理ないことだった。当時の日本の若者にとって、アジア、とりわけ東アジアと東南アジアは旅の目的地としては存在していないも同然だったからだ。

中国は入国することさえできなかったが、韓国や香港や台湾やタイなどという国々は、「オヤジたち」が女を買うため、つまり「買春」をするために旅行するところとして認識されていた。あるいは、「企業戦士たち」が日の丸を背負い、会社の名刺を持って「経済進出」するための先兵として赴くところと見なされていた。

ところが、私の買ったデリー行きの航空券が二カ所だけストップオーバー〈途中降機〉できるということを知り、たまたま選んだ都市が香港とバンコクだった。そのことが、私の旅を根本から変えることになった。

二、三日のつもりで香港に降り立った私は、そのあまりにも猥雑《わいざつ》でエネルギッシュな街に瞬時に魅了されてしまった。

活気あふれる市場があり、いい匂いを放っている屋台が並び、裸電球もまぶしい夜店が続いている。そこを歩き、買い、食べ、冷やかす人々の群れがいる。私も彼らのその流れに身を任せ、熱に浮かされたように香港の街を歩き回り、気がつくと、一週間、また一週間と、滞在しつづけるようになっていたのだ。

私は、香港から始まったアジアの旅で、常に驚いていた。多くの人がうごめいていることから生じる街の熱気、貧しさの中にある風景の豊かさ。アジアでは、チャイナタウンに行けば、最低限の清潔さと満足のいく料理が手に入る。華僑がいるところでは、筆談でかなりの程度まで意思の疎通がはかれる。どこにでもある市場に入れば、そこでその土地のすべてを見ることができる……。

たぶん私はアジアを歩くことで旅を学んでいったのだと思う。旅を学ぶとは人を学ぶということであり、世界を学ぶということでもあった。

その旅の一部始終は、後年『深夜特急』としてまとめられることになるが、それにささやかな意味があったとすれば、ひとつは日本の若者による「旅するアジア」の発見だったように思う。あるいはもうひとつ、エッセイストの山口文憲氏の言うように、アジアにおいても「街歩き」が旅になりうるという発見も大きかったかもしれない。

もし、現在のように中国の大部分が旅行者に開放され、自由に旅ができるようだったら、『深夜特急』の旅も、西安、かつての長安から「本物のシルクロード」を通ってパキスタンに抜けていった可能性がある。その結果、東南アジアはもちろん、インドやネパールの南アジアも省略されていただろう。すると、私の旅は大きなものを失っていたことになる。

アジア、とりわけ東南アジアでは、どこに行っても食事に困らないだけでなく、長く旅をしていても精神的に追い詰められることがなかった。多くの人がいる「気配」が心を安らかにさせてくれたし、彼らの根本的なやさしさが旅を続けていく勇気を与えてくれた。

何年か前、上海の外国語大学で講演をしたことがある。そこで、『深夜特急』を日本語で読み、同じような旅をしてみたいと思ったという学生に出会った。彼によれば、三年ほど外国を旅してから帰国し、復学したのだという。中国にもそのような自由な旅をする若者が現れるようになったのかと驚かされた。

実際、ここ数十年、さまざまな土地で日本以外のアジアの若者と出会うことが多くなった。そして、そうした若者に先導されるようにして、アジアのごく普通の人たちが旅をするようになっている。

かつて、私たちが旅する土地としてのアジアを発見したように、いま、アジアの人たちが、旅する土地としての日本を発見してくれている。そして、彼らは日本を旅して驚き、感動する。かつてアジアを旅していたときに私が驚き、感動した対象が彼らにとって意外なものだったように、私たちも彼らが驚き、感動するものを知って、意表を衝かれる。まるで、合わせ鏡で自分の見えないところを見させてもらったかのように。そう、旅人とは、その土地の人々にとって、ひとつの鏡となりうる存在なのだ。

彼らにとって、日本の何が驚きであり、感動の対象であるのか。

たとえば私の知人にマカオ在住の日本人男性がいる。その妻は中国人だが、彼女が中国人の友人たちを連れて日本に遊びに来た。彼らは、日本の道路やトイレのきれいなこと、駅員をはじめとして公的な機関やそれに準ずるようなところに勤める人たちの親切なこと、さまざまな場所で出される食べ物が実にていねいに作られていることに驚きつづけていたという。とりわけ日本の果物の輝くような美しさとおいしさには驚きを通り越して啞然としていたという。ひとりの女性などは、桃の甘さに「これは砂糖水を注射器で注入したにちがいない」と言ってきかなかったくらいだという。

こうしたことを聞いたり見たりすることで、私たちにとって大事なことが何か逆にわかってきたりする。彼らが感動するのは、どうやら私たちが「高度経済成長」によって直接手にいれたものではないらしい。そういえば、すでに、中国や香港だけでなく、台湾にもタイにもマレーシアにもシンガポールにも高層建築群は存在しており、高速鉄道がある国も珍しくなくなっている。彼らはそういうものではなく、日本人にとってはなんでもないこと、つまり、清潔なこと、親切なこと、おいしいことといったようなものに心を奪われているらしいのだ。

日本の政治家たちは、依然として沸騰するアジアの中心にいたいと願っているらしい。それはそれで悪いことではない。しかし、アジアで最初に高度経済成長を遂げ、いまはその終焉の中にいる日本にとって、目指すものはあくまでもアジアの経済発展の中心になろうとすることではないような気がする。

かつて、日本が高度経済成長に向かおうとしていた一九五九年の正月の新聞に、池田勇人が「所得倍増」を打ち出す契機となった学者の論文が掲載されたことがある。だが、その数日違いの号には三島由紀夫のエッセイが載っていた。彼は、日本への祈りを込めたその原稿の末尾に、「世界の静かな中心であれ」という一文をしたためた。

もし三島由紀夫のそのメッセージを使わせてもらえるなら、経済成長を目指してひたすら驀進《ばくしん》しているかのように見えるアジア諸国にとって、日本は「アジアの静かな中心」となるべき存在のように思える。

そのために日本はどうしたらいいのか。答えはさほど簡単ではないのかもしれない。だが、アジアからやって来る「鏡としての旅人」に正面から向き合うことで、何かが見えてくるかもしれないとも思う。

（15・2）

ロサンゼルスのミッキー・ローク

去年の秋、ロサンゼルスに行った。

外国に行くとき、私はほとんどの場合ひとりだが、このときは連れがいた。友人の息子で内藤律樹《りつき》というプロボクサーだった。律樹はその数カ月前にスーパー・フェザー級の日本チャンピオンになっており、そのお祝いということもあってロサンゼルスに住む私の友人が招いてくれたのだ。

その何日目かのことだった。

私たちは、ダウンタウンにある「ワイルドカード」という名のボクシングジムを訪れた。そこは世界で最も有名なボクシングジムのひとつといってよかった。オーナー兼トレーナーのフレディ・ローチの名声が広く世界に行きわたっているため、ラスヴェガスでの大きな試合を前にした世界チャンピオンの多くがこのジムで調整し、フレディ・ローチの教えを乞う。

この少し前までは六階級制覇のマニー・パッキャオが、その直前まではミドル級の世界チャンピオン、ゲンナジー・ゴロフキンが、そしてこのときはスーパー・ライト級の前世界チャンピオン、ルスラン・プロボドニコフが練習中だった。私たちは、そのルスランの練習風景を見させてもらうためにワイルドカード・ジムを訪れていたのだ。

ジムは二階にあるパブリックな練習空間とは別に、一階にクローズドされたトレーニング場がある。二階は、ジムの名声に惹かれて集まってきた無名のボクサーだけでなく、シェイプアップが目的の男女や、未来のボクサーを夢見ている少年少女などが大勢トレーニングをしている。しかし、一階は出入りに扉をノックすることが必要で、内部にいる人が開けてくれなければ入れないようになっている。そうでもしないと世界中のマスコミに追われている「チャンピオンの中のチャンピオン」たちは集中してトレーニングができないのだ。

私たちは、アメリカのボクシング界に顔の広い友人のおかげで、フリーパスに近い感じで一階への出入りが許されていた。

その日は予定通りルスランが練習していて、激しい汗を流していた。ストレッチ、シャドー、スパーリング、ミット打ち、サンドバッグ、ロープスキッピング、パンチングボール……。

律樹はその様子を食い入るように見ている。

そこに、長い髪の、初老の白人男性が入ってきて、トレーニングを始めた。身長は百八十センチくらいだろうか。しかし、体に厚みと緩みがあるのでヘヴィー級並の体重があるかもしれない。顔はよく日に焼けているが、皺か傷かわからないもので荒れている。

その彼が、しばらくすると、空いたリングでトレーナーを相手にミット打ちを始めた。年齢のせいか、体が絞り切れていないためか、動きは鈍い。だが、必死にトレーナーのミットをめがけてパンチを打ち込む。

いったい誰だろう。なんとなく見覚えがあるような気もするが、私の知っている白人ボクサーの中に、このような風貌の男性はいない。私が不思議そうに眺めているのがわかったのか、トレーナーのひとりが教えてくれた。

「ミッキー・ロークだよ」

そう言われれば、まさにミッキー・ロークだった。数年前、極めて強い印象を残した映画『レスラー』に登場した彼と、ほとんど変わらない容貌だった。

トレーナーによると、ルスランは二カ月後にロシアのモスクワで再起戦をすることになっているが、ミッキー・ロークはその前座としてエキシビション・マッチに出場すべくトレーニングを始めたのだという。

ミッキー・ロークは、私たちが日本から来ていると知ると、練習の合間に歩み寄ってきて、二、三の日本の古いボクサーの名を挙げ、懐かしそうに東京での思い出を語りはじめた。

彼は、ずっと昔、本気でボクサーへの転身を図り、東京で試合をしたことがあったのだ。それは必ずしも彼にとって幸せな結果を生まなかったが、日本への好意的な思いはずっと抱きつづけてくれていたらしい。

東京における試合以後の彼は、『レスラー』での大役を摑むまで苦しい日々が続いていたという。私は『銀の街から』という映画評の本の中で、その『レスラー』について、こんなことを書いていた。

《レスラーのランディが「世紀の再戦」によって最後の何かを得ようとしたのと同じく、俳優のミッキー・ロークは、この映画で自らの肉体を徹底的にレスラー風に鍛えることで「世紀の再起」を果たそうとした。ランディの「世紀の再戦」は、悲惨な結果が待っているのではないかと予感させつつ展開するが、ミッキー・ロークの「世紀の再起」は見事に成功したかに見える》

だが、にもかかわらず、あえてまたモスクワでのエキシビション・マッチに出ようとしている彼は、まだボクシングの世界に何か残したことがあると思っているのかもしれない。

私たちのもとを離れると、ミッキー・ロークはふたたびトレーニングに取り掛かり、だぶついた腹を鍛えるため、仰向けになってトレーナーに革のボールを投げつけてもらいはじめた。私は、腹で重いボールを受けては大きな呻《うめ》き声を上げているミッキー・ロークを眺めながら、ロサンゼルスというのはやはり面白い街だなと思っていた。

律樹は、私が若い頃からもつれるように生きてきたカシアス内藤という元ボクサーの息子である。カシアス内藤とのことは、かつて『一瞬の夏』というノンフィクションに書いたことがある。その息子を連れて、このワイルドカード・ジムに来たところまでは、まさに『一瞬の夏』の世界の延長だった。ところが、ジムにひとりの初老の男が入ってきて、それが一挙に『銀の街から』の世界に変わってしまった。そんなことが、たぶんこの街では、それこそゴロゴロ存在しているのだろうな、と思ったのだ。

（15・2）

心は折れるか

あるとき、映画についてのエッセイを書いた。

私は異国を旅していて、いわゆる「無聊《ぶりょう》をかこつ」と、つまり何をしていいかわからないほど時間をもてあますと、その土地の映画館に入ることが多かった。とりわけそれが東南アジアから西南アジア、さらには北アフリカあたりまでだと、ハリウッドならぬボリウッド製のインド映画を見る。理由は、ボリウッド製のインド映画ならたとえ言葉がわからなくともストーリーの推測がつくからだ。しかも、ボリウッド映画には、お約束のように、突然ストーリーとは関係なく美しい男女の歌と踊りが始まる。それを見ているだけでなんとなく心楽しくなってくる。

このようなことを踏まえ、私はその映画に関するエッセイの中で、一本のインド映画について「これはまさに私が旅先で見たいと思うようなインド映画の中のインド映画だった」といった感想を書き記した。

それだけだったら、何も問題はなかった。だが、私は、そこに、ついこんな一文を書き入れてしまったのだ。「とりわけ旅をしていて心が折れるようなことがあったときは……」と。

その一文を含むエッセイが新聞に載ると、二人の知人から二つの反応が寄せられた。

ひとつは、沢木さんでも旅をしていて「心が折れる」ようなことがあるのですね、というものであり、もうひとつは、沢木までもが「心が折れる」というような流行りの言葉を使うようになったかと嘆いている人がいましたよ、というものだった。

それを聞いて、しまったと思った。

実は、私も「心が折れる」という言葉を使うとき、一瞬、いいかなと思ったのだ。それは私にとっても、二重の意味で、どこか引っかかる言葉の使い方ではあったのだ。

第一に、私は旅先で「心が折れる」というようなことを経験することがほとんどない。旅先でどんなに困難なことや不条理なことに遭遇しても、どこかでそれを客観視して眺め渡してしまうようなところがあるからなのだろうか、胸の内で、おやまあ、とか、やれやれ、とか呟《つぶや》きながら面白がってしまう。

旅先でのことでは心が折れたりしない。しかし、遠く離れた日本で起きたことで、どうしようもない出来事に遭遇することはある。たとえば、異国の船に乗っていて、その洋上で母の死を知らされるというようなことだ。旅に出るのをほんの少し遅らせれば、母の最期に立ち会えたのに……。さすがにそのようなときには、父の死に目にも母の死に目にも会えなかった自分を、客観視して面白がるだけでは済まない、痛みに似たものを覚えたりする。

私が旅をしていて打ちのめされたような気分になるのはそうした場合に限られるのだが、短いエッセイの中でそのようなことをくどくど書くわけにもいかず、つい簡単に「とりわけ旅をしていて心が折れるようなことがあったときは……」と書いてしまったのだ。

第二に、引っかかったのはそれだけではなく、「心が折れる」という言葉がまだ熟していない表現かもしれないという懸念があったからである。しかし、にもかかわらず、あえて「心が折れる」という言葉を使うことにしたのは、熟してはいないかもしれないが、表現として不適切なものではないという直観的なものがあったからでもある。「心が折れる」という言葉には、他の即席の流行語と異なる、言葉としての正統的な佇《たたず》まいがあるような気がしたのだ。

いずれにしても、その映画に関するエッセイを執筆して以来、私にとって「心が折れる」という言葉は、心のどこかに引っかかる、なんとなく気になる表現でありつづけていた。

ところが。

去年の秋、「ビッグコミックスピリッツ」という漫画雑誌を読んでいて、「オッ！」と声を上げそうになった作品に遭遇した。

それは「ホイチョイ・プロダクションズ」なる著者の『気まぐれコンセプト』という四コマ漫画だった。広告や放送といった、いわゆる「業界」の内輪話を、巧みなくすぐりと共に漫画化している作品である。

本来は四コマだが、中に一コマだけでまとめられている箇所があり、私がそのとき読んだ回では、流行の言葉の誕生に関する面白い知識が盛り込まれていた。

それによれば、ジャンケンのとき、まず「最初はグー」という掛け声を発してからするようになったのは、元ドリフターズの志村けんが始まりだというのである。

そう言われてみれば、テレビの番組で、志村けんが「最初はグー」とやるようになるまで、誰もが単純に「ジャンケンポン」と言ってジャンケンをしていたような記憶がある。

さらに、その欄では、セックスを「エッチ」と言い換えたのはタレントの明石家さんまであるとも記されている。なるほど、セックスを「エッチ」という軽い響きの言葉に言い換えることで、セックスをするという密室の行為が、テレビの中だけでなく、友人同士の会話でも羞恥心なく口に出せるものとなった。

そしてその欄には、「最初はグー」と「エッチ」と並んで、「心が折れる」という表現を最初に使ったのは女子プロレスラーの神取忍《かんどりしのぶ》だったとも記されている。ジャッキー佐藤との試合に際して用いられたのだ、と。

しかし、それは、前記の二つの言葉と異なり、「なるほど」と思うと同時に、「果たしてそうなのだろうか」という気がしないでもないものだった。

私には、神取忍が使うようになる前も、すでにどこかで誰かが使っていたように思えてならなかったのだ。

――この言葉は、私の信頼する作家の誰かが使っていたような気がする。はて、その作家とは誰だったろう……。


その一カ月後のことだった。

私はアメリカの西海岸に行く用事があり、いつものように本棚に並んでいる「中国詩人選集」から一冊を抜き取り、バッグに放り込んでいった。

異国への旅に「中国詩人選集」の一冊を持っていくのは、二十代の頃からの習慣になっていて、どれを選ぶかはそのときの気分しだいだったが、そのとき持っていったのは『杜甫《とほ》』の巻だった。しかもその「上」という巻だった。唐代の詩人の中でも、杜甫や李白《りはく》などの大詩人は一冊で収まり切らないため、上下二冊に分かれて収載されている。もちろん『杜甫』は「上」も「下」もすでに何度となく読んでいるが、漢詩というのはそこに並んでいる文字を漫然と眺めているだけで新たな発見があるものなのだ。しかし、そのとき、「下」ではなく「上」にしたのは、たまたま「下」と離れたところにあって、抜き出しやすかったからというような程度のことだったかもしれない。まさに偶然、たまたまのことだった。

西海岸では、ロサンゼルスのダウンタウンから車で一時間足らず行ったところにあるレドンド・ビーチのホテルに滞在していたが、ある日、そのベランダで、近くの海をアザラシが気持よさそうに泳いでいるのを横目に見ながら『杜甫』を読んでいた。そして、これもいつものように、たまたま開いたページに眼を通していた。

まず、冒頭の「牛羊下来久〈牛羊下《ぎゅうようくだ》り来《きた》ること久《ひさ》し〉」という一句から始まる「日暮《にちぼ》」を読み、次に、「風急天高猿嘯哀〈風急《かぜきゅう》に天高《てんたか》くして猿嘯哀《えんしょうかな》し〉」の「登高」を読み、さらに「冬至」という詩に至ったとき、私は思わず声を上げそうになるほど驚いた。

そこに「心折」という字句が現れたからだ。

年年至日長為客　忽忽窮愁泥殺人
江上形容吾独老　天涯風俗自相親
杖藜雪後臨丹壑　鳴玉朝来散紫宸
心折此時無一寸　路迷何処是三秦

年年《ねんねん》　至日《しじつ》　長《つね》に客《かく》と為《な》り／忽忽《こつこつ》たる窮愁《きゅうしゅう》は人《ひと》を泥殺《でいさつ》す
江上《こうじょう》の形容《けいよう》　吾《わ》れ独《ひと》り老《お》い／天涯《てんがい》の風俗《ふうぞく》　自《お》のずから相《あ》い親《した》しむ
杖藜《じょうれい》　雪後《せつご》　丹壑《たんがく》に臨《のぞ》む／鳴玉《めいぎょく》　朝来《ちょうらい》　紫宸《ししん》に散《さん》ぜん
心《こころ》は折《くだ》けて此《こ》の時《とき》　一寸《いっすん》も無《な》し／路《みち》は迷《まよ》う　何《なん》の処《ところ》か是《こ》れ三秦《さんしん》なる

来る年も来る年も、冬至のこの日を旅人として迎えつづけていると、憂いに心が締めつけられ、どうしようもなくなってくる。河のほとりをさまよう自分の顔はひとり老いさらばえ、地の果てのようなこの土地の風俗にもなれ親しむようになってしまった……。

そのように始まる詩の最後に、「心折」という表現が出てくるのだ。

かつて私は何度かこの詩を読み、心を動かされたことがあった。そして、「窮愁」や「泥殺」や「天涯」などという言葉とともに「心折」という文字が心に深く刻みつけられたのだろう。私の記憶の底には、この杜甫の詩句があったのだ。つまり、「私の信頼する作家の誰か」とは、畏れ多くも唐代の大詩人、杜甫だったということになる。

もっとも、「中国詩人選集」において『杜甫』の巻の注釈を担当している黒川洋一は、この「心折」を「心はくだけて」と読み下している。

そこで、他にも用例がないかと捜してみると、やはりその巻の「秦州雑詩《しんしゅうざっし》」という詩の中にも「心折」の字句があるではないか。そして、これは「心くじけて」と読み下されている。

しかし、素朴に考えれば、くだけるは「砕ける」であろうし、くじけるは「挫ける」だろう。「折」は「折れる」と読んで悪いはずはないように思える。

のちに日本に帰って調べてみると、藤堂明保《とうどうあきやす》編の『漢和大字典』によれば、「折」という字は「木を二つに切ったさま」に「斤で切る」を合わせた会意文字で「ざくんと中断すること」とある。

日本語に「心が折れる」という表現がなかったにしても、杜甫の「心折」は、むしろ二つにポキンと折れる様の方がふさわしいような気もしてくる。

いずれにしても、私は神取忍から始まったという流行語、現代語としての「心が折れる」を使ったというより、杜甫もすでに使っている漢詩の中の「心折」が記憶にあったために、躊躇《ちゅうちょ》しながら、あえて使ったのだと思う。「冬至」は杜甫が七六七年に書いた作品らしい。ということは、少なくともいまから千二百五十年前にすでに「心が折れる」という表現を使っている詩人がいたということになる。

そう、やはり、心は折れる、のだ。

（16・4）

足跡――残す旅と辿る旅

かつて私はこう書いたことがある。

旅には「夢見た旅」と「余儀ない旅」との二つがある、人は「余儀ない旅」を続けながら、時に「夢見た旅」をするのだ、と。

しかし、近年は、その「夢見た旅」も大きく二つに分かれるのかもしれないと思うようになった。

ひとつは自分が自分の足跡を残す旅であり、もうひとつは誰かが踏み残した足跡を辿る旅である。

残す旅と辿る旅。同じ「夢見た旅」でも、そこには大きく異なるものがあるのかもしれないと思うようになったのだ。

森本哲郎という人がいる。もう四年前に亡くなっているから正確には「いた」と書くべきなのだろう。

朝日新聞の記者時代は名文記者と呼ばれ、退職してからは評論家として活動した。取材で世界の各地を訪れた経験から、旅と文明に関する著作を多く残すことになった。

十五年ほど前のある日、私のところに、未知の出版社の編集者から、その森本さんと対談してくれないかという依頼の電話が掛かってきた。

森本さんとは面識はあったが、さほど親しいという仲ではない。どういうわけだろうと不思議に思っていると、その編集者がこう説明してくれた。

森本さんの代表作に『サハラ幻想行』という紀行作品がある。アフリカのサハラ砂漠にある「タッシリの岩絵」を見るための旅について書かれたものだ。しかし、その単行本が刊行されたのは三十年以上も前のことであり、文庫化されたものも含めてすべて絶版になってしまっている。そこで、自分たちの出版社が再刊することにしたのだという。

編集者によれば、そうはいっても、そのまま再刊したのでは読者の手にとってもらえないかもしれないという恐れがあるので、なんらかの付加価値をつけたい。ついては巻末に誰かとの対談を載せようということになった。すると、森本さんから私を対談の相手にしてほしいという要望が出されたのだという。

当時、私は大事な書き下ろし作品の執筆に取り掛かっており、他に精力を分散できない状況にあった。対談といっても、事前の準備は必要だし、話したあとの手入れなどにも時間を割かれる。他の方との対談だったら間違いなく断っているはずだった。

しかし、私はその対談に応じる旨を告げた。理由はひとつ、私は森本さんに「借り」があったからだ。

それは、その時点から溯《さかのぼ》ることさらに二十年ほど前のことだった。

当時、私は三十代の半ばであり、初めての子供が生まれたばかりのときだった。しかし、私は、子供が生まれてまだ一週間にもなっていない時期に、フィンランドに「世界陸上」の取材に出掛けてしまった。それぱかりか、「世界陸上」が閉幕してもヨーロッパに居残り、さらには大西洋を渡ってアメリカにまで行ってしまった。そのようにして二、三カ月して日本に帰ると、眼も開かない赤ちゃんだったはずのその子は、びっくりするほど大きくなっていた。

たぶん、私は、子供が生まれても、いままでの生活を変えないぞという稚ない意気がりのようなものがあり、もっと早く帰れるものを、わざとぐずぐずしていたのだ。

日本に帰ってしばらくすると、それまで一度もお会いしたことのなかった森本哲郎さんの秘書から、森本さんの主宰する私的なジャーナリズムの勉強会で話をしてくれないかという電話が掛かってきた。いまの若手のノンフィクション・ライターがどんなことを考えているのかを知りたいということのようだった。

私はその依頼を引き受けると、一夜、著名な先輩ジャーナリストたち十人くらいの前で、私の考える新しいノンフィクションの書き方についての話をした。

話が終わって、ビールを飲みながらの雑談に移ったとき、私は子供が生まれてすぐに取材の旅に出て、帰ってみると大きくなっているのにびっくりしたという話を、冗談のように語った。

すると、そこに出席していた疋田桂一郎さんが真面目な顔付きでこう言った。

「あなたは可哀想な人ですね、子供のいちばんいいときを見逃してしまったんですね」

疋田さんは森本さんと並ぶ朝日の名文記者だったが、夫人を亡くされてから男手ひとつで子供を育てたという方だった。

私はその疋田さんの言葉に強い衝撃を受けた。

——そうか、自分は子供の「いちばんいいとき」を見逃してしまったのか……。

そして、ほとんど次の瞬間、私はこれまでの生活を改め、できるだけ子供の成長を見ていこう、と思い決めることになったのだ。夜から朝にかけて執筆するという夜型の生活を改め、子供が起きて眠るという時間に合わせたごく普通の生活に戻し、原稿の執筆はそのあいだにする、と。

以後、私は、朝起きて、夜眠るというごく真っ当な生活を送ることになった。いわば、森本さんは、私が「真人間」になる契機を与えてくれた「恩人」といえる存在だったのだ。

もちろん、そんなことは、森本さんや疋田さんだけでなく、親しい誰にも話さなかったが、以後、私は森本さんには「借り」があると思いつづけていた。

再刊される『サハラ幻想行』のための巻末対談は、小さなホテルの一室を借りて行われた。

話題は森本さんの『サハラ幻想行』の旅を中心に、時に私の『深夜特急』の旅にも及びながら多岐にわたったが、常に引き寄せられるように戻っていっては語られつづけたのが「砂漠」についてだった。

森本さんが『サハラ幻想行』を書くきっかけとなったのは、当時まだ新聞記者だった森本さんが、神田の古本屋街で一冊の本と遭遇したことによっていた。ふと、フランス語で書かれた『タッシリ壁画の発見』というタイトルの本を手に取り、ページをめくると、岩に描かれた人間や動物の奇妙な姿の絵が載っていた。心を奪われる絵だったが、それだけではなかった。さらにページを繰ると、その岩絵が描かれている「天然の画廊」ともいうべき場所の驚くべき風景写真が載っていたのだ。

《思わず息をのんだ。(中略)それは、人間からいっさいの想像力を奪ってしまうような、というのは、それ自身が想像の世界であるような、骨だらけの荒涼とした岩山で、地球上にこんな世界が実際にあるとは、とうてい思えないほどの情景なのであった》

そして、森本さんはこう思う。

《絵と岩山を見くらべているうちに、私は、もうどんなことがあっても、どんなむりをしても、このアトリエをたずねなければならぬ、と思いこんだ。この岩山へ達するには、砂漠を二千キロ近くも南へくだっていかなければならない。そして、タッシリにいちばん近いオアシスを足場にして、ロバとラクダで岩の峠をよじのぼらねばならぬ。それには、どうしたらいいのか。まったく見当がつかなかったが、もはや決心はゆるがなかった》

こうして、森本さんは、「週刊朝日」の別冊号に書くという仕事を得て、カメラマンの富山治夫と共にサハラ砂漠に向かうのだ。

タッシリの岩絵があるところから最も近いオアシスの町はジャネットというところだった。旅はそこに至るまでの長い旅と、そこから岩絵がある岩山を往復するわずか三日間の短い旅が、やがて「週刊朝日」の記事とは別に、『サハラ幻想行』という長大な著作としてまとめられることになった。それは、ひとつの紀行文であると同時に、砂漠を巡る文学的、哲学的省察の書でもあった。

森本さんは砂漠というものに深く心を奪われている方だった。対談中、何度も自分は砂漠が好きだと、まさに眼を輝かせるようにして語ってくれたものだった。

「僕にとっては、砂漠しかないんですよ。なぜだか自分にもよくわからない。しかし、考えてみると、砂漠には何もないけれど、同時に、すべてがあるからじゃないか、という気もします」

それに対して、私はモロッコ側から向かったサハラ砂漠で過ごした何日かの日々の体験を話したり、卒論のテーマに選んだアルベール・カミュに対する思いなどを述べたりした。アルジェリア生まれのカミュは、背後にサハラ砂漠を控えた都市であるアルジェで育ったフランス人だった。森本さんは三十年以上前の『サハラ幻想行』の旅について克明に記憶していた。それは、私が二十五年前の『深夜特急』の旅について克明に記憶しているのと同じだった。

最後に近く、森本さんはこんなことを言った。

「ずいぶんあちこち旅してきましたが、僕の心のなかにいちばん濃く焼き付いているのは、この旅です。いまだにサハラの夢を見る。夢の中で砂の音が聞こえるんですよ。ほかの旅は消えていくけど、サハラの旅が僕の中から消えることはないと思う」

その森本さんとの対談が終わって、私はこう考えるようになった。

二人の旅には本質的な違いがいくつもある。私のユーラシアへの旅は本当に貧しいものだったが、森本さんは朝日新聞から潤沢な資金を得ていたためサハラでは実に豊かな旅をすることができた。ガイドを雇い、ロバを調達するなどということが難なくできた。旅の期間も、私の一年に対して、森本さんの旅の核心部分は三日間にすぎないという長さの違いがあった。さらに森本さんには岩絵を見たいという具体的な目的があったが、私にはなかった。ロンドンという漠然とした目的地はあったが、それすらも変更可能な目的地に過ぎなかった。

違いは多くある。だが、その二つの旅にはたったひとつ共通点があった。それはどちらもが強烈な「夢見た旅」であっただけでなく、ルートを自分で考え、見つけていったという共通点があったのだ。私たちは誰かの足跡を辿るのではなく、私たちが自分の足跡をつける旅をしていた。

そして、私はこう思うようになった。

確かに旅には「夢見た旅」と「余儀ない旅」の二つがあるが、その「夢見た旅」にも、自分の足跡を残す旅と誰かが踏み残した足跡を辿る旅の二つがあるのではないかと。

そして、そのとき、こうも思ったのだ。

もしかしたら、『深夜特急』の旅から二十五年が過ぎ、最近の自分は足跡をつける旅をしなくなっているのではないか、と。最近の旅が『深夜特急』の旅ほどの鮮やかな色彩を持たなくなっているのは、それが原因なのではあるまいか……。

その対談からさらに多くの歳月が過ぎたが、とりわけ、近年は、その傾向がますます強くなっているような気がしてならなかった。大きな旅の多くが誰かの足跡を追う旅、辿る旅になってしまっている。

たとえば、作家の檀一雄の足跡を追ったポルトガルの旅もそうだったし、写真家のロバート・キャパの足跡を訪ねて世界中を回った旅もそうだった。

たぶん、それは年齢のせいなのだろう。人は齢を取るにしたがって、自分の足跡をつける旅ではなく、自分の関心のある人の足跡を辿る旅をするようになるのかもしれない。四国八十八カ所の巡礼の旅が、弘法大師という人の足跡を辿る旅であるように。そう思って、自分を納得させていた。

ところが、去年の末、ある文章を読んで、もしかしたらそうではないのかもしれないと思うようになった。もしかしたら自分は思い違いをしていたのではないかと。

それは「カーサ・ブルータス」という雑誌のウェブサイトに載っていたひとつの記事だった。鈴木芳雄という方が、「杉本博司　天国の扉」という展覧会のレビューを書いていたのだ。

杉本さんは写真家だが、最近は単なる写真家というより、もう少し広く美術家と言ったほうがいいような活動を続けている。

この「天国の扉」という展覧会も、十六世紀の天正少年遣欧使節をテーマに、彼らが日本からヨーロッパに向かった足跡を辿り、少年たちが見たかもしれない風景を写真に撮り、あるいは見たかもしれない文物を借り出してその会場に配置するということが行われたという。

《桃山時代、キリスト教布教と交易のため、大きな船がやってきた。そして、日本からもキリスト教の本拠地イタリア、スペインに向かった若き使節たちがいた。彼らは初めて出会う西欧文明に何を見たのか。ルネサンスの美術や工芸は彼らの目にはどう映ったのか。杉本博司の新しい展覧会はそれがテーマである》

それは私にとっても刺激的な展覧会だったが、残念ながら、それが行われたのはニューヨークのジャパン・ソサエティーであり、見ることは叶わなかった。

ただ、そのレビューを書いていた鈴木氏の文章の中に深い驚きを味わわせてくれる部分があったのだ。

鈴木氏は、天正少年遣欧使節と関りのある山崎正和や若桑みどりの著作を取り上げ、さらに私の大学時代のスペイン語の教師でもある松田毅一に触れたあとで、私についてこんなことを書いていた。

《沢木の代表的な著作『深夜特急』にも天正遣欧使節の影がちらつくのである。いや、ちらつくどころか、『深夜特急』は沢木版ひとり遣欧使節だったのだと思えてくるのだ。香港からロンドンに向かうだけなら、スペイン、ポルトガルを通る必要はないのにイベリア半島の突端サグレスまで行っていることや、マカオに長居してしまっている（ギャンブルにハマってしまったためかもしれないが）ことも見過ごせない、天正の少年たちは船で、沢木は20世紀に乗合バスで西を目指した》

私はその中の「ひとり遣欧使節」という言葉に驚かされたのだ。

少々、買いかぶりの評言だが、言われてみれば、確かに、戦国時代の少年たちが海を船に乗って行ったコースを、私は陸でバスに乗って向かったと言えなくもない。

天正少年遣欧使節のコースは、マカオ、マラッカ、ゴア、リスボン、マドリード、フィレンツェ、ローマというもので、そのローマでは法王と感動の面会をしている。同じように、私は、『深夜特急』の旅で、マカオもマラッカもゴアもリスボンもマドリードもフィレンツェもローマも訪れている。もっとも、私がローマで会わなければならなかったのは法王ではなく、日本人画家の未亡人だったが。

私の旅のコース選択が、松田先生がスペイン語の授業中に話してくれた「雑談」の影響を受けていたということは自分でも認識していた。松田先生の授業は、常に、十五分ほどスペイン語の教科書をさらうと、あとは自分の研究テーマである十六、七世紀の日欧交渉史の話になってしまっていたのだ。そこによく出てきた人名はフランシスコ・ザビエルとルイス・フロイスだったが、地名は、マカオであり、マラッカであり、ゴアであり、リスボンであり、ローマだった。その地名を「天正少年遣欧使節」と関係づけるところまでは行っていなかったが、なるほど、もしかしたら私は、松田先生を介して、無意識のうちに彼らと同じコースを辿っていたと言えなくもないのだ。

それまで、私は、『深夜特急』の旅では、まっさらな砂浜に足跡をつけるような旅をしていたと思っていた。ところが、私の眼の前には見えない点線のようなルートがあり、それを辿って行っていたと言えなくもなかったのだ……。

そして、いま、こんなふうに思うようになっている。

もしかしたら足跡を残す旅と足跡を辿る旅とのあいだには、あまり差はないのかもしれない。まっさらと思えている前途にも、見えない点線がついていて、それを無意識に辿っているだけかもしれないからだ。

かつて私は国内で「坂本龍馬脱藩の道」と名付けられたルートを歩いたことがあった。それには龍馬研究家が作成した地図があった。私はその地図にしたがって四国を横断した。まさにそれは誰かの足跡を辿る旅だった。

だが、私にとってその地図のルートは、具体的にはほとんど何もわからないも同然の道だった。曖昧であやふやな「点線」のようなルート。しかし、私が実際に歩くことで、その点線の中にある個々の点はひとつにつながり、実線になっていったのだ。

あるいは、誰かがお膳立てしてくれたツアーのようなものでも同じなのかもしれない。そこではかなりきっちりとした予定が立てられているだろう。だが、たとえどれほど綿密に立てられた予定のルートでも、出発するまでは単なる点線にすぎない。旅人がそのルートを実際に歩むことで初めて実線としてつながるのだ。

つまり、たとえどのような旅であっても、ルート上の点線はあくまで点線にすぎず、旅人が一歩を踏み出さなければ永遠に実線になることはなく、点線のままだということなのだ。

それがどんな旅であってもいい。遠くサハラ砂漠に赴く旅でもいいし、一泊二日で近郊の桜の名所を訪ねる旅でもいい。いや、日帰りで温泉に入るための旅でもいい。大切なことは、一歩を踏み出すこと、そして点線のルートを実線にすることだ。

そして、さらに、こんなふうにも思う。

森本さんの『サハラ幻想行』の旅と、私の『深夜特急』の旅が、当人にとって他の旅とは比べ物にならないくらい「濃い」ものになったとすれば、それは足跡を残す旅だったからというのではなく、なによりその旅をいきいきと生きていたからだったにちがいない。好奇心を全開にして旅を生き切った。たぶん、どのような旅でも、その人が旅をいきいきと生きていれば、そこに引かれる線は濃く、太いものになり、忘れがたいものになるのだろう。

まず、一歩を。

（18・5）

第二部　過ぎた季節

＊見る

少年ジョー、青年ジョー

私にとって、『あしたのジョー』はボクシングの見方のひとつを教えてくれた作品である。いや、単にボクシングの、というばかりでなく、スポーツの、と言い換えてもよい。

その『あしたのジョー』に、ひとつ気になることがあった。それはジョーの面差しの変化についてである。

物語の冒頭で、ふらりとドヤ街に姿を現したジョーは明らかに「少年」である。それはほとんど学生服を脱いだ『ハリスの旋風《かぜ》』の石田国松といっていいほど、ちばてつや的な主人公の「少年」である。しかし、それが、最後の戦いとなるホセ・メンドーサとの試合を終え、リングのコーナーの椅子に眠るように坐っているジョーになると、明らかに「少年」の面差しを失った「青年」として存在することになる。果たして、ジョーはいつ「少年」から「青年」になったのか。私にはそれが長いこと気になっていた。

そこで今回、もう何度目かになる『あしたのジョー』を、第一巻から最終巻まであらためて読み返してみた。すると、ちばてつやがいかに慎重に、いかに微妙にジョーの顔立ちを変化させていっているのかがわかってきた。ジョーの成長は、具体的には頭髪の前髪が少しずつ長くなることと鼻が少しずつ高くなっていくことで表現されることになるが、それに伴なって顔立ち全体が徐々に「少年」から「青年」になっていく。

では、その顔立ちの変化に見合うジョーの内面は、どのようなプロセスを辿って「少年」から「青年」になっていったのだろうか。

それを考えるためのヒントは、『あしたのジョー』を覆っている濃密なヒロイズムの中に隠されているような気がする。『あしたのジョー』のヒロイズム。それは大きく次の二つによって成り立っている。

ひとつは、戦いの場にこそ生命の燃焼の瞬間があるというヒロイズム。もうひとつは、ライバルを真に理解しうるのはそのライバルだというヒロイズム。『あしたのジョー』を支えるのがこの二つのヒロイズムだったということは、原作者である梶原一騎の物語感覚が、主として講談読物的な時代小説によって培われたことの結果だと思われる。たとえば、それは瑣末《さまつ》なところでは、力石にキャンバスに叩き伏せられたジョーが思わず口にする台詞が、「おのれ！」という、およそジョーに似つかわしくないものだというところにもあらわれてきている。

第一の「戦いの場にこそ生命の燃焼の瞬間がある」というヒロイズムは、「少年」のジョーが最初から持っているものである。それは、彼を慕う少女と橋の欄干にもたれながらの会話の中に出てくる、有名な次の言葉に集約的に表現されることになる。

「ほんのしゅんかんにせよ、まぶしいほどまっかに燃えあがるんだ。そして、あとにはまっ白な灰だけがのこる……。燃えかすなんかのこりやしない……。まっ白な灰だけだ。そんな充実感は拳闘をやる前にはなかったよ」

第二の「ライバルを真に理解しうるのはそのライバルだ」というヒロイズムは、まずジョーのライバルたる力石徹が鮮烈に示すことになる。つまり、体の大きな力石が、危険を覚悟で減量を強行し、バンタム級にまで降りてジョーと戦おうとするところに現れるのだ。それは時代小説なら、「士は己を知る者のために死す」という形で発現されるだろうものである。

そして、この第一と第二のヒロイズムの絡み合いが、前半の『あしたのジョー』をダイナミックに動かしていく動力となっていくのだ。

しかし、力石の死後は、第二のヒロイズムもジョーが体現しなくてはならなくなる。

力石の死後、呆けたように彷徨《ほうこう》を続けていたジョーがようやくカムバックを決意する。だが、東洋タイトルマッチを目前にして体重が落ちなくなった彼に、丹下段平がクラスを上げるべきだと主張すると、ジョーは絶対にバンタムから転向しないと主張し、こう言うのだ。

「バンタムというところはあの力石徹が命をすててまで、おれとの男の勝負のためにフェザーからおりてきた場所なんだ」

そして、さらにこうも言う。

「ちょっとくらいつらいからってサヨナラできるかよ、生涯の敵――生涯の友との古戦場バンタムによ」

もしかしたら、ジョーが「少年」から「青年」に変化していく契機を、第一のヒロイズムだけでなく、第二のヒロイズムを併せ持つに至るこのときと考えることも可能なのかもしれない。

ところが、この二つのヒロイズムの絡み合いとその変奏とによって物語られてきたストーリーの流れに、劇的な変化をもたらす場面が訪れる。

それは、ホセ・メンドーサとの試合の直前、すでに強度のパンチ・ドランカーとなっていることを知った白木葉子に、試合の中止と引退を懇願されたジョーが、次のように言うシーンだ。

「すでに半分ポンコツで勝ちめがないとしたって、そういうことじゃないのさ」

この「そういうことじゃないのさ」という台詞は、もちろん、リングにホセ・メンドーサという稀代のボクサーが待っているのだからどんなことがあっても行かなくてはならないということを意味すると取れなくもないし、死んだ力石のためにも逃げるわけにはいかないのだという意味にも取れる。もしそうなら、それはこれまでのジョーのヒロイズムと変わるところはないことになる。しかし、前後の流れの中にこの言葉を置いてみると、そこにはもう少し運命的なものがこもってしまっているように思われる。つまり、自分がリングに上がるのは、自分の意志とかヒロイズムとかを超えてしまったものによって支配されている。もう、誰にも止めることはできない。そう察知してしまった者の澄んだ悟りのような響きが感じ取れるのだ。

このとき、ジョーは「少年」からの移行を終え、完璧な「青年」として存在することになる。つまり、ジョーは「そういうことではない」ことを知ってしまった「青年」としてリングに上がるのだ。そして実際、このシーン以降のジョーは、それまで「少年」のジョーとも「青年」への移行期にあるジョーとも違う、生と死の境界に立って、向こう側を見てしまったような澄んだ顔つきの「青年」として描かれていくことになる。

だから、最後の真っ白になったジョーが、あたかも天使のような顔つきをしているとしても、それは無理もないことだったのだ。


（95・12）

「石」の並びの物語

かつて私は、異国への旅について触れた文章の中で「荷物が少なければそれだけ自由の度合いは増していく」と書いたことがある。その意見はいまでも変わらない。旅における最大の敵は大きな荷物である。だから、とりわけ異国を歩くときは、できるだけ荷物を少なくし、バッグを可能なかぎり小さくして身軽になることを心掛けている。

しかし、その私が、このところ——正確には一九九〇年以降——バッグにカメラを入れるようになっている。以前は絶対に持っていかなかったにもかかわらず、である。

なぜ異国への旅にカメラを持っていくようになったのか。

別に大袈裟な理由があったわけではない。カレンダーが一九八九年から一九九〇年に変わったとき、ふと、二十世紀もあと十年ほどになってしまったということに、ささやかな感慨のようなものを覚えてしまったのだ。

私もまた「この世紀」から「あの世紀」へ生きていくことになるのだろうか……。

そして、その感慨が、二十世紀最後のディケイド、最後の十年について、少なくとも自分が歩いた異国の地くらいはカメラに収めることでスケッチしておこうという考えを生んだのだ。

最初は単なる思いつきに過ぎず、すぐに飽きてしまうだろうと思っていたが、異国への旅には必ずカメラを持っていくという状態は意外に長続きした。もっとも、カメラを持っていくといっても、オートフォーカスの安直なものを一台、交換レンズもなしにバッグに入れているだけである。そのうえ、カメラを取り出してシャッターを押すのも、ひとつの旅の中で合計しても一時間あるかないかという程度にしかすぎなかった。多くの場合、異国への旅には取材や観戦といった明確な目的があり、そうでない場合にも、写真を撮っている暇があったら別のことをしたいという思いが強かったからだ。歩いていてふと撮ってみたくなり、たまたまそのときカメラを持っていればシャッターを押す。それだけのことだった。よりよい瞬間を狙ってカメラを構えつづけることもなく、よりよい構図を求めてアングルを探しつづけるなどということもない。したがって、私の撮る写真というものは、ほとんどが歩く私の眼の高さから見ることのできる情景に限られていた。

おまけに、写真を撮っても、あとで見直すことをしなかった。まさに「撮りっぱなし」の状態だったのだ。しかし、そうしたアマチュア・カメラマンとしてもおよそ目的意識の希薄だった私に、あるとき、自分の写真と正面から向かい合う機会が訪れた。

当時私は「スイッチ」という雑誌に日記風の雑文を連載していた。ところが、その途中の号で、画家の手になるイラストレーションが締め切りに間に合わないという緊急事態が発生し、窮余の策として私の写真をイラストレーションとして使わざるをえなくなった。私はあまり気乗りしなかったが、ページが真っ白になってしまうよりはいいだろうと、これまで撮りっぱなしにしておいたかなりの量の写真をデザイナーの手にゆだねた。悲惨な結果になるだろうと考えていた私は、しかし、刷り上がった雑誌のページが予想外に美しく仕上がっていることに驚かされた。

もちろん、それが私の「腕」によるものでないことは明らかだった。優れたデザイナーが、私の写真の中から何枚かを選び、ひとつの流れを作ってくれた結果だったのだ。私の写真は「玉石混淆」どころではなく、掛け値なしに「石」ばかりだった。しかし、私が歩き、見たものを、無目的に撮っていたために、その膨大な「石」には何かが「映ってしまって」いた。そして、それは「石」であるために、どのような建造物にも組み込める素材になりえていたのである。

以後、私はプロのカメラマンが目指す「完璧な一枚」という幻想をいっさい抱かないまま、「石」としての写真を撮りつづけることに興味をかき立てられることになった。

たとえば、そうして撮られた「石」としての写真の大海には、いわゆる「有名人」が「映ってしまって」いる写真が何点かあった。取材中に面白半分にカメラを向けたり、旅行中に不意に出くわして慌ててカメラを取り出したりしたものであるため、ピントが合っていなかったり、ブレていたりと、まさに「石」そのものの写真ばかりである。だが、それらを海から掬《すく》い出し、並べて見ると、私が歩いた軌跡上に存在したという一点を扇の要として、ひとつの「物語」を形成しているように思えてきたりもするのだ。

アルベルト・トンバはイタリアのアルペン競技の花形選手であり、フィデル・カストロは言うまでもなくキューバの国家元首である。ベン・ジョンソンはカナダの元陸上競技選手であり、ソウル・オリンピックの百メートルで九秒七九という幻の世界記録を出している。ボブ・ヘイズはその百メートルの東京オリンピックにおける優勝者だ。ジョージ・フォアマン、モハメッド・アリ、イヴェンダー・ホリフィールドはアメリカのボクシング選手であり、いずれも世界ヘヴィー級のタイトルを二度以上手にしている。ドイツのレニ・リーフェンシュタールは、『意志の勝利』

や『民族の祭典』の監督だったというだけでなく、九十四歳の現在もなお現役の映像作家でありつづけている。

私は彼らを撮った八枚の写真に「偶然の肖像」というタイトルをつけてみることにした。つまり、そのように自分の撮った写真を「物語化」することにしたのだ。

私はいま、この「偶然の肖像」のように、自分が撮った膨大な写真の中から「物語」を発見することに熱中している。そしてそれは、まず、十二の旅の物語として、『天涯』という名のもとに一冊の本になろうとしているところなのである。

（97・7）

彼のロミオ

私に『深夜特急』という旅行記がある。数年前、その私の歩いた道をたどってテレビの番組を作るという話が持ちあがった。当時の私と同じ年頃の若手の俳優が、私の役を演じつつ旅をするのだという。

その私の役を〈彼〉が演じることになったと告げられたとき、私には〈彼〉についての知識がまったくなかった。連続テレビドラマのタイトルを言われ、その主役をやっていた若手のホープだと聞かされても、そういえばそんなドラマがあったなあというくらいの感想しか湧いてこなかった。

具体的に企画が動き出し、第一部の撮影のために香港へ出発するという直前、私は〈彼〉と初めて顔を合わせた。

どういうわけだったか、待ち合わせの場所からレストランまで歩かなければならなくなり、なんとなく〈彼〉と肩を並べていくことになったが、そのとき、〈彼〉がほんの少し私より背が高いことを知った。制作者サイドの、外国の都市の雑踏を歩いていても頭ひとつは抜きん出ていてほしい、という要望に合致する身長を〈彼〉は持っていたのだ。

しかし、その身長を除けば、〈彼〉はごく普通の若者のように見えた。アルバイトにモデルをしていたというスタイルのよさは、むしろ線の細さを強調することになってしまっている。果してこんな体で長丁場を乗り切れるのだろうか。番組にはいっさい関与しないと宣言していた私ですら、いささか心配にならないでもないほどだった。

第一部が放映されると、〈彼〉はすぐに第二部の撮影のために二回目の長い旅に出た。それはインドからネパール、さらにシルクロードを走り抜ける、かなり苛酷な旅だったらしい。帰ってきた〈彼〉と再び会うことになった私は、〈彼〉の印象が一変しているのに驚かされた。そこには、以前の〈彼〉とは異なる、底にしなやかな強靭さを秘めた若者がいたからである。〈彼〉にとって私の役を演じること自体にはたいした意味はなかったろう。しかし、それを演じるために延べ百日以上に及ぶ旅をしてきたことは、何かであったに違いない。

演じるための旅は、俳優としての「余儀ない旅」である。しかし、その旅を続けていくうちに、〈彼〉の内部でその旅の意味が変質してきたのかもしれない。どこかで、生身の〈彼〉にとっての「夢見た旅」になっていった。その結果、第二部の画面には、〈彼〉が本来持っている純一さのようなものが現れるようになったのだ。その純一さは自然さとほとんど同じものともいえるが、単に自然さといってしまうと取り逃がしてしまうものがある。自然さをもう少し鋭くし、透きとおらせたもの、とでもいおうか。それが私を演じてくれている〈彼〉を魅力的にさせていた。

だが、映像の中の〈彼〉がいくら魅力的でも、舞台で成功するとは限らない。舞台で成功するには、知的な理解力と本能的な表現力という相反する二つの能力を必要とする。〈彼〉がそれを備えているかどうか、素人の私にはわからない。しかし、ある意味で極めて難しい戯曲のひとつといえる『ロミオとジュリエット』の主役たちには、その二つの能力にも増して必要なものがあるはずなのだ。虚空のロミオに向かってどうしてあなたはロミオなのかと問いかけるジュリエット。その問いを発するジュリエットにも、その問いを向けられるロミオにもなくてはならないもの。それは愚かさを美しさに変えることのできる研ぎ澄まされた純一さだ。

少なくともいま、〈彼〉、大沢たかおには、その研ぎ澄まされた純一さが間違いなくあるような気がする。

（98・2）

その問いの前で

やはりフォト・ジャーナリズムについて考えようとするとき、この挿話を思い出さないわけにはいかない。とてつもなく古いが、常に変わらずフォト・ジャーナリストに対して鋭い問いを突き付けつづけている。

それは、第二次大戦の取材のためにイギリスに赴いたロバート・キャパが、初めての仕事として空爆から帰還したパイロットを撮影しようとしたときのことだ。

《昇降口の扉が開いた。乗組員の一人が運びおろされると、待ちかまえた医者に引渡された。彼は呻いていた。次におろされた二人は、もはや呻きもしなかった。最後に降りたったのはパイロットであった。彼は、額に受けた裂傷以外は、大丈夫そうに見えた。私は彼のクローズ・アップを撮ろうと思って近寄った。すると、彼は途中で立止って叫んだ。

——写真屋！　どんな気で写真がとれるんだ！

私はカメラを閉じた。そして、さよならもいわないで、ロンドンに向って出発した》（『ちょっとピンぼけ』川添浩史・井上清一訳）

カメラマンがカメラを向けて撮ろうとした瞬間、その対象から鋭い言葉を浴びせかけられる。フォト・ジャーナリストがよく見舞われる状況だ。キャパは、そのときレンズにふたをしてしまったという。彼が本当に書いている通りの行動を取ったかどうかはわからない。しかし、その言葉がキャパの内部に深く食い入ってくるものであったことは間違いない。

そのとき、撮るか、撮らないか。

フォト・ジャーナリストとしての倫理を問われる場面である。と同時に、「どんな気で写真がとれるんだ」という言葉には、単なる職業人としてだけでなく、人間としての全体が問われているという恐ろしさが秘められてもいる。

なぜフォト・ジャーナリストは写真を撮るのか。金のため、という答えはひとまず脇に置いておいてよい。もし金のことだけを考えるなら、フォト・ジャーナリストは最も効率の悪い職業のひとつだからだ。近年のフォト・ジャーナリズムが生み出した作品の中でも最も有名な一枚といえる「ハゲワシと少女」ですら、撮り手のケビン・カーターがそれをニューヨーク・タイムズに売って得た金はわずか二百五十ドルだったという。そして、それはフォト・ジャーナリズムの最高の賞のひとつであるピューリッツァー賞を受賞するが、その賞金ですらたかだか二千ドルにすぎず、カメラ一台とレンズを二本買えばなくなってしまう程度の金額でしかないのだ。

にもかかわらず、なぜ彼らはフォト・ジャーナリストでありつづけるのか。傑作への野心、撮ることの使命感、過去のヒーローに対する憧れ、フォト・ジャーナリストという生き方への偏愛と惰性、あるいはそのすべてであるのかもしれない。だが、そうした理由によってフォト・ジャーナリストでありつづけているカメラマンたちも、「どんな気で写真がとれるんだ」という問いの前に立ちすくむことがないはずがない。

たとえばここに硫黄島で星条旗を掲げようとしているアメリカ海兵隊の兵士たちの写真がある。それはアメリカの従軍カメラマン、ジョー・ローゼンタールによって撮られた、第二次世界大戦、とりわけ太平洋地域の戦場を撮った写真の中で最も有名な一枚である。

ここではフォト・ジャーナリストの問題は露《あらわ》になってはいない。そのときのローゼンタールの立場が先のキャパとはかなり違っていたからだ。最前線にいたローゼンタールと兵士たちとのあいだには、困難を共にしているという仲間意識があったろう。従軍記者アーニー・パイルの書く記事が、故郷の知人に当てた手紙以上のものとなったように、ローゼンタールが撮る写真は、自分たちの英雄的な行為と、場合によっては最後の生を伝えてくれるものになるかもしれなかったのだ。

ローゼンタール自身もこう語っている。

「私の義務は、故郷から遠く離れた所で我々の同胞が行っていることの写真をできるだけ送り出して、彼らが自分たちのためにしてくれていることを銃後の人々に知らせることだと思っていました」

少なくともローゼンタールは「どんな気で写真がとれるんだ」という詰問は受けなくてすんだかもしれない。しかし、ぎりぎりのところで戦っている兵士にカメラを向けるとき、彼がその言葉が含んでいる問いとまったく無縁でいつづけられたとは思えない。

キャパの挿話と同じような状況が現代においても生きていることは、「ハゲワシと少女」のケビン・カーターを見舞った一連の出来事で証明された。内戦が続くスーダンで、飢えのために歩くことのできない幼女と、その死を待っているかのように近くに舞い降りて見つめているハゲワシ。その静謐《せいひつ》で残酷な一瞬をケビン・カーターは見事に捉え切った。だが、彼がこの作品でピューリッツァー賞を受賞すると、前にも増して激しく、撮る前にどうして少女を助けようとしなかったのかと問われるようになった。そして、そのカーターが受賞の三カ月後に自殺してしまったことで、再びフォト・ジャーナリストの倫理の問題が議論されるようになったのだ。

もっとも、金と麻薬の問題を抱えていたカーターの自死の原因は複雑であるらしく、「報道か人命か」の論争に疲れ果てて死を選んだという可能性は極めて低いといわれている。だが、彼が多くの人々から直接間接に「どんな気で写真がとれるんだ」と問われたという事実は残る。

フォト・ジャーナリストにとって、その問いから逃れることはできるのだろうか。誰もが高名な戦場カメラマンのデヴィッド・ダグラス・ダンカンのように戦場を離れて花を撮って暮らすわけにはいかないとすれば、どのような道が残されているのか。

ケビン・カーターの死をめぐる座談会の中で、フォト・ジャーナリストの長倉洋海《ひろみ》は、「ハゲワシと少女」の作者に必要だったのは撮り手の心情を含めて状況を正確に説明する言葉だったのではないかと述べている。

だが、ピューリッツァー賞を与えられるような写真というのは、写真だけで流通するから衝撃力を持つのだ。言葉が不要だから広範に流通すると言ってもよい。たとえそれが錯覚にしかすぎないものであろうとも、写真一枚がすべてを物語っていると思わせるものが重要とされるのだ。

もちろん、どれほど衝撃的なものであろうとも、それがフォト・ジャーナリズムの写真である以上、最少限度のキャプションを必要とする。それがファイン・アートの写真と根本的に違う点だ。

フォト・ジャーナリズムの写真は、今という時代に深くかかわるために、最初から永遠を目指すようなことはない。そのため、フォト・ジャーナリズムの写真はほとんどが時間に耐えられず消えていく運命にある。中には時間に耐えて残るものがあるが、それはさらに多くの言葉によって補強されなくてはならない。時間がたてばたつほどキャプションが長くならざるをえないのだ。たとえば一九四七年度のピューリッツァー賞受賞作である「ベーブ・ルースの引退」も、ベーブ・ルースという人物と、その引退セレモニーの状況についての知識がない人が増えることによって、さらに多くの言葉が必要になっていく。

ところが、同じフォト・ジャーナリズムの写真でも、死にまつわる作品にはあまり注釈を必要としないものが多い。あたかも、フォト・ジャーナリズムがファイン・アートと言葉なしに拮抗《きっこう》しうる唯一のテーマが死であるとでもいうように。

たとえば一九七六年度のピューリッツァー賞受賞作「一九七五年七月二十二日ボストンの火事」は、このキャプションなしでも見る者に強い印象を与えることができる。

火事の起こったビルの非常階段が崩れ落ち、大人と子供の二人が落下していく。まさにその瞬間が撮られている。見る者に言葉が不要なのは、その直後には確実に死があるだろうということがわかっているからだ。

フォト・ジャーナリストとは死を待つ職業であり、不幸を待つ職業でもある。その意味で、フォト・ジャーナリズムの最大のテーマが戦争であることは当然すぎるほど当然なことである。

戦争の写真は、たとえそこに死が直接撮られていなくとも、背後に存在する死に照らされることで昏《くら》い輝きを増す。

そこでまた、ぐるっとひとまわりして最初の問いに戻ってくる。フォト・ジャーナリストは「どんな気で写真がとれるんだ」という言葉にどう対応したらよいのか。

その答えはひとりひとりが見つけなくてはならない。だが、正義の戦争など見えない現代においては、フォト・ジャーナリストはますます困難な立場になっている。

（98・9）

芸を磨く

六、七年前、知人である桂南光《なんこう》の襲名披露興行で久しぶりに生の落語を聞いた。上方落語の桂南光の襲名披露のため東京に来たのは、師匠の桂枝雀《しじゃく》と一門の総帥の桂米朝《べいちょう》であり、東京側から参加したのは柳家小さんだった。

その口上で小さんは、桂べかこ改め南光についてはよく知らないが、数の少ない大阪の落語家がひとり増えるのはとにかくめでたいことだと、祝いの言葉にもならないような挨拶で満場を沸かせた後で、「粗忽長屋《そこつながや》」を演じた。最初は、いくらか元気がないのではないかと感じられるほどボソボソした調子で語っていたが、やがて兄貴分が死んだはずの熊公を長屋に迎えにいくあたりになるまでには、ぽっと上気したような顔でテンポよく話すようになっていた。

小さんの「粗忽長屋」を聞くのは初めてではなかったが、あの「抱かれているのは確かに俺だが、おぶっている俺は一体だれだろう」という有名な落ちまで、ほとんど笑いづめだった。しかし、それを聞き終わって、何年も、何十年も前に聞いた「粗忽長屋」と同じように面白いことに驚いた。記憶の中の「粗忽長屋」とほとんど変わっていない。そして、そのとき、もしかしたら、これまでの私の小さんについての理解の仕方は間違っていたかもしれない、と思うようになったのだ。

以前、私は長距離ランナーの円谷幸吉《つぶらやこうきち》についてのノンフィクションを書いたことがある。彼の遺族を含めて、多くの人から話を聞いたが、その中で最も印象深かった挿話のひとつは、自衛隊に入ったばかりの円谷について語ってくれた先輩の話だった。

ある日、その先輩の部屋に入隊したばかりの円谷が訪ねてくる。そして、一緒に陸上部を作ってくれないかと頼む。高校時代、無名の長距離ランナーだった円谷は、自衛隊でも走ろうと思っていたが、入隊した郡山の自衛隊には陸上部がなかったのだ。最初はその気のなかった先輩も円谷のいじらしさに負けて、二人だけで陸上部を作ることにする。そこから円谷の東京オリンピックへの道が始まったのだ。

実は、その話が私にとってとりわけ印象的だったのは、自分の高校時代にも同じような経験があったからである。

それは私が高校二年のときだった。教室に見知らぬ一年生が訪ねてきて、意外なことを言った。この学校に落語研究会を作りたいのだが、ついては「会長」になってくれないか？

どうして私が彼の眼に留まったのか、いまでもよくわからない。私たちの高校はベビー・ブーマーのために作られた新設の都立高校だった。私たちが一期生であり、上級生がいなかったため、学校の仕組みのすべてを自分たちの手で作らざるを得なかった。クラブを立ち上げ、生徒会の規約を作り、運動会や学園祭などの行事の計画を練った。私も陸上競技部の部長をはじめ、いくつかの仕事を掛け持ちで受け持っていたが、およそ落語と結びつくようなことはなにひとつしていなかったはずだった。ただ、妙なことを面白がる癖のある私なら加わってくれるかもしれないと知恵をつける誰かがいたのかもしれず、また、その後輩自身が、私がいればクラブの設立が認められやすいという政治的な判断をしたのかもしれなかった。

落語をやるなどということにまったく興味はなかった。だが、その下級生の「どうしても落語をやりたい」という真剣さに動かされた私は、やってあげようかな、と思った。クラブという容器さえできれば、いずれ新しい参加者も入ってくるだろう。それまで籍を置いてあげてもいいのかもしれない……。

そうして、私たちの高校に、会長と副会長だけのたった二人の落語研究会が発足することになったのだ。

落語研究会を作っての最初の大きなイヴェントは学園祭での公演だった。当初、私は落語などするつもりはなかったが、ひとりでは公演はできないということで、なんとなく私もやることになってしまった。

学園祭の当日は、教室に急拵え《きゅうごしら》えの高座を設け、何度かの公演をした。私の落語の出来はたいしたものではなかったが、それでも満員の客はよく笑ってくれた。そして私は、自分が人前で話すことが決して嫌いではなかったということ、それどころか、人に笑ってもらえることに快感さえ覚えはじめているらしいことを発見してびっくりすることになる。

その頃はまだヴィデオもＣＤもなく、テープもたやすく手に入らなかったと思う。レコードはあったかもしれないが、そんな高いものに手が出るはずもない。近所の区立図書館にある速記本を借りて次々と覚えていった。

後輩は、自らつけた「落橋」という芸名のとおり、ラッキョウが眼鏡をかけたようなとぼけた顔をしていたが、落語の演じ方は私と対照的だった。私は、どちらかといえば、咄《はなし》の骨格を押さえると、それを自由に改変しながら語ることが多かった。勝手にくすぐりを入れ、気ままに脱線しては、また本筋に戻っていく。だから、古典をやっても新作や漫談のようになってしまう。それに対して後輩は、速記本で覚えた咄を正確に演じながら、間を工夫することで自分のものにしていった。学園祭の公演では、どちらの咄も客はよく笑ってくれたが、私にも落語としては後輩の方が数段上だということはわかっていた。舞台の裏で聞きながら、なんてうまいのだろう、なんて面白いのだろう、と感心することが多かった。

後輩の十八番は「野ざらし」だった。当時、私たちの使っていた「野ざらし」の速記本は、「野ざらし」で有名な柳好《りゅうこう》のものではなく円生《えんしょう》のものだった。ところが、後輩の彼が演じると、円生の咄を一字一句変えていないにもかかわらず、なぜか小さん風に聞こえるのだ。私にはそれが不思議でならなかった。

それに、その後輩は与太郎ものがうまかった。私が与太郎を演じようとするとどうしてもわざとらしくなってしまうのだが、後輩は苦もなく与太郎を現前させることができてしまうのだ。プロの落語家でも与太郎ものをやると不自然さが際立つことが多い。当時も、与太郎を演じて不自然さを感じさせない落語家は数えるほどだと思っていた。その意味で後輩は、高校一年にしてすでにそうしたプロよりうまいと私には思えた。

最初の学園祭の前だったか後だったか。いまとなっては記憶がはっきりしないが、その後輩が中心になって落語鑑賞会なるものが行われた。といっても、校内で参加者をつのり、日比谷の

「東宝名人会」に行ったのだ。団体割引をしてもらったから、十五人か二十人くらいは集まったのだろう。

学校帰りに、鞄を持ち、制服を着たままぞろぞろ入っていくと、客席からやはり好奇のまなざしで眺められた。

トリは柳家小さんだった。その小さんが出囃子《でばやし》に乗って出てくると、座布団にすわるやいなやボソッとつぶやくように言った。

「まったく、こんなとこに高校生が団体で来るような世の中になっちまいまして……」

そこで、客はどっと笑った。そして、笑われた私たちも一緒になって笑った。小さんの口調に、皮肉ではなく、なんとはなしの温かみが感じられたからだ。おまけに、笑われることで、ほんの少しあった居心地の悪さが消えてしまった。

そのとき、小さんは「道具屋」だったか「唐茄子屋《とうなすや》」だったかの与太郎ものをやった。私はそれを聞いて、なるほど、と思った。小さんの与太郎は後輩の与太郎とよく似ていたのだ。いや、後輩が小さんに似ていたのだが、どちらも無理に与太郎をやっているという不自然さが感じられない。それは「地」で演じているせいではないか。逆に言えば、小さんにも後輩にも与太郎を「地」で演じられる何かがあるということになる。

それ以来、寄席やホールで生の落語をよく聞くようになった高校生の私は、古今亭志ん生、桂文楽《ぶんらく》、三遊亭円生、柳家小さん四人について、生意気にもこんな風に考えるようになった。与太郎を軸に差異化するとすれば、志ん生の与太郎は「志ん生そのもの」であり、文楽の与太郎は「与太郎を演じている文楽」であり、円生の与太郎は「円生が演じている与太郎」であり、小さんの与太郎は「与太郎そのもの」ということになるのではないか、と。つまり、小さんの与太郎が最も与太郎らしい与太郎ということになるが、それは芸の力というより天与の資質なのではあるまいか、と考えたのだ。

後に読むことになった暉峻《てるおか》康隆の『落語藝談』に、円生との次のようなやり取りが出てくる。

暉峻　師匠がやりいいという型はどんな人物ですか。やっぱり大店の旦那とか？

円生　そういったものはやりいいですね。

暉峻　仁に合うか合わないかということもありましょうね。

当時の私にはさすがに「仁」という言葉は思いつかなかったが、人には向き不向き、合う合わないということがあるのだとすれば、後輩や小さんの「柄」に与太郎は合うのだろう。しかし私の「柄」にはうまく合わない。だが、落語をやろうと思って与太郎が「柄」に合わなければ仕方がないのではないか。

その頃の私は、落語には落とし咄以外にも人情咄や芝居咄などがあるというようなことは知らず、落語とは落とし咄であり、落とし咄の粋《すい》は与太郎ものにあるという短絡的な考え方しかできなかった。私が人に笑ってもらえる快感を味わいながら、大学に入ってからも落語をやってみようだとか、ましてやプロになってみようなどと思わなかったのは、自分には与太郎が演じられないということがよくわかっていたからだ。与太郎ができなくて落語家などになれるはずがない。

一方後輩は、だから小さんは、与太郎をはじめとして、自分の「柄」に合う咄を、「地」のままにやることで、楽々と演じることができている……。

しかし、桂南光の披露興行で久しぶりに小さんの「粗忽長屋」を聞いて、果たして、小さんに対する私の理解の仕方は正しかったのだろうかと気になり出した。

だからといって、何をするというわけでもなかったのだが、このたび、小さんについての小文を書くよう依頼されたのを機に、各種の録音や録画で咄を聞き直し、小さんの名が冠されている本を読んでみた。

読んだ本は、『柳家小さん　芸談・食談・粋談』と『小さんの昔ばなし』と『咄も剣も自然体』の三冊。しかし、『小さんの昔ばなし』は軍隊時代のおもしろばなしが中心だし、『咄も剣も自然体』は『柳家小さん　芸談・食談・粋談』を「ノヴェライズ」したようなものだったので、丹念に読むことになったのは、やはり『柳家小さん　芸談・食談・粋談』にならざるを得なかった。

その中で「オッ」と思わされた箇所が二つある。

ひとつは、師匠である四代目が高座で「三人旅」をたっぷりやったあとで小さんに語った言葉を伝えている部分だ。

小さん　……そのときに、あたしが、「師匠のきょうの『三人旅』はよかったですね」っていうと、「いやあ、そうじゃないよ。あのね、おれが、小三治の時分の『三人旅』だけのものは、いま、できねえ」って、自分でそういった。そのときに、「芸ってえものは、あがるだけあがると、そこでとまるんだ。あと、急激に落ちるか、なだらかに落ちるか、どっちかで、もう、どんどん、どんどんあがっていくってことはねえ。あがるとこまであがって、そのひとの限界がくれば、もう、そこでとまるんだ。『あのひとの芸は枯れてきた』ってのは、これは、ことばをていねいにしてるんで、枯れてきたんじゃねえ、体力的にも、しゃべることにも、だんだん下り坂になってきたことなんだ」って、そういったんです。

これは、芸能の世界だけでなく、およそ創るという作業を必要とするあらゆるジャンルに妥当する卓見だと思われる。とりわけ「あがるだけあがると、そこでとまるんだ」というくだりには、「あがるだけあがった」ことのある者だけが発することのできる凄みが感じられる。

もうひとつは名人というものについて述べた部分である。五代目円生、三語楼《さんごろう》、文楽、可楽《からく》、柳好を昭和の名人上手と挙げたあとで文治について触れ、さらに志ん生についてこう述べているのだ。

小さん　うん。志ん生さんだって、たいへんな売れっ子で、独特の味はあったけど、名人というのじゃあなかったとおもう。

この、志ん生は名人というのではなかった、という評言を頭に入れて、たとえば二人が残している同じ噺の二つの音源を聞き比べてみると、小さんが言いたかったことが少しだがわかるような気がしてくる。

志ん生は、同じ噺でも、言葉を切る場所とか、語尾や繋ぎの言葉とかが一定しない。雰囲気は紛れもなく志ん生だが、細部は微妙に揺らぎ、異なっている。ところが、小さんの咄にはほとんど揺らぎがないのだ。枕を入れ替えたり、省略したりすることはあるが、志ん生のように細部に恣意的な変更はない。もし、小さんが高校時代の私の理解のように「地」のままに楽々と演じているなら、もっと自由に変化させていてもよいはずだった。恣意的な変化がないということは、祖型としてのひとつの咄を大事に受け止め、それを丹念に磨き上げているということになるのではないか。そうだとすれば、私が高校時代に感じていたのとは正反対に、小さんは自分の持ち味で楽々とやってきたのではなく、芸を磨くという古典的な芸道をまっとうに歩んできた人ということになる。

そういえば、南光の襲名披露のときの「粗忽長屋」を聞いて、最初はテンションが低かったが、だんだん熱が入ってきて面白くなってきたと感じたが、それも計算されたものだったということが暉峻との『落語藝談』の中で述べられている。

小さん　三分の二まで持ってきて、あとの三分の一が、勝負どころです。そこのところがいちばん肝心で、だんだんとたたみ込んで持ちこむ呼吸ですね。そして咄のテンポを速めて、客に隙を見せずに、ひと息にサゲまで持っていくこと。

小さんの芸は、きっちりと積み上げられた、ある意味で几帳面な芸だったのだ。

私は小さんの芸について勘違いしていたが、私にとってその勘違いは悪いことではなかった。

高校時代、自習の時間になると、よく教室の前に出て落語をやったものだった。そこで練習をさせてもらっていたのだが、クラス・メイトも喜んで聞いてくれた。

三年生のときの学園祭では、区の公会堂で、千五百人もの観客を前に演じたこともある。箸が転げてもおかしいといわれる年頃の女の子が半数もいる観客である。何をやってもよく笑ってくれた。

だが、そこで、よし俺もプロの落語家になってやろうなどと思ったりしなかったのは、ひとつには自分に与太郎ができないことを自覚していたためだが、それ以上に大きかったのは、小さんによく似たあの後輩がいたからである。彼に比べれば、資質においても才能という点においても及びもつかないことは歴然としていた。彼はもしかしたら小さんのようになれるかもしれないが、私は絶対になることはできない……。

もしその後輩が、いまごろ陸上競技における円谷幸吉のように有名な落語家になっていたりすれば、私のこの文章にも絶好の落ちがつくのだが、彼はプロを志したりせず、理系の大学に進んで技術者になってしまった。それは彼の賢さでもあるのだが、どこかで残念と思わないわけではない。いまでも、その彼の小さん風の「野ざらし」は、枕から落ちまで、微妙な間の取り方を含めて克明に思い起こすことができるほどであるからだ。

（00・2）

レニの記憶

撮るⅠ

この春のことだった。未知の女性読者から電話がかかってきた。レニ・リーフェンシュタールがアフリカで飛行機の墜落事故に遭ったらしいのですが御存じですか、というのだ。なんでも、ドイツの新聞記事をインターネットで検索していたら、ヌバ族の撮影のためにスーダンを訪れていたレニが、小型飛行機に乗っていて墜落事故に遭ったというニュースが載っていた。日本の新聞やテレビでは報じられていなかったので、もしかしたらと思ってお知らせするのですが、という親切な電話だった。ドイツ語の堪能なその方が続報も伝えてくれたおかげで、レニは足の骨折という重傷を負ったものの一命は取り留めたというところまで知ることができた。そのとき、私はあらためて思ったものだった。なんと生命力の強いおばあさんだろう、と。あの年齢でアフリカに撮影旅行に出掛けるというのもすごいが、飛行機の墜落事故に遭ってなお一命を取り留めるというところがすごい。なんといっても、レニは今年九十八歳になる、超高齢者なのだ。

未知の読者がどうして私のところにレニのニュースを知らせようとしてくれたのか。それは私がかつて『オリンピア　ナチスの森で』という作品で彼女のことを描いたことがあったからだ。

レニは今世紀初頭に生まれたまさに「歴史の証人」というような存在である。ダンサーから映画女優に転身し、三十歳のときに主演映画を自ら監督する。さらに、アドルフ・ヒトラーとの遭遇によって、ナチス党大会の記録映画『意志の勝利』を作ることになり、ベルリン・オリンピックの記録映画『民族の祭典』と『美の祭典』を監督するまでになる。

戦後はヒトラーとの関係を非難され不遇の時代をすごすが、今度はムーヴィーではなくスチールのカメラを手にアフリカの奥地に分け入り、ヌバ族を撮った『ヌバ』で写真家として復活する。さらには七十代でマスターしたダイヴィングを武器に海底の世界を撮りはじめ、『珊瑚《さんご》の庭』や『水中の驚異』という写真集まで出すにいたる。しかも、レニは現代の怪物というにふさわしく、九十を過ぎたいまでも海底に潜り、最後の映画を撮りつづけているのだ。

五年前の冬のある日、私は『オリンピア　ナチスの森で』の取材のため、『民族の祭典』と『美の祭典』に関するいくつかの質問を携え、レニが住むドイツのミュンヘンに出向いた。そこで長時間のインタヴューに応じてくれたレニは、多少の記憶違いはあったものの、六十年前の出来事について驚くほど明晰《めいせき》に答えつづけたものだった。

ひととおり聞きたいことを聞き終えたあとで、私は手にしていたカメラでレニを撮りはじめた。彼女の撮った海底のヴィデオ映像を見せてもらったり、本にサインしてくれたりしているあいだに数カット撮ったのだ。しかし、それは肖像写真を撮るという明確な目的意識によるものではなく、話しながら気が向いたらスナップするという程度のものにすぎなかった。私はこの十年ほど前から外国への取材にカメラを持っていくようになったが、取材相手にカメラを向けるときも二人の間にあるおもちゃをいじっているという以上の真剣さを示したことがない。撮れればいいし、撮れなくてもかまわない。そんなふうにして、ベン・ジョンソンも、ジョージ・フォアマンも、フィデル・カストロも、モハメッド・アリも撮ってきた。

ドイツから帰ってフィルムを現像してみると、レニについては二種類の映像が存在していた。私が常に持ち歩いているのはオートフォーカスの安直なカメラだが、フラッシュがついていないため夜だったり光量が足りなかったりするとブレたりボケたりしてしまう。しかし、だからといって、余計な荷物となるフラッシュを持ち歩く気にもならず、ブレるものはブレるにまかせて撮ってきた。ところが、家族の記念写真を撮るようなときにはやはりフラッシュが必要になり、同じような機種だがフラッシュが内蔵されているカメラをもう一台買った。ドイツに行くとき、私はうっかりカメラを間違えてしまい、フラッシュが内蔵されているカメラを持ってきていた。そのため、暗いレニの家での撮影の最初では、フラッシュが自動発光してしまったのだ。何枚か撮った後でフラッシュを強制的にオフにしたが、フィルムにはフラッシュの有無による二種類のレニが定着されることになった。

去年、私は『天涯第二　花は揺れ　闇は輝き』という写真集を出したが、そこにレニの写真を収録するに際して、どちらの写真を採るかでかなり迷った。フラッシュを使って撮ったレニは、年齢にふさわしい皺と怪物的な美しさを保った「魔法使いのおばあさん」のような雰囲気があり、フラッシュを使わなかったレニには、ブレているため顔もよくわからないが偶然の効果によって独特の動きと神秘性が定着されていた。

迷った末、私が選んだのは……ブレたレニだった。時間を経てなお、思い出すことのできるレニは、その写真にこそ濃く存在していたからだ。

（00・10）

過ぎた季節

撮るII

自分がどれほど歳をとったかということは、普通に生活しているとほとんどわからない。ただ、子供が学校に入ったり、卒業したりするたびに、その成長にちょっとした感慨を催し、あらためて自分の年齢を思い知らされるということを繰り返す。

それ以外に自分の年齢を痛切に思い知らされるということはあまりないが、私にはひとつだけ、その季節が来るとまた四年が経ったのだなあという感慨を催すものがある。それは夏季オリンピックである。

高校時代に経験した東京オリンピックから始まって、そのときどきの夏季オリンピックと自分が置かれていた状況の記憶がリンクしている。とりわけ、一九八四年のロサンゼルス・オリンピックからは、実際に取材する側に身を置くことになったということもあって、その季節と開催される都市との記憶がひとつになり、そのときの自分を思い出す強力な接線が引かれることになった。オリンピックの季節が来るたびに、四年前の、あるいは八年前の自分と比べることになるのだ。

この九月、オーストラリアのシドニーで今世紀最後の夏季オリンピックが開かれた。いつもなら、考えるまでもなく、さあオリンピックに行こう、ということになるのだが、このシドニー・

オリンピックだけは、どういうわけか行きたいという強い思いが湧いてこなかった。

ひとつには、このオリンピックがシドニーで催されなければならない積極的な理由がなかったということがある。最近で言えば、ソウルもバルセロナも、世界の多くの人がそこでオリンピックが開かれればいいなと思える都市だった。ところが、シドニーにはその世界共通の思いがない。世界には、他にオリンピックを開催させてあげたい都市がいくつもある。まだ一度も開催されたことのないアフリカのどこかの都市、たとえばケープタウンやナイロビ。同じく中近東のイスタンブールやテヘラン。あるいは、インドのデリーや中国の北京。さらには南米や東欧のどこかの首都……。

だが、すでに第二次大戦後のメルボルンで開催されているオーストラリアで、また開く必要はないように思えるのだ。

それは二〇〇八年の夏季オリンピックに立候補している大阪についても言える。東京オリンピックを持った日本で、いまあらためて大阪にオリンピックを招致しなくてはならない理由がない。つまり、開催の「大義名分」がないのだ。

私がシドニーのオリンピックにあまり行きたいと思わなかった大きな理由は、そこに心から納得できる「大義名分」がないということによっていたが、もうひとつの理由としては、シドニーがあまり魅力的な都市だとは感じられなかったということがあった。とはいえ、私は一度もオーストラリアに行ったことがない。だから、シドニーがどのようなところか判断する材料をほとんど持っていなかった。しかし、シドニーには、私が都市に期待する「過剰さ」がないように思えたのだ。

二〇〇四年に予定されている次回のアテネ・オリンピックにはどんなことがあっても行くだろう。それは、第一回の開催地であり、本来は百年目にあたる前回で開催されるべきだったのに、アメリカの巨大スポンサーとネットワーク・テレビの意向によってアトランタにさらわれてしまったということに対する同情ばかりでなく、アテネという街に深い魅力を感じるからである。あの国のことだ。オリンピックともなればさまざまな問題が噴出するだろうが、それすらも楽しさ、おもしろさの一部になるような気がする。アテネには間違いなく私の期待する都市の「過剰さ」がある。

そうした思いを抱いていた私は、ぎりぎりまでシドニーには行かないつもりだった。にもかかわらず、開会式の直前になって、やはり行こうと決めたのは、百メートルが理由だった。男子百メートルだけは見ておきたかったのだ。

陸上競技の二日目に行われた男子百メートル決勝は、アメリカのモーリス・グリーンの圧勝に終わったが、記録的にもレースとしても盛り上がりに欠けるものだった。いや、盛り上がりに欠けたのは男子百メートルばかりではなかった。柔道の田村亮子や井上康生、マラソンの高橋尚子の金メダル獲得という、日本にとっては充分に華やかなオリンピックだったにもかかわらず、私にはどこか物足りない、うすぼんやりしたオリンピックになってしまった。

それは気が向いたときにシャッターを押していた私のカメラも敏感に感じたらしく、前回のアトランタではいくらかあったおもしろい写真を、まったくと言ってよいほど撮らせてくれなかった。撮った本数はたいして変わらないはずなのに、どれもつまらないものしか写っていない。私がわずかにおもしろいと感じたのは、いちど撮ったフィルムを、うっかりまたカメラに入れてしまい、二重に露光してしまった一本に残っていた数カットだけだった。

もっとも、そのおかげで、閉会式を撮ったものも、シドニーの街を撮ったものも、どちらも真っ当なものはワンカットも手元に残らないということになってしまったのだが。

（00・12）

たとえ高望みだとしても

撮るⅢ

いつか行きたいと思っていながら、なかなか行かれなかった場所にヴェトナムのサイゴン、つまりホーチミン市がある。

ところが、この冬、小さな偶然からようやくそのホーチミン市に行くことができた。

初めての関西空港を経由して、初めて足を踏み入れたホーチミン市は、私の想像を軽く超えた、実にエネルギッシュな都市だった。通りに面したカフェでぼんやりオートバイや通行人を眺めているだけで簡単に一日が過ぎてしまう。メコンの大河やその支流のクリークを上り下りする船に身を任せ、生暖かな風を浴びているだけでもまた一日が過ぎていく。歩いていても、食べていても、話していても、見ていても、まったく退屈することがない。

私はヴェトナムで久しぶりに「ぶっ飛んだ」日々を過ごすことができたのだ。

そのヴェトナムで、時々は持っていったオートフォーカスのカメラで写真を撮ってみることもあった。

それにしても、アジアの写真というと、どうしてみな同じトーンのものになってしまうのだろう。光と影のコントラストを強調し、濃い藍色の空に土色の水を配する。民族衣装を着た女性と、市場に群れ集う人々。それに笑顔が美しい少年少女。多くがそんな写真になっている。その点が気になって仕方のなかった私は、ある時、写真についてまったくの門外漢であるにもかかわらず、偉そうに「『風景の危険』と『危険な風景』」と題するこんな文章を書いたものだった。

風景は危険だ。とりわけ、アジアの風景は危険だ。なぜなら、それらはあまりにも理解しやすそうに見えるから。

異国の風景を撮ろうとするとき、その写真に現れるのは映された風景だけではない。彼の、彼女の旅の仕方も同時に映り込んでしまう。撮った者がその風景とどのような状況で遭遇したかは写真を見ればすべてわかってしまう。『かつて…』という写真集の中のヴィム・ヴェンダースの言葉を借りれば、《つまり、カメラはとらえたものを写しとめると同時に、「背後」への「反動」を起こし、写真を撮った瞬間のカメラマンの姿をも画面に写し込んでしまう》（宮下誠訳）ということになるだろうか。

いま、日本人が撮ったアジアの写真が危ういのは、日本人がアジアを旅するその旅が危ういということだ。若い旅人を含めて、多くが理解したいアジア、理解しやすいアジアとしか向かい合わなくなっている。その結果、アジアの写真が「理解できるアジア」の風景しか映らなくなってきているのだ。理解できるアジアの風景、それは多くの場合、いかにもアジアらしい風景、つまり、ありきたりのアジアの風景ということになる。では、アジアらしからぬ風景ならいいのか。いや、アジアらしからぬ風景、それもうひとつのアジアらしい風景でしかない。撮る者に理解不能な風景。見る者が混乱に陥れられてしまうような風景。そのようなアジアの風景こそ私たちが見たいと望んでいるものであるかもしれない。

撮る者が、そこに在るアジアの風景と常に新鮮に出会うことができるかどうか。もちろん、その難しさは私にも充分わかっているつもりだが、そうしたことによってこそ、見る者を真に魅了するアジアの「危険な風景」が撮れるはずだとも思うのだ。

そう書いた私が、ヴェトナムから帰ってきて、あの「ぶっ飛んだ」日々に撮ったフィルムを現像し、上がってきたポジを見てがっかりしてしまった。ただの一枚も、多くのカメラマンが提示するアジアの写真を超えるものがなかったからだ。鮮やかな一枚とか決定的な瞬間を切り取った一枚がないなどということは問題ではなかった。そんなことは当初から望んでいない。ただ、撮られていた写真の色調や対象がやはり多くのカメラマンと大して変わっていないことに失望したのだ。青い空と土色の水。アオザイを着た女性や笑顔の少年少女。水上マーケットにオートバイの群れ。なんという月並みなヴェトナム写真！

いくらか珍しいものが映っていたのは、メコンを一緒に旅したデンマークの家族の末娘を撮った一枚だった。何の変哲もない記念写真だが、そこには間違いなくヴェトナムにおける「外国人」が写っていたからだ。しかし、それがどうした、と言われれば、すいません、と引き下がるしかないものでもあった。いくら、メコンのヴェトナム人にとって彼女の金髪が珍しく、いたるところで「見世物」になってしまったとしても、それがヴェトナムの写真として「変わった」ものになるわけでない。

だが、いい。私は近くまたヴェトナムに行く。そのときは、写真にもう少し新しい色調を定着することができるかもしれない。もう少し月並みでない対象を捉えられるかもしれない。それを期待してもういちど写真を撮ってみよう。
もちろん、それが分不相応の高望みであるということは充分にわかっているつもりだが、私の旅が変化すれば写真もまた変わるかもしれないと思ったりもする。

（01・2）

銀座の二人

夏の終わりから秋の初めにかけての季節、東銀座の試写室で三時半から始まる映画を見て出てきた私は、地下鉄の日比谷線の駅に続く階段を下りずにそのまま晴海通りを銀座四丁目の交差点に向かって歩きはじめる。まだ日は暮れ切っておらず、柔らかい陽光がビルの高い階の窓ガラスに反射している。

そこを歩きながら、ふと、ビールが飲みたいなと思う。どこかに寄って一杯飲んでいこうか……。

しかし、銀座四丁目の交差点に着いた私は、地下鉄銀座線の駅に続く階段を下り、まっすぐ家に帰ることにしてしまう。

銀座や新橋に馴染みの店がないわけではない。しかし、私は、ひとりで酒を飲んだり食事をしたりするということにあまり慣れていないのだ。外で飲んだり食べたりする機会は少なくないが、そういうときは誰かと一緒のことが多い。少なくとも、夜はそうだ。

旅に出るのはいつもひとりだから、旅先では夕食もひとりで食べる。しかし、東京にいるときは、なんとなくひとりで食べたり飲んだりするのが億劫《おっくう》になってしまう。ひとりだと、入った店の人によけいな神経を使わせそうな気がする。そしてまた、こちらもそれ以上に神経を使わなくてはならない。

要するに、私にはひとりで馴染みの店に寄り、軽く飲んだり食べたりするという器量がないのだ。


私が映画についての文章を書くため試写室に通うようになったのは十五年ほど前のことである。それまで、試写室という空間があまり好きではなく、通わなくてはならなくなってしばらくは憂鬱だった。しかし、いつの間にか、その憂鬱さは消えていった。

試写室に通うということは、銀座に行くということでもある。もちろん、試写室は六本木をはじめとしてほかにもあるが、銀座界隈《かいわい》への集中の度合いが群を抜いている。

その銀座の試写室というと、思い出す人が二人いる。

ひとりは作家の池波正太郎である。池波さんが「銀座百点」に連載していた「銀座日記」などを読むと、試写の帰りに銀座の気に入りの鮨屋や天麩羅屋に寄って軽く飲んだり食べたりしているところがよく出てくる。

たとえば、いまたまたま手元にある『日曜日の万年筆』には、こんな一節がある。

《昼間、映画の試写を観て、日暮れ前に立ち寄るには〔新富寿し〕がもっともよい。

なんとなれば、この店は昼前に店を開けると商売を中断しない。いったん休んで、午後五時からとか五時半から店を開けるなどということはしない。いつ行ってもよい。

そこで、まだ明るいうちに〔新富寿し〕へ入り、いかにも東京ふうのにぎりずしを食べ、酒の二本ものんで帰宅し、ひとねむりすれば、仕事をするのにちょうどよい体調となるのだ》

言うまでもなく、このとき池波正太郎はひとりである。

私が試写室通いを始めたとき、池波さんはすでに亡くなっていたから、試写室でお会いするということはなかった。しかし、このエッセイに描かれているような池波さんの姿を見かけたことはある。

それは先に引用したのと同じエッセイの中で、池波さんが銀座の気に入りの鮨屋として挙げている三軒のうちの一軒でのことだった。

私と友人とは、夕方のかなり早い時間にその店で待ち合わせていた。客は私たちだけであり、若い主人と気楽にしゃべりながら飲んでいた。

そこに、ふらりと池波正太郎が現れたのだ。そして、若い主人とふたこと、みこと言葉を交わし、お銚子を二本空けると、出て行った。

私も友人も特に緊張はしていないつもりだったが、軽く会釈をして送り出すと、二人とも、ほっとしたあまり、つい話し声のトーンが高くなってしまったのがおかしかった。

池波さんには、ひとりでこうした店に入り、ひとりで飲み、食べるということに慣れている、独特の風格のようなものがあった。

銀座の試写室で思い出すもうひとりは淀川長治だ。

淀川さんとはその晩年に一度だけ対談したことがある。対談の場所は淀川さんが長期滞在していた溜池の全日空ホテルだった。その中華料理店で、酒の飲めない淀川さんに合わせて、まったくアルコール抜きで四時間以上の長い対談をしたのだ。もっとも、対談とは名ばかりで、私が言葉を発したのは四時間のうち十五分もなかっただろうから、淀川さんの独演会のようなものだったのだが。

そこで淀川さんが語ったことの中にはいくつも印象的なことがあったが、意外だったのは食べ物に関する次のような話だった。

淀川さんは、午後になるとテレビ局が差し向けてくれる車で試写室に行き、その車で全日空ホテルに帰ってくる。そして、夕食はホテルの中にあるレストランを「かわりばんこ」に選んでそこで食べる。毎日がほとんどその繰り返しだと言ったあとで、こんなことを呟《つぶや》いた。

「もう何年と、ひとりで環状線の向こうに行ったことがないわ」

その時の話の流れでは、環状線の向こうというのは渋谷や新宿をさしているらしかった。そして、その言葉は、ホテルの外の繁華街で気儘《きまま》に食事をすることがまったくないということを意味しているようだった。

その対談以来、銀座の試写室などで顔を合わせると挨拶をするようになったが、淀川さんの小さな体が試写室の外に出て行くのを見送りながらいつもこんなことを思っていた。

――淀川さんは、これから全日空ホテルに帰り、あそこにある大きなレストランのどこかで、ひとり食事をするのだなあ……。

おそらく、淀川さんは、そうした孤独を代償にして多くのものを手に入れたのだ。

試写室からの帰り、私は池波さんのように気儘に馴染みの店に寄ることもなく、淀川さんのように決まり切った店でひとり食事をするでもなく、家に戻って平凡な食事をする。

そういえば、対談の最後に、淀川さんが私に質問をしてきた。沢木さんは奥さんや子供さんがいるの、と。私が、ええ、と答えると、淀川さんがほんのちょっぴり哀れむように言った。

「じゃあ、だめね」

（06・11）

拳の記憶

ボクシングの記憶はボクサーの記憶である。ボクサーが持っているさまざまな属性は、最終的には「拳」というものに集約されていく。とすれば、ボクシングの記憶は「拳の記憶」ということになる。

私にとっての初めての「拳の記憶」は、十代のときに見たジョー・メデルの右の拳だ。調べてみると、私がテレビで関光徳とジョー・メデルの試合を見たのは十三歳のときのことであるらしい。

第五ラウンド、関がメデルをロープ際に追い込み、止めの一発を叩き込もうとした。次の瞬間、キャンバスに倒れていたのはメデルではなく関の方だった。メデルは追い込まれていたのではなく、誘っていたのであり、関のパンチをガードしながら、じっと目を見開いてチャンスをうかがっていたのだ。相手の動きに合わせたメデルの右のフックが正確なカウンターとなって関の顔面に炸裂した。

それと同じことが、二年後の対ファイティング原田戦でも再現された。ただ一方的に原田に圧倒されているだけに見えていたメデルが、コーナーに詰められたときに放った右のアッパーがカウンターとなり、また一発で相手をキャンバスに沈めてしまったのだ。

私は、ジョー・メデルによって、ボクシングにおいては一瞬にして世界が変わりうるということを教えられた。


ボクシングの不思議について間近に目撃することになったのは、私が二十代になったとき「取材する者」として関わった輪島功一と柳済斗の一戦においてだった。足腰も立たないロートルが興行の犠牲になって無理なタイトルマッチを組まれてしまったなどという陰口を叩かれながら、輪島はひたすら「その日」に向かって肉体を研ぎ澄ませていき、ついには、おびただしい数のパンチを放った末の右のショート・ストレート一発によって世界タイトルを奪取することになったのだ。

私は、ボクサーが肉体をぎりぎりまで追い詰めていったとき、逆にその肉体がボクサーを信じられないほどの高みにまで連れていってくれるということを、輪島によって教えられた。


だが、その肉体も、絶対の精神の前には敗北することがあるということを見せつけられたのは、モハメッド・アリがアフリカのザイールでジョージ・フォアマンと戦った、いわゆる「キンシャサの奇跡」と呼ばれる試合においてだった。

やはり二十代だった私は、ユーラシアへの長い旅の途中、イランのイスファハンという古都で、通学途中の少年たちと一緒に町角の電器屋の店先に飾ってあるテレビでその試合を見たのだ。その第八ラウンド、まさに「サンドバッグのように」打たれていたアリが、わずか五発のパンチで圧倒的な肉体を持ったフォアマンを倒してしまう。

そのときの驚きを、私は吉本隆明との対談でこう語ることになる。

スポーツにおける肉体的なるものと精神的なるものとの相関関係をどう考えたらいいのだろうか、という吉本隆明の問いに、モハメッド・アリがキンシャサで採った「ロープ・ア・ドープ」という作戦を例に出して説明しようとしたのだ。

《有名なロープ・ア・ドープという作戦ですけどね。ロープ際にうずくまるようにして打たれつづけ、相手の疲れを待って二分三十秒から反撃するという、それを何回でもつづけるという、際どい作戦です。それはもう、自分の超越的なにかを信じなければ、とうてい支え切れない方法論だと思うんですよ。で、アリが勝った。それはまさに精神性の勝利というふうに考えられるから、あのアリの勝利というのは劇的な、スポーツの世界にとっても劇的なことだったわけです》

ボクシングは、瞬間のスポーツであり、肉体のスポーツであり、精神のスポーツである。だが、ボクシングは何より技の錬磨によって、ボクサーを異次元に連れていってくれるということもある。たったひとつの技が、あるいはその技に対する理解が、ボクサーを一変させてしまうことがあるのだ。私はそれをカシアス内藤によって教えられた。

あれはエディ・タウンゼントの葬儀が四谷の聖イグナチオ教会で行われたときだった。一緒に参列した内藤と、ひとりの若者の話になった。

彼、大和武士は、少年院で『一瞬の夏』を読み、出所したらボクサーになろうと思ったのだということ。三十代の終わりに差しかかっていた私と内藤の目の前に現れたその若者が、ふたたび私たちを結び付けることになった。彼は全日本の新人王になり、順調にランクを上げていたが、大和田正春の持つ日本タイトルに挑戦し、返り討ちにあっていた。しかし、それから間もなく、網膜剝離になった大和田がタイトルを返上し、空位になった日本タイトルの決定戦に出場できることになった。エディ・タウンゼントの葬儀の直前、私は王座決定戦を間近に控えた大和と会い、このままでは今度もタイトルを取れないのではないかという不安を覚えていた。彼には何かが足りないように思えたのだ。

その話を持ち出すと、内藤が言った。

「俺たちの本を読んでボクサーになった奴を、日本チャンピオンくらいにしないっていうのはまずいよね」

そのひとことが、私たちを一気に動かすことになった。所属するジムの会長に話をつけ、タイトルマッチまで私たちが大和を預かることになった。具体的には、内藤が大和のコーチをすることになったのだ。といっても、トラックの運転手をしていた内藤には、一週間に一度、土曜の午後しか練習を見る時間がなかった。

その初めての日だった。作業服を着たままの内藤が練習用のグラブを無造作にはめ、リングに立って大和に言った。

「好きなように打ってきな」

そこから軽いマス・ボクシングが始まった。

内藤が左でジャブを放ち、大和が右で払う。しかし、そこでいきなり動きを止めると、内藤がこう言った。

「本能を抑えてごらん」

大和はもちろん、リングの外で見ていた私にも、意味がわからなかった。

すると、内藤は、さらにこう続けた。

「人は目の前に何かが飛んでくると、本能的に利き腕でそれを払おうとする。いまのおまえがそれだ。俺が左でジャブを打つと、おまえは右で払った。それが本能だ。でも、それでどうなった？　俺はちょっと右に体勢を振られたけれど、それだけだ。もし、おまえが本能を抑えて、左でジャブを払ったらどうなると思う？」

言い終わると、内藤は左でジャブを放った。大和は何を言われているのかわからないまま、左でそのジャブを払った。

次の瞬間、大和も、そして私も、驚きで、ほとんど声を出しそうになった。

大和が左で内藤の左のジャブを払うと、内藤の内懐が大きく空くことになったのだ。右で払ったときは、むしろ内藤のガードを固めてしまう結果になったものが、左で払うと体勢を崩すことになる。しかも、利き腕の右を使っていないために、相手が崩れたところにパンチを叩き込むことすらできる。

私はジャブというものへの対処法をこれほど理論的に、しかも実践的に教える場面に遭遇したことがなかった。たぶん、このときのことがなかったら、内藤になんとしてでもジムを持たせてやりたいと思うこともなかっただろうと思う。

それ以後、内藤がやったことと言えば、大和に一週間にひとつずつ、五週間にわたって五つの実践的なテクニック、技を教えただけだった。しかし、日本タイトルの王座決定戦に臨んだ大和は一変していた。のちに、テレビ中継で解説を担当していた白井義男が「まったく別人のようになっていますね」と何度も嘆声を発していたことを知ったが、まさに大和は別人のように自信に満ちた戦い方をし、結局、松柳俊紀を第四ラウンドにノックアウトして内藤と同じミドル級の日本タイトルを獲得することになる。

ボクシングとは瞬間のスポーツであり、肉体のスポーツであり、精神のスポーツであり、技のスポーツである。そして、ボクシングにおけるそれらすべての要素を含んだ試合を、四十代の私にひとつの「物語」として見せてくれたのが、キンシャサでモハメッド・アリに敗れたジョージ・フォアマンだった。

私は、フォアマンがマイケル・モーラーという若いチャンピオンと戦い、四十五歳でタイトルを奪うことになる試合をテレビのクルーと共に取材し、『奪還』という一時間のドキュメンタリー映像を作ったのだ。

フォアマンは、その試合で、完璧な「物語」を見せてくれただけでなく、かつての名トレーナー、エディ・タウンゼントが口にしていた、ボクシングのもうひとつの本質をも示してくれたのだ。

エディ・タウンゼントは、ボクシングとは何かという私の問いに対して、「スタンド・アンド・ファイトだ」と答えた。踏みとどまって戦うことだ、と。フォアマンは、まさに、踏みとどまって戦うことで、ボクシングとは何かということを、私たちに示してくれたのだ。

だが、残念なことに、それ以後、私は私の心を熱くしてくれるようなボクシングの試合に遭遇していない。大和武士が不本意なかたちでリングを去ってからというもの、前のめりになるような姿勢でボクシングを見ることがなくなってしまった。

しかし、六年前、カシアス内藤が末期ガンの宣告を受けたことを契機にして、私たちが多くの人の助けを借りて作ることのできたボクシング・ジムから、ようやく有望なボクサーが誕生しはじめた。

とりわけ、去年の十二月に全日本の新人王に輝いた林欽貴と、内藤の長男で高校三冠に輝いた内藤律樹の二人が、もしかしたら、私たちの夢を叶えてくれる存在になってくれるかもしれない。私たちの夢、それは内藤のジムを作るために一万円ずつ寄付してくれた多くの人たちを、ジムにとって初めてのタイトルマッチに招待するという夢だ。

それを叶えてくれるのは、林欽貴の右の拳か、内藤律樹の左の拳か。もちろん、夢は夢で終わるかもしれない。

しかし、少なくとも、いまの私には、「拳」は単に「記憶」だけでなく、「未来」への夢をはらんだものとしても存在しているのだ。多くの現役ボクサーと同じく、あるいは彼らを熱い視線で見つめている多くのボクシング・ファンと同じく。

（11・5）

アテネの光

先頃、水泳の世界選手権で二つの世界新記録を出した北島康介について、私に最も印象的だったのは試合後の談話だった。彼は、この世界選手権はひとつの通過点に過ぎないと語っていた。世界新記録も、獲得した金メダルも、すべては来年のオリンピックのためのものだったと言うのだ。

そうした思いは北島だけのものではない。マラソンの高橋尚子も、次のオリンピックが競技者としての終着駅かもしれないというニュアンスのことを語っている。

それは彼らに、オリンピックこそが「最高の舞台」だという認識があることを示している。引退した瀬古利彦が苦笑まじりにこんなことを言っていた。ボストンや福岡でいくら勝ってもだめなんですよね、人が記憶してくれるのはやはりオリンピックなんです、と。

だが、すべての競技者にとってオリンピックが「最高の舞台」であるとは限らない。

例えば、テニスもサッカーもそして野球も、明らかに「最高の舞台」が他に存在する。テニスのプレーヤーなら、オリンピックの決勝とウィンブルドンの決勝のどちらを取るかと言えば、答えはほとんど決まっているだろう。同じように、サッカーにはワールドカップがあり、野球にはワールドシリーズがある。

私は、他に「最高の舞台」を持っている競技をオリンピックに加える必要はないのではないか、と思っている。水泳のように、陸上競技のように、いや、重量挙げとかレスリングとかバレーボールといった、そこが「最高の舞台」となる競技のためにこそオリンピックは存在するように思うのだ。実際、男子のバスケットボールは、ＮＢＡファイナルという「最高の舞台」を持つアメリカの「ドリームチーム」が、ほとんどオープン戦の感覚で出場するようになってつまらなくなった。

もちろん、「最高の舞台」が常に「最高のプレー」を生み出すとは限らない。最近では、とみにオリンピックで世界新記録が生まれることが少なくなっている。しかし、オリンピックは、そこが「最高の舞台」と信じる競技者のためのものであってほしいような気がするのだ。

ただ、サッカーは、出場できる選手に二十三歳以下という巧みな制約を加えることでワールドカップとは別種の舞台とすることに成功しつつある。また、私の考えでは、オリンピックに野球は必要ないということになる。だが、長嶋茂雄が監督になってしまった日本チームの野球の試合は、ちょっぴり見たいような気がしないでもない。

来年はアテネでオリンピックが開催される。

一〇七年前に、第一回の近代オリンピックが開催されたのがアテネである。私は数年前、そのメインスタジアムとなったパナシナイコ競技場のトラックに立たせてもらったことがある。白い大理石でできた観客席と黒いアンツーカーの走路の対比が美しかった。もしかしたら、それが古代オリンピックの舞台だったオリンピアの競技場跡を見ての帰りだったということも手伝っていたのだろう、深く心を揺さぶられた。

しかし、私は何度となくオリンピックの取材をしているにもかかわらず、実はその「最高の舞台」で、本当に心を震わせられるような「絶対の瞬間」に遭遇していない。オリンピックにおける「絶対の瞬間」とはどのようなものか。例えば、ベルリン大会のジェシー・オーエンスが百と二百と走り幅跳びに優勝したときのような、例えばローマ大会のアベベ・ビキラが裸足でコンスタンチヌス凱旋門《がいせんもん》に飛び込んできたときのような、そうした瞬間だ。

もう存在しえないのかもしれないそうした瞬間を求めて、私は来年もアテネに赴くことになるのだろう。アテネの光に誘われるようにして。

（03・8）

「精神力」の一歩手前で

その日、私は代々木の東京体育館で男子バレーボールの「アテネ最終予選」の日本対韓国の試合を見ていた。

両チームともアテネに行ける可能性はまったくなく、一種の消化試合であるにもかかわらず、場内は満員になっている。そのうちのかなりの部分が、試合前の「ジャニーズのショー」を目当ての少女たちであるにしても、よくぞ入ったという驚きを覚えないわけにはいかなかった。やはり「日本人はバレーボールが好き」なのだろう。

試合は、これまでの敗戦が嘘のように、日本の一方的なペースで展開していった。それには、韓国に戦うモチベーションがないということが大きかったと思われる。日本には、辛うじて、地元開催の「意地」のようなものが残っていた。

それにしても、どうして日本は第一戦のアルジェリアに勝ったあとズルズルと五連敗もしてしまったのか。しかも、オーストラリア戦を除いて、すべてがフルセットの末に「惜しくも」敗れているのだ。問題は、なぜ終盤の競り合いに負けつづけたのかという点にある。

日本の男子チームが競り合いに弱かったことの答えを、多くのメディアは「精神力」の弱さに求めていた。そして、その「精神力」の弱さを「外」での「経験」の少なさに求めているということでも共通していた。

では、「外」での「経験」を積ませれば「精神力」が強くなるのか。

たとえば、今回出場権を獲得したオーストラリアの選手は、ヨーロッパで経験を積んで強くなったといわれている。あるいは、サッカーにおいても、東欧や南米の選手たちはヨーロッパの一流リーグで経験を積むことでうまくなっていくという。

だが、それとバレーボールにおける日本選手を同列に論じられるものなのだろうか。

バレーボールにおけるオーストラリアの選手やサッカーにおける東欧や南米の選手は、外国に行くことで多くのものを手に入れることができる。少なくとも、失うものはさほど多くない。ところが、日本の選手は、善くも悪くも、すでに国内で多くのものを持ってしまっているのだ。外国に行くということは、それらのものを捨てていくことになる。

かつて、セリエAでプレイをしていた中田英寿と話したとき、印象的な一言を聞いたことがある。

「外国で成功するかしないかは」と中田は言ったのだ。「彼が日本に帰りたいと思っているかどうかの度合いで決まると思います」

もしそうだとすれば、日本に多くのものを持っている日本選手が、外国で豊かな経験を積むのは極めて難しいことになる。そこに日本以上の「宝の山」があるのでない限り、無理に無理を重ねることで「海外挑戦」は無残な失敗に終わる可能性が高くなる。

それだけではない。競技の中には、外国での経験が必要なものと、必ずしもそうでないものとがあるように思える。たとえば、バレーボールに関して言えば、パワー・バレー全盛のヨーロッパのリーグに出掛けていって、本当に日本のバレーボールに必要な経験が得られるかどうかは疑問なのだ。日本がパワーのあるヨーロッパや南米のチームと戦うために真に必要なのは擬似的なパワー・バレーではないはずだからだ。

やがてアテネでオリンピックが開催される。そこに出場する日本選手の、実はほとんどが敗れることになる。その時、彼らの敗因を「精神力」の弱さに求める意見が数多く出されることだろう。しかし、そこに行く前に、考えなくてはならないことは無数にあるように思える。肉体〈フィジカル〉、技術〈テクニック〉、作戦〈タクティクス〉。これらの要素の何がどう欠けていたために敗北したのか。それについて考えることは、その競技の関係者だけでなく、見ている私たちにとっても極めて興味深いものになるだろう。誰かが言っていたように、勝利に理由はなくとも、敗北には間違いなく理由がある。そして、それを理解することは、勝利に和する無条件の喜びとは別種の、スポーツのもうひとつの楽しみにつながるものであるはずだからだ。

その日、一セット、二セットと連取し、三セット目も優勢に試合を進めるバレーボールの日韓戦における日本チームのプレーを見ながら、私はさまざまなことを考えていた。監督の問題、サーブの問題、センターの使い方の問題、杉山起用の功罪……。確かに、「精神力」の一歩手前で解析しなければならないことはいくつもあるな、と思いつつ。

（04・6）

マルーシ通信

第一信

一カ月ほど前、取材のため一度ギリシャを訪れたが、その帰りの飛行機の中で少し古い映画を見た。タイトルは『ミラクル』、アイスホッケーをテーマにした作品だった。

一九八〇年にアメリカのレークプラシッドで行われた冬季オリンピックで、「氷上の奇跡」と呼ばれた試合があった。アイスホッケーの決勝で、当時無敵だったソ連と当たった若手中心のアメリカが、大方の予想を覆《くつがえ》して劇的な勝利を収めたのだ。『ミラクル』は、その若いアメリカチームを育て上げ、ソ連を倒すという夢を達成した監督ハーブ・ブルックスが主人公の映画だった。

ラストシーンで、いまは亡きハーブ・ブルックスの言葉が紹介される。

「この大会以後、アメリカはオリンピックにプロを起用するようになる。いわゆるドリームチームの登場だ。しかし、これは皮肉な名前である。なぜなら、彼らはたとえ勝っても夢がかなうわけではないからだ」

その言葉が私にとって印象的だったのは、プロのドリームチームは見る者にとっての「ドリーム」の対象ではあっても、彼ら自身には「ドリーム」が存在しないということが、極めて簡潔に述べられていたからだ。

私には、オリンピックがアスリートにとって最高の場であってほしいという思いがある。そこに出ること、そしてそこで最高のパフォーマンスをすることが目標であるような場所。つまり、オリンピックが「夢の場所」になってほしいという思いがあるのだ。

そこから私のアイスホッケーやバスケットボールのドリームチームに対する否定的な見方が生まれてくる。NHLやNBAのスター選手である彼らにとって、オリンピックは最高の目標の場ではない。そのことを、ブルックスはドリームチームには「ドリーム」がないと表現したのだ。

ところが、である。ギリシャから帰ってきた私は、日本版ドリームチームとも言うべき野球の上原浩治と会うことになったが、そこで彼と話をしているうちに思いもよらない考えが浮かんできた。

間違いなく野球の日本代表は一種のドリームチームであるだろう。他に日本シリーズという最高の場を持ちながら、アマチュアのチャンスを奪ってオリンピックの場に参入するプロ集団である。しかし、その彼らに、ブルックスの言う「ドリーム」がないかといえば、そうは言えないなと思えてきたのだ。

野球の日本代表には、アメリカのドリームチームと同じく金メダルを取るという「義務」が課せられていた。ところが、それを目指して長嶋茂雄という不思議な人と共に戦っているうちに、いつしかその「義務」が「ドリーム」というようなものに変化していった。そしてさらに、その長嶋茂雄が病に倒れてからは、金メダルを取るということが明確な「夢」となっていったのだ。長嶋監督のために金メダルを持ち帰るのだ、と。逆説的なことに、彼らが明確な「夢」を抱いたとき、彼らはいわゆるドリームチームではなくなったように思える。なぜなら、彼らは「ドリーム」を実現するために必死になっている他のアスリートと同じ集団になっていったからだ。

あるいは、オリンピックにとっては、アスリートがプロであるかどうかだけでなく、場合によっては彼らがオリンピック以外に最高の場を持っているかどうかも問題にならないのかもしれない。重要なのは、オリンピックが、彼らにとっての「夢の場所」であるかどうかということでしかない……。

だとすれば、オリンピックがオリンピックたりうるためには、オリンピックがアスリートにとっての「夢の場所」でありつづければいいことになる。

果たして、アテネは参加するアスリートにとって「夢の場所」たりうるのだろうか？

第二信

開会式の二日前、国際柔道連盟教育・コーチング理事の山下泰裕は、私に言った。

「谷と野村で金一個です」

その意味はこうだ。谷亮子と野村忠宏がそろって金を取る可能性は五割しかない。むしろそろって金を逸する可能性すらある。だから、と山下は言うのだ。二人で一個と思っているべきだと。

私にも懸念は理解できた。

この七月、私は井上康生に話を聞くため、柔道の男子が合宿している長野県の富士見高原を訪ねたが、そこで彼と、戦う時の姿勢の話になった。私が井上のように背筋を伸ばして戦っている選手は他にいないのではないかと訊ねると、井上は即座に否定して言った。

「いえ、野村さんがいます」

そういえば、午後の「打ち込み」の練習を見ている時、私の目を強く惹《ひ》きつけた選手がいた。練習相手と組み、ひたすら背負い投げの型とタイミングを確かめている。そして、何回かに一回は実際に投げ飛ばす。それは練習を超えた鋭いものだった。そして、思い起こしてみれば、私がその選手に惹かれたのも、技の切れ味だけでなく、姿勢の美しさにもあったのだった。背筋が伸び、技を出す瞬間に向けて意識を高めていく。そこには「道」を追い求めているといった気配すら漂っていた。

それが野村忠宏だった。しかし、そのストイックな姿は、あまりにも研ぎ澄まされすぎているようで、「危ういな」と感じざるをえなかった。

アテネに入った谷亮子の練習を見たのは、やはり開会式の二日前だった。

市内に借りた体育館で、男女の代表が練習していた。そこに谷はもっとも遅れてやってきた。そして、三十分近くかけて負傷している左足首に入念なテーピングをしてから柔道場に上がった。軽く体をほぐすと、「チームやわら」の五人の女子選手を相手に、五分刻みで乱取りに近い激しい動きの練習をする。相手を変えながら一心不乱に四十分も投げつづけただろうか。谷はスパッと練習を切り上げたのだ。私はその集中の深さと切り上げ方の鮮やかさに驚かされた。

しかし、最後にそろって礼をするとき、谷だけは畳の上に正座ができなかった。左足を投げ出して頭だけ下げる。山下が懸念するのも無理はなかった。

しかし、実際に試合が始まると、谷も野村も見事に勝ち進んでいった。決勝の相手のジョシネともヘルギアニとも力の差は歴然としており、谷も野村もまったく危なげなかった。終始攻めつづけ、相手にチャンスを与えないまま押し切った。

だが、二人の戦いぶりは対照的だった。谷が、狙った獲物を逃すまいという猟犬にも似た激しさを前面に出して戦っていたのに対し、野村は、技を掛ける一瞬を求めて、むしろ静謐《せいひつ》さすら感じさせる戦い方をした。

試合が終わった後の記者会見で、谷は上機嫌だった。笑みを絶やさず、外国人記者の初歩的質問にも懇切に答えていた。

男子監督の斉藤仁によれば、野村には十日前に右の脇腹を痛めるアクシデントがあったという。その中でよく戦ったと斉藤は目をうるませんばかりに語っていた。山下泰裕の厳しい見方には、そうした具体的な懸念材料があったのかもしれない。

しかし、記者会見に臨んだ野村は、これまた谷と対照的に、一片の笑みさえもらさなかった。そしてけがを抱えてどう戦ったのかという質問に対して、けがは関係ありませんでしたと切り捨てるように答えたのだ。

おそらく負けた時にもそれを言い訳には決してしなかっただろうという厳しさで。そこで私はふと質問してみたくなった。

「あなたの柔道はとても美しいと思う。今日はあなたのイメージする美しい柔道の何割くらい実現できましたか」

あるいは、私の「美しい」という言い方に対して、否定する言葉が出てくるかもしれないと思った。しかし、野村はそれを受け入れ、次のように答えた。

「何割だったというのは難しいですね。でも、自分の持ち味である背負いを中心とした柔道は十分にできたと思います。決勝では出せなかったけど、とても満足しています」

満足していたのは野村だけではなかった。観客もまた野村の柔道に心を動かされていた。決勝戦では、私の近くに座っているスペイン人たちが「ノ・ム・ラ！　ノ・ム・ラ！」と声を合わせて応援するようになっていたほどである。彼らにも、ひたすら一本に向かっていく野村の柔道にこそ、柔道の本質があると感じられたに違いない。

山下の予想に反して「谷と野村で金二個」だった。もちろん、山下も自分の予想が外れたことを喜んでいるだろう。

第三信

北島康介は百メートルの平泳ぎで勝てないだろう、と私は思っていた。

それはなぜか。私は、最近の北島に、奇妙な昏《くら》さを感じていたのだ。それは、追われている者が受けざるをえない重圧、あるいは頂点に立っている者が耐えなくてはならない孤独によるものだけとは思えなかった。

私が感じていたのは何かに捉われすぎている者の昏さだった。たとえば、競技開始初日に金メダルを取った谷亮子も野村忠宏も同じように「捉われた者」だったろう。しかし、彼らには、捉われている姿の中に、ある種の透明さがあった。ところが、最近の北島には「くすみ」だけが目立っていたのだ。北島は何か捉われすぎている。記録か、メダルか。いずれにしても、捉われすぎた北島は、そのことによって泳ぎの伸びを失い、オリンピックで敗れることになるだろう……。

その思いは、ブレンダン・ハンセンというライバルの登場で決定的になった。アメリカの代表選考会で北島の世界記録を百でも、二百でも破ったという。プールなどの条件は異なるが、そのことには明らかに勢いの放物線が交差したという印象を与えるものがあった。そのようにして多くの「過ぎてしまった者」は敗れてきたのだ。

私は、百メートル平泳ぎ決勝に登場してきた北島に、あの「くすみ」が消えていることを願った。しかし、椅子に座った北島は、まるでその周囲にだけ霧がかかっているかのような昏さを漂わせていた。

北島は顔をうつむき加減にして誰よりも長く椅子に座りつづけていた。そして、全員の名前がコールされ、スタート台に近づいた北島は、誰よりも早くスタート台で「位置につい」た。

スタートの合図が鳴って、飛び込んだ北島は、二十五メートルを過ぎたときには頭ひとつハンセンを抑えていた。後半追い込み型の北島だが、記録を持っているハンセンに前半あまり差をつけさせては苦しくなる。その思いが強すぎて、序盤を速く入りすぎたのではないか。後半、逆にハンセンに差されてしまうのではないか。たぶん、ハンセンもそうできると考えていただろう。

五十メートルのターンをした時、北島はハンセンにわずかにリードを許したが、すぐに前に出た。どこかでハンセンに並ばれてしまうのではないか。八十メートルか、あるいは九十メートルで。しかし北島は、最後までリードを保ったまま、わずかに速くゴール板にタッチすることができた。それは、わずか〇秒一七の差だった。

レースが終わって、勝利のインタビューを受けた北島は、意外なことに涙を流し、しかもレース内容をほとんど覚えていなかった。唯一覚えていたのは、隣にハンセンがいた、ということだけだった。

私は引き揚げる北島にひとつ訊ねてみた。

「椅子に座っているとき何を考えていました？」

「勝とうと思っていました。勝ちたいと思ってました」

その思いの、あまりの強さが彼に霧のようなものを立ちこめさせていたのかもしれない。

北島は、ひたすら勝ちたいと思っていたという。北島は、勝ちたいと望みすぎるくらい望み、勝つことに捉われすぎるくらい捉われ、そして勝った。私の「仮説」は見事に粉砕されてしまったのだ。

ところが、そう答えた北島の顔を見て驚いた。あの「くすみ」が嘘のように消えていたのだ。本当に、これまで見たことがないほど明るく澄んだ顔をしていた。それは単に勝利の喜びによるというより、何かから解き放たれたということの結果のようだった。

負けたハンセンは本当に悔しそうだった。しかし、後で聞くと、彼はアメリカのチーム・メイトが北島には泳法違反があると騒ぎ立てたことに対して、勝負の結果とは本質的に関係ないことと取り合わない姿勢を示したという。そして、レースの展開について、北島とは対照的にほぼ正確に記憶していた。

百メートルは「一心不乱」が「沈着冷静」を制した。では、二百メートルは？

勝ったことで北島の霧が晴れた。くすみが消えた。そのことは、二百メートルのレースにどう影響を及ぼすのか。軽くなった心によってさらに速く泳げるのか。それとも執着する思いの希薄さが勝利を遠ざけるのか。

私は二百メートルのレースを百メートル以上に興味を持って見ることになるだろう。

やはり「絶対」はなかった。

もちろん、スポーツにおいて「絶対」が存在しないことはよく知っている。絶対の強者と信じられてきた選手が、思いがけない敗北を喫するシーンは、それこそいくつも見てきた。

しかし、だからこそ、「絶対に勝つ」と口にし、なおかつその言葉通りに勝つ選手を見たかったのだ。それも、最高の選手が集う最高の舞台において。

そこで私は、アテネに出かける前の井上康生に訊ねてみた。アテネで絶対に勝つと宣言することはできませんか、と。すると井上はこう答えた。

「絶対はありえません。九十九パーセント信じていても、残りの一パーセントくらいは不安が残るのが普通じゃありませんか」

「その通りです。でも、井上さんなら、絶対と言って、勝つことができる気がします」

「いや、残りの一パーセントに不安があるから練習ができるんですよ。絶対と思ったら、そこで進歩が止まってしまう」

「いつか百パーセントになることはないでしょうかね」

私が言うと、井上は少し考えて言った。

「それは神ですね」

しかし、私はたとえその言葉を口にしないにしても、アテネで、井上がスポーツにおける「絶対」についての新しい側面を見せてくれるのではないかと思っていた。

そのアテネの柔道会場で、井上は奇妙に焦っていた。攻めを急ぎ、不十分の体勢のまま技を掛けていった。不思議だ。何をそんなに急いでいるのだろう？

そして、準々決勝に当たる四戦目の試合で信じられないことが起きた。開始五十九秒、内股にいったところを逆に返され、有効を取られてしまった。もちろん、時間は十分にある。ところが、さらにまた朽木《くちき》倒しで有効を取られてしまったのだ。井上は激しく攻め立てるが、技が中途半端で崩れてしまう。残り四十八秒、ついに内股が掛かったが、相手の体を回転させるまでには至らず、有効にとどまった。まだ有効一つ分負けている。表情は変えなかったが、明らかに焦っているのが伝わってくる。

残り四十三秒、相手は鼻血を理由に休み始めた。彼は疲労困憊《こんぱい》していたのだ。畳に座り、治療を求め、過剰にゆっくり治療を受けていたが、審判はそれを許してしまった。明らかに不当と思えたが、井上ならそうした不当さをも乗り越えられるはずだという思いこみが私にはあった。

残り三十秒、懸命の大内刈りが崩れてしまう。そして残り十二秒、必死に前に出ていった井上の体が反転させられた。相手の背負い投げを食ってしまったのだ。それは実に三年ぶりの一本負けだった。

井上は、畳の上に座ったまましばらく立ち上がれなかった。おそらく、自分の負けをどう受け止めればいいのか、整理する時間が必要だったのだ。

それにしても、井上のあの焦りはどこから来たのだろうか。

考えられることは二つある。ひとつは、痛めた左膝が完治していなかったのではないかということである。あるいは、試合中に痛めた右手の負傷が意外に大きかったのではないかということである。もうひとつは、それとも関連するが、できるだけ早く試合を終わらせたいと思ったということである。組み合わせで一試合多く戦わなくてはならないということもあったし、戦うことになった相手が巨漢ぞろいだったということもある。

実は、百八十三センチの井上は百キロ級では極めて小柄な方なのだ。調べてみると、身長は三十三選手中、下から六番目。もちろん、自分より大柄な選手との対戦は慣れているとはいえ、初戦を除けばすべて百九十センチ以上、二戦目の相手に至っては二百センチもあるのだ。あるいは、先の戦いを考えて早く決着をつけようとしたのかもしれない。

しかし、そのどれもが完全な説得力を持たない。「絶対」の九十九パーセントの、残り一パーセントに何が起こったのか。

敗者復活戦にも一本で負けた井上は、しかし逃げたり隠れたりせず記者団の前に出てきて、冷静に質問に答えた。だが、どの質問も、どの答えも、その一パーセントに何が起こったのかを明らかにするものではなかった。

やはりスポーツに「絶対」はなかった。だが、その当たり前の事実を、このような形で井上に教えてもらいたくはなかった。

しかし一方で、彼のつらそうな後ろ姿を見送りながら、こうも考えていた。井上を敗れさせたのは、彼に「絶対」を求める私の、あるいは私たちの思いだったのではあるまいか、と。

第五信

野口みずきと坂本直子と土佐礼子の三人が、マラトンからアテネまでのコースを走った時、二つの敵と戦っていたように思う。いまそこにいるラドクリフやヌデレバという敵と、そこにはいない高橋尚子という敵と。

高橋が代表選考会を兼ねた東京マラソンで失速した時、彼女に残された道はただひとつのはずだった。名古屋で走り直すということである。しかし、最終的に選んだのは、名古屋の出場選手が「つぶれる」のを待つという高橋らしくない道だった。後にその選択に関して様々な憶測が飛びかったが、決定的だったのは東京を走り終わった高橋に走ることへの忌避感があったためだろうと思われる。それまでの高橋なら即座に名古屋参戦を表明し、自分の手で代表の座をもぎ取っていただろう。

名古屋で走らなかった高橋がアテネの代表に選ばれなかったことに問題はない。しかし、同時に、日本人の間に「高橋尚子に走らせてやりたかった」という思いが残ったのも無理はなかった。それは選考の公正さとは別の次元の素直な感情だった。そこには、国民的なアイドルとしての彼女への親愛の情だけでなく、ランナーとして底知れない能力を持つ彼女への畏怖《いふ》の感情も含まれていただろう。高橋なら、あの驚異的な記録を持つラドクリフとも互角に戦えるかもしれないし、ケニアやエチオピアの未知の選手にも打ち勝てるかもしれない。しかし、あの三人では……。

野口や坂本や土佐が戦わなくてはならなかったのは、戦いの後で「高橋が出ていれば」と言い出すだろう日本人の感情でもあったのだ。

レースの主役は最初からラドクリフだった。体を激しく上下に動かしながらグイグイと前に進んでいく彼女を中心に先頭集団が形成される。ひとり、ふたりとふるい落としながら、依然としてラドクリフを囲むようにして先頭集団が炎天下のコースを突っ走っていく。

二十五キロ過ぎ、野口が少し前に出たように思えた。それは気のせいではなく、後続のランナーとの差が開いていく。ついていくのはアレムだけだ。しかしやがて、その「追跡者」はヌデレバとラドクリフに取って代わられる。

三十五キロ過ぎ、ゴール地点のパナシナイコ競技場内に設置されている大型モニターにラドクリフが映し出された。なんと、立ち止まり、手で顔を覆って泣いているではないか。その瞬間、スタンドを埋めていたイギリスの観客から「オオー」と悲鳴のような声が上がった。

この時点で初めてレースの主役が野口に移った。ヒタヒタと追うのはヌデレバだ。野口も苦しいのだろう、頻繁に時計を見る。四十キロ付近からは徐々に差を詰められていく。十四秒、十三秒、十秒……。このままいけば、大逆転ということもあるかもしれない。もし、そうなったら、私も思うかもしれない。あれが高橋だったら、と。

際どい先頭争いをしているというのに、モニターには三位争いが映されてしまう。と、不意に、スタジアムに野口が飛び込んできた。すぐあとにヌデレバが続く。しかし、意外にも、ヌデレバに追い抜こうという意志が感じられない。そして、そのまま野口がトップでゴールに入った。

その瞬間、野口はこの日の敵のすべてに勝つとともに、見えない敵の高橋尚子にも打ち勝った。そしてそれは、野口だけでなく、坂本や土佐を含めた日本の代表の三人が高橋を破った瞬間でもあったのだ。

ゴールした野口は、笑ってスタンドの声援に応えたが、すぐに嘔吐を始めた。やはり、想像以上に過酷な戦いだったのだろう。インタヴューが終わり、ふらふらとした歩き方で私の方に近づいてきた野口に、ひとつだけ質問をしてみた。

「走っている時、高橋尚子さんのことを思い浮かべる瞬間がありましたか」

私は、即座にいいえという答えが返ってくると思っていた。勝ち気な野口ならそう言うだろうと。しかし、違っていた。

「それは、ちょっと……」

この言葉の意味は二つに取れるだろう。一つは文字通り、少しは思った瞬間があるということであり、もう一つは、ここではそのことを話せないし、話す場ではないということである。

マラソンランナーは走りながら様々なことを考えるという。果たして、野口は走りながら高橋のことを脳裏に浮かべなかったろうか。二十五キロで飛び出す時、あるいはサングラスを投げ捨てずに頭で留めた時……。

第六信

そこにあったのははじけるような喜びではなかった。あったとすれば、「終わった」という安堵感だったろう。義務としての金メダルは取れなかったが、カナダとの三位決定戦で銅メダルを獲得して、ベースボール日本代表チームのすべては終わった。

金メダルが取れなかった責任はすべて自分にある、と監督代行の中畑清は語った。たぶん責任は中畑にあるのだろう。しかし、同時に、日本代表をこのような気持のよいチームとして最後まで戦わせることのできた功績もまた中畑にある、と私には思える。

長嶋茂雄の監督代行というのは実に困難な立場だったはずだ。そこにいない長嶋の意を体しつつ、現実的な判断は自分でしなければならない。だが中畑は、その困難な状況を「すべては長嶋監督のために」という旗を掲げることで乗り切ろうとした。おそらくは、長嶋の「操り人形」と見られることを覚悟の上で。

長嶋の打ち出した「フォア・ザ・フラッグ」というスローガンにはあまりリアリティーを感じられなかった選手たちも、「長嶋のために」という「旗」には素直に心を寄せることができた。中畑は長嶋の「志」を言いつづけることで、選手たちに「長嶋監督のために金メダルを」という具体的な「夢」を持たせることに成功したのだ。

実際、外から見ていても、このチームには独特な一体感があった。そして、その一体感は最後まで崩れることはなかった。それは、中畑が監督代行として自己主張をせず、「無」に徹し切ることなしには不可能だったのではないかと思える。

あるいは、プロの選抜チームとして、これより「強い」チームは作れたかもしれない。しかし、これより「いい」チームは作れなかったように思う。

そしてまた、その「強い」チームがアテネに来たからといって、必ずしも金メダルが取れたかどうかはわからない。なぜなら、野球というスポーツには、たとえ強いチームと弱いチームが戦っても、十回が十回とも強いチームが勝つとは限らないところがあるからだ。日本シリーズの覇者と高校野球の優勝校が戦ったとしようか。プロといえども高校側に松坂大輔級の投手が出てくれば打線は沈黙してしまうかもしれないし、ゴロがイレギュラーな転がり方をしフライが大きく風に流されてしまえば一点を失いかねないのだ。

アテネに向かう直前の上原浩治がこんなことを言っていた。ピンチの時には、どんないい打者でも十回に七回は凡打することになっているのだと自分に言い聞かせるんですよ、と。

準決勝のオーストラリア戦では、好機にその「七回」が続いてしまったのだという言い方ができないわけではない。少なくとも、それが野球であり、二つのチームにとてつもない力の差がない限り、いつでも十分に起こりうることなのだ。

すべてが終わって、その上原が通路を歩いてきた。すれ違う時に声を掛けてみた。

「アテネでいい時間を過ごすことはできた？」

すると、一瞬口ごもった。

「そうですね、僕らの夢はもっと別にありましたから……」

しかし、すぐに持ち前の明るさでこう付け加えた。

「でも、いい経験をさせてもらいました。感謝してます」

確かに「夢」はかなわなかったが、その答えは上原だけのものではなく、このオリンピックに参加したすべての選手に共通する思いだったろう。

しかし、「感謝」しなくてはならないのはむしろ私の方だったかもしれない。

こんなに気持よく野球を見られたのは何年ぶりのことだろう。気持のいいチームが気持よく試合をしている。テレビの「解説」などというよけいなものもなく、鳴り物入りの応援もない。ピッチャーの投げるボールがキャッチャーのミットに吸い込まれる時に聞こえるピシッという音。そのボールをバッターが木のバットではじき返すカキィーンという音。そうした音を聞きながら、陽光を浴び、そよ風に吹かれながら見ているのは実に幸せだった。

長嶋監督のためにぜひ金メダルを、という「物語」はハッピーエンドを持てなかった。いわば、アテネでは未完のまま終わることになってしまったのだ。しかし、もしかしたら、それはもうひとつの「物語」のための序章であったのかもしれない。すなわち、四年後の北京で、病を乗り越えた長嶋茂雄が、自身の手で金メダルを獲得するかもしれないという「物語」の。

第七信

シンクロナイズド・スイミングのチームの決勝を見ていて、ある種の物悲しさを覚えた。それは必ずしも日本チームが銀メダルに終わったからというのではなかった。理由は三つある。

一つはそれが採点種目だったからということがある。アスリートの試技がそれ自体では完結せず、採点者という絶対者にすべてを委ねなければならない。そのことによる試技の純粋性の欠如が、選手に無意識のうちに「媚び」をもたらしているようで、そこはかとない物悲しさを感じさせたのだ。

もう一つは、シンクロナイズド・スイミングという競技そのものの中にある。およそオリンピックの競技になっているようなスポーツは、ほとんどが人間の自然な動きから派生してきている。走ったり、跳んだり、殴り合ったり。しかし、ひとつシンクロだけは、その自然さから遠くにある。誰が「自然に」水の中で逆立ちなどするだろう。その不自然さが競技にある種の物悲しさを付け加えることになっているように思えるのだ。

そして三つ目は日本のシンクロの選手が置かれている独特な立場である。技術的には世界の最高水準にありながらどうしても頂点に立つことができない。

シンクロの「採点基準」を見るとフリーの芸術点においてすら「美」という言葉は入っていない。多様性、創造性などとあるだけだ。しかし、この日、多くの審判が出したロシアの十点と日本の九・九点の間には、どのような多様性、創造性の差があったというのだろうか。そこには採点基準にはない「何か」が介在していたとしか思えない。「何か」、それはおそらく「美」というものと深く結びついた「何か」であるはずだ。そしてそれは、いまの日本チームにはどうしようもない「何か」である。

その「どうしようもない」ことから逃れるために、日本の演技がことさら鋭角的に、機械的になってしまっている。私にはその「無理」が物悲しく感じられたのだろう。

しかし、そうした物悲しさを論理的に詰めていくと、採点競技、とりわけ見せるという要素の強い採点競技そのものの否定に行き着きかねない。

実は、私はそうした競技の否定論者のひとりなのだ。少なくとも、あえてそれをオリンピックでやらなくてもいいのではないかと思っているところがある。

ところが、このアテネ大会でたまたま見た男子体操の団体決勝が、私の見方を少し変えることになった。日本の三人の選手が最後の最後に見せてくれた鉄棒の試技は、たとえ審判がどのような点をつけることになったとしても、「媚び」とは無縁の、試技として自立している見事なものだった。そして、その見事さに審判も呑まれるようにして高得点を出してしまった。

いや、私がそこで驚いたのは彼らの鉄棒における試技の自立性だけではなかった。ミックスゾーンで話すことのできた日本選手のすべてが、異様に小柄なアメリカやルーマニアの選手たちより、はるかに「美しい」容姿を持っていた。つまり、すでに彼らは、試技以外のもので評価されなくてすむだけのものを持つに至っていたのだ。

同じように、いつの日か、日本のシンクロの選手にも、採点基準に存在しない「何か」ではなく、採点基準だけで優劣がつけられるようなときが来ることだろう。

ただ、物悲しさを覚えたシンクロのプールサイドで、一つだけ救いがあったとすれば、それは表彰台における日本チームの振る舞いだった。

同じメダリストでも、実は銀メダリストの振る舞いが最もむずかしいものなのだ。金メダリストが歓喜の中にあるのは当然だが、銅メダリストも三位決定戦に勝つことなどを通して喜びを抱いていることが多い。しかし、銀メダリストは金メダルを逸したという悔しさが表彰台でも抑えきれずに出てきてしまいがちなのだ。先日の女子のレスリングでも、日本選手に、それがあまりにも露骨に表れすぎてしまった銀メダリストがいた。

たとえ、どのようにジャッジに不満があろうと、祝するべきものは祝する。いわばそこには負けた者の礼儀というようなものが存在するはずなのだ。

この日の日本チームは、二位であることを素直に喜んでいた。その意味で、彼女たちは「よき銀メダリスト」であり、だから「よき敗者」だった。もちろん、それは単に「完敗」であることを認めたというにすぎなかったのかもしれないのだが。

第八信

日本陸連の会長をしている河野洋平氏からかつてこんな話を聞いたことがある。競馬が好きだった父親の一郎氏が幼い彼にこう言ったのだという。スポーツ選手の名前など覚えてもつまらない、なぜなら一代限りだから。競走馬なら血から血へとつながって楽しみもつながっていく。覚えるなら馬だ、と。

しかし、スポーツの選手が一代限りだというのは、もしかしたら言い過ぎかもしれないと思う。それは何も、ハンマー投げの室伏広治・重信親子や体操の塚原直也・光男親子のような、実際に血がつながっている関係だけをさしているのではない。

たとえば、マラソンの国近友昭と瀬古利彦の二人について考えてみる。瀬古は中村清というベルリン大会で惨敗した中距離ランナーを師と仰いだ。中村は自分がオリンピックで果たせなかった夢を天才的なランナーの瀬古に託した。しかし、最も可能性のあったモスクワ大会を日本がボイコットしたためにその夢はかなわなかった。瀬古はさらにロサンゼルスとソウルに出場するが、調整に失敗し、あるいはけがに泣かされて十四位と九位に終わる。やがて引退した瀬古は指導者となったが、なかなか中村の夢、そして自分の果たせなかった夢をかなえてくれるランナーに恵まれなかった。

その瀬古のもとに、彼を慕って国近がやってきた。国近が苦難の末にオリンピックの切符をつかんだ時の瀬古の喜びは、あるいは当人以上だったかもしれない。

実際、アテネで会った瀬古は誰よりも嬉しそうだった。

「興奮してませんか」

私が冗談めかして言うと、真顔になって言った。

「それは少しくらいはね」

その様子を見て、よかったなと思った。指導者となってからの瀬古は不運続きだった。おそらくは、もうやめようかと思ったこともあるはずだ。しかし、やめなかった。それはオリンピックに通用するマラソン選手を作りたいという一心からだったろう。いわば国近は、六十八年前のベルリン大会からの「思い」を受け継いでいたのだ。

私はパナシナイコ競技場のスタンドでマラトンから走り始めた男子選手がトラックに入ってくるのを待ち受けていた。

残念ながら、国近は一位のバルディニから遅れること約十分の四十二位だった。

私はそれを見届けると、五輪スタジアムに急いだ。閉会式を見るためだ。交通ラッシュに巻き込まれないように急いだつもりだったが、着いた時はすでに式典が始まっていた。

どうして閉会式などのためにそれほど急いだのか。ただのお祭りに過ぎないではないか、それよりマラソン選手の走り終わった後の生の声を聞いた方がいいのではないか、と言われるかもしれない。確かにそれも一理ある。しかし、オリンピックにとって、閉会式は開会式以上に大事なものであるような気がするのだ。

閉会式では二つの大きなことが行われる。一つは聖火を消すこと。もう一つはオリンピック旗を次の開催都市に渡すこと。とりわけ重要なのは、オリンピック旗を次の都市の首長に手渡すことである。なぜなら、それはオリンピックが「続く」ものであることを示す大事なセレモニーであるからだ。

世界記録はますます出にくくなり、ドーピングなどの困難な問題が頻発するようになっている。オリンピックに対する風当たりはさらに強くなっていくことが予想される。しかし、これが未来に向かって「続く」ものであるということが、かろうじて種々のマイナスを乗り越えうる契機を秘めているのだ。

続くこと。それが血だけではない継承の物語を生む。中村、瀬古、国近と継承されたマラソンの物語は、パナシナイコでは終わらないはずだ。

続くこと。それが未知のものを生み出す「場」を保証する。その場で何を生み出すかは、その時代その時代の人間の高貴さや愚かさにかかわってくる問題だろう。しかし、その場がなくなればあらゆるものが生み出されなくなってしまう。もちろん、滅びる時はどのようなことをしても滅びるだろうが、その時まではとにかく続けようとすることが必要なのだ。

少なくとも、この四年後にはまたオリンピックが開かれるらしい。アスリートはただその一つのことを頼りに、再び「最高のもの」を求める努力を開始する。

続くこと。それを信じて。


（04・8）

アテネの失冠

私が初めて井上康生の柔道を見たのは、彼が高校生の時だった。

井上は、高校選手権の個人の部で優勝した翌日、団体の部で東海大相模の大将として世田谷学園との決勝戦に出場したのだ。私にはその団体戦が印象的だった。

団体戦は、先鋒、次鋒、中堅、副将、大将の五人が勝ち抜き戦で当たっていく。東海大相模は、世田谷学園の中堅によって副将まで打ち負かされ、残るは大将の井上だけになってしまった。世田谷学園には、その中堅を含めて、副将も大将も重量級の選手ばかりが残っている。さすがの高校チャンピオンも、その三人を相手にして勝ち抜くのは難しいのではないか。そう思いながら見ていると、まず中堅を破り、次に副将を破り、大将同士の決戦にまで持ち込むことができた。しかし、そこまでに井上は消耗しつくし、ようやく立っているというような状態だった。ところが、大将戦が始まると、井上は五分以上に戦い、残り六秒というところで、世田谷学園の大将の掛けた技を巧みに返して勝ったのだ。その劇的な勝ち抜き方といい、最後の技の鮮やかさといい、私は深く心を動かされた。とりわけ魅力的だったのは井上の戦う姿だった。容姿が柔道の選手としては珍しくスマートだということもあったが、なにより、戦うときの姿勢がよかった。他の選手と違い、背筋がまっすぐに伸びていたのだ。そのとき、私は柔道界に新しいスターが生まれたなと思った。と同時に、このまま真のスターとして成長できるかどうかまではわからないな、とも思ったのを記憶している。そのようにして実に多くのスター予備軍が生まれては消えていくのを見てきたからだ。

しかし、井上は消えなかった。

その四年後、私はシドニーの柔道会場で、井上康生が真のスターになるところを目撃することになった。五試合連続の一本勝ちで金メダルを手に入れたのだ。

私はそのとき、内股を主武器に、次々と投げで相手を倒していく井上に、オリンピックにおける日本選手で、初めて「絶対の強さ」を見たと思った。たまたま勝っているのでもなく、ようやく勝っているのでもない。勝つべくして勝っている。私は井上の試合を見ていて一片の不安さえ抱かなかった。そうした強さを持った日本選手を見るのは初めてのことだった。

井上はその表彰台の上で亡き母の遺影を掲げた。私の隣にいたオーストラリア人のジャーナリストは「彼は何をしているのか」と訊ねてきた。私が説明すると、状況は理解できたようだったが、納得はしなかった。そのジャーナリストは、柔道のチャンピオンがずいぶんセンチメンタルなことをするなと思ったようだった。

だが、私にとって気になったのは、井上が表彰台で母親の遺影を掲げたことではなく、そこにおけるもうひとつの振る舞いだった。

メダルの授受が終わると、井上は手を挙げて観客の歓呼に答えた後、台を降りてしまったのだ。そのとき、二位と三位の選手は、一瞬途方に暮れた表情を浮かべた。井上と一緒に台の上で肩を組み、手を振りたかったのだ。あるいは、そうした姿を写真に撮ってほしかったのだ。二人は、井上が降りてしまったので、仕方がなく、しかしいかにも名残り惜しそうに後に続いた。私はそれを井上のために残念だと思った。最後の最後に、王者としてただひとつしなければならないことを忘れてしまった。それは敗者への配慮である。負けた彼らはおそらく勝った井上と一緒の写真を残したかったのだろう。三人で肩を組み、笑いながら手を振っている写真を。それは彼らにとって一生の記念の品になるはずのものだった。

私がアテネに行くと決めたとき、ぜひ見たかったもののひとつは井上康生が出場する柔道の百キロ級だった。そこで私は、表彰台の上における彼の振る舞いを見てみたかったのだ。もちろん、表彰台の最も高いところでの振る舞いを、である。

アテネに向かう一カ月前、ある仕事の流れからその井上と会うことになった。観戦記を連載する予定の新聞紙上で、私が気になっている三人のアスリートと対談するという仕事があり、その最初のひとりとして井上と会うことになったのだ。

会った場所は男子柔道の代表選手が合宿していた長野県の富士見高原である。

疲れている時期だろうに、練習を終え、夕食を済ませたあとの時間をたっぷりとってくれた。その対談の席で、初めて会う井上は予想外に率直に話をしてくれた。

それはひとつには講堂学舎のおかげだったかもしれない。

世田谷に講堂学舎という柔道のための施設がある。民間の篤志家が建てたもので、全国から優秀な少年たちを集め、中学、高校と寄宿生活をさせながら鍛えていく。バルセロナで金メダルを取った古賀稔彦も、吉田秀彦もその講堂学舎出身である。

中学は近くの弦巻中学という公立中学に通うが、高校は私立の世田谷学園に通う。世田谷学園が全国大会で常に上位にいられるのも、ひとつにはこの講堂学舎から優秀な選手が切れ目なく供給されるからなのだ。

実は、私の家は講堂学舎の近くにある。私が自宅から仕事場まで歩いて通うときに、いつも弦巻中学や世田谷学園に通う講堂学舎の少年たちとすれ違うのだ。

私が井上康生に関して不思議に思ったことのひとつは、宮崎出身だというのにどうして東海大相模に進んだのかということだった。どうせ親元を離れるなら、講堂学舎に、という道もありえたはずだったからだ。古賀が熊本であるのを始め、講堂学舎には九州出身者が多いということもある。

井上と話を始めてしばらくしたとき、私はそのことを訊ねてみた。どうして講堂学舎に行かなかったのか、と。

すると、井上が一瞬どうしてそんな名前を知っているのだろうという顔をした。私の家がその近くにあるのだと説明すると、こう話し出した。

「実は、僕も講堂学舎に入ることになっていたんです」

井上によれば、彼に柔道を教えてくれた警察官の父親が、講堂学舎で教えている吉村和郎を高く評価しており、講堂学舎に入ることになっていたのだという。ところが、いざ東京に行くという寸前になって、その吉村が全日本の女子のコーチとして迎え入れられ、講堂学舎から離れることになってしまった。吉村がいないのなら行っても仕方がないという父親の判断で急遽取りやめになってしまったのだという。そこで中学校は親元から地元の学校に通いつづけ、高校も兄の通う地元の高校に行くつもりだった。ところが、中学三年の時に東海大相模高校から監督が直接スカウトに来た。そのとき母親が、いずれ親元を離れるのだから今のうちから行った方がいいと勧めてくれ、東海大相模に行くことになったのだという。

「そうか、井上さんも講堂学舎に入っていた可能性があったのか……」

私が嘆声を発しながら言うと、井上もいかにも面白そうに言った。

「もしかしたら、僕も沢木さんと毎朝すれ違っていたのかもしれませんね」

その仮定は私を楽しくさせた。毎朝すれ違っていた少年が、ある日、絶対の強さを持った柔道家となって目の前に現れる……。

もしかしたら、私との対談で井上が楽しそうに話してくれるようになったのも、その話題が出てからだったかもしれない。まさに「講堂学舎のおかげ」だったのだ。

その夜、井上とさまざまなことについて話した。

背筋を伸ばして戦うことの重要さ。シドニーにおける強さの秘密。無心と集中の違いについて。柔道における「礼」の意味。この四年で得たものと失ったもの。そして、さらには、「絶対」の領域に到達できるかどうかということについても話し合った。私が「アテネで絶対に勝つ」とどうして言い切れないのかを問い、井上が「絶対と言い切るためには神にならなければ無理だ」と答えるという場面もあった。

井上は、終始、柔道の素晴らしさについて語り、その苦しさについてはほとんど語らなかった。しかし、話題が子供のことに及んだとき、それを別の言い方で述べることになった。

私は、ひとつの世界で突出した存在である人と話をするとき、たとえばスポーツ選手やアーティストや棋士といったような人と話をするとき、よく投げかける質問がある。それは二つの問いがセットになっているもので、ひとつは生まれ変わってもその仕事をしますかというものであり、もうひとつは自分の子供にその仕事をさせますか、というものである。すると、多くの人の答えは共通するのだ。自分は生まれ変わってもこの仕事をするだろう。しかし、子供にはやらせたくない……。

沢木　それって、面白いでしょ。
井上　面白いですね。
沢木　井上さんはどうですか。
井上　僕もそうかもしれないですね。子供がやりたいと言ったら喜んでやらせるかもしれませんけど、強制的にはどうですかね。いや、やらせたくないかもしれませんね。それはどうしてかというと、そこまで達する人たちというのはすごい努力をしていると思うんですよね。
沢木　そうですよね。その努力は並大抵のものではないでしょうね。
井上　それともうひとつ、それだけの人になってしまうと、子供に掛かるプレッシャーというのはすごく大きいと思うんですね。僕も、同じスポーツをやらせたら、子供にとても大きなプレッシャーを掛けることになると思います。それだったら、野球とか、サッカーとか、それこそ将棋とか、僕とはまったく関係ないものの方が、子供は伸び伸びできるのかなと思いますね。まだ結婚もしてないのにこんなことを言うのはおかしいですけど（笑）。

沢木　みんな同じ気持なんですよね。努力ができるだろうかということとプレッシャーがきついだろうということ。でも、やはり努力というところに行き着くと思うんですね。自分がやってきた努力は並大抵のものではない。これを普通の人が耐えられるわけがない、ましてや自分の子供なんかにという思いがある。井上さんにもありませんか。

井上　ありますね。さっきも言ったように、僕は生まれ変わっても柔道をやりたいというくらい好きですから耐えられると思うんです。でも、中途半端な気持でやる人間には耐えられないと思うんです。だから、そういう面では、自分の子供はかわいくて仕方がないでしょうし、こんな苦痛をさせなくても、って思うだろうという気がするんです。

井上の口から「苦痛」という言葉が漏れた。この井上にして、やはりトレーニングに「苦しみ」を感じることがあるということが、私には逆に新鮮だった。

私はその夜、最後まで、シドニーにおける表彰台での振る舞いに触れなかった。私が受けた印象について話してしまえば、井上のことだから意識的に修正しようとするだろう。私は井上が自分から気がつくかどうか見てみたかったのだ。

アテネを前にした井上のコンディションは悪くないようだった。故障していた左膝もかなりよくなっているように見えた。見学させてもらった昼間の練習でもその回復ぶりがうかがえた。同じ投げの形を反復する「打ち込み」という練習では、ひとりを相手にしていてはあまりにも簡単に体が浮いてしまうので、もうひとりがそれを押さえるのだが、それでも井上が担ぎ上げると二人目も体が浮き上がってしまうほど強烈な投げが打てるようになっていた。

ただひとつ、気になったのは、彼がしてくれた不思議な夢の話だった。

数日前、奇妙な夢を見たのだという。それは、アテネの開会式に爆破事件が起こるという夢だったという。

「開会式に出ていると、観客席でドーンという爆発が起きるんです。自分は巻き込まれないんですけどね」

それを彼の内部にある不安の現れと読み取ることも不可能ではない。いささか通俗的すぎる心理学的解釈のような気がしないではないが、井上の精神状態にも微かな「揺れ」があったのかもしれない。

しかし、アテネに向けての井上に関して、気に懸かったといえばそれくらいだったろうか。


そのアテネの、メイン・スタジアムから少し離れたところにある柔道の会場に来て、井上が出場する男子百キロ級のスタート・リスト、つまり試合の組み合わせ表をピックアップしたとき、ふといやな予感がした。井上だけ一試合多く戦わなくてはならない上に、それを最初にやらなくてはならない。その結果、第二試合も短時間のうちに、変則的な時間にしなくてはならなくなっている。井上がその程度のことで影響をこうむるはずがないとも思ったが、ちょっとしたいやな感じは残った。

籤《くじ》によってひとつ多く戦わなくてはいけなくなってしまったその最初の試合に、井上は送り襟締めで勝ったものの、いつもの冴えがないようだった。それは、第二試合になると顕著に現れてきた。開始一分後に井上にだけ指導が与えられ、ポイントで先行されると、少し攻めを急ぎはじめたのだ。まだ四分もあるのに何を焦っているのだろうか。やがて相手にも指導が与えられ、また井上が内股で効果を取ったことによって優勢勝ちを収めることになったが、どこかすっきりしない戦いぶりだった。第三試合は一分半のところで内股が一閃《いっせん》し、初めて鮮やかな一本勝ちをしたが、ここでも少し強引すぎないかなという印象を受けた。

そうした井上の姿を見ながら、私は富士見高原で交わした会話のある断片を思い浮かべていた。それは「柔道」と「ＪＵＤＯ」との違いということについてだった。

沢木　これは素人考えなんですけど、日本の柔道が国際化したときに、英語のＪＵＤＯになりましたよね。それは微妙に違うもので、井上さんの先輩の日本の選手たちはずいぶん苦労したように思うんです。その二つのものは完全に融合しないまま現在まで来ているような気がするんですけど、日本の選手が大変だなと思うのは、日本では日本的な柔道で勝たなければならないし、世界に出ていけば国際的なＪＵＤＯにも勝たなくてはならないという使命を与えられている。両方で簡単に勝てれば問題はないけれど、そうはいかない。外国の選手が日本の選手とやっているのを見ていると、腰を引いて、頭を下げて、とにかく相手のいい組み手にしないようにということだけ考えているようなところがある。そういうのは日本の選手にはありませんよね。

井上　ありません。

沢木　しかし、そういう戦い方をしないために負けてしまうということがないわけじゃない。つまり、井上さんは、日本の柔道と世界のＪＵＤＯの二つに勝たなくてはならない使命がある。
井上　はい。
沢木　そのことはやっぱり大変なことですか。
井上　確かに簡単なことではないですよね。僕が思うには、日本人が国際的なＪＵＤＯにはまってしまったら、日本の柔道は終わると思うんです。滅びると思うんです。やっぱり柔道というのは試合に勝つことも重要ですけど、それ以上のものがあるんです。柔道は柔の道ですから、その道を究めることによって、日本の柔道は強いんです。根本的なところから突き詰めているから日本は柔道で金メダルを死守できているんだと思うんです。もし日本の柔道がすべて外国式のＪＵＤＯになってしまったときは、僕は日本柔道というのは滅びると思います。
沢木　守るのって、やっぱり大変ですよね。
井上　大変だけど、そこで怯んでちゃだめなんです。
沢木　怯んでちゃだめなんですね。
井上　そこで怯んでいちゃだめなんだよ、そこでもういちど攻撃していくんだよ、という心を持っていけばいいんです。

もしかしたら、井上はそうした言葉に縛られてしまっているのではないだろうか。ＪＵＤＯではなく、柔道らしい柔道をするのだという自分の言葉に……。

そして、準々決勝に当たる四試合目の相手はオランダのファン・デル・ヒーストだった。ファン・デル・ヒーストは強豪のひとりだったが、イスラエルのアリエル・ゼエビやカナダのニコラス・ギルといった、井上とメダルを競う相手とは見なされていなかった。ただ、身長が百九十センチと井上より七センチ高く、手足も長いという特徴を持っていた。

試合が始まると、ファン・デル・ヒーストはその身長と手足の長さを利用して、なかなか井上のいい組み手にさせない。ようやく井上がいいところを摑むと、掛け逃げ気味の技で「待て」に持ち込む。卑怯と言えば卑怯、巧妙と言えば巧妙な試合運びで、井上にチャンスを与えない。逆に、井上が内股にいったところを返し技で有効のポイントを取ると、そこからはさらに掛け逃げ風の技を連発するようになった。それを審判が反則に取らない。そのため、井上はしだいに焦ってきた。いや、表情は変わらないが、技の掛け方が雑になってきてしまったのだ。そこを狙われ、今度は朽木倒しで有効を取られることになった。有効で二ポイントのリードを許してしまった。

しかも時間は刻々と過ぎていく。

残り四十八秒のところで井上の内股がファン・デル・ヒーストの体を跳ね上げたが、完全に回転させるまでにはいたらなかった。有効と判定されてしまったため、まだポイントでリードされている。早く、できるだけ早く攻撃をしなくてはならない。

ところが、その直後に、ファン・デル・ヒーストは鼻血を理由に休みはじめたのだ。疲労困憊し、呼吸が上がるだけ上がっていた彼は、このまま戦いつづければ、今度は本当に一本を取られてしまうと思ったのだろう。時間の引き延ばしを図ったのだ。畳に座り込み、治療を求め、オランダのチームドクターも必要以上にゆっくり治療をした。なんとその時間は一分半を超えたが、審判はなぜかそれをやすやすと許してしまったのだ。ファン・デル・ヒーストの戦いぶりに一度も反則を出さなかったことを含め、この一連の審判の裁きは明らかに不当なものだった。しかし、私にはどこかに、井上ならこの程度の不当さなら乗り越えられるはずだという思い込みがあった。井上なら、こうした試練に打ち勝つだろう、と。

井上がその治療を中腰で待とうとすると、審判は立っているようにと命じた。後で確かめると、国際ルールではそれが正しいのだという。しかし、井上も知らないわけではなかったろうに、どうして中腰になろうとしたのか。井上も微妙にどこかが狂っていたのかもしれない。

残り時間が十五秒を切ってしまった。ひたすら攻撃するしかない井上は、惰性のように前に出ていった。と、その瞬間、井上の体がきれいに一回転させられた。ファン・デル・ヒーストの、ほとんど苦しまぎれの一本背負いを食ってしまったのだ。それは、井上にとって、三年前にハンガリーのアンタル・コバチに取られて以来の一本だった。

井上は敗者復活戦にも一本で敗れ、一日に一本で二試合も負けるという、かつて経験がないのではないかという屈辱を味わうことになった。

そのとき、私はこう思ったのだ。井上を敗れさせてしまったのは、彼にあまりにも多くのものを求める私の、あるいは私たちの「思い」だったのではないだろうか、と。

アテネでは井上は表彰台の一番高いところに上がることはなかった。それどころか、二番目にも三番目にも上ることはできなかった。アテネでは表彰台の上での井上を見ることはできなかったのだ。

その試合の四日ほど前、私は柔道の山下泰裕と食事をする機会があった。話は、ロサンゼルス大会におけるモハメッド・アリ・ラシュワンとの決勝戦から、プロ野球の一リーグ制についてまで多岐にわたったが、山下はそこでアテネの柔道に関する三つの「予言」をした。

第一は、谷亮子と野村忠宏が揃って金メダルを取る確率は五割しかないだろう、現実的には二人でひとつと思っていた方がいいということ。

第二は、アテネにおける柔道の日本代表はアトランタ以来の惨敗を喫する可能性がある。なぜなら今回の代表は、ソウル、バルセロナの時と比べると数段力が落ちるから。

そして、第三が井上康生に関するものだった。

山下によれば、井上が金メダルを獲得できる確率は六割しかないだろうというのだ。あとの二割が二番手の選手、一割が三番手の選手、最後の一割がそれ以外の選手が金メダルを取る確率だと言う。井上に関しては、九割とか、九割五分とかいう数字が出てくるのだと思っていた私は、その「予言」の厳しさに驚いた。

結果は、谷と野村が揃って金メダルを取ることで第一の予言がはずれ、また柔道の男女の代表が史上空前の八個の金メダルを取るということで第二の予言も外れた。不幸にも当たってしまったのは、井上に関する第三の予言だけだった。一割の確率しかないとされていた「それ以外の選手」が金メダルを取ってしまったのだ。

負けた井上について、日本ではさまざまな憶測や噂が乱れ飛んだという。

そのひとつに「格闘技への転身」というものがあったらしい。

だが、それについては彼自身が富士見高原でこんなことを言っていた。

沢木　もし井上さんが致命的な怪我をして、もう世界の頂点での戦いはできないということになった場合、どうします。将来、そう五年後でも、十年後でもいいんですけど。それでも柔道をやりつづけますか？

井上　自信を持って言えると思いますけど、やりつづけるでしょうね。そのときは柔道を伝道していくのかなと思います。次の人たちに伝えるということをしていくのかなという感じがしています。もし体が動かなくなって体で教えられないようになっていたら口でも教えていかれますしね。

沢木　柔道から離れていく自分というのは想像できない？

井上　できませんね。離れたくないという思いがあります。もう、ずっと、柔道のすばらしさというのを、僕が死ぬまで伝えていきたいという思いを強く持っています。

沢木　いま、井上さんの先輩たちの何人かが参加している総合格闘技というのがありますね。あれ、ご覧になりますか。

井上　見ますよ。

沢木　あれを見ていて心が惹かれるということはありません？

井上　惹かれるということはありませんけど、見ていて面白いということはありますね。

沢木　興味は持っている？

井上　興味は持っています。いろいろな先輩方があそこに行っていますから。でも、僕自身は柔道界というものを引っ張っていかなければならない役割があると思っているんです。僕が勝手に思っているだけなんですけどね（笑）。

沢木　たぶん井上さんはそう思っているんだよね。でも、それって、すごい思い決め方だね。

井上　今後、競技生活が終わったとしても、自分としては柔道を引っ張っていく人間になりたいんですね。それが自分の使命だと。それ以外の世界に行く方たちがいてもそれはそれでかまわないと思うんです。人間というのは……。

沢木　いろいろだもんね。

井上　そうなんです。実際にいろいろだから、自分で選択していけばいいと思うんですね。ただ、僕自身は、生涯、柔道を引っ張っていく人間でありつづけたいなと強く思っています。

この言葉に嘘はないと思う。そして、アテネにおける「失冠」がその決意を打ち砕くものではないように思える。

だが、私にはそのことより気になることがあった。

話をしている中で、井上があまりにもすべてに関して肯定的な考え方をするので、いくらか揶《や》揄《ゆ》するような調子で私はこう言った。

「たまには否定的に考えることはないの？」

すると、井上は苦笑して言った。

「ありますよ」

「ありますか」

「それはありますよ」

そして、さらにこう続けたのだ。

「ときどき、三カ月に一度くらい、誰にも会いたくなくなってきてしまいますから。それで部屋に閉じこもってしまうような感じもありますしね」

それを聞いて、たぶん彼にはあり得ることなのだろうなと私は思った。

井上の表情には、末っ子で母親っ子の「甘ったれ」だったというのとは異なる、独特の陰影がある。あえていえば、「昏《くら》さ」がある。それが、時に浮上してきて、井上を深く落ち込ませるのだろう。

私が心配したのは、このアテネでも深く落ち込み、部屋に閉じこもりきりになるというようなことがなければいいのだがということだった。選手村は相部屋だろうから、ひとりきりになるということはできないだろうが、それでも人目を避けて過ごすことはできる。敗北の理由を聞いたりするような無神経な選手はいないと思うが、逆に労《いたわ》りの視線が煩わしいということもある。できればひとりでいたいだろう。

——いま、井上はどうしているだろう……。

私はアテネで他の競技を見ながらそのことが気に掛かってならなかった。

井上の敗戦から五日後のことだった。私は女子バレーボールの日本対中国の試合を見に行った。決勝トーナメントの第一戦だが、世界ランキング一位の中国を相手にするということは、ほとんどそれが最後の試合であるということを意味していた。

試合は、予想外に日本が善戦したが、最終的には三対〇のストレートで負けた。その直後、キャプテンの吉原知子の話を聞こうと、選手と接触できる唯一の場所であるミックスゾーンに行くと、そこで私は思いがけない顔を見つけた。井上康生がいたのだ。

「見にきてたの！」

私が頓狂な声を上げると、井上はにこっと笑って言った。

「はい、見にきました」

このように日本のジャーナリストが大勢いるようなところに顔を出すのはつらいだろうに、それに耐えてやって来ていたのだ。

「よく見にきたね。偉いなあ」

私が言うと、照れたように言った。

「こんなに日本選手が頑張ってるんですからね、応援しなくては」

もちろん、日本選手団全体の「キャプテン」としてある程度の「無理」をしていることだろう。いや、相当の「無理」をしていることだろう。しかし、この「無理」は彼のこれからの人生にきっと役に立つに違いない。おそらくは復活を目指すだろう四年後の北京においてだけでなく、彼が望んでいる「柔道の伝道師」としての人生においても……。


と、ここまでを、準決勝でオーストラリアに敗れた日本が、カナダと三位決定戦を行う予定の野球場のプレス席で書いていた。試合開始までにだいぶ時間があったからだ。

すると、誰かにトントンと肩を叩かれた。振り向くと、そこにニコニコ笑っている井上康生が立っていた。

「ここにも来たの！」

「ここにも来ました」

私は嬉しくなって彼に言った。

「日本に帰ったら、一緒に酒でも飲もうか」

すると、井上も笑いながら応えてくれた。

「いいですね。楽しみにしています」

そのとき私は、アテネの表彰台の上で、私が望むような井上を見ることはなかったが、台の外で、台の上で私が見たかった彼以上の彼を見たと思った。

（04・10）

第三部　キャラヴァンは進む

＊書く

檀の響き

その作品に『檀』というタイトルをつけることはかなり早い段階に決めていた。彼女が檀一雄を語るときに発する「檀は」という言葉には、すでに亡くなっている夫を文学史上の人物として客観的に語ろうとする意志と、しかし、にもかかわらずまとわりついてしまう妻としての思いが絡み合った、複雑で微妙な響きがこもっていた。私も「檀さんは」と応じながら、もしこれがなんらかの仕事につながることがあれば、『檀』というタイトル以外にないなと思うようになっていたのだ。

その『檀』を、この六月に一挙掲載という形で雑誌に発表して以来、何度となく投げかけられてきた問いがある。『檀』はノンフィクションなのかフィクションなのかということである。

そう訊ねたくなるのも無理はないところもある。冒頭から「私は」という一人称による語りで始まるのにもかかわらず、その「私」は明らかに書き手である「私」とは違う。通常、そのような形で「私」が登場してくれば、間違いなくフィクションということになる。

確かに、この『檀』における語り手の「私」は、書き手である「私」ではなく、檀一雄未亡人ヨソ子である。しかし、ならばこれはフィクションではないかと問いつめられても、素直にそうだとはうなずくわけにはいかない。少なくとも、この作品を書くに際して、私にフィクションを書こうという意識はまったくなかったからだ。これまでもそうであったように、ただ事実だけを書こうとした。一年余にわたって檀ヨソ子の話を聞きつづけ、それを中心に据えて『檀』を書いた。その意味では、何の注釈もなしに、これはノンフィクションだと答えてもいいはずのものである。しかし、フィクションではないかという問いに素直にうなずけない私は、なぜかノンフィクションだと声高に宣言するのもためらわれる気がしてならないのだ。

もうこれは別段目新しい言い方ではなくなりつつあるが、「ノンフィクションもまたひとつのフィクションにすぎない」という考え方がある。ノンフィクションが事実の断片を再構成したものである以上、その断片の採集や構成の仕方に書き手の恣意が紛れ込まざるをえない。恣意とはほとんど虚構と同義ではないか、というわけだ。

だが、ここで、私が『檀』はノンフィクションだと声高に主張するのをためらうのは、そうした「ノンフィクションもまたひとつのフィクションにすぎない」との考え方とは異なるところから生じるためらいのためである。

私は永く、ひとりの書き手として、ある人物の内奥の声をどこまで聞き取ることができるかという試みをしたいと思いつづけてきた。二年前、目の前に檀ヨソ子という女性が現れたとき、そして、その女性が時間をかけてゆっくりと話すことに同意してくれたとき、私は永年の願望を実行に移すことにしたのだ。

私はただ、檀一雄という希有《けう》な作家の妻として生きたひとりの人物の声を聞き取ることだけに集中した。それは、『火宅の人』という不思議な傑作の主要な登場人物として描かれ、だからその作品世界に幽閉されたひとりの人物を救出することでもあった。それはまた、かつて私が『テロルの決算』の中で、単に大物右翼に使嗾《しそう》されたに過ぎないと思われていた十七歳のテロリストを、そうした思い込みから解き放とうとした行為と似ていたかもしれない。だが、その『テロルの決算』とこの『檀』では、決定的に違っているところがひとつだけある。

どちらも、伝説や物語に幽閉されている人物の本当の声を聞き取ろうとしたものであることには違いがない。どちらの作品でも、聞き取った声を忠実に文字に写そうと努力した。だが、『テロルの決算』においては、そこで聞き取られた声がどれほど正確なものかという点について、さまざまな人に会い、さまざまな資料に当たって綿密な検証をしたのに対し、『檀』では、檀ヨソ子の声にだけは忠実だったが、その声によって語られたものが事実かどうかの精密な検討はしなかった。そこには当然、彼女の勘違いや思い違いがいくつもあったろう。あるいはそれらを、これまでのように精密に検討し、単なる錯覚として訂正してもよかった。しかし私は、彼女が忘れたものは忘れたままに、思い違いは思い違いのままに、幻想は幻想のままにしておいてあげたいと思ってしまったのだ。

この『檀』はノンフィクションなのかフィクションなのか。たぶん、ノンフィクションでもなく、フィクションでもない。確かなことは、これが私の物語りたかったひとつの「物語」であるということだ。

（95・12）

ハイパントは謳えるか

私には自分が無知であることを誇らしげに語る趣味はありません。しかし、ここで、あらかじめ私が短歌という世界とどれほど遠いところにいる存在かを述べておくことは無意味ではないと思えます。そう、私はこれまで、古典も含めて、歌集と呼ばれているものを読み通したことがないのです。その私に、ある日、短歌の雑誌が送られてきました。巻頭のエッセイ欄に何かを書くようにという条件が付いていたのですが、私は「模型ファン」とか「フィッシング」とかいう、自分の関心の外にあった趣味の雑誌が送られてきたときのような奇妙な感じがしたものです。だから読まなかった、というのではありません。むしろその逆で、自分のまったく知らなかった世界を覗けることの嬉しさから、最後の一頁まで丹念に眼を通してしまったほどです。それは、去年の九月の号で、誌面では「佐佐木幸綱大特集」が組まれていました。

佐佐木幸綱は、名前こそ知っていたものの、短歌も批評文もまったく読んだことがありませんでした。しかし、雑誌に載っていた佐佐木幸綱の作品には、心ひかれるものがいくつもありました。私が好きな感情の世界を描いてくれている、という印象も受けました。他の人が書いている佐佐木幸綱についての作品論や歌人論も興味深いものでした。

ただ、その中で、ひとつ気になることがありました。

佐佐木幸綱の作品の中でも、とりわけよく引用されているものに、《サキサキとセロリ噛みいてあどけなき汝を愛する理由はいらず》と、《ハイパントあげ走りゆく吾の前青きジャージーの敵いるばかり》という二つの歌がありました。

この二つの歌は、かなり初期の問題作なのでしょう。しかし、同じ問題作とは言え、素人の私から見ると、出来に格段の差があるように思われます。単純に言ってしまえば、「セロリ」は成功作だが「ハイパント」は失敗作に違いない、ということです。私には、「ハイパント」を失敗作として取り上げた文章のないことが不思議でした。

なぜ「ハイパント」の作品を失敗作だと思うのか。

この歌を素直に理解すれば、ラグビーでハイパントを蹴り上げた「吾」が、敵の密集しているボールの落下点に向かって突進していく様を詠んだもの、となるはずです。その瞬間の「吾」の昂ぶりと畏れが感じられないことはありません。しかし、この歌は、蹴り上げたボールに向かい、敵陣に突っ込んでいくラガーのダイナミックな動きが描き切れていないような気がするのです。もしそれを描こうとするなら、ボールを蹴り上げた「吾」は、次の瞬間にはボールを追いかけている「吾」になっていなければなりません。ところが、この歌では、ボールを蹴り上げた「吾」は、一瞬そこにとどまっているような印象を受けてしまうのです。たぶん、問題は「走りゆく」という言葉にあります。語法的には何の問題もないのかもしれませんが、「走りゆく」という言葉では、あまりにも悠長すぎ、「吾」はハイパントとなったボールを追いかけられないのです。しかも、この言葉には、なんとなく、走り行く「吾」と見送る「吾」の存在の分裂を感じさせてしまうところがあります。この短歌では、もうひとつのラグビー歌《ジャージーの汗滲むボール横抱きに吾駆けぬけよ吾の男よ》の場合と違い、「吾」の分裂は「青きジャージーの敵いるばかり」という絶対の状況の緊張感を殺《そ》いでしまうことになるような気がしてなりません。

かつて、短歌の世界では、このような作品を詠むことの是非についてさまざまな議論が闘わされたことだろうと推測されます。今では過去のこととなってしまったのでしょうし、私もまた、誰が、何を、どのように詠んでもかまわないと思います。しかし、果たして短歌はスポーツを、そのダイナミズムを描けるのか、という問いは、短歌でスポーツなどを描く意味があるのか、という問いとは別に存在すべきだと思うのです。

もしかしたら、この歌について私はまったくの誤読をしているのかもしれません。そうだとしたら、門外漢のトンチンカンな言い掛かりと笑って許してほしいと思います。

（96・6）

私のリターン・マッチ

私は、ノンフィクションの書き手として、スポーツについてもかなりの量の作品を書いてきた。ところが、あらためて思い起こして自分でも驚いたのだが、この二十五年間で、スポーツ紙に原稿を書いたことがたったの一回しかないのだ。

それには、私が書きたいと思ってきた対象が、主としてスポーツ新聞の一面を賑わすような派手な選手ではなかったということが大きいのかもしれない。だが、もちろん、それだけが理由とは思えない。たぶん、私の書く生理が、取材したものをその日のうちに書かなければならないというリズムに合わなかったからなのだろう。

そのことを思い知らされたのは、二十代の中頃に体験した、たった一回のスポーツ紙での仕事においてだった。当時、まだほとんど市民権を得ていなかったF1を、あるスポーツ紙が招致し、富士スピードウェイで日本初のグランプリを開催した。私はその観戦記を依頼されたのだった。

しかし、観戦記は惨憺《さんたん》たるものになってしまった。現実のレースの展開が、大雨という予期せぬ出来事のために、あらかじめ想定していたものとはまったく異なるものになってしまったからだ。私がそのレースで見たいと思っていたこと、それはひとりの傷ついたレーサーの自分自身との戦いだった。ところが、そのレーサーがマシーンの故障でもないのに僅か二周でリタイアしてしまったのだ。混乱した私がその観戦記に書けたのは「わからない」というひとつのことにしかすぎなかった。

時間があれば、その「わからない」という地点から私の取材は始まっただろう。しかし、スポーツ紙の時間的制約の中では無理な話だった。そして私は悟ったのだ。自分には、取材したものをその日のうちに書くなどということは不可能だ、と。

だが、それから二十年、その私が再びスポーツ紙に書こうとしている。しかも、Ｆ１の時のように一日だけでなく、冬季オリンピックの会期中の半月も続けてである。

果たして私は書けるのだろうか？

そんな心配をしながらどうして引き受けたのかと言えば、もう一度だけあの恐ろしいようなスリルを味わってみたくなったからだ。人間というのは酔狂なもので、二十年もたつと、あの時の「書けない！」という経験が懐かしく思えてきたりするのだ。

それに、たとえ失敗したところで、私の責任ではないことは明らかである。なにしろ、冬季オリンピックの原稿を依頼してきたのは、Ｆ１で私の観戦記者としての不適格性を認識したはずの新聞社、スポニチなのだ。

見たものを即座に書く。それは一種のスポーツのようなものかもしれない。私は久しぶりに、本当に久しぶりに、書く上でのスポーツをしようとしている。

（98・2）

すべて眼に見えるように

子供の頃、私は作文が苦手だった。

学校で原稿用紙を配られ、さあこれから「夏休みの思い出」について作文を書きなさいなどと言われると憂鬱になった。原稿用紙を前にした私は、まるで白い広野に向かって立ちすくんでいるときのような恐怖感を覚え、鉛筆を持つ手が動かなかった。

そんな私がいまは職業的なライターとして日常的に文章を書きつづけている。それには、文章の書き方において、ひとつの方法を身につけることができたことが大きかったように思える。

私は、これまで、ノンフィクションと言われるものを多く書いてきた。しかし、私は、新聞社や出版社に勤めたこともなく、編集プロダクションのようなものにも属したことがない。だから、誰かに文章の書き方を教わったりしたことがない。すべてひとりで書き方を工夫してきたのだ。そして、どうにか身につけることのできたその書き方とは、ひとことで言ってしまえば「できるだけ眼に見えるようにする」ということだった。頭の中にあるものを視覚化する。いや、実際には、頭の中にあると思っているだけで、視覚化するまでは本当の意味では頭の中にも存在していない場合が多い。眼に見えるものにしたとき、初めて存在していたということが確認できるだけなのだ。

なぜ書けないのか。それは最初からきちんとした文章を書かなくてはならないという脅迫感があるからだ。それをまず取り除いてしまう。そのために私が見出した具体的な方法は「単語から文章へ」というものだった。

頭の中のもやもやしているものを、まず暗号のように簡単な単語で記してみる。それはとても簡単なことだった。次に、その単語を並べて短い文章にしてみる。これもそう難しいことではない。たとえば、《子供の頃　作文　苦手》とあったら、《子供の頃、作文が苦手だった》とするだけなのだ。それを繰り返すうちに、いくつかのセンテンスが生まれる。

そのようにして生まれた文章に何度か眼を通していると、そのセンテンスに何か付け加えたいことが出てきたり、センテンスとセンテンスの間に入ってくるべき文章が浮かんできたりする。

しかし、重要なのは「書こうと思うこと」が浮かんでこないという場合である。

私はライターになったばかりの頃、主に仕事をしていたある雑誌の編集部に行っては、その日に取材したことを逐一話したものだった。その編集部の人たちは聞き上手で、「それで？」とか、「それが？」とか合いの手を入れながら聞いてくれる。そこで熱中して話しているうちに、自分にとって面白いことと他人にとって面白いことが少しずつわかってくるということが続いた。

もし作文で何を書いたらいいかわからない子供がいたら、とにかく話を聞いてあげることだ。どんなに話し下手な子でも、話しているうちにはいくつかの単語が口をついて出てくるだろう。話のあとで、その単語を書き取らせるのだ。基本的にはそれだけで作文は書けると思う。

いまの私なら、「夏休みの思い出」という題の作文をうまく書けないでいる小学生の私にこんなふうに話を聞いてあげるかもしれない。

「夏休みは何をしていたの？」

「毎日セミを捕ってた」

「セミって、どうやって捕るの？」

「網で」

「むずかしい？」

「アブラゼミは簡単だけど、ミンミンゼミはむずかしい」

「どうして」

「ミンミンゼミは高いところにとまっているから」

「柄の長い網なら捕れるの？」

「長い網でもミンミンゼミはうまく捕れない」

「どうして」

「用心ぶかくて、網を近づけるとすぐ逃げちゃうから」

「アブラゼミは？」

「ちょっとバカだからあまり逃げない」

「おもしろいね」

「アブラゼミはたくさん捕れる」

「この夏休みに何匹捕った？」

「１００ぴき以上」

「ミンミンゼミは？」

「3びき」

そこで、私は小学生の私に単語を書き取らせる。すると、小学生だった私はこう書くかもしれない。

《夏休み　セミとり　ミンミンゼミ　アブラゼミ　用心ぶかい　ちょっとバカ　100ぴき　3びき》

ここまでくれば、もう作文の半分くらいは書けたも同然だ。

もし、こうした経験を何回か繰り返せば、質問者がいなくても同じことができるようになるかもしれない。自問自答ができるようになるのだ。しかし、とにかく大事なのは、ぼんやりとしていることを単語という形で眼に見えるものにするということである。その単語を簡単なセンテンスという形でさらに明瞭に視覚化する。視覚化されたセンテンスは、さらに新たな言葉、新たなセンテンスを呼び寄せてくれることになるだろう。

（04・3）

白鬚橋から

すべては、三年半前の冬、向島の白鬚《しらひげ》橋というところにある病院に見舞いに行ったことから始まった。

そこには、世界的なクライマーでありながら一般的にはほとんど無名の山野井泰史さんと妙子さん夫妻が二人して入院していた。山野井夫妻は、前年の秋にヒマラヤのギャチュンカンという山で重度の凍傷を負い、手術を受けるため入院していたのだ。

もっとも、私が見舞いに訪れたとき、すでに手術は何週間も前に終わっており、一種のリハビリの時期に入っていた。

本来、私は山野井夫妻と面識はなかった。ただ、山野井泰史という名前は知っていた。それは、かなり以前に、山と溪谷社の編集者である神長幹雄氏に話を聞いていたからだ。山野井泰史は日本で最強のソロ・クライマーであるだけでなく、世界でも五本の指に入るソロ・クライマーであるだろう、と。しかし、それは一般的な知識として知っていたというだけであり、山野井泰史の本当の凄さを理解していたわけではなかった。

ところが、二月のある日、山野井泰史について教えてくれたその神長氏から電話が掛かってきた。

「山野井君が、ギャチュンカンという山から奇跡的に生還して、いま病院に入院しています。もしよかったら一緒に見舞いに行きませんか」

しかし、一面識もない人のところに見舞いに行くというのも妙なものだ。遠慮するよ。私がそう言うと、何事にもあっさりとした対応をする都会的な神長氏が意外なことを言う。

「山野井君は沢木さんの読者です。行ってあげたら喜ぶと思いますよ」

そう言われて、気持が動いた。私の本を読んでくれているクライマーとはどういう人なのだろう。会ってみたいな、と。


実は、神長氏が私を山野井さんと会わせたがったのには理由があった。神長氏には、まだ一冊も自分の著作を持っていない山野井さんに本を出してもらおうというプランがあり、もし私が山野井さんに関心を抱けば、その本の巻末に解説風のエッセイを書いてもらいたいという思惑があったのだ。

いま思えば、かりにどのような思惑があったにしろ、そのとき神長氏が、ためらう私の背中をひと押ししてくれなければ、それから二年半後に『凍』という作品が生み出されることはなかったとだけは言える。そして、神長氏の「山野井君は沢木さんの読者です」という言葉は、会わせたいための「仲人口」ではなかった。ボクシングの好きな山野井さんは、スポーツものを中心にして、私の作品をよく読んでくれていた。

二月のある晴れた日の午後、私と神長氏は電車を乗り継いで白鬚橋に向かった。

私は、こうして、山野井夫妻と初めて会うことになったのだ。

受付で教えてもらった病室には、知り合いらしい人が何人も見舞いにきていた。最初のうちはその相手を夫人の妙子さんが引き受けてくれ、山野井さんが談話室のようなところで私たちの相手をしてくれていたが、やがてしばらくするとその人たちと一緒にみんなで話すことになった。

そこで、知り合いらしい人たちとのやりとりや、私の訊ねたことへの答えを聞いたりしているうちに、山野井夫妻の人柄というものが少しずつ理解できてきた。そして、その短い「見舞い」のあいだに、私は彼らに強く惹きつけられていた。

山野井夫妻は、夫の泰史さんだけでなく妙子さんも世界的なクライマーだった。二人が重度の凍傷を負ってしまったのは、「難峰」とも言うべきギャチュンカンの北壁を一緒にクライミングしているときのことだった。登頂後、下降をしている最中に雪崩《なだれ》に遭い、垂直の崖で宙吊りになってしまう。そこから辛うじて脱出できたものの、崖にへばりつくような苛酷なビバークを余儀なくされ、二人とも回復不能なほどの凍傷を負ってしまうのだ。

その結果、山野井さんは手の指の五本と足の指の五本、妙子さんは以前に失っていたものも含めると、手の指のすべてと足の指を八本失うことになった。

とりわけ、妙子さんの手は、十本の指を付け根から切断しなければならなくなったため、完全に手のひらだけになっている。それを見せてもらったときは、やはり何と言っていいかわからず、押し黙らざるをえなかった。

ところが、驚いたことに、当の妙子さんはごく普通なのだ。みんなにごく普通に凍傷を負った経緯の説明をし、みんなと一緒に笑っている。だからといって、無理に明るくしているわけでもなければ、悲しみを押し隠しているわけでもない。私たちだったら、指先がちょっと切れただけで大騒ぎするだろうし、指が一本でも欠けたら、もう人生が終わりだというくらい嘆くかもしれない。しかし、妙子さんは、好きなことをして失ったのだから仕方がない、と淡々としている。それは妙子さんだけではなかった。手の指を五本失い、先鋭なクライマーとしての道を閉ざされてしまった山野井さんもまったく変わらなかった。

私はその二人に強い印象を受けた。それが私に、「今度、一緒に食事でもしようね」と別れ際に言わせたのだと思う。

それから一ヵ月ほどして、また山と溪谷社の神長氏から電話が掛かってきた。山野井夫妻がいま伊豆の城ヶ崎にいて、近く訪ねて行こうと思うのだけれど、もしよかったら一緒に行きませんかと言うのだ。二人は、いったん奥多摩にある家賃二万五千円で借りている「古い借家」に戻ったが、あまりにも傷口が冷えるので知り合いの持っている城ヶ崎の別荘を借りて暮らすことになったらしい。神長氏によれば、山野井さんも、部屋はあるので沢木さんも泊まりがけで来ませんか、と言っているとのことだった。

私は思わぬことで「今度、一緒に食事でもしようね」という自分の言葉が実現できることに喜んだ。

実際に行ってみると、そこは別荘という言葉の響きよりはだいぶ質素な家だったが、大量に買い込んだ食料をみんなで調理したり、食べたりするのには充分の環境が整っていた。食後は、思い思いのところに座り、紅茶を飲みながらいろいろな話をした。私が山野井さんに訊ねられて答えることもあったし、山野井さんが私の質問に答えて説明してくれることもあった。二日にわたって長時間おしゃべりしたが、少なくとも私は飽きなかった。

春になって暖かくなると、山野井夫妻は城ヶ崎から奥多摩の自分の家に戻っていった。その家で、二人はカマドでご飯を炊くというようなつましくも優雅な生活をしているのだが、私はそこにも肉やケーキを買い込んでは訪ねるということを繰り返すようになった。

なにより二人から聞く山の話、とりわけ彼らが多くの指を失うことになるギャチュンカンのクライミングの話が面白かった。それがいかに凄まじいものであったか、それを二人がいかに素晴らしい能力によって乗り越えてきたか、山についてまったく素人の私にも少しずつわかってきた。

私が「見舞い」に行ってから約一年たった頃、神長氏の「山野井君の本」も具体化し、山野井さんが一章ずつ書いては渡すということになった。そして、以前のようには山に登れなくなってしまった山野井さんが、意外なスピードで書き終え、刊行のスケジュールが組まれるまでになった。

そんなある日、神長氏から正式に「山野井君の本」の巻末に載せるエッセイを書いてもらえないかと頼まれた。一応、山野井さんの原稿を読ませてもらうと、これが面白い。専門的すぎるところがなくはなかったが、文章は簡潔で正確だった。内容は、これまでに登ったヒマラヤの山々についての登山記録であり、そのあいだに日常にまつわる短いエッセイがはさみこまれるという構成になっていた。

読み終えて、その本が山野井さんの人柄と同じように背筋の通った清潔な本であることがわかった。そこに私のような者のエッセイを収録するのは、この本を汚すことになる。山野井さんの文章だけで一冊の本として充分に成立しているから、私の文章などを入れるということは考えない方がいい。

そう告げると、神長氏はなかばそれを「仕事をしたくないための言い逃れ」だと思いつつも、正論なので受け入れてくれた。


その本の骨格が固まり、出版の時期がほぼ決まりかけたとき、用事があるという神長氏と奥多摩に出掛けた。

問題がひとつ残っていたのだ。それはタイトルをどうするかということだった。神長氏はその本のために『単独主義』というタイトルを用意していた。ところが、それを聞いた妙子さんが少し首をひねった。

「泰史の本に主義というような言葉は合わないんじゃないかな」

妙子さんは、山野井さんの生き方が「主義」というようなものによって支えられているのではないということを言いたかったのだ。

私は『単独主義』というタイトルがさほど悪いものだとは思わなかったが、妙子さんの言いたいこともよくわかるような気がした。

神長氏と奥多摩の山野井さんの家に行き、しばらく雑談しているうちにタイトルの話になった。

「何かいいタイトルはありませんかね」

山野井さんが冗談めかして私に訊ねてきた。

そこで、その場は、にわかづくりの「タイトル検討会議」のようなものになってしまった。

「妙子さんは、どんなのがいいと思う?」

私が訊ねると、妙子さんが言った。

「よくわからないけど、何とかの軌跡、とか……」

それを聞いて、私は言った。

「イメージはわかるけど、何とかの軌跡、というのはあまりにもありきたりすぎるかもしれないね。軌跡じゃなくて、他に何かいい言葉はないかな」

そうしてみんなで二字の言葉を探しているうちに、どこからかポロリと「記憶」という言葉が出てきた。

「何とかの記憶、っていうのは、僕にはちょっとかっこよすぎるけど、いいですね」

山野井さんが言った。

「何の記憶がいいだろう」

神長氏が言った。それからまた言葉の探索が再開された。山頂、岩壁、氷雪、単独行……さまざまな言葉が浮かんでは消えていった。


しかし、結局、その日は、これだというタイトルが決まらなかった。

夜、奥多摩から神長氏の運転する車で都区内に戻る途中も、私はなんとなくタイトルにふさわしい言葉を探していた。

——何の記憶、だろう……。

そのとき、ふと、「垂直」という言葉が脳裡をよぎった。

それは、山野井さんがこう言っていたことが頭のどこかに残っていたからかもしれなかった。

「僕はどんな山を登るのも好きだけど、やっぱり垂直な岩壁から体が宙に突き出しているようなところを攀《よ》じ登るのがいちばん好きだと思う」

この本は、必ずしもそうした岩壁を登るだけの記録ではないが、「垂直」という言葉は、山野井さんの生き方を象徴する言葉のような気もする。

私は隣で運転してくれている神長氏に話しかけた。

「さっきのタイトルの話だけど、『垂直の記憶』というのはどうだろう」

すると、一度口の中でその言葉を転がした神長氏が、少し興奮したように言った。

「いいですね。『垂直の記憶』。いいですね」

「メインタイトルは『垂直の記憶』にして、それだけでは少し説明不足のような気がするんだったらサブタイトルをつける。『岩と雪と氷の七章』。もしそれが長すぎるようなら『岩と雪の七章』でもいいかもしれないね」

私が言うと、神長氏が今度は口に出して復誦した。

「『垂直の記憶――岩と雪と氷の七章』、『垂直の記憶――岩と雪の七章』……こっちの方がいいですね」

私も、神長氏が口にするのを聞いて、そう思った。

「これ、山野井さんに伝えてもいいですかね」

もちろん、かまわない。私が言うと、神長氏は車を停めて、携帯電話を掛けはじめた。そして、話を終え、電話を切った神長氏が言った。

「山野井さんもとても喜んでいて、すごくいいと言ってました」

そうして、山野井泰史の最初の著作は『垂直の記憶——岩と雪の7章』というタイトルに落ち着くことになったのだ。

そうなると妙なもので、他人の本であるにもかかわらず、なんとか売れてほしいと思うようになった。赤ん坊の名付け親が立派に成長してくれるよう望むようなものだったろう。

私は、山岳雑誌ではなく、一般誌で山野井さんと対談をして本の宣伝をするのに協力することにした。その話を当時「週刊現代」の編集長をしていた鈴木章一氏にすると、喜んで誌面を提供してくれることになった。

その「週刊現代」における対談が、こんどは私が『凍』を書くことになる大きなステップになった。山野井さんのためにと思って引き受けた仕事が、実は私自身のためのものになっていたのだ。

山野井さんとは何度も長時間話している。あらためて対談をしたからといって、新しい話はあまり出てこないかもしれないという危惧がないことはなかった。しかし、それは杞憂だった。

これまで何十時間も話しているといっても、それは私的なものであり、別に目的もない、単なる「おしゃべり」にすぎなかった。ところが、対談の場としてホテルの一室が用意され、速記者や編集者が周囲にいると、いつもとは違う別の力が作用する。いわばギャラリーを意識することによってテンションが高まるのだ。しかも、二時間という時間を区切られた「おしゃべり」であることが、ドライブのきいた話を導いてくれることになる。

そこでは、私が初めて聞く話がいくつも出てきた。中でも心を動かされたのは、山野井さんの子供のころの、次のようなエピソードだった。

山野井　僕は小学校で山登りを始める前から、冒険的なことにすごく興味があったみたいなんですね。たとえば、踏み切りの前に立っていると、長い貨物列車が通過していくことがあるじゃないですか。それを見ていると、とてもゆっくりな動きなんで、その下をくぐれるタイミングっていうのがあるのがわかるわけですよね、数秒。

沢木　そんなのあるかどうか知らないけど（笑）。

山野井　あるんです（笑）。すると自分で自分に「おまえはなんでこれをくぐらないんだ。行け！」って声が聞こえる。できないですけどね。

沢木　でも、山野井少年はしたいなとは思うわけね。

山野井　うん。アドレナリンという言葉は当時知らなかったけど、やればすごく達成感が得られるはずなのに、どうして自分はやらないんだろうと思っていた記憶があります。

その話を聞いたとき、山野井泰史という人物がふっと理解できたような気がした。ゆっくり走る貨物列車。それを踏切の前で見送っている小学校低学年の少年。その少年の目には、素早く走り抜ければ、貨物列車の下をくぐり抜けて、向こう側に行かれるということがわかる。だが、失敗すれば、轢《ひ》かれてしまう。成功できると思うのにどうして自分は走り抜けられないのだろう。それは本当にはできないからかもしれない……。

そこには、他人から見れば無謀とも思える「不思議なこと」を考える想像力と、勇気を含めた自分の力量を冷静に判断する能力を併せ持つことになる、未来の山野井泰史の「原型」が存在していると思えた。

このときの対談では、私を『凍』の世界に押し出す、もうひとつの重要なことがあった。対談が終わり、ホテルのレストランで一緒に夕食をとっているときだった。山野井さんが、この秋、もういちどギャチュンカンに行くつもりだという話を始めたのだ。

二人は、困難な下降の末、かろうじてベースキャンプに戻ることができた。その過程でひどい凍傷を負ってしまったことは仕方がないと思っている。ただ、最後の最後の段階で荷物を残し、空身でベースキャンプまで歩いてきたことが気になってならない。置いてきてしまった荷物は山にとってゴミになってしまうからだ。そこで、ギャチュンカンに残してきた荷物を拾いに行くというのだ。私はその話にも強く心を動かされた。自分たちを死の縁まで追い込んだ山に、ただゴミを残したくないというだけの理由で、荷物を回収するために再訪する。素晴らしいな、と思った。

その感動が思わず私にこう口走らせてしまった。

「面白そうだなあ、僕も行ってみたいなあ」

そうは言ったものの、これまで私はまったく山というものに登ったことがなかった。そんな私がヒマラヤのギャチュンカンに行きたいなどと言うのは、口にするだけでも「天をも恐れぬ所業」だったろう。

ところが、私がそう口走ると、山野井さんがいともあっさりとこう言ったのだ。

「ああ、いいですね、一緒に行きましょうか」

そう言われて、逆に私が慌ててしまった。

「でも、僕なんかが行けるかなあ」

すると、山野井さんはさらにあっさりと言い放った。

「ふだんの歩き方を見ていればだいたいのことはわかるけど、沢木さんは大丈夫だと思いますよ」

そう言われては、もはや前言をひるがえすなどというわけにはいかなくなってしまった。

それが一昨年の三月の末のこと。その年の七月には山野井夫妻と一緒に生まれて初めての山として富士山の山頂に登り、九月には本当にヒマラヤのギャチュンカンに向かうことになった。そして、実際に、まるで飛び級をして大学院に進学してしまった幼稚園児のように、私は山野井夫妻を「ガイド」にして、ついに五千五百メートル地点まで登ることになる。

私は、二人がベースキャンプとしたところからギャチュンカンの北壁に正対したとき、こう思った。彼らのギャチュンカンにおける圧倒的なクライミングの全体を、その人生と重ね合わせるようにして書いてみよう、と。そして、帰りのキャラヴァンの途中、私は二人に告げたのだ。いままでは遊びだったけど、これからは書くための取材をする者として付き合わせてくれないか、と。


（06・12）

「角度」について

私は二十代の前半に東京放送、現在のＴＢＳが発行している「調査情報」で多くの仕事をさせてもらった。ジャーナリズムのどのような組織にも属した経験がなく、たった二本のルポルタージュしか書いたことのない若造を、当時の「調査情報」の編集部は、いま考えれば信じられないほど重用してくれた。のちに、私の『敗れざる者たち』と『人の砂漠』という初期作品集の核になるのは、ほとんどが「調査情報」に書かせてもらったものである。

しかし、私にとって「調査情報」は、最初に現れた「ホームグラウンド」であるだけでなく、ひとつの「学校」のようなものでもあった。教師は、編集部にいた今井、宮川、太田の三氏。そこで私は、ノンフィクションを書くにあたっての、最も重要なことを教えてもらったのだ。

そこで私が学んだのは、「好奇心」の「角度」というものだった。

ノンフィクションを書くに際して、まずなにより大事なのは「私」という存在である。その「私」が「現場」に向かうことによってノンフィクションは成立する。そして、そのとき、「私」と「現場」をつなぐのは、どのようにきれいに言い繕《つくろ》おうとも、やはり「好奇心」というものである。「好奇心」が「私」を「現場」に赴《おもむ》かせる。

多かれ少なかれ「好奇心」というものは誰でも持っている。しかし、それがジャーナリズムの世界で意味を持つためには、「現場」に差し向けられる「好奇心」に、ある「角度」が必要なのだ。そして、その「角度」こそが、その人の個性となり、結果的にその人の書くノンフィクションの個性となっていく。

いまでも鮮やかに覚えていることがある。

夕方、「調査情報」の編集部があった調査部の部屋に行くと、いつものように酒盛りの真っ最中であり、今井、宮川、太田の三氏が揃っていた。そして、私を待ち兼ねたように、五枚つづりのコピーを取り出した。

それは、当時の東京放送の最も重要な報道番組であった「ニュースコープ」で流されたニュースの原稿だった。

①沖縄では、本土復帰後も台湾漁船の不法入域や不法上陸が相ついで起きていますが、那覇にある第十一管区海上保安本部は、このほどこのような台湾漁船の取り締まりに乗り出しました。

②那覇にある第十一管区海上保安本部によりますと、復帰後、与那国島や西表島などへの不法上陸が五十二件も発生しています。

③そして、きのうもおとといも、台湾の二隻の船が西表島の祖納港に入港したうえ、台湾人を仲介して石鹸・煙草・ビールなど五、六百円相当の品物を買い入れています。

④このようなことから第十一管区海上保安本部では、出入国管理令による不法入国、税関法に基づく密輸出の疑いがあるとして取り調べていますが、刑事事件として取り扱ったのはこれ

が初めてです。
⑤なお、第十一管区海上保安本部としては、台湾船の不法入域に対する取り締まりに関して、具体的な方針を打ち出しておらず、台湾船の領海侵入は今後とも続くものとみられます。
これを私に読ませると、三氏は口々に言った。

「妙だと思わないか？」

しかし、私には別段おかしいところはないように思えた。

私が首を振ると、きちんと読んでみろというような調子でこう言われてしまった。

「密輸出の金額が五百円とか六百円とか言うんだぜ」

そう言われて、初めてアッと声を出しそうになった。三氏は、密輸出などというおどろおどろしい言葉の犯罪にしては、あまりにも金額が少なすぎないかと言っていたのだ。

「行ってみないか？」

私はその場で取材費を受け取ると、翌日の昼には復帰直後の沖縄に渡っていた。そして、当時は、沖縄の人ですらどこにあるか知らなかった与那国島に着くと、「五、六百円の密輸出」だけにとどまらない、書いても書いても尽きないほど不思議な現実に遭遇することになった。

私は、恐らく、「調査情報」の教師たちによって、たったひとつの例で教えてもらったのだ。「五、六百円の密輸出」という、ぼんやりしていれば簡単に見過ごしてしまうようなことに鋭く反応する。それが「現場」に差し向ける「好奇心」の「角度」というものなのだと。

（11・5）

失われた古書店

　私は以前、といってもかなり前、二十代から三十代にかけてのことになるが、大きな仕事が終わり、長い休日がとれると、安い航空券を買ってハワイに行くことが多かった。オアフ島で、ワイキキはアラワイ運河の近くにある、これまたとてつもなく安いアパートメント・ホテルの部屋を借り、ぼんやり過ごすのだ。

　朝起きると、近くのコーヒー・ショップで簡単な朝食をとる。それからバスに乗ってハワイ大学に行き、風が吹き抜ける気持のいい図書館のベランダで本を読む。昼食は日本食もあるビュッフェ式の学生食堂で済ませ、また図書館で本を読む。時には椅子に座ったままウトウトすることもある。午後三時を過ぎると、ハワイ大学を出て、ふたたびバスに乗り、アラモアナ公園に向かう。そこにはワイキキほど混んでいない美しいビーチがあり、ゆったりと泳ぐことができる。日が落ちはじめた頃、海から上がって公園内のトイレにあるシャワーで簡単に砂を洗い流す。帰りには、公園の裏手にある大きなショッピングセンターに寄り、肉や野菜や果物や飲み物などの買い物をする。そして、バスでアラワイ運河のアパートメント・ホテルの部屋に戻ると、夕食の準備を済ませる。たとえば、牛肉にニンニクをすり込み、サラダを作って冷蔵庫に入れておく。それが終わると、ビーチ・サンダルをランニング・シューズに履き替え、アラワイ運河の周囲を一時間ほどジョギングする。気持のいい汗をかいて部屋に戻ると、シャワーを浴び、ビールを飲みながら料理を作る。準備は済んでいるので、ものの十五分もかからず出来あがる。それをラナイ、つまりベランダにある小さなテーブルに運び、山の斜面に灯されはじめた民家の照明を眺めながら食べる。食後、食器類を洗ったあとで、まだ少し飲み足りないと思ったら、クヒオ通りにある酒場にハードリカーを一、二杯飲みに出る。

この「完璧な休日」において、私がハワイ大学の図書館で主として読むのは、その開架書庫の棚にある本でもなければ、日本から持っていった本でもなかった。ホノルルにある二軒の古本屋で買う本だった。

私が頻繁にハワイに行っていた頃、アラモアナのショッピングセンターの裏手には日本の本を売る書店があった。書籍や雑誌は船便で来るため一カ月遅れになっているが、新刊の書店であることにはかわりない。しかし、その一角に古書コーナーとでもいうべきものがあり、古くなり過ぎてしまった本や旅行客から不用品として買い取ったらしい本を安く売っている棚があった。私はアラモアナに行くと、公園で泳がない日はその本屋に行き、古色蒼然とした顔付きの本の表紙を一冊ずつ眺めながら時間をつぶすことがあった。

この店を「古本屋」と呼ぶのは適切ではないかもしれないが、私がハワイ大学の図書館で読んでいた本を買っていたもう一軒は「歴とした」古本屋だった。

あるとき、ホノルルのダウンタウンを散歩していて、そのはずれに小さな間口の古本屋があるのに気がついた。

それはのちにサンフランシスコやニューヨークで行くようになる古本屋と比べると恐ろしく汚

いところだった。至るところに本の山が築かれ、なかなか奥に入っていけない。東京の神保町にある古本屋にたとえると、田村書店の一階部分をさらに乱雑にして、汚くしたような店内だった。帳場らしきところにいるのは長身の痩せた男性で、ビートニク風のあごひげを蓄えていた。

そこに初めて足を踏み入れたとき、安物のペーパーバックの山の中に、ジョージ・プリンプトンの『ペーパー・ライオン』があるのに気がついた。

当時、私はノンフィクションの方法について日夜考えつづけていた。その中心にあった問題は「私」をどう扱えばよいのかということだった。「無自覚な一人称」から「自覚的な三人称」へ向かった私には、しかし「何かが足りない」と思えてならなかったのだ。

そうした中、アメリカで盛んに喧伝《けんでん》されるようになった「ニュージャーナリズム」に触れ、それを通して自分なりの方法を確立しようと模索していた。だが、日本に伝えられる「ニュージャーナリズム」に関する情報は常に断片的でしかなかった。ただ、その担い手として、頻繁に出てくる名前が三つあった。ハンター・トンプソンとゲイ・タリーズとジョージ・プリンプトンである。ハンター・トンプソンとゲイ・タリーズについては、わずかながら翻訳されたものによってその方法を垣間見ることができたが、ジョージ・プリンプトンだけはよくわからなかった。しかし、最も気になる書き手でもあった。

私はその古本屋でジョージ・プリンプトンの『ペーパー・ライオン』を何十セントかで買うと、ハワイ大学の図書館で読み耽《ふけ》った。やさしい英語ではなかったが、扱われているのがアメリカン・フットボールの世界ということで、なんとか最後まで読み通すことができた。そして、それによって、ノンフィクションにおける、ひとつの方法がくっきりとイメージできるようになった。

一人称から三人称に向かっていた私は、ふたたび一人称に、それもさらに徹底した「自覚的な一人称」に向かおうと決意することになるのだ。もしかしたら、そのとき、その古本屋で『ペーパー・ライオン』に遭遇しなければ、私の『一瞬の夏』という作品は生まれなかったかもしれないとも思う。

だが、いつしかハワイで長い休日を過ごすということはなくなってしまった。いや、それだけでなく、アメリカのどこかの都市に降り立つたびに、古本屋はないかと探しまわるということもなくなってしまった。

そのことは、私がノンフィクションの方法というものにあまり強いこだわりを持たなくなったということと見合っているのかもしれない。いまの私は、新しい方法で新しいノンフィクションを書きたいというのとは、たぶんまったく異なる望みを持つようになっているのだ。

（11・12）

ささやかだけど甘やかな

娘がまだ幼かった頃、夜、寝かしつけるためによく「オハナシ」をした。

小さな布団に添い寝をするように横になると、娘が決まって言う。

「きょうはなんのオハナシしようか」

今日は何のオハナシをしてくれるのかと訊ねたいのだが、口がうまく回らないためそのような言い方になってしまう。

「きょうはなんのオハナシしようか」

そう言われると、私はこう訊き返す。

「なんのオハナシがいい？」

すると、娘が小さく叫ぶように言う。

「イチゴのオハナシ！」

あるいは、こう言う。

「ながぐつのオハナシ！」

それを聞いて、私は、そうか今日のおやつはイチゴだったのか、とか、雨の中を長靴でどこか出かけたのか、などと想像する。

そして、その次の瞬間、即席の「イチゴのオハナシ」や「ながぐつのオハナシ」を作って話しはじめるのだ。

これは一種の「瞬間芸」のようなものであり、ほとんど何も考えずに話しはじめる。だから、起承転結を持ったものばかりでなく、早く眠らせるために主人公に果てしなく同じことを繰り返させたり、意味もない言葉遊びで時間を潰すようなものもあった。起承転結があるものでも、「起」だけで娘が眠ってしまえばそこが終わりで、話しながらイメージが膨らんでいた「承」も「転」も「結」も話されないまま消えていくことになる。

そのようにして、いくつ、いい加減な「オハナシ」を作ったことだろう。やがて、娘のお気に入りの「オハナシ」というものができてきて、それをことあるごとにリクエストされるようになった。赤い長靴とライオンさんのオハナシ、オモチャが消えていくおうちのオハナシ、やさしいカミナリさんとワタアメのオハナシ……。

この四月から講談社を版元としてポツポツと出していくことになった児童書は、そのときの「オハナシ」そのものではないが、そのときの「記憶」がもとになっていることは確かなように思える。ささやかだけれど、私の人生の中で最も甘やかなものとなっている、遠い過去のひとつの「記憶」が。

（12・7）

司馬さんからの贈り物

もう十年近く前のことになるが、朝日新聞社から「週刊　街道をゆく」なるものが刊行された。司馬遼太郎の『街道をゆく』を、あらためてビジュアルに捉え返そうというのが企画の趣旨だったと思う。

その中に「少数民族の天地」という一巻があり、私に編集部から執筆の依頼があった。司馬遼太郎が『街道をゆく』で「中国・蜀と雲南のみち」として書いている雲南省の昆明と四川省の成都に行ってくれないかというのだ。

それまで、私は中国を旅したことがなかった。行く機会は何度もあったが、ビザが短期間しか下りなかったため、いつか自由に旅することができるようになるまで待とうと思っていたのだ。

その頃もまだ公式的には三カ月くらいしか下りないことになっていたが、六カ月までビザを延長してもらった人がいるという噂を耳にしたりもしていた。ついに中国を本格的に旅することが可能な時期がやって来たらしい。私は、香港から新疆ウイグル自治区のカシュガルまで、乗合バスで旅しようと考えていたが、その途中に昆明と成都を組み入れることはさして難しくない。

私は編集部の依頼を引き受け、中国への長い旅に出た。

香港から始めた旅がようやく昆明に差しかかった頃、友人でカメラマンの内藤利朗と待ち合わせをした。彼がその巻の写真を撮ることになっていたからだ。

翌日から司馬遼太郎が訪れたところを、編集部が頼んでおいてくれた通訳の方と三人で歩くことになった。

その中の一カ所に、少数民族のイ族の人たちが住む高橋村《コウキョウソン》があった。

村の小径を歩いていると、一軒の家の中庭に、若い女性が佇《たたず》んでいる。

「こんにちは」

私が中国語で話しかけると、女性も笑いながら応えてくれた。

「こんにちは」

そこから、通訳の方を介しての会話が始まり、私たちは信じられない歓待を受けることになっていった。

まず、カメラマンの内藤利朗のために、女性の娘である愛らしいお嬢ちゃんが民族衣装を着てくれ、さらにはいとこの男の子も民族衣装を着てくれ、最後にはその女性と男の子のお母さんまでもが民族衣装に着替えてくれた。

そして、その大撮影大会を眺めていた男の子の祖父にあたる老人が、一緒に食事はいかがですかと私たちを誘ってくれたのだ。

私たちが村のあちこちを眺めているあいだに、一族の女性総出で食事の用意をしてくれ、涼やかな中庭での大食事会が始まった。

出されたのは、酒のつまみとしては茹でたピーナツ、料理としては朝に畑でとれたという野菜を中心にしたいくつもの大皿、それにソバの実で作った蒸しパンなど。そのどれもがおいしかったというだけでなく、一緒にテーブルを囲んだイ族の人たちのやさしい心根には、漢族の人にはない近しい暖かみを感じたものだった。

驚いたのは、私たちを歓待してくれた理由とは、たったひとつ「自分の家の前で足を止めたから」だという。「家の前で足を止めた人を家の中に招き入れるのは当然のこと」というのだ。

その高橋村での一日は、長い中国の旅の中でも、まばゆいくらいの輝きに満ちていた。それは、司馬遼太郎の『街道をゆく』に導かれなければ決して経験することのできない一日でもあった。

このたび『キャパの十字架』で司馬遼太郎賞を受賞し、その贈賞式では正賞の時計だけでなく賞金までいただけるという。しかし、私は十年近く前に、司馬さんからそれ以上の贈り物をすでに受け取っていたのだ。

（14・1）

キャラヴァンは進む

あるとき、年長の作家にこんなことを訊ねられた。

「もし家に本があふれて困ってしまい処分せざるを得ないことになったとしたら、すでに読んでしまった本と、いつか読もうと思って買ったままになっている本と、どちらを残す？」

当時、まだかなり若かった私は、質問の意味がよくわからないまま、考えるまでもないという調子で答えた。

「当然、まだ読んだことのない本だと思いますけど」

すると、その作家は言った。

「それはまだ君が若いからだと思う。僕くらいになってくると、読んだことのない本は必要なくなってくるんだ」

そして、こう付け加えた。

「でも、君たちにとっても、実は大事なのは読んだ本なんだと思うよ」

「そういうもんでしょうか」

私はそう応じながら、内心、自分は読んでもいない本を処分することなど絶対にできないと思っていた。

だが、齢をとるに従って、あの年長の作家の言っていたことがよくわかるようになってきた。そうなのだ、大事なのは読んだことのない本ではなく、読んだ本なのだ、と。

文章を書いていて、あの一節をここに引用してみたらどうだろうと思いついたりするのは、当然ながらかつて読んだものの中にしかないということもある。読んだことのない本から引用することはできない。しかし、そうした実際的な理由ばかりでなく、暇な時間に、ふと読みたくなるのが、新しい本より、かつて親しんだ作家の何度も読んだことのある本だということが多くなってくるのだ。

先日も、書棚の前に立って本の背表紙を眺めているうちに、なんとなく抜き出して手に取っていたのは、邦訳が出て四十年にもなろうかというトルーマン・カポーティの『犬は吠える』だった。

トルーマン・カポーティと言えば、ノンフィクション・ノヴェルという言葉を広く伝播《でんぱ》させることになった『冷血』であり、オードリー・ヘップバーンが主演した映画の原作として有名な『ティファニーで朝食を』ということになるのだろうが、私にとってはこの『犬は吠える』というエッセイ集の方が馴染み深い。訳者が家の近くに住んでいる知り合いの小田島雄志さんだということもあるが、まさにアメリカ版の宣伝文句にあるように「本書は一気に読むべきものではなく、ときどき手にしては、ブランデーを飲みシガーをくゆらせながら食後の会話のように味わうべきものである」というところがあり、私もときどき書棚から抜き出しては一、二編の文章を読むということを何十年も繰り返しているのだ。

しかし、この『犬は吠える』において、私が一番気に入っているのは、中身より、そのタイトルかもしれない。

犬は吠える

変わったタイトルだが、力強いタイトルでもある。

そのときも、私が書棚から『犬は吠える』を抜き出して手に取ったのは、タイトルの由来が記されている箇所が曖昧になってしまったからだった。あれはエピグラフにあったのだろうか、それとも訳者の「あとがき」の中に書かれていたのだろうか。

ページを繰ってみると、確かにエピグラフにこうあった。

犬は吠える、がキャラヴァンは進む——アラブの諺

ところが、エピグラフだけでなく、カポーティ自身の「序文」にもさらに詳しい由来が記されていた。

カポーティがまだ二十代の半ばだった頃、イタリアのシチリア島に滞在していたことがあり、同じシチリア島に滞在していたフランスの老作家アンドレ・ジッドと親しくなった。

ある日、二人で護岸に腰を下ろし、海を見ていると、郵便配達夫がカポーティにアメリカからの手紙を渡してくれる。そこには悪意に満ちた批評文が同封されている。思わず、カポーティが愚痴をこぼすと、老ジッドはこう言ったという。

「ま、いいじゃないか。アラブにこういう諺がある、覚えておくんだな。《犬は吠える、がキャラヴァンは進む》」

それを受けて、カポーティはこう書いている。

私はよくこのことばを思い出した——ときにはおめでたいばかりにロマンティックに、自分を遊星のようなさすらい人として、サハラ砂漠の旅人として夢想しながら。

読者である私も、ときどきこの言葉を舌の上に転がすことがある。誰でも犬の吠え声は気になる。しかし、キャラヴァンは進むのだ。いや、進まなくてはならないのだ。恐ろしいのは、犬の吠え声ばかり気にしていると、前に進めなくなってしまうことだ。

犬は吠える、がキャラヴァンは進む……。

たぶん、私は、その言葉の励ましを受けるために、すでに何度も読んでいるにもかかわらず、書棚の真ん中に『犬は吠える』を置いてあるのだろう。大事なのは読んだ本だ、などと特に意識もしないまま。

（15・1）

「夏」から「春」へ

一九八〇年、朝日新聞の夕刊に『一瞬の夏』を連載した。それから三十五年後の二〇一五年、今度は朝刊に『春に散る』を連載することになった。

どちらも舞台はボクシングの世界である。違うのは、『一瞬の夏』がノンフィクションであるのに対し、『春に散る』がフィクションだったということだ。

私が三十代の初めに書いた『一瞬の夏』は、友人のボクサーであるカシアス内藤の「長いブランクのあとカムバックし、世界チャンピオンを目指す」という戦いに同伴した一年の日々を描いたものだった。それはまた、そこにエディ・タウンゼントという老トレーナーと、内藤利朗という若いカメラマンが加わり、いわば四人がひとつの「チーム」となって世界タイトルという夢に向かって突き進んでいった一年でもあった。その夢は、一歩手前の東洋タイトル戦で、カシアス内藤が韓国の若いボクサーにノックアウトで敗れることで潰《つい》えてしまった。だが、私はすべてが終わったあとで、その一年を克明に描いてみたいと思ったのだ。

一方、六十代も半ばを過ぎて書くことになった『春に散る』は、アメリカに永く住んでいた元ボクサーが日本に帰り、かつての友人たちと再会し、偶然のことから遭遇したひとりの若者に、自分たちが果たせなかった夢を託そうとして過ごす一年を描こうとしたものである。

本来、今回の新聞連載には、京都を舞台にした若い僧侶が主人公の小説を書こうと考えていた。そのため、事前の取材だけでなく、連載開始前の一年間は京都へ移り住んでみようということを含めて、いくつかの準備もしていた。

だが、実際に連載開始の一年前になり、そろそろ京都に移り住んで執筆を開始しようとしたとき、不意に、自分と同じ年代の主人公を描きたいという強い欲求が生まれてきてしまった。

それは「私」を描きたいというのとは別種の思いだった。むしろ、私とは異なる存在、異なる在り方をしている人物を描きたくなったのだ。しかし、私と同じ年代である以上、置かれている状況や残されている未来に共通点がないことはないはずだ。それぞれが、それぞれに、さまざまな困難を抱えて生きている。私たちに近い年代の男を主人公にした小説となると、どこか戯画的に、あるいは否定的に描かれることが少なくない。そこをあえて正面から肯定的に描いてみたい……。

そのとき、ひとつの情景が浮かんできた。

数年前、フロリダのタンパで、モハメッド・アリのトレーナーとして有名なアンジェロ・ダンディーの葬儀に出席した。私はダンディーさんと何度かお会いしているが、日本から葬儀に駆けつけるというほど親しくはなかった。しかし、アメリカ在住の友人から、葬儀に来ないかと誘われたとき、ダンディーさんをアメリカにおける父親のように慕っていた彼の、その喪失感の深さを思って行くことにしたのだ。

モハメッド・アリも出席しての葬儀が終わり、私は友人の運転する車で、マイアミに足を延ばした。マイアミは、若きアリがダンディーさんと共に、絶対の王者と目されていたソニー・リストンを打ち破るべく、激しいトレーニングを重ねた土地でもあった。

私たちはダンディーさんの最後のジムを訪れると、さらにルート1を南下して、アメリカの最南端であるキーウェストを目指した。かつて、ヘミングウェイが住んでいたというそのキーウェストには、私も友人もまだ一度も訪れたことがなかったからだ。

そのルート1の最後の百数十キロは、岩礁やサンゴ礁を橋で一直線につないだもので、右も左も、紺碧《こんぺき》の海が延々と続くという驚くべき道だった。

どこまでも続くと思われるようなその一本道を走る車に乗りながら、私は友人の話を聞いていた。

私よりいくらか年長のその友人は、永くロサンゼルスに住んでおり、いまは仕事に成功して金銭的に困らない暮らしをしているが、かつてはさまざまな理由で経済的に苦しい時代を送っていた。

そのような苦難の時代に、アメリカで会った私が、別れるときに使い残しのドルを置いていくということが何度かあり、友人はそれを永く恩に着つづけてくれていた。おかげで、最近は私がロサンゼルスを訪れる際にさまざまな便宜を図ってくれるばかりでなく、カシアス内藤の息子でボクサーになった律樹にまで、彼がアメリカでの武者修行に訪れるたびに多くの手助けをしてくれている。

ルート1を走りながら、その友人が、先頃、ハートアタック、心臓発作で倒れたという話をしはじめた。ひとりで自分のオフィスにいたため、危うく命を落とすところだったが、隣のオフィスの人に助けられたのだという。

紺碧の海を見ながらその話を聞いていた私の頭に、あるストーリーが浮かんできた。ハートアタックを経験したひとりの日本人男性が、永いアメリカ暮らしの果てに、日本に帰ることになる……。

自分と同じ年代の主人公を描いてみたいと思いはじめたとき、そのときの情景が呼び起こされ、そのとき頭に浮かんだストーリーが強い力を持って迫ってきた。ハートアタックについて話してくれた友人が年長だったということもあって、最初は主人公を自分よりかなり年齢的に上の人物としてイメージしていたが、それを自分と同じ年代の男にしてみたらどうなるか。

考えはじめると、みるみる主人公が生き生きと動き出した。始まりはアメリカのルート1、終わりは日本の桜並木。そこに至る春から春までの一年を描く。

それからの二年半は、その二つの道のあいだを主人公に歩かせることが日々の作業のすべてになった。他の仕事はほとんどしなかったから、この二年半は、ただそのことだけに集中するという生活が続いた。いや、連載が終わって、単行本化するにあたって、百五十枚あまりを加筆する半年があったので、実質的には丸三年がかかったことになる。

ひとつの作品の世界に浸り切りながら三年を過ごす。それは、ある意味で、生涯にそう何度も訪れることのない贅沢な日々だったと言えるかもしれない。

三十五年前の『一瞬の夏』は私たち四人の「夏から夏まで」の一年だった。一方、この『春に散る』は元ボクサーだった主人公とその友人たち三人との、やはり四人の「春から春まで」の一年を描くものになった。

「夏」から「春」へ。

そこに至るこの三十五年にはさまざまなことがあった。まずエディ・タウンゼントさんが直腸のガンで亡くなった。やがてカシアス内藤が咽頭ガンのステージ4を宣告されたことから、彼のためのジムをどうしても早く作ろうと奔走し、内藤利朗の協力も得て、なんとか横浜にジムを作ることができた。しかし、残された三人のうち最も若かった内藤利朗が肺ガンで死に、そのジムで育ったカシアス内藤の息子の律樹が日本チャンピオンになる試合を見ることはできなかった……。

だが、その三十五年という歳月を振り返ると、いま、まさにほんの一瞬のことのように思っている自分がいることに気がつく。

「夏」から「春」へ。

「春」から……。

そう、これから私の季節がどのように移り変わることになろうと、たぶんそれもまた一瞬のことであるのだろう。

（17・1）

母港として

ジャーナリズム上で文章を書いている者には、そのときそのときで深く関わることになる特別の雑誌というものがある。

私の場合、二十代のときはTBSの放送雑誌である「調査情報」だったし、三十代のときは集英社の月刊「PLAYBOY〈プレイボーイ〉」と文藝春秋の「Number〈ナンバー〉」であり、四十代に入ってからはスイッチパブリッシングの「SWITCH〈スイッチ〉」と「Coyote〈コヨーテ〉」ということになる。そして、それぞれの雑誌の編集者たちと議論をし、酒を飲み、旅をしながら多くの仕事をするようになった。

とりわけ「調査情報」と月刊「PLAYBOY」の編集者たちとは、そこにこそライターとしての私の「青春」があったのではないかと思えるほど濃密な時間を過ごすことになった。

しかし、そうした濃密な関わりこそ持たなかったものの、私がジャーナリズムの広大な海にひとりで漕ぎ出していったとき以来、常に自分にとっての重要な仕事をさせてもらいつづけてきた雑誌に「文藝春秋」がある。

その最初のものは、美濃部亮吉と石原慎太郎とのあいだで繰り広げられた都知事選のレポート「シジフォスの四十日」だった。それは、編集部によって「美濃部と石原が燃えた日」という散文的なタイトルをつけられて発表されたが、二十代の私にとっての、初めての大きな仕事だった。石原夫人の典子さんが暖かく迎え入れてくださったおかげで、その選挙戦を石原陣営の内部から深く描くことができた。

そのときの石原さんは四十二歳ととても若かった。

「美濃部さんのように、前頭葉が退化した六十、七十の老人に政治を任せる時代は終わったんじゃないですか」

選挙カーの上からそう批判していた石原さんは、その戦いには敗れたものの、六十六歳でふたたび都知事選に出馬して当選すると、当時の美濃部亮吉よりはるかに「前頭葉が退化」しているはずの八十歳まで都知事の椅子に座りつづけた。

その「シジフォスの四十日」以後も、私は「文藝春秋」誌上で、やがて『オリンピア』という作品のもとになる「ナチス・オリンピック」、池田勇人をはじめとする三人のルーザー〈敗者〉を描いた「危機の宰相」、山口二矢《おとや》による浅沼稲次郎《あさぬまいねじろう》刺殺事件を描いた「テロルの決算」、アマゾンで私の乗ったセスナ機が墜落した事故の顚末を描いた「墜落記」と、四百字詰め原稿用紙で百枚から二百枚に達しようかという長編ノンフィクションをいくつも書かせてもらうことになった。

近年では、伝説的なカメラマンともいうべきロバート・キャパの写真をめぐっての連載をしている。世界各地に点在するキャパの写真の舞台を訪れ、同じアングルでその舞台の現在を撮るという旅をしたのだ。足掛け四年に及んだその連載は、やがて『キャパへの追走』という本にまとめられることになるが、それだけでは終わらず、そこから「スピンオフ」するようなかたちで「キャパの十字架」が生まれることになった。キャパの最も有名な作品である「崩れ落ちる兵士」

の謎を追ったその「キャパの十字架」は、実に三百枚を超える常識はずれの長さであるにもかかわらず、「文藝春秋」編集部は一挙に掲載してくれた。

その意味で、私にとって「文藝春秋」は、さまざまな寄港地に出かけてはまた戻ってくることのできる母港のような存在だったかもしれない。

ノンフィクションというジャンルの衰退が声高に語られ、長い作品を載せる雑誌が次々と姿を消しているいま、雑誌というものの運命を体現しているかに見える「文藝春秋」が、雑なるものの重要な構成要素のひとつであるノンフィクションを、いつまで、どのようなかたちで載せつづけることができるのか。期待より不安の方が大きいが、できることならこれから先も、長く私にとっての母港でありつづけてほしいと願っている。

（18・1）

彼の言葉

海を渡る飛行機に乗り込み、ようやく離陸して水平飛行に移ると、たいていは食事が供されることになる。客室乗務員にまずはアルコール類を含めた飲み物をどうするかが訊ねられ、選んだものを飲んでいると、それぞれの座席のクラスに応じたメニューの食べ物がテーブルの前に並べられる。

その食事が終わり、あとは何をしてもいいという自由な時間になると、いつもある人の言葉を思い出す。

それは私が四十代の頃の話だが、雑誌で映画評論家の淀川長治さんと対談したことがあった。その雑誌の編集者によれば、淀川さんが対談相手として私を指名したのだという。一度はとうてい淀川さんの対談の相手はつとまらないからと断ったのだが、編集者に淀川さんが強く望んでいるからと粘られてしまった。そこで、対談の「相手」はつとまりそうもないが、話の「聞き役」ならばと引き受けることにした。

しかし、実際は、淀川さんは私のことをほとんど何も知らなかった。知っていることはただひとつ、「暮しの手帖」で映画評を書いている人、ということだけだったと思う。事実、そのころ淀川さんが暮らしていた全日空ホテル内にある中華料理屋で初めて顔を合わせると、「まあ、こんな子だったの！」と驚きの声を上げられてしまったくらいだった。四十男をつかまえて「こんな子」もないものだと思うが、蓮實《はすみ》重彦《しげひこ》のような、髭を生やした、重厚な顔つきの男が現れるかもしれないと思っていたのだという。

その夜は、私が予想したとおり淀川さんの「ワンマンショー」になったが、いくつも印象深いことがあり、また心に深く残る言葉を聞くことができる楽しい夜になった。

そして、私が飛行機内で自由な時間が始まるといつも思い出す言葉とは、その折りに淀川さんがなにげなく呟いたものなのだ。

たぶん、対談の流れの中で、『プリティ・ウーマン』の話を私がしたのだと思う。

――ワシントンへ向かう飛行機の中で、いつもはあまり見ない機内上映の映画を見た。そのとき、最初は本を読んでいたのだが、前方のスクリーンに『マグノリアの花たち』に出ていた顔の造りの大きな若い女優が出ており、少し気になって無音の映像を眺めているうちに、いつの間にか本気で見つづけることになってしまった。それくらい、『プリティ・ウーマン』のジュリア・ロバーツは印象的だった……。

そんなことを話すと、淀川さんがこう言った。

「まあ、もったいないのねえ」

「えっ？」

私は訊き返した。すると、淀川さんはさらにこう言った。

「せっかく映画をやっているというのに見ないなんて」

つまり、淀川さんの言葉は、私がふだんは飛行機の中であまり映画を見ることはない、と言ったことに反応してのものだったのだ。

飛行機の中というのは、集中して本を読んだり、仕事の構想を練ったりするのに都合のよい空間だと思っている。そのため、私は映画が上映されていてもあまり見ることがなかった。しかし、淀川さんにとっては、そこに映画が上映されているというのに、無視できるというのが信じられないことだったのだろう。

「そういう人がいると殺したくなるの」

淀川さんは笑いながらそんなことも言った。当時の飛行機は、まだ自分の席の前に専用のモニターがあるわけではなく、食事が終わったあとの時間になると、前方に乗客の全員が見えるような大きさのスクリーンが出てきて映画が上映されるということになっていた。そのため、映画が始まるとキャビン内が暗くなるのだが、それにもかかわらずひとりだけ読書灯をつけて本などを読まれると、その光がうるさくて映画が見にくくなるということらしかった。

それ以来、飛行機の中で映画が始まると、そのときの淀川さんの言葉が、あの独特の口調と共に甦ってくるようになった。そして、一瞬、どうしようかと迷うようになったのだ。

そして、あるときから、淀川さんの意見に「全面降伏」して、飛行機の中では映画を見る、と決めるようになった。

それには、こんな経験をしたからでもあった。

ある日、私はラスヴェガスでの用事を済ませ、サンフランシスコ経由で日本に向かっていた。

食事の時間が終わり、窓のブラインドが降ろされ、暗くなった機内で映画が始まった。

しかし、川端康成の『雪国』を読み直していた私は、読書灯をつけて本を読みつづけていたが、その耳元に、また、淀川さんの言葉が甦ってきた。しかし、一本目の映画として上映されたのは、ＳＦホラー・アドヴェンチャーと銘打たれた『ハムナプトラ』である。日本で上映されたときも見送った作品だ。

――これはパス。

そう決めた瞬間、淀川さんだったらこのような作品でもパスなどしないだろうなと思ったが、決定を覆すまでには至らなかった。

続いて、二本目の映画が上映されることになった。タイトルは『オクトーバー・スカイ』。日本では未公開の作品のようだった。機内誌に載っている紹介記事の写真を見ると、冴えない四人組の少年が映っている。これではまるで『スタンド・バイ・ミー』のできそこないの映画のようではないか。私は『雪国』を読みつづけようと思い、視線を本に落としたが、再び、そして今度はさらに大きく、淀川さんのあの言葉が甦ってきた。

「まあ、もったいないのねえ」

私はひとり苦笑し、「仕方なく」本を閉じた。

ところが、その『オクトーバー・スカイ』をなかば義務的に見ているうちに、ぐんぐん惹きつけられていくのを感じた。

それは、ソ連の人工衛星スプートニクの成功に触発されて、手製のロケットを打ち上げようとするアメリカのハイスクールの少年たちの物語だった。オーソドックスな学園物語に父と子の問題が絡ませてある。冴えない少年たちのリアリティーと、ひとりの少年の父親を演じているクリス・クーパーの存在感とがあいまって、『オクトーバー・スカイ』は信じられないほど面白い作品に仕上がっていた。

見終わって、私はあらためて淀川さんに感謝したくなった。淀川さんのあの言葉に従っていなかったら、邦題に『遠い空の向こうに』と名づけられることになるこの『オクトーバー・スカイ』を、たぶん一生見ることはなかっただろうと思ったからである。

それ以後、飛行機の中では、上映される映画がどんなものであれ必ず見るようになった。やがて、機内のエンターテインメントは、前方のスクリーンで全員が同時に見るというシステムではなくなり、自分の席で読書灯をつけて本を読みつづけるのもかなり自由になったが、食事が終わって何をしてもよいという時間になると、やはり淀川さんの言葉が甦ってきて、映画のヴィデオを見つづけることになった。

だが最近、飛行機に乗ると、淀川さんに対談の席で言われた、もうひとつの言葉を思い出すようになった。

淀川さんは、その対談の席で、こちらが恥ずかしくなるほど、私の書いた映画評の文章をほめてくれた。そこには、半分くらいは年若い私へのからかいの気持もあったような気もするが、残りの半分は本気だったように思える。

映画評を書くことを生業としているような人ではなく、あなたのような人が映画評を書いているということに意義がある。小さいころに映画の面白さを知り、そこから出発して清潔な映画評を書いている。それがとても大事なことなのだと。

そして、淀川さんはこう言われたのだ。

「映画を見捨てないでくださいね、ほんとうですよ」

最初にそう言われたときは、冗談を言っているのだと思い、ただ笑っていた。私が見捨てようと見捨てまいと映画の世界にとってはどうでもいいことであり、それは淀川さん一流のからかいを含んだ大袈裟《おおげさ》な物言いのように思えたのだ。しかし、淀川さんはその対談のあいだ中、何度となくその言葉を口にした。

そしてまた、淀川さんは「朝日新聞の人から誰かいい書き手がいないかと相談されて、勝手にあなたの名前を出してしまったけど、そのときはよろしくお願いするわね」とも言った。

やがて、私は朝日新聞で月に一回の映画評を書くようになる。しかし、実際に連載が始まったのは、淀川さんとの対談から何年も経ってのことだったので、依頼されたことに直接の因果関係はなかったのかもしれない。

だが、いずれにしても、朝日新聞におけるその映画評の連載が、「銀の森から」と「銀の街へ」と題されて十五年も続くことになった。

ところが、二〇一五年から一六年にかけて、朝日新聞紙上で『春に散る』という新聞小説を連載するため、映画評の連載を一時中断することになった。日本の新聞や雑誌には、同じ紙誌面にひとりの人が二つ同時に連載することを避けるという不文律のようなものがある。形式的には、それに従ったことになるが、実際問題として、その二つの連載を並行して続けるのは、私にとってはかなりきついことだったのだ。

しかし、その新聞小説の連載が終わってすでに一年以上が過ぎているが、まだ映画評の連載を再開していない。

担当をしてくれている朝日新聞の石飛氏からは、再開に向けての柔らかな打診があるが、私は依然として躊躇したままだ。

いま取り掛かっている新たな長編作品を前にして悪戦を続けていると、つい再開するのをためらってしまう。

専門の映画評論家なら、一カ月に一本の映画評を書くことくらい大したことはないかもしれない。しかし、私には、数ある新作映画の洪水の中からその一本を見つけ出し、決まった行数の文章に仕上げるというのがとてつもなく大変なことであり、それを考えると怯《ひる》んでしまうのだ。

だが、飛行機に乗って、さてどんな映画を見ようかとヴィデオのプログラム表を眺めていたりすると、ふと、映画の伝道師のようだった淀川さんの言葉が思い出されて、胸を刺す。

「映画を見捨てないでくださいね、ほんとうですよ」

もし淀川さんが生きていらして、いまの私を見れば、映画の世界から離れかかっていると思われるかもしれない。私が映画を「見捨てる」というほどではないにしても、私が映画に「見捨てられている」と見えるかもしれないのだ。

自分にはまだ、新しい映画を見て、語りたいという情熱が残っているのだろうか？　いや、私にはまだ、新しい映画を見て反応することのできる内実があるのだろうか？

このままさらに映画から遠ざかってしまうのか。あるいは、勇を鼓してふたたび映画に向かっていくのか。

わからない。

私には、わからない、のだ。

もっとも、私をよく知る友人によれば、単なる怠惰の虫を飼っているだけのことさ、ということになるのだが。

（18・3）

短文の練習、さらに

旅のオマケ　受賞の言葉

　この『深夜特急』の旅では、自分でも驚くほど頻繁に手紙を書いた。行った先の国で、一枚二、三十円のアエログラムを買うと、細かい字でびっしりと書き込むのだ。私は一生かかって書くべき量の手紙を、その一年で書きつくしてしまったような気さえする。恐らく、そのときの私にとっては、どうしても手紙を書くことが必要だったのだろう。日記ではなく、誰かに語りかける手紙という形式の文章を書くことで、必死に自分の精神のバランスを取ろうとしていたのだと思う。私はさまざまな町のさまざまな宿で、眠いのを我慢しながら毎晩のように手紙を書いたものだった。

　全三冊、原稿用紙にして二千枚に近い『深夜特急』が書けたのも、その膨大な数の手紙が残されていたおかげと言える。日本に帰り、ふたたび手にすることのできたそれらの手紙には、五円、十円の金の得失に笑ったり怒ったりしている貧乏旅行者の滑稽な姿とともに、異国を目的もなくほっつき歩いている若者の熱狂と退廃の果ての危うい姿が、かなりの鮮明さで定着されていた。私はただそれを原稿用紙に写せばよかったのだ。

しかし、その「ただ」に、これほどの時間が掛かろうとは考えもしなかった。旅の終わりからこの「第三便」の刊行まで、実に十七年が必要だった。我ながら途中でよく諦めなかったものだと思う。もしかしたら、「紀行文学大賞」という旅のオマケは、その「粘りの精神」に対して与えられたものなのかもしれない、と思ったりもする。

（93・10）

新宿の高層ビル群　新東京百景

いまは夜。

部屋の窓からは、遠く新宿の高層ビル群が見える。

私にとって新宿は以前ほど親しい街ではなくなっているが、暗い闇に輝いているビル群の灯りを眺めているとなぜか心が波立ってくる。

それは、かつてもそこにあり、今夜もそこにあるだろう喧噪の中の甘美な孤独が、わずかながら感じ取れるような気がするからかもしれない。

（93・11）

落語の神様と宇宙の意思　桂べかこ改め桂南光へ

私はあらゆる団体組織に所属していない。その「属さない」方針はかなり徹底したもので、政治組織や宗教団体はもとより、ペンクラブや文芸家協会のような一種の職能組合にまで及んでいる。別に大した主義主張があるわけではなく、せっかくフリーの物書きというやくざな稼業についたのだから、できるだけ制約の少ない生き方をしたいと望んだ結果にすぎない。その私が唯一例外的に所属しているのが「宇宙意思の会」である。理由は簡単、桂べかこが「大教祖」をしているからだ。

ある晩、一緒に酒を飲んでいて、男が浮気をするのも、飲んだくれるのも、博奕ですってんてんになるのも、これすべて宇宙の意思であるという、極めて好い加減で都合のいい「教義」を聞かされ、深く「感銘」を受けた私は、その場で「大教祖」以外ほとんど会員のいない「宇宙意思の会」のメンバーに加えてもらうことにしたのだ。

しかし、この「宇宙意思の会」、なんとなく落語の世界の住人を暖かく見守る落語の神様のようにも思えてくる。桂べかこは、たとえ由緒ある三代目桂南光を襲名しようとも、その神に仕える「大教祖」として、男が浮気をするのも、飲んだくれるのも、博奕ですってんてんになるのも、これすべて落語の神様のおぼしめし、いや、宇宙の意思であるという「教義」を、広く全世界に知らしめてくれることと思う。

（93・11）

追記　ただし、二〇一八年現在、私は日本文芸家協会の会員になっている。なぜ入会することになったのか。その経緯は『ポーカー・フェース』の「ブーメランのように」の中に詳しく記してある。

明晰ということ　　羽生善治

誰もそんなことは思わないだろうが、この写真は羽生善治さんと将棋を「指して」いるところではない。ある人たちの、歴史的なある将棋を「並べ」、解説してもらっているところだ。彼らはこの将棋をどのように指そうとしたのか、どこが勝負の分かれ目だったのか、この戦いは現代の棋士の眼から見るとどのように映るのか……。

私は将棋をよく知らない。だが、そんな私にも、ほぼ完璧に理解できるように、羽生さんは説明してくれた。その言葉は、簡潔で、正確で、だから美しかった。

（96・9）

なぜかは知らず　『旧約聖書』刊行に寄せて

色川武大が《なぜ、もう一度発心したのか、自分でもよくわかりません》と書きはじめた『私の旧約聖書』を、《ちょっと疲れました》という言葉で終えたのは、六十歳で死ぬ三年前のことだった。

間もなく五十代になろうとしている私もまた、なぜだかわからないまま、少年時代に「エレミア書」の「わたしの生まれた日はのろわれよ」という一句によって導かれた『旧約聖書』の世界を、いま、ふたたび辿り返そうと思っているところなのだ。

（97・3）

言葉を杖に

この『天涯第二　花は揺れ　闇は輝き』という写真集の中で旅をした土地は、ブダペスト、ベルリン、ミュンヘン、パリ、オリンピア、スパルタ、アテネ、ヒューストン、インディアナポリス、ニューヨーク、フィラデルフィア、ラスヴェガス、サンファン、リスボン、ナザレ、ポルト、サンタクルス、エストリル、アトランタ、マラガ、アシラ、タンジール、カサブランカ、マラケシュ、メルズーガ、フェズ、ロサンゼルス、ホノルル、香港、マカオ……などである。それらの土地を歩き、その風景や人に心惹かれ、しかもバッグにカメラが入っているとき、そっとシャッターを切る。しかし、バッグにカメラが入っていることは少ないので、実際に写真を撮る時間は一日に一時間もない。

たとえば、もしそれがマカオに長期間滞在しているときであったなら、朝十時頃に起きて、シャワーを浴びてから近くの食堂に朝昼兼用の食事をとりにいく。そして、一度ホテルの部屋に戻ってからおもむろにカジノに入っていくと、朝の三時か四時までずっといつづけることになる。そこを抜けるのは、夕食をとるときと、あまりにもカジノ内の冷房が効き過ぎて、体が冷えきったときなどに「暖」を取るときくらいのものだから、写真を撮るといっても一日に二、三十分もあればいい方なのだ。

そのようにして辛うじて撮られた写真が、それでもある程度の数になり、この『天涯第二』に収められることになった。しかし、これはあくまでも「第二」に過ぎず、「天涯」という不思議な言葉を杖に、ゆるやかな螺旋を描くようにして世界の「頂き」へと向かう旅は、これからもまだ当分つづきそうな気がしている。

（99・11）

ひとつの幻想　『日本の歴史』について

私たちに歴史が必要になるとき、とりわけ自国の歴史が必要になるとき、それはもしかしたら幸せな時代ではないのかもしれない。なぜなら、私たちは自分が幸せの渦中にあるとき過去についてなどあまり考えないものだからだ。しかし、幸せな時代であろうとなかろうと、自分の立っているところがどこなのかを見定めたいという欲求は常に存在する。それは恐らく、私という人間を知りたいという願望と同じ種類のものである。

ここはどこなのか？　自分はいまどこにいるのか？

私もまたその答えに焦がれはじめている自分を感じている。危険だな、と思わないわけではない。だが、私はたぶんこの『日本の歴史』の二十六巻を読みながら、自分が身を置いている「日本」なるものがどこから来てどこへ行くのかを見定めようとするだろう。それが私の立っているところを知ることであり、だから自分自身を知ることにつながるのだという幻想を抱きつつ。

（00・10）

遭遇する人　小林秀雄

小林秀雄は遭遇する人である。中原中也に遭遇し、ドストエフスキーに遭遇し、モーツァルトに遭遇し、ゴッホに遭遇し、本居宣長に遭遇した。それは運命的であると同時になにほどか戦略的な気配が感じられないこともない。小林秀雄における「運命」と「戦略」との境界はどこにあったのだろうか。

また、小林秀雄は遭遇した対象に「情熱」と「諦念」という逆説的な構造の掘削機をもって入りこんでいった。確かに、そこしかないという独特な角度から対象に入っていく小林秀雄の姿ははっきりと見える。しかし、そこから出てくる小林秀雄の姿は見えてこないのだ。小林秀雄は、運命的に遭遇した対象から、もしくは戦略的に遭遇した対象からどのように出てきたのか。あるいは、最後まで出てくることはなかったのか。

いま、私があらためて小林秀雄を最初から読み返したいと思っているのは、この二つの疑問に自分の手で答えを出したいと望んでいるからである。

（00・12）

星をつなぐ　『沢木耕太郎全ノンフィクション』刊行に際して

小学校低学年のとき、私は生まれて初めて書店で本を買った。最初は、絵本の『フランダースの犬』にしようと思ったのだが、母親の「もう少し字の多いものにしたら」という意見を容れて、『星座の本』を買った。星座にまつわる神話的なストーリーを、子供向けにやさしく書いたものだった。その本は、少年時代の私の愛読書となり、何度となく読み返すことになった。

しかし、ひとつだけ小さな違和感があった。一話ごとに扉ページに星座の絵が掲げられているのだが、その星たちからなぜそうした絵が描けるのかわからなかったのだ。あの星がどうして熊になるのか。あの星をどう結びつけたら琴になるのか。いまでも、夜空に星座を見るとき、あの連なりからどうしてあのような絵柄がイメージできたのだろうと不思議に思うことがある。そして、こう思う。もしかしたら、ノンフィクションを書くということは、あの無限に近い星々から、いくつかの星と星を結びつけて、熊や琴やペガサスを描く作業に似ているのではないか、と。ノンフィクションの書き手に許されているのは、広大な宇宙にある「星」を選びだすことだけである。未知の「星」を発見することはできる。しかし、「星」そのものは作れない。いや、作らない。たぶん、ノンフィクションを書くとは、彼、あるいは彼女が、この広大な宇宙で見いだした「星」と「星」とを結びつけ、虚空に自分の好きな絵をひとつ描くことにしかすぎないのだろう。

（02・9）

さらに奥へ　アマゾン未知への旅

私はこの二年間に三度、ブラジルのアマゾンを訪れた。

中でも、アマゾン最深部のひとつ、ジャバリという地域への旅は忘れがたいものとして残っている。

ジャバリはコロンビアとペルーとの国境地帯にある。その入り口にあたるところにタバチンガという小さな町があるが、そこで唯一の洒落たレストランの名は「三つの国境」というのだった。

私たちが船を雇ってアマゾンの奥に向かったのは、アマゾンの先住民に会うためである。アマゾンの先住民の中には「イゾラド」と呼ばれる人々がいるのだという。いまだに文明社会と接触することなく、何千年も続いている彼らの生活様式を踏襲して生きているというのだ。私はとりわけアマゾンの先住民に深い関心を抱いていたわけではない。だが、その「イゾラド」という言葉の響きには、強く惹きつけられるものがあった。

アマゾン川をさかのぼり、飛行機事故に遭いながら、私たちはようやく三度目のブラジル行で、コルボの人々に会うことができた。コルボ族は、ごく最近になって文明社会と接触した、現時点における「最後のイゾラド」だった。

そのコルボとジャングルの中で会うと、ひとりの男が私を指さして言ったものだ。

「おまえはへんな顔をしている。きっと悪い奴に違いない」

私たちが驚いていると、通訳をしてくれている他の部族の若者に笑いながらまた言った。

「いまのは冗談だと言ってくれ」

その言葉に、私たちはまた驚かされた。現代文明などとは無縁の彼らが、私たちよりはるかにソフィスティケートされた会話を楽しんでいる！

二日に及んだ彼らとの時間は、私に心地よい緊張と興奮をもたらしてくれた。


（03・3）

「運」について　受賞の言葉

ノンフィクションの作品にとって、偶然がいかに大きな意味を持つかについては、すでに何人もの実作者によってさまざまなかたちで述べられている。私もそうした偶然によって作品が思いもかけないものになっていく不思議を何度となく経験してきた。

たとえば対象と遭遇するとき。たとえば取材を前に進めているとき。たとえば方法に思い悩んでいるとき。たとえば表現に行き詰まっているとき。そんなとき、まさに「運」としか呼べない偶然が作品を導いてくれることがあるのだ。

世界的なクライマーでありながら一般にはほとんど無名に近い山野井泰史と妙子夫妻。彼らの、ヒマラヤ・ギャチュンカン北壁における戦いを描こうとしたこの『凍』という作品も、執筆のすべての段階で多くの幸運に見舞われた。その最高のものが、なんといっても山野井夫妻と知り合えたということである。私は彼らの話を繰り返し聞き、クライミングの全体が自分の頭の中で映像化できるようになったところで書きはじめることにした。そんなことが可能だったのも、彼らが優れたクライマーであるだけでなく、豊かな言葉の持ち主でもあったからなのだ。『凍』は私の頭の中に結ばれた映像を文字に移すだけでよかった。そのおかげもあって、私には異例のスピードで書き上げることができた。執筆だけなら、半年もかからなかったかもしれない。

そして、いま、この受賞の知らせを電話で受けた。完成した『凍』は、さらにもうひとつの「運」を持っていたことになる。


（06・10）

魔法の旋律　立原道造

定型でありながらなぜか非定型とのあわいにあるように感じられる立原道造のソネットからは、「憧憬」と「悲哀」と「喪失」が宙に浮かんで音符になったかのような旋律が聴こえてくる。何に対する憧憬か、何ゆえの悲哀か、何ものを喪失したのかどこか曖昧で、だからすべての若者の憧憬と悲哀と喪失と共鳴しあうことのできる魔法の旋律。

しかし、やがて人はその旋律を聴き取ることができなくなっていく。かつて間違いなく聴こえていたという記憶だけを鮮烈に残しながら。そして、それは、自分の中の最も柔らかいところにあったはずの、存在することの根源的な不安を失ったということでもあるのだろう。

低い枝でうたっている青い翼の小鳥、さびしい足拍子を踏みながら草を食んでいる山羊、追憶のように家々の屋根に降りしきる火山灰……。

いま立原道造を読み返すことで、人は、いや私は、ふたたびあの旋律を聴き取ることができるようになるのだろうか？

（06・10）

手を抜くことなく

私は本の書き手であると同時に読み手でもある。本の読み手としての私は、自分の好きな書き手にはいつまでも同じ世界を同じように書いていてもらいたいと思う。自分の好きな世界にひたりたいからこそ彼らの本のページを開くのだ。できれば、その中にはいつまでも慣れ親しんだ世界が存在していてほしい。

しかし、書き手としての私は、一作一作、まったく異なるものを生み出したいと思う。新しい世界に向かうことが、自分を歩みつづけさせることのできる最も確実な方法であると体験的にわかっているからだ。たとえ、それによって、自分の大事な読者と別れることになってしまうとしても。

そのようにして、書き手としての私はさまざまな世界に向かってきたように思う。ただひとつ、本を出すに際して変わらず守りつづけてきたことがあるとすれば、どんなものであれ、決して「手を抜かない」ということだった。

たぶん、私はこんなふうに思っているのだ。たとえどんな世界に向かおうと、それさえ守っていれば私の大事な読者は受け入れてくれるのではないか。私がどこへ行こうとしているのか見守っていてくれるのではないかと。

それはいささか身勝手な思い込みなのかもしれない。だが、少なくとも、読み手としての私は、自分の好きな書き手がどんな世界に向かおうと、「手を抜く」ことさえしなければ、どこであろうとついていこうと思っているようなところがあるらしいのだ。

（09・10）

道から道へ　連載を終えて

すべての始まりは四年前のフロリダだった。

私はアメリカ在住の友人と共に、モハメッド・アリのトレーナーとして有名なアンジェロ・ダンディーの葬儀に参列していた。

そこに、歩くのも喋《しゃべ》るのもままならないモハメッド・アリが、夫人に支えられながら姿を現した。結果としてそれは、アンジェロ・ダンディーの葬儀であると同時に、多くのボクシング関係者にとってはモハメッド・アリの生前葬にもなるものだった。

葬儀の翌日、私は友人に頼んでキーウェストまで連れていってもらうことにした。かつてアーネスト・ヘミングウェイが住んでいたというキーウェストに、私はまだ一度も足を踏み入れたことがなかったからだ。

マイアミからキーウェストまでは青い海の上を一直線にアメリカのルート1が走っている。その道を滑るように走る車に乗り、ぼんやり窓の外を眺めているうちに、ふうっと、ひとつのストーリーが浮かんできた。

冒頭はアメリカのこのルート1、最後は日本の桜並木。その二つの道をつなぐように、一年という限られた時間を歩いていく男がいる……。

それがこの「春に散る」の骨格となった。

私がその男の送る一年で描きたかったのは、彼の「生き方」ではなかったような気がする。そのような言葉があるのかどうか定かではないが、あえていえば「在り方」だった。過去から未来に向けての「生き方」ではなく、一瞬一瞬のいまがすべての「在り方」。
もしかしたら、私は主人公の一年に寄り添いながら、男として、というより、人としての理想の「在り方」について常に考えつづけていたのかもしれない。

（16・9）

岐路

一九七七年、私は「文藝春秋」にこの『危機の宰相』の原型となる原稿を書いた。

たぶん、その前年に、一九三六年に開催されたベルリン・オリンピックを「ナチス・オリンピック」として書いたことが大きかったのだろうと思う。さらに本格的に、ひとつの歴史的出来事の全体を描いてみたいという思いが強くなってきた。そのとき、私の中でしだいに大きくなってきたのが一九六〇年の「所得倍増」である。厳密に言えば、まず下村治という存在への関心があり、そこから出発して「所得倍増」に辿り着いたということになるだろうか。

残っている手帖によれば、私が最後に下村氏にインタヴューしたのは、一九七七年四月五日である。掲載されたのは六月十日発売の七月号だから、最終的な締め切りは五月二十日前後だったと思われる。計算してみると、ほとんど一カ月半で書き上げていたのだ。その一気呵成《かせい》の勢いを引き出してくれたのは、池田勇人、田村敏雄、下村治という三人の運命の不思議な絡み合いに対する、尽きない興味だった。

そして、これを取材し、書き進めていくプロセスで、構想はますます広がっていった。所得倍増計画が成った一九六〇年が特別の年のように思えてきたのだ。私には以前から夭折者《ようせつ》としての山口二矢《おとや》に対する関心があったが、その山口二矢が浅沼稲次郎《あさぬまいねじろう》を刺殺したのも一九六〇年だった。

それだけではない。幼いながらに六〇年安保の時代の全学連にはあるシンパシーを抱いていたし、その構成メンバーのその後の運命にも惹かれるものがあった。とりわけ、『ゆがんだ青春』というラジオの構成番組によって右翼との関係を暴露されてからの元委員長唐牛《かろうじ》健太郎の「生」の軌跡には、強く惹かれるものがあった。ある意味で、そのラジオ番組は、六〇年代の学生運動を四分五裂させる原因のひとつともなるほどの影響力を持った。その番組の作り手の側、つまりメディアの側の論理と、唐牛健太郎の状況を絡めながら描けば、単に学生運動だけでなくメディアについても描けるかもしれない。

そうだ、この三つの物語を「1960」という三部作に仕立て上げてみよう。体制の側の提出した夢と現実としての「所得倍増」の物語。右翼と左翼の交錯する瞬間としての「テロル」の物語。学生運動とメディアの絡み合いが生み出した「ゆがんだ青春」の物語。

タイトルは、こうだ。

『危機の宰相』
『テロルの決算』
『未完の六月』

これを「1960」という総テーマによって束ねるとすれば、それは次の十年の「1970」に結びつくことになるだろう。つまり、「所得倍増」と対応するものとして田中角栄の「日本列島改造論」があり、「山口二矢」に対応するものとして「三島由紀夫」が存在し、「全学連」と対応するものとして「連合赤軍」がある。

そうだ、そうしよう……。私は興奮しながら『危機の宰相』の取材を続けていった。

書き上げられた『危機の宰相』は「文藝春秋」に一挙掲載された。枚数はほぼ二百五十枚に達していたが、さすがに長すぎるため五十枚ほど削った。

そして、それは、サブタイトルに「池田政治と福田政治」という余計なものをつけられ、いわゆるリードに次のような文章を載せられることになった。

《「六〇年安保」という戦後最大の保守の〈危機〉を〈所得倍増〉で池田は乗り切ったが、いまふたたび保守単独政権の崩壊という安保以来の〈危機〉に直面し、「経済の福田」はいかなる方策で〈危機〉を乗り切るのか。二人の宰相の対比において、高度成長の〈黄金時代〉の意味を問う異色作！》

私が書いたものの中にはほとんど「福田政治」について語られた部分がない。まさに羊頭狗肉《ようとうくにく》といったところだが、いまどうして池田勇人なのか、なぜ所得倍増を取り上げるのかという、ジャーナリズムの世界でよく使われる「提案理由」としてつけられたことは理解していた。あまり嬉しくはなかったが、文句を言うほどのことではないというくらいの「分別」はあった。

発表してしばらくすると、意外な反応があった。日本経済新聞の経済論壇時評で、名古屋大学教授の飯田経夫氏が長文の批評を書いてくれたのだ。しかも、そこには、「過褒《かほう》」といってもよいほどの評言が含まれていた。

沢木耕太郎というルポライターの存在を私が初めて知ったのは、『敗れざる者たち』という魅力ある書物によってであった。それは、「敗れざる者」というタイトルとは逆に、悲劇のスポーツ選手たちの評伝集であり、たとえば、巨人の長嶋茂雄とほぼ同時代に活躍し、彼と遜《そん》色《しょく》ない生涯打率を残しながら、いまや完全に忘れられたオリオンズの榎本喜八の姿など、まさに鬼気迫るものがある。彼は、バッティングの完成を追求する過程でしだいに精神のバランスを崩し、引退して何年もたつ現在でも、いつの日にかカムバックすることを信じて、日夜孤独のトレーニングに没頭しているのである。

昭和二十二年生まれ、まだ三十歳そこそこの沢木氏は、このたび「危機の宰相――池田政治と福田政治」(「文藝春秋」七月号)を書くことによって、いっそうの飛躍を遂げたように思われる。このみずみずしい文章は、「三木武夫は無論のこと福田赳夫に到るまで」「池田以後のどの保守政治家も『所得倍増』を超える現実的で力強い政治経済上の言葉を発見することができ」ていないという見方に立って、池田時代を回顧したドキュメントである。

池田時代のスタートは「六〇年安保」の直後であり、反安保ないし「革新」にとっては絶好のチャンスであった。その当時「小学生にすぎなかった」沢木氏は、「のちに『安保闘争史』といった書物を読むたびに、なぜかくも急速に『安保』後の政治状況が保守の側に有利な流れになってしまったのか、どうしてもわからな」かったが、いまでは、「革新」には「日本」という国の未来に対する現実的な構想力に欠けていたのに対して、保守には、あるいは「少なくとも、池田とその周辺には」、確実にそれがあったということが、よく理解できるという。「池田とその周辺」の人びととしてクローズアップされるのは、池田自身の外、エコノミスト・下村治と宏池会《こうちかい》事務局長・田村敏雄である。三人が三人とも、大蔵官僚として不遇な道をたどったこと、それぞれ「業病と闘い、捕虜生活に苦しみ、死病に苦しんだ」ことに注目すると、「三人は確かに『敗者』であった」。かくて、「三人が共有することになる、日本経済への底抜けのオプティミズムは、三人が共に一度は自分自身の死を間近に見たことがあるということを考える時、ある種の『凄味』すら感じさせられる」。中でもとくに、黒子にすぎず、世間的にはほとんど無名な田村敏雄の人間像がもっとも「凄味」があり、榎本喜八に通じる鬼気がある。この鬼気と対置するとき、「当時の経済論壇」は、ただ「『永遠の正論』の側に身を寄せて現実を批判」していただけであり、「批判者たちの立論の変遷を辿っていくと、この国の『口舌《くぜつ》の徒』に対する絶望感が襲ってくる」という沢木氏の指摘には、それこそ凄味がある。

私はこの『危機の宰相』を、どこかで、スポーツを描くのと同じようなつもりで書いていた。だから、経済学者のこうした評価をまったく期待していなかった。飯田氏とは面識はなかったが、いくつかの著作や論文によって、経済学者として他の人にはないバランス感覚があることは知っていた。それだけに、飯田氏のその懇切な批評は嬉しかった。

本来なら、すぐにも単行本化すべきだったかもしれない。しかし、そのときの私には、眼の前に『テロルの決算』の全体がぼんやりとだが見えかかっていた。すでに書いてしまったものを整理するより、未知のものにぶつかっていくことの方がはるかにスリリングだった。

それに、『危機の宰相』を書き終えて、ある種の不満を覚えていたということもある。それを『テロルの決算』で早く解消したいと望んだのだ。

不満のひとつは長さだった。『危機の宰相』はこれまでにない長さのものだったが、私にはもっと長いもの、本格的な長編を書きたいという思いが強くなっていた。

もうひとつの不満は方法論に関するものだった。

この少し前から、アメリカのニュージャーナリズムについての情報が断片的に入ってくるようになっていた。

ニュージャーナリズムとは何かということについてはさまざまな定義の仕方がある。しかし、定義の違いは、「書き手の意識」と「表現の仕方」のどちらに比重をかけるかによって生じる差だと言ってよい。私は、ニュージャーナリズムを、表現においてある徹底性を持った方法によって描かれたノンフィクションである、という受け取り方をした。中でも、徹底した三人称によって「シーン」を獲得するという方法論に強く反応した。「シーン」こそがノンフィクションに生命力を与えるものではないか、と。

しかし、『危機の宰相』では、一人称と三人称が混在しており、「シーン」の獲得という点においても不満が残った。なんとかして、完璧な三人称で書くことはできないか。

そこから『テロルの決算』は出発し、方法論的にはあるていど満足できるものができた。そのため、こちらを先に単行本化したいと思うようになり、私の長編第一作は『危機の宰相』ではなく、『テロルの決算』ということになった。

もちろん、『テロルの決算』を完成させたあとで、すぐにも『危機の宰相』の単行本化に取り掛かるつもりではいた。ところが、ボクサーのカシアス内藤と再会し、そのカムバックに深く関わることになってしまったため、しだいに『危機の宰相』は遠ざかりはじめた。そして、その結果、『テロルの決算』の次の長編は『一瞬の夏』ということになってしまったのだ。

やがて、次から次へと興味深い現実が眼の前に現れ、それに惹かれて反応していくことでますます『危機の宰相』は遠くなっていってしまった。それはまた、「書くこと」より「生きること」を優先したための結果でもあったが、単行本化に取り掛かれなかった理由はもうひとつある。

私が『危機の宰相』を書いたモチーフのひとつは、『テロルの決算』における山口二矢に対するのと同じように、下村治に対する「義侠心」のようなものからだった。しかし、私が『危機の宰相』を書いて以後、「体制」の側の人物を肯定する作品がよく見られるようになった。とりわけ、池田と下村と田村という三人の関わりについても、いかにも自分が発見したというような筆致で書かれたような著作が現れるに至り、わざわざ私が本を出すまでもあるまいという気分になってきた。

それでも、何度かは思い返して完成させようとした。

一度は、ある席で飯田経夫氏に初めてお会いした折に、こう言われたときだった。

「どうして『危機の宰相』を本にしないんですか。学者や評論家たちが、あなたのアイデアを平然と盗用していますよ」

そのとき、よしきちんと整理して本にしようと思った。カットした部分を元に復《もど》し、欠けているところを埋め、全体のバランスを取る。しかし、始めてみると、それは簡単なようでいて極めて面倒な作業だった。それもあって、途中で挫折してしまった。

もう一度のチャンスは、一九八九年に下村治氏が亡くなったときに訪れた。やがてその二年後に刊行されることになる、『下村治』という追悼集に何か文章を書いてくれないかと依頼されたのだ。依頼状には下村氏の長男である恭民《やすたみ》氏の添え書きがあり、こう記されていた。父は『危機の宰相』が単行本化されるのを待っていました、と。

私は、その追悼集に執筆する代わりに、『危機の宰相』を完成させるべく整理を再開した。しかし、そういうときに限って、新しく惹かれるものが眼の前に現れてしまうのだ。私はどうしても我慢できずに机を離れ、その現実の中に飛び込んでいってしまった。

この時点で、私は『危機の宰相』を完成させることをほとんど諦めるようになっていた。

ところが、二〇〇二年に「沢木耕太郎ノンフィクション」を刊行するに際して、そのラインナップを考えているうちに、今度こそという気になった。今度こそ絶対にやり遂げよう。おそらく、この機会を逃がせば永遠に『危機の宰相』を完成させることはできないだろう。

実際にすべての作業が終わるまで不安がなくはなかった。今度もまた失敗に終わるのではないだろうかと。しかし、不思議なことに、あの当時の「一気呵成」の力が甦りでもしたかのようなスピードで、ついに完成に持ち込むことができた。

私には、何年、何十年と抱え込んで、ようやく刊行にこぎつけたという作品が少なくない。しかし、そんな私にもこれほど時間のかかったものはなかった。「文藝春秋」に発表したものを第一稿とすれば、それから「沢木耕太郎ノンフィクション」版の決定稿を書き上げるまでに二十七年が過ぎたことになる。さすがの私も茫然《ぼうぜん》としてしまいそうになる。

ところで、「1960」三部作のうち、もうひとつの『未完の六月』はどうなったのか。

その『危機の宰相』の決定稿ができあがる直前、ある座談会に出席した。

本来、私は座談会というものをあまり好まない。対談と違い、それぞれの独白が交錯するだけで、議論が深まるなどということはほとんどないと思っているからだ。にもかかわらず、その座談会に出ることにしたのは、コーディネーターの役割を引き受けている方に「義理」があったからだ。

その座談会での話は多岐にわたった。私がミスキャストであることは間違いなかったが、だからといって黙ってばかりというのでもなかった。フィクションとノンフィクションという私が話しやすいテーマを振ってくれたということもあっただろうし、私の方にも可能なかぎり「つとめよう」という意識があったせいかもしれない。

そうした中で、終わりに近く、『未完の六月』に関して、自分でも思いがけないことを口走っていた。

私はこれまで、『未完の六月』については、そのタイトルも内容もほとんど公の場では話さないようにしてきた。いったん口に出してしまうと、書かないまま終わってしまいそうな気がしていたからだ。しかし、その座談会では、長い時間がかかった『危機の宰相』の整理が終わりつつあるということもあったのだろう、つい口に出してしまったのだ。

「『危機の宰相』を書いたとき、僕には彼らに対するいわば義侠心のようなものがあったわけですよ。こんな志を持った人たちが、このようにある意味で貶《おとし》められている、と。彼らに対する義侠心がその所得倍増の物語を書かせたんですね。山口二矢に対しても、単に赤尾敏に使嗾《しそう》されたおっちょこちょいの十七歳だ、と思われていることへの義侠心があったわけです。ひとりの少年が自分の意志で、その志で人を殺すということがあったって全然不思議ではない。その貶められた十七歳に対する義侠心から僕は書いたと言ってもいいんですね。書かなかったけれども唐牛さんに対してもある種、貶められた人としての唐牛健太郎に対する義侠心が書かせる可能性があったわけです」

そうしたことを私がつい口走ってしまったことについては、その座談会に西部邁《にしべすすむ》氏が参加していたことが大きかったと思う。

私は、西部氏の『ソシオ・エコノミクス』を読んだとき、そしてその本の扉裏に次の献辞が記されてあったのを見たとき、胸がしめつけられるように感じ、『未完の六月』をできるだけ早く書こうと思ったことがあったからだ。

《オホーツクの漁師　唐牛健太郎氏に》

西部氏は六〇年当時の全学連の中央執行委員であり、唐牛健太郎とはブント〈共産主義者同盟〉における「同志」でもあったのだ。

だが、そのときもまた、何かがあって、つまり「生きること」を優先させようと思える何かがあって、書けなかった。以来、『未完の六月』は『危機の宰相』と同じように遠いものとなっていた。

確かに遠いものとはなっていたが、その座談会に出席するまで、私はまだ、『未完の六月』を書くことがあるような気がしていた。ぼんやりとだが、いつの日にか、と。しかし、その座談会で「書かなかったけれども」と口に出してしまったとき、私は『未完の六月』がついに未完のまま終わるだろうことを心のどこかで受け入れているらしい自分に気がついたのだ。

一九七八年に『テロルの決算』を書き終えたとき、私には二つの方向があったように思える。

ひとつは『危機の宰相』に戻り、それを完成させるという方向。もうひとつは、『一瞬の夏』を生きるという方向。

もし、私が『危機の宰相』を優先していたら、いまの私と質の違う書き手になっていたことだろう。さまざまなかたちで歴史を物語るという方向に行ったかもしれない。あるいは、仕事を仕事として書くという、まさにプロフェッショナルな書き手になっていったかもしれない。しかし、私は「書くこと」の前にまず「生きること」があるという書き手の道を選んだ。間違いなく『危機の宰相』は岐路だった。『一瞬の夏』の方に進むか、『危機の宰相』の側に向かうか。私は選ぶという意識もないままに『一瞬の夏』の方向を選んでいたのだ。

もちろん、だからといってそのことに悔いがあるわけではない。

（06・2）

一本の電話

単行本の『危機の宰相』が刊行されると、読者の方たちから何通も手紙をいただくことになった。

その中に、私の知らなかった新しい事実を教えてくださる貴重なものがあった。

それは、天疱瘡《てんぽうそう》という病気から生還した池田勇人が、大蔵省に復帰することになる「契機」に関するものだった。

教えてくださったのは松隈《まつくま》和雄氏という方だった。

その手紙によれば、松隈氏の父君である松隈秀雄が、その「契機」に深く関わっていたというのである。松隈氏によれば、父君からそのときの話を直接聞いたことがあり、文章にも書いていたことがあったのを思い出し、手を尽くして捜し出してくださったという。もし、よければその文章に目を通していただきたいとあり、手紙の末尾には、次のような配慮の行き届いた一文が添えられていた。

《なお、念のために申し添えますが、この手紙は決して先生の著作に苦情を申しているわけではありません。ノンフィクションの作家は事実を知っていてもそのまま文章にしない場合もあると聞いております。今回の件についても、もし先生がご存じでなければ、「知らないよりは知っている方が良い」と思ってしたためた次第で、他意がないことをご理解いただきたいと思います。意のあるところをお汲み取りいただければ幸いです》

そこに同封されていた父君の「改めて思う人間池田」という文章を読ませていただき、池田の大蔵省復帰のいきさつが一気に明瞭になった。

本来なら、本文に加筆すべきなのだが、「原型となった文章を書いた一九七七年以降にわかったことに関しては付け加えない」というのがこの本を刊行する際の基本方針であったため、新たにわかったことはこの「あとがき」で書き加えさせていただきたいと思う。

池田勇人の人生において、天疱瘡の発病と大蔵省の退職は人生の上での大事件だった。その池田にとって、天疱瘡の快癒とともに大蔵省に復職できたということはさらに重要な出来事だった。しかし、いったん退職した職員がどのような経緯で復職できたのかについてはさまざまな説があって曖昧なままだった。

この『危機の宰相』では、そのあたりのことを次のように書いている。

《大蔵省に復職したのは一九三四年（昭和九年）、池田はすでに三十四歳になっていた。

彼が大蔵省に戻ることができた経緯についてはいくつかの説がある。上京し、三越で買物をしようと店内に入ると、大蔵省の先輩と偶然に会った。いま何をしているのかという話になり、事情を説明すると、大蔵省に戻ってくるよう強く勧められた。あるいは、三越から大蔵省へ電話をかけると、主税局関税課長の谷口恒二が出てきて「死んだと思っていたのに生きていたのか。大蔵省に寄れよ」といった。結局、彼らの世話で復職できたという説もある。あるいは税務署の小

使いでもいいから復職させてくれと頼みに行ったのだ、という人もいる》

確かに説はさまざまに存在した。しかし、それら多くの説の中に共通して出てくるのは、「三越」と「電話」と「大蔵省の寛容さ」の三つの要素だった。これら三つの要素が、話す人によってさまざまに組み合わされ、いくつもの伝説を生むことになっていたのだ。

しかし、松隈秀雄の文章を読むと、「三越」と「電話」と「大蔵省の寛容さ」がどのように絡み合って「池田の復職」に結びついたのかが正確にわかってくる。

のちに大蔵次官となる松隈秀雄は、大蔵省で池田の四年先輩に当たり、当時は課長補佐として主税局にいた。その松隈のところに、ある日、池田から電話がかかってきたのだという。

「いま、三越にいます。ふと、松隈さんのことを思い出しまして……」

松隈と池田との関わりは、池田が大蔵省に入ったときに始まっていた。池田が入省したとき、松隈はニューヨークの財務官事務所勤務を終えて帰国したばかりだった。同期はすでに税務署長として地方に転出していたが、松隈はポストの空きを待っているあいだ、本省で池田たち新人と同じような「見習い勤務」となった。さほど酒は強くないが、誘いを断るということをしなかった松隈は、すぐに酒好きの池田と飲み屋を徘徊する仲になる。さらに、二人の縁は続き、松隈が宇都宮の税務署長になると、二代あとの宇都宮署長に池田がなった。そのとき、東京税務監督局で関東を管轄するようになっていた松隈は頻繁に宇都宮を訪れることになる。行けば、池田と酒になり、遅くなれば「あなたも住んでいた家なんですから」という池田の言葉に甘えて泊まらせてもらうことになる。なぜなら、当時は税務署長の官舎というものがなく、民間の家を順送りで借りていたため、池田の家は松隈の家でもあったのだ。

池田に「ふと、松隈さんのことを思い出しまして」と電話をかけさせたものは、若い時代からのそうした濃密な付き合いの記憶だったと思われる。

当時の制度では「休職後二年で自然退職」ということになっていたが、松隈はとにかく大蔵省に来てみないかと勧めた。そして、大蔵省に姿を現した池田を、国税課長の石渡荘太郎《いしわたそうたろう》や関税課長の谷口などに引き合わせた。

松隈の記憶によれば、このとき池田は岳父である望月圭介の紹介で日立製作所に入るというようなことを言っていたという。だが、いろいろ話をしているうちに、石渡たちの口から「もし大蔵省に帰ってくる気があるなら」といった言葉が出てくるようになり、池田が「ぜひお願いします」と頭を下げ、新規採用というかたちで戻ることができたのだという。

そして、松隈秀雄は「改めて思う人間池田」という文章の最後にこう書いている。

《今ふり返って、三越からのあの電話が、天下を分けたかと思うと、人の世のアヤというものをしみじみ感じるのである》

まさに、その一本の電話が池田の人生を変え、もしかしたら日本の進路を変えることになったのかもしれないのだ。

（08・8）

完璧な瞬間を求めて

この『テロルの決算』の取材では、実にさまざまなタイプの人と出会うことになった。たとえば、政治的には右から左まで、年齢的には十代から九十代まで、居住する地域においては北海道から九州まで、というように。

中でも、私に強い印象を与えてくれたひとりに中村忠相《ただすけ》がいる。

中村忠相は、二矢の父である山口晋平の旧制高校時代の友人で、「東京園」という温泉センターを東横線の綱島駅の近くで経営している人だった。山口二矢が日比谷公会堂で浅沼稲次郎刺殺事件を引き起こすと、山口一家はマスコミの執拗な「攻撃」に悩まされることになる。そのとき、ひそかに救いの手を差し伸べたのが中村忠相だった。自分はテロリズムを容認しない。しかし、友人とその家族が困っている以上、助けないわけにはいかない、と。中村忠相は、「役に立つことがあったらいってくれ」と電話を掛け、その申し出を受けた山口夫妻は緊急避難というかたちで「東京園」の一室に「隠れ住む」ことになった。

私は、取材の過程で、山口晋平に中村忠相を紹介してもらい、その中村忠相の口利きで医師の梅ケ枝満明と会うことができていた。梅ケ枝満明と会えなければ、『テロルの決算』の最終章はまったく異なるものになっていただろう。しかし、私にとって中村忠相がとりわけ印象的だったのは、そうした取材上の便宜を図ってくれたからというだけが理由ではなかった。中村忠相という存在そのものが魅力的だったのだ。

中村忠相は、五十代のときに、旅先の旅館の階段から落下して脊髄に損傷を受け、以来、何十年もベッドの上で寝たきりの状態になっていた。私が初めて訪ねたときも、東京広尾の日赤医療センターの個室で横たわったままだった。いや、二矢の事件を受けて、「役に立つことがあったらいってくれ」という電話を山口晋平のもとに掛けたのも、すでに生涯治癒することはないだろうという絶望的な宣告を受けて寝たきりの状態になったあとのことだった。

しかし、その中村忠相は、ベッドの上で無数の本を読み、テレビの番組を見、訪ねてくる人の話を聞き、あるいは議論をし、あふれるばかりの好奇心を「全開」にして生きていた。その生き方を反映して、見晴らしのいい高層階にある中村忠相の病室は、いつも看護師や見舞い客の笑い声であふれていた。

私は『テロルの決算』の取材が終わってからも、ときおりその病室を見舞うようになった。

そこでは、やがて知り合うことになる中村家の子息たちの話や山口家の人々の「現況」というような話から始まって、国際情勢や教育問題、さらには中村忠相がベッドの上でずっと考えつづけているという「新しい国歌」についてといったようなものに至るまで、ありとあらゆることが語られたものだった。中村忠相は話を聞くこと、そして話をすることが好きだった。

あるときなど、今度来るときに何か持ってきてほしいものはありませんかと訊ねると、こう答えたものだった。

「話がおもしろい女の子をひとり調達してきてほしい」

私は、「女の子」という年齢ではないにしても、間違いなく「話がおもしろい」女優の友人に、三十分ほど相手をしてくれるよう頼んだ。二人で病室を訪ねると、中村忠相はその女優とさまざまなことについて一時間以上も話し込み、最後には、今度は車椅子に乗ってこの近くのおいしいレストランで食事をしようという約束までするほどだった。

もちろん、それが「話の勢い」というものだということは中村忠相にもよくわかっていただろう。しかし、少なくとも、その一時間余りを楽しく過ごしてくれたことは間違いないようだった。私たちが帰ろうとすると、いつになく改まった口調で言ったものだった。

「ありがとう。いい記念になったよ」

やがて、私は、見舞いに行く日を大晦日と決めるようになった。寝たきりであるにもかかわらず中村忠相の交友関係は広く、いつ見舞いに行ってもいろいろな人が病室にいる。しかし、その千客万来の病室もさすがに大晦日には見舞い客がいないだろうと思い、その日の夕方に行くことにしたのだ。


それが大晦日に行くことにして何度目のときのことだったかはわからない。ただ、その日も、高い階にある病室の窓から見える西の空に、大きく真っ赤な太陽が沈もうとしていたことはよく覚えている。

いつものように、あれこれとおしゃべりをしたあとで、少し話が途切れる時間が生まれた。夕陽を眺めながら、しばらくそれぞれの思いの中に入っていたあとで、私がふと訊ねるでもなく口に出した言葉があった。

「生きていたら……どうだったでしょう……」

するると、それが誰のことかと聞き返そうともせず、中村忠相が言った。

「そう……楽しいこともあったかもしれないな」

これまで、山口晋平をはじめとして山口家の人々のことについてはさまざまに話をしたが、なぜか山口二矢のことだけは互いに口にしなかった。

ところが、このとき、私は自分でも意識しないまま山口二矢についてのことを口にし、中村忠相もまたそれを自然に受け止め、応えてくれたのだ。

「そう……楽しいこともあったかもしれないな」

私は中村忠相のその言葉を前にしてふと立ち止まった。

もし、山口二矢が生きていたら、やはり「楽しいこともあった」のだろうか……。

だが、いくら想像しようとしても、山口二矢が、三十代、四十代と齢を取っていく姿を想像することはできなかった。

確かに、夭折した者には、それ以上の生を想像させないというところがある。自死であれ、事故死であれ、病死であれ、若くして死んだ者には、それが彼らの寿命だったのではないかと思わせるようなところがあるのだ。しかし、他の夭折者の多くは、山口二矢ほど鋭く「もし生きていたら」という仮定を撥《は》ねつけはしない。生きていればもうひとつの人生が存在したのではないかと想像させる余地をいくらかは残しているものなのだ。

どうして、山口二矢だけが「もし生きていたら」という仮定を弾き返してしまうのだろう……。

と、そこまで考えたとき、いや、と思った。山口二矢と同じようにそうした仮定を受けつけない夭折者がもうひとりいた、と。

実は、私には、山口二矢の写真を見るたびに思い出す顔があるのだ。それは、二十三歳の若さで死んだボクサーの大場政夫の顔である。

大場政夫は、一九七三年一月、チャチャイ・チオノイとの世界タイトルマッチで奇跡的な逆転勝利を収めた三週間後、首都高速でシボレー・コルベットを運転中に大型トラックと激突、死亡した。

私たちが知っている山口二矢の顔は、毎日新聞のカメラマンである長尾靖が撮り、ピューリッツァー賞を取ることになる、日比谷公会堂における有名な現場写真の中のものである。山口二矢は胸の前で刀を構え、メガネがずり落ちた浅沼稲次郎に向かってさらに一撃を加えようとしている。

その写真の中の山口二矢の印象は、切れ長な目をした細面の顔立ちの若者というものである。そして、大場政夫もまた、山口二矢と同じように、切れ長の一重の瞼に細面の顔立ちをしているのだ。

日本には「白面」という言葉があり、そこには、色の白さと同時に年齢の若さという意味が含まれているが、山口二矢も、大場政夫も、その「白面」というにふさわしい顔立ちによって私の内部で重なり合う。

しかし、そのときまで、どうして山口二矢の写真を見るたびに大場政夫の顔を思い浮かべてしまうのかよくわからなかった。ただ単に顔立ちが似ているというだけが理由とは思えなかったからだ。

ところが、中村忠相の「楽しいこともあったかもしれないな」という言葉が、私に、大場政夫を「手塩にかけて」育てたマネージャーである長野ハルの言葉を思い出させてくれたのだ。かつて彼女は、こんな風に語っていたことがあった。

「大場には引退してからがもうひとつの人生なのよと言いつづけていた。それから楽しいときが待っているのよと……」

だが、それを聞いたとき、私は「楽しいとき」を迎えている三十代、四十代の大場政夫の姿を思い浮かべることができずに戸惑ったものだった。思えば、大場政夫もまた、山口二矢と同じように、「もし生きていたら」という仮定を鋭く撥ね返してしまう夭折者のひとりだったのだ。

なぜ、彼らは「もし生きていたら」という仮定を撥ね返してしまうのだろう？

もしかしたら、それはこういうことなのかもしれない。

山口二矢は、日比谷公会堂の壇上に駆け上がり、持っていた刀で浅沼稲次郎を刺し殺した。それは、彼が望んだことを完璧に具現化した瞬間だった。山口二矢は、十七歳のそのとき、完璧な瞬間を味わい、完璧な時間を生きた。

そして、大場政夫もまた、日大講堂に設けられたリングの上で完璧な瞬間を味わい、完璧な時間を生きた。第一ラウンド、大場政夫はチャチャイ・チオノイの強烈なロングフックによってダウンさせられる。しかし、鼻血を流し、右足が痙攣《けいれん》するというダメージを受けながら立ち上がると、逆に第十二ラウンドにおいて三度ダウンを奪って仕留めるという、見ている者が震えるような試合をやってのけたのだ。

彼らが、私たちに、「もし生きていたら」という仮定を許さないのは、彼らが生きた「完璧な瞬間」が、人生の読点ではなく、句点に匹敵するものだったからなのではないだろうか。「、」ではなく、「。」だった。

若くして「完璧な時間」を味わった者が、その直後に死んでいくとき、つまり、物語にピリオドが打たれるように死が用意されるとき、私たちには、それが宿命以外のなにものでもなかったかのように思えてきてしまう。そのように生き、そのように死ぬしかなかったのではないか、つまり、その先の生は初めから存在していなかったのではないかというように……。

そのとき、私はひとつ理解することがあった。

私は、少年時代から夭折した者に惹かれつづけていた。しかし、私が何人かの夭折者に心を動かされていたのは、必ずしも彼らが「若くして死んだ」からではなく、彼らが「完璧な瞬間」を味わったことがあるからだったのではないか。私は幼い頃から「完璧な瞬間」という幻を追いかけていたのであり、その象徴が「夭折」ということだったのではないか。なぜなら、「完璧な瞬間」は、間近の死によってさらに完璧なものになるからだ。私にとって重要だったのは、「若くして死ぬ」ということではなく、「完璧な瞬間」を味わうということだった……。

私は、そうした錯綜した思いを中村忠相に伝えようとして、口をつぐんだ。彼の何十年にもわたるベッドの上の困難な生は、「完璧な瞬間」を味わって死ぬという、山口二矢や大場政夫の直線的な生とは対極にあるものだったということに気がついたからだ。

たぶん、若くして死ぬことのなかった私たちの生は、山口二矢や大場政夫の直線的で短い生と、中村忠相の長く困難な生との間に漂っているのだろう。

しかし、私は大晦日の夕陽がゆっくり沈んでいくのを眺めながらこうも思っていた。

私の内部には、依然として「完璧な瞬間」の幻を追い求める衝動が蠢《うごめ》いているような気がする。私にとって、それが、いったいどのような「場」に存在するのか、まったくわからないにもかかわらず。


（08・9）

第四部　いのちの記憶

＊暮らす

勝負あり

三月初旬のある日、知人と待ち合わせて六本木で食事をした。鮨でも食べようということになっていたのだが、その日の夕方から降り出した雨があまりにも冷たく、急遽《きゅうきょ》予定を変更し、手近なところにあるしゃぶしゃぶ屋に飛び込むというお粗末なことになってしまった。それでも、食事が終わるころには体も温まり、さてどこかで一杯やるかという元気が出てきた。

二階で勘定を済ませ、出入り口に続く階段を降りていくと、途中で見知った顔と擦れ違った。挨拶をしようとして、危うく思い止まった。相手は別に私の知り合いなどではなかったからだ。

それは川崎ヴェルディのラモス・ルイと柱谷哲二だった。ラモスが黒のスーツで決めているところから判断すると、何かのパーティーに出席しての帰りのようだった。パーティーでは落ち着いて食べられなかったので、あらためて食事をしていこうということになったのだろうと推察できた。

私は、いわゆる有名人と出会ってもまったく気がつかないことが多い。あとで同行の誰かに指摘されてびっくりするのだが、私には擦れ違う誰かの顔に眼をやるという習慣がほとんどないのだ。

しかし、その日のラモスと柱谷はすぐにわかった。ラモスと柱谷、とりわけラモスには、フォーマルな装いをしているからというだけではない輝きがあった。それはまた、彼個人のものというだけでない、流行《はや》りの世界に身を置いている者に特有の華やぎを感じさせるものでもあった。もし、そのときプロ野球選手の誰かと擦れ違っていたらどうだったろう。私は気がついただろうか。いや、誰と擦れ違ったら気がついただろうか……。

酒を飲みながらそんなことを考えているうちに、プロ野球のオープン戦が始まっているにもかかわらず、少しも気持が盛り上がっていないことがあらためて寂しく感じられた。以前なら、この季節になると、各チームの仕上がり具合などが気になったものだった。ところが今年は、たとえばジャイアンツの選手の調整が遅れ、オープン戦の開始から六連敗を喫しても、別になんの感慨も湧いてこない。去年は長嶋茂雄が監督に復帰してどうなるのか興味を惹かれたが、今年はその長嶋の動静すら気にならない。

それをすべてJリーグの創設と結びつけて考えるのは短絡的すぎるかもしれない。そこに長嶋がいなくても、いないというそのことで意味があった時代が去年で終わってしまった、ただそれだけのことかもしれないのだ。

私個人としてはさほどJリーグには関心がない。今年もまた、テレビでJリーグとプロ野球を同じ時間帯で中継すれば、きっとプロ野球を見るだろう。しかし、そうしたプロ野球愛好家が、やがて少数派になることも歴然としている。今のラモスの横ではきっとプロ野球の選手がかすんでしまうように、Jリーグに肩を並ばれたプロ野球はさらにくすんで見えるようになるだろう。

だが、私はJリーグが発足する半年前まで、そうした状況になるだろうということを信じていなかった。誰が何と言おうと、プロスポーツの王者としてのプロ野球はここしばらく安泰だろうと思っていた。ところが、あるテレビ番組を見て、これは、と思うようになったのだ。

その番組とは、Jリーグ発足を半年後に控えた頃に流されたひとつの情報番組だった。そこでまず報じられたのは、少年たちの間ではすでに少年野球と少年サッカーのチーム数は逆転しており、少年野球チームは選手を集めるのに四苦八苦しているということだった。それはすでに聞いていたことなので別に驚かなかったが、そうしたサッカー少年五十人に対するインタヴューの結果を知って愕然とした。その番組には、司会者が問題を出してゲストに答えさせるという趣向があり、インタヴューを受けたサッカー少年たちが「野球が嫌いな理由」として挙げた中で最も多かったのは何か、という問題が出されたのだ。

ゲストたちは、いかにも大人が考えそうな理由を見つけ出した。練習がきつい。坊主頭にされるのがいやだ。ユニフォームがカッコ悪い……。いろいろに答えたが、どれも違っていた。正解は思いもよらないものだった。

「野球はルールが難しすぎる」

多くの少年が、野球はルールが難しいので嫌い、と答えたのだ。これには私も意表をつかれた。野球のルールが難しいなどと考えたこともなかったからだ。気がついた時には野球をやっていた。しかし、実際にやったことのない人にとって、野球のルールは恐ろしく難しいものであったのだ。実際、野球を知らない女性にルールを教えようとして悪戦苦闘した経験は多くの人が持っているだろう。そして、「気がついた時には野球をやっていた」という環境を失った現代の少年たちにとっても、事態は変わらないものになっていたのだ。確かに、野球に比べれば、サッカーのルールははるかに簡単である。理解しなくてはならない基本ルールはオフサイドだけといってよい。

もし彼らの答えが、練習の仕方やユニフォームのデザインだったらまだ希望はある。だが、ルールが難しすぎるというのは絶望的な答えのように思えた。そして、そのとき思ったのだ。勝負あり、かなと。

野球が過去の遺産で食いつないでいける期間はまだまだあるだろう。しかし、少なくとも、未来に向けてのサッカーとの戦いにおいては、すでに勝負はついてしまっていたのだ。

翌日のスポーツ新聞で、前夜のラモスたちは若いタレントの結婚披露宴に招かれたのだと知った。気になったのは、やはり「流行りの世界」にいるその新郎と新婦が、プロ野球選手を誰かひとりでも呼んでいたのだろうか、ということだった。

（94・5）

まだ、諦めない

先日、越後湯沢からバスで一時間ほど奥に入ったところにある小さなスキー場に行ってきた。友人知人の五家族、総勢十六人と半分。半分というのは友人の奥さんのおなかに赤ちゃんがいるからだが、とにかく上は十二歳から下は四歳までの子供中心のスキー・ツアーである。

そのツアーに出発する直前、私はこんなことを考えていた。やはりこれはもう「ギヴ・アップ」かな、と。

私はどんなことについてもあまり「諦め」を抱かないタイプの人間である。言うまでもないが、自分はオールマイティーですべてのことが可能であると過信しているわけではなく、漠然と、いつかどうにかなるだろうと思っているにすぎないのだ。

たとえば、エヴェレストの登山ということを考えてみる。私は山登りをしたこともなく、だから富士山すら登ったことはないが、エヴェレスト登山に関してはまだ「ギヴ・アップ」をしていないのだ。いまは別にエヴェレストに登りたいと思っていないが、もし本当に登りたいと思ったら、そのときは本格的に登山を始めるだろう。そして、いつかエヴェレストに登ろうとするだろう。成功するかどうかはわからないが、少なくとも、いまの時点で自分はエヴェレストを諦めなければならないとは思っていない。

一事が万事、なのだ。こんな調子で生きているおかげで、自分に「ギヴ・アップ」を宣言したものはほとんどないといった状態のままでいる。もちろん、自分に縁がないと思っているものは無数にある。私は政治家になることもなければ、自家用車としてフェラーリに乗ることもないだろう。だが、それは諦めるというのとは違う。単に無縁だということに過ぎない。そして、無縁であることをよしとしているというに過ぎない。少なくとも、自分の関心のあることについては、ほとんど諦めていないのだ。あるいは、こう言い換えてもよいかもしれない。私は、関心のあるほとんどすべてについて、できるかできないかを宙ぶらりんにしたまま放置してあるのだ、と。

しかし、その私が、これは諦めてもいいのかもしれないな、と思ってしまったのだ。

それは「スキー」である。私は、スキーについては、永久にうまくならないまま、たまに初心者コースをのんびり滑るだけのことになるのかもしれないな、となかば「諦め」かけていたのだ。

私はこの五年前までスキーが滑れなかった。スキーをしたことがなかったからだ。

子供の頃は、子供がしようとするあらゆるスポーツができると自負していたが、大人になると大人がしようとするスポーツは何ひとつできないことがわかった。スキーもスケートもテニスもゴルフもしたことがない。だが、もちろん、いつかやる気になれば簡単にできるだろうという思いはあった。

あるとき、子供の友達の一家に誘われてスキーに行った。もちろん、最初から滑れるはずがなく、初級者用のコースですら、リフトで上がって降りてくるのに苦労した。ひとたび転倒するとなかなか起き上がれないのは無論のこと、途中のカーヴでは、どう滑っても崖から真っ逆さまに落ちてしまいそうで立ちすくんでしまった。必死のボーゲンでなんとか通過したものの、顔は恐怖で引きつっていたに違いない。そのとき、私はスキーの才能がないのかもしれないという不安がよぎった。才能というのが大袈裟なら、適応力といってもよい。残念ながら新しいスポーツに対する適応力がなくなっているのではないだろうか……。

その翌年、私はスキーの「ワールド・カップ」の取材のためオーストリアのキッツビューエルに行った。

およそスキーなど滑れない私がどうしてそんなところに行く気になったのか、今でもよく理解できない。しかし、どこかに、未知のスポーツを、取材者としてどこまで見ることができるか試してみたい、という思いがあったような気がする。

キッツビューエルでは、ダウンヒル〈滑降〉のレースが行われるハーネンカム山の「シュトライフ」という斜面の恐怖と、スラローム〈回転〉のレース直前に見せたアルベルト・トンバの孤独な姿が印象的だった。

その取材では、同行のスキー・ジャーナリストの勧めで、レンタルのスキー靴を履いて斜面を移動していた。本当はアイゼンをつけた靴がいいのだが、履きなれない人にはかえって危険かもしれないということで、スキー靴に落ち着いたのだ。しかし、慣れない私にはスキー靴というものは途轍《とてつ》もなく歩きづらいもので、最初はどうしてこんなものでウロウロしなければならないのかと腹立たしかったが、いつの間にか気にならなくなった。

さて、キッツビューエルから日本に帰ってきた私は、ほとんど三日と日を置かず、約束していたスキー・ツアーに参加することになった。前年に怖い思いをしていたので、今年はどうしようか迷ったが、子供が望んだこともあってまた同じメンバーのツアーになんとなく参加してしまったのだ。

ところが、である。スキー場に着き、不安に思いながらスキーと靴を借り、リフトに乗ってゲレンデの上に立ち、ゆっくり滑りはじめると、どこか以前と違う。自分の意志が、靴を通してスキーにうまく伝わるような気がするのだ。そして、驚いたことに、リフトを乗り継ぐときなども、去年は降りた瞬間に転倒したりしていたのが、いちどバランスを崩しただけで、あとは苦もなく滑り降り、次のリフトに乗り継ぐことができるではないか。それぱかりか、山頂に登っても、降りてくるのに一度も転倒しない。適当にスピードをコントロールできるし、かなり楽にターンもできるようになっていた。これには自分でもびっくりしてしまった。

それはいったいなぜだったのだろう。

滑る直前に世界有数のスキー場に行ったからとか、世界最高のスキーヤーの滑りを見たから、というのは理由になりそうもない。なにしろ、キッツビューエルでは一度もスキーの板をつけなかったのだ。突然、正しいスキーの滑り方が頭の中にインプットされてしまったとか、スキーの神様が体内に宿ったということでもないだろう。もしかしたら、ここが二度目だからということもあったかもしれない。しかし、前年は、ここで滑った直後に蓼科高原のスキー場にも行ったのだが、まったく滑りに進歩がなく、ただ怖い思いしかしなかった。それなのにどうして急に滑れるようになったのか。

考えられるのはただひとつ、キッツビューエルでレースを見ていた間中、何日もスキー靴を履きつづけていたということだ。

スキーの初心者にとって、もっとも困惑させられるのは、あのガチガチのスキー靴である。あれを履くと、まるで足が他人の足になってしまったように不自由に感じられてくる。そのうえ、さらにスキー板などという扱いにくい代物をつけなければならないのだ。これで初心者が恐怖心を覚えないはずがない。

ところが、キッツビューエルでの私は、スキーを履かずにスキー靴を履きつづけていた。そのため、靴を履きながら動くということに慣れてきた。スキー靴がガチガチのものとも感じなくなってきたし、足のどこに力を入れるとそれが靴のどこにどのように伝わるかということがよくわかってきた。それが日本でスキーをつけたときにも心理的なパニックを起こさなかった理由ではないかと思うのだ。

あるいは、スキーの初心者を教えるには、まずスキー靴だけを履かせて雪の中で鬼ごっこでもさせるといいのかもしれない。そして充分に靴に慣れたあとでスキーの板をつけさせるのだ。

いずれにしても、私はその年になんとかスキーが滑れるようになり、新しいスポーツに対する適応力を失ったのでないことを自分に証明することができた。

それから五年。

しかし、私のスキーはまったく進歩がない。もっとも年に一回だけのスキーではうまくなりようがないのだが、最初の劇的な第一歩からまったく進展がない。相変わらず上級者用のコースには怖くて入れないし、スキーの板もなかなか平行になってくれない。

そして去年、小学生の娘と山頂から滑り降りてくる途中で、不意に娘が上級者用の急斜面に入

っていってしまったことがある。私は初・中級者用の迂回路に入るつもりで先行していたので、

「あっ！」

と声を出したまま、別れ別れになってしまった。

私は急いで滑り降り、上級者用の斜面の下に回り込んだ。ところが、どんなに恐ろしい思いをしたことかと心配していた娘が、

「ああ、おもしろかった」

とケラケラ笑っている。下から見上げてもかなり急な斜面だ。私なら、上に立っただけですくんでしまっただろう。

そのとき、私は「ギヴ・アップ」すべきなのかな、と思ってしまったのだ。

だが、それはなんとなく寂しいことに思えた。それはもしかしたら、私の宙ぶらりんの人生において、初めて明確に「ギヴ・アップ」を宣言することになるかもしれないものだったからだ。

先日、一年前からのそんな思いを抱いたまま、恒例のスキー・ツアーに参加した。

今年の新潟地方は雪が多かった。越後湯沢の駅前も深い雪で覆われている。ここ数年、こんなに深く積もった越後湯沢は見たことがない。そこからバスに乗って奥に入っていくにしたがって、雪はさらに深くなる。

スキー場に着いたのが夕方。その日は吹雪だったが、翌日はすばらしい天気になった。青い空がキーンと音を立てそうに澄み切っている。さらにその次の日も快晴。ところが、私たちが帰った翌日からまた吹雪に戻ったという。つまり、私たちが滑った二日間だけが晴れという、飛び切

りのツキに見舞われたツアーだったのだ。

今年はどこの家族の子供たちも、小学生組は親の手を離れ、自分たちで好きなように滑ってい る。誰もスキー教室など入らなかったが、ほったらかしにしているうちにみんな上手になった。年に一度しか滑らないというのに。

子供の面倒を見なくても済むようになったおかげで、私たちも自由に滑ることができるようになった。ゲレンデを自由なペースで自由に滑り降り、ひとりでリフトに乗ることもできる。

強い陽光に照らされ美しく輝いている雪の表面にぼんやり眼を向けていると、点々と動物の足跡らしいものが見える。あれはウサギなのだろうか。すると、こちらに見えるのはキツネかタヌキなのだろうか。

山頂から滑ってくると、微妙に周囲の山々の景色が変わっていく。そんなこともいままで気がつかなかった。今年も上級者コースには入らなかったが、ひとりで気ままに滑り降りる心地よさには格別なものがあった。

そうした往復を二、三度繰り返していると、心が解き放たれ、伸びやかになっていく。そして、スキーが初めて楽しく感じられてきたのだ。

私は、思った。まだ諦めるには早すぎるのかもしれないな、と。

スキーに関しては、私でもまだまだ味わうことのできる世界があるのかもしれない。焦ることはない、もう少し「ギヴ・アップ」を宣言するのを延ばしてみよう。たぶん私は永遠に初心者の域から抜け出すことはないだろう。しかし、初心者として、もう少し修練を積んでもいいかもしれない。

――熟練した初心者になってみようか。
ふと、そんな言葉が浮かんできた。

（96・4）

教訓は何もない

外国を旅行していて、外国人と話すことになると、その相手がアメリカ人やイギリス人でないとホッとする。私には英語以外に話せる外国語はなく、その英語もカタコトの域を出ない。そのため、相手が生まれたときから英語を使っているような人だと聞き取れないことが多いのだ。

そこへいくと、私のように慣れない外国語としての英語を操っている相手だと、話していることを理解するのが比較的楽である。それには、外国語によって意思の疎通を図ろうとするため、互いに必死になるということもあるのかもしれない。

ある秋、北欧の小さなホテルに滞在していた私は、やはりそこに滞在している何人かと親しくなり、夕食後は小さな談話室の暖炉を囲み、酒など飲みながらよもやま話をするようになった。それに常に参加していたのはドイツ人とスイス人とスウェーデン人であり、幸いなことにアメリカ人もイギリス人もいなかった。だから、共通の言葉として話されていたのは英語だったが、その英語は私にも聞き取りやすい四角張ったものが多かった。

その日、いつものように暖炉のまわりに集まって夕食後のカルヴァドスを飲んでいると、ひとりがこんな話をしはじめた。

――激しい吹雪の夜、森の一軒家に旅の男が訪れた。

「一晩、泊めていただけませんか」

旅人が頼むと、その男の顔を一瞥《いちべつ》した老人が素っ気なく断った。

「おまえを泊める部屋はない」

「外は吹雪です」

「そう、ひどい吹雪だ」

「このままでは凍え死んでしまいます」

するると、老人が言った。

「旅の人よ、おまえはもう死んでいる」

旅人は激しく頭を振った。

「私は生きています」

「いや、死んでいる」

「どうしてそんなことを言うのです」

旅人は恐怖に満ちた顔で訊ねた。

「人は心の中にいくつもの部屋を持っているものなのだ。父母と過ごした部屋。愛する女と暮らした部屋。かわいい子供と遊んだ部屋。しかし、おまえの心の部屋はみんな死んでいる。そうでなければ、どうしてこんなところまで来ることがあろう。心の中の部屋が死んでしまった者は、生きていないと同じなのだ」

そう言うと、老人は旅人を吹雪の中に残したままバタンと扉を閉めてしまった……。

話はそれで終わりだった。その話には、いま自分たちのいる土地がかなり緯度の高いところであり、近くにはいかにもそんな老人が住んでいそうな森があるというところからくる不思議なリアリティーがあった。

しかし、その話によって彼は何を言おうとしているのだろう。

私がぼんやり考えていると、同じような疑問を抱いたらしいひとりがこう訊ねた。

「ホワット・イズ・ザ・レッスン？」

レッスンというのは教訓という意味にもなる。つまり、その教訓は、と訊ねたのだ。すると、その話をしてくれた男がニヤッとしながら言ったものだ。

「ゼア・イズ・ノー・レッスン」

教訓は何もない、と。


私はときどきそのやりとりを思い出すことがある。旅人の心の部屋というイメージにも惹かれるものはあるが、それ以上に、話し手が笑いながら言い放ったひとことが強く印象に残ったのだ。

「教訓は何もない」

まさに、その話の教訓はそこにあったともいえるほどだった。

どうしておまえたちはすべてのものに教訓を求めるのか。ひとつの話を聞く。どうしてそこに教訓があるなどと考えるのか。教訓を引き出すということは、そこですべてを終わりにして安心するということだ。あるいは、ひとつの事件が起きる。すると、その出来事の一端が露《あらわ》になっただけで、すぐにわかったような顔をして、たんなる思いつきをしゃべりはじめる人がいる。そして、その事件から教訓なるものを引き出し、ひとりよがりの説教をして幕を下ろそうとする。物事によっては教訓などないものもありうるのだ。あるがままの話、あるがままの出来事を、ただ受け入れるより仕方がないものもあるのだ。もしかしたら、教訓など引き出せない方が普通だとさえいえるかもしれないではないか……。

何事であれ、性急に教訓を求めようとする人たちを見ると、あのホテルで聞いたひとことを投げつけたくなる。

「教訓は何もない」

と。

つまりそれは、黙って考えつづけよ、ということなのだが。

（97・12）

あの春の夜の

ノンフィクションを書くという私の仕事にインタヴューを「する」ことは不可欠だが、正直に言えば自分がインタヴューを「される」ことはあまり好きではない。しかし、新たに本を出したりすると、いわゆる「著者インタヴュー」なるものを受けなくてはならなくなる。

もちろん、いやなら受けなくともいいのだが、せっかく自分の本の宣伝をしてくれようとしているのにと思うと無下に断れなくなってしまう。

最近もあるところに連載していた文章をまとめて一冊にしたため、連日インタヴューを受けざるをえなくなってしまった。出版元が小さく、あまり派手に広告は打てないだろうから、せめて雑誌のインタヴューくらいはまめに応じ、個人的にささやかな宣伝活動をしようと思ったのだ。

その「著者インタヴュー」のひとつで、雑誌の編集者から思いもかけない要求が出された。会うときに愛用品を三つ持ってきていただけないだろうか、というのだ。私には愛用品などといえるようなものはない。そう言って一度は断ったが、その編集者は、文具でも衣料品でも何でもいいから、と必死に食い下がる。しかし、そう言われても、私には筆記具や原稿用紙に凝る趣味はなく、ジャケットやコートも出来合いの安価なものを着ているにすぎない。とにかく、私は物を買うのがあまり好きではないのだ。本とＣＤくらいは買いに行くが、あとはできるだけ買わないで済ませたいと思っている。服など、着ることができるのなら、春夏秋冬、百年でも同じ服でかまわないと思っているくらいなのだ。

だが、最後まで愛用品などないと突っぱねるのも悪いように思え、「いま読んでいる本に、いま聴いているCDに、あと何かひとつでよければ」という、いささか苦し紛れの提案をすることになった。編集者はそれで充分だと言う。問題は「あと何かひとつ」の「何か」だったが、それは腕時計とすることでなんとか解決した。もちろん、その腕時計も別に愛用の品というわけではなく、二十年以上も前に知り合いから贈られたのを、惰性でつけつづけているにすぎないものだった。しかし、世の中ではそれをこそ「愛用する」というのだ、と編集者に説得され、「愛用品」とすることを受け入れたのだ。

その腕時計は国産の何の変哲もないものだが、裏に私の名前とひとつの言葉が彫られている。

KOTARO SAWAKI
VIVAT DOCUMENTUM!

ラテン語で「ドキュメンタリー万歳」というような意味らしい。そこにそんな文句が彫られているのは、この腕時計が「大宅壮一ノンフィクション賞」という賞を貰ったときの祝いの品であるからだ。

永くジャーナリズムの海で泳ぐことを続けている書き手には、そのときどきでもっとも密接な関係を持つ雑誌というのがあるような気がする。単に仕事をよくする場というだけでなく、その雑誌と同伴するようにして生きているということがあるように思えるのだ。もしかしたら、それは書き手にとっても、雑誌にとっても幸せな時期ということになるのかもしれないが、私にとってそのような意味を持った雑誌は、二十代の前半では「調査情報」という放送専門誌であり、二十代の後半では「日本版PLAYBOY」だった。

思い起こしてみれば、「日本版PLAYBOY」に書いた作品は必ずしも多くないが、発表したいくつかは私にとって極めて重要な意味を持つ仕事となった。日本におけるノンフィクションの世界がまだ混沌としていて、私は私なりの方法論を見つけようと悪戦苦闘している時期だったということもあったのだろう。「日本版PLAYBOY」での仕事は、それ以後の大きな仕事につながる、方法論的な布石となるものがいくつもあったのだ。

しかし、私にとってそれ以上に大きな意味を持ったのは、編集者たちとの付き合いだった。彼らとは、年齢が近いということもあり、よく一緒に酒を飲み歩いたものだった。六本木で深夜まで飲み、何人かと交差点付近を歩いていると、向こうから同じ編集部の何人かが歩いてくるのに出くわし、そのまま合流して赤坂に繰り出し、朝まで飲む、などということを繰り返していた。スペインへ一カ月も一緒に旅をして、一行も書かないというようなこともあった。それでも、「日本版PLAYBOY」の編集部は笑って許してくれた。彼らとの日々は、私にとって一種の「青春」に近い輝きを持っていた。

私が「大宅壮一ノンフィクション賞」を貰ったのは、彼らとの付き合いがもっとも濃厚な時期だった。腕時計は、その編集者たちが贈ってくれたのだ。

授賞式の夜。私は種々のセレモニーをこなすと千鳥ヶ淵に赴き、彼らが屋外で開いてくれた宴会に参加した。出席者は編集部員だけでなく、そこに出入りしているライターやカメラマンを含めて二十人はいただろう。

季節は春。しかし、桜の季節は終わっていたように思う。まだいくらか肌寒さは残っていたが、そのような奇抜なところで祝ってくれる彼らの好意がうれしかった。

深夜を過ぎ、酒がなくなってしまったあとも、誰もがなんとなく別れがたく、編集部のある社屋に戻って飲み直そうということになった。

結局そこで朝まで飲みつづけることになったのだが、そのとき、酔っ払ったひとりが椅子を放り投げ、他の編集部との境の大きなガラスを割ってしまい、以後、その出版社ではこういう決まりができたという。

「飲んだら、戻るな」


それから二十年。雑誌も変わり、編集者たちの境遇も変わり、私も変わった。

私は、いまでもその腕時計の裏に彫られた「ＶＩＶＡＴ　ＤＯＣＵＭＥＮＴＵＭ！」という文字を見るとかすかに胸が痛む。それは多分、私も若く、日本のドキュメンタリーも若かった一時期を思い出すからだろう。そして、その若かった私と、若かったドキュメンタリーから、自分がどれほど離れてしまったかを思うからだろう。

その腕時計は「愛用品」ではない。しかし、壊れるまで私の腕にあるだろうことは間違いない。


（02・5）

三枚の記念写真

よく、アメリカのビジネスマンのオフィスなどを訪ねると、机の上に家族の写真が置いてあったりする。それはそれで悪くない習慣のような気もするのだが、あまり感心できないものに、壁に貼られている有名人との記念写真がある。政治家や経営者、あるいは芸能人やスポーツ選手との「ツー・ショット」の写真が麗々しく掲げられていたりする。

もちろん、私には自分の仕事場にその種の写真を置いたり掲げたりする趣味はない。そもそも、「有名人」と記念写真を撮ろうという気がないのだから、掲げようにも掲げようがないのだ。

思い返して見れば、日本だけでなく、外国でも「有名人」と言われるような人には数多く会っている。もし、そのたびに記念写真を撮っていれば膨大な数になっていたことだろう。

しかし、そうした私に、例外的に残っている記念写真が何枚かある。そして、その中でも気に入っているのが次の三枚である。

一枚目は、一九九一年、アメリカのアトランティック・シティーでジョージ・フォアマンと撮った写真。二枚目は、一九九四年、アメリカのヒューストンでモハメッド・アリと撮った写真。三枚目は、一九九九年、アメリカのラスヴェガスでマイク・タイソンと撮った写真。すべてアメリカで、すべてヘヴィー級の元世界チャンピオンとの記念写真ばかりである。

どうして、これらの写真が例外的に残っているのか。それは、アメリカに、林一道というボクシングを専門に撮っているカメラマンがいるからなのだ。

林さんは、アメリカのボクシング界で「カズ」という愛称で呼ばれ、絶大な信頼を得ている。林さんは律義な性格で、ボクサーだけでなく、どんな裏方でも、写真を撮らせてもらうと必ず焼き増しして送っている。だから、いまでは、林さんの顔を見ると、向こうから「カズ、撮ってくれよ」と声を掛けられるほどなのだ。

私も、アメリカでヘヴィー級の世界戦を見るときは、その林さんと必ず会うことになる。すると、林さんは、私のためにアメリカのボクシング界のさまざまな人を紹介してくれようとする。最初のうちは尻込みしていたが、いつの間にか林さんの言うことには自然に従うようになっていた。そして、一緒に話したり、食事をしたりすると、最後に必ず記念写真を撮ろうと言ってくれる。もちろん、林さんは撮ると私にも送ってくれる。そのようにして、アメリカのボクサーやトレーナーやプロモーターやジャーナリストとの記念写真が増えていったのだ。

中でも、やはり特別な写真はフォアマンとアリとタイソンと撮った三枚ということになるだろうか。

フォアマンとは、このあとに長期の取材をすることになるが、百八十センチの私より、さらに頭ひとつ大きいフォアマンは、二つ年下であるのにもかかわらず、最後まで私を子供扱いしたものだった。

アリは、もちろんすでに体の動きも言葉も不自由だったが、カメラを構えられると、私のためにパンチを顎にいれるパフォーマンスをしてくれた。

タイソンとは、握手をしているところを撮ろうということになったが、いま見ると、なんとなく私がへっぴり腰になっているところが笑える。

これから先も、私が積極的に「有名人」と記念写真を撮るようになるとは思えないが、この三枚は大事にとっておくことになるだろう。なんと言っても、ボクシングのヘヴィー級チャンピオンというのは特別の存在であり、この三人はその中でも特別であるからだ。

（03・6）

いのちの記憶

子供のころ、朝早く起きなくてはならないことがあると、私は父によく頼んだものだった。

「明日の朝、起こしてくれる?」

そう言って、起こしてもらいたい時刻を告げる。すると、父はうなずき、それがたとえどのような時刻であっても必ず起こしてくれた。私は起こしてもらうたびに不思議に思ったものだった。

お父さんはどうしてこんなに早い時間に起きられるのだろう?

やがて、私も父親となると、子供に頼まれることになった。

「明日の朝、起こしてくれる?」

そして、気がつくと、子供に言われた時刻に起きて、子供を起こしている自分がいた。自分が親になってみると、子供のために朝早く起きるなどということは、少しも難しいことではないことがわかる。しかし、起こされた子供の眼には、恐らく子供のころの私が浮かべていただろうものと同じ種類の不思議そうな光が宿っている。

お父さんはどうしてこんなに早い時間に起きられるのだろう?

もし、子供に面と向かってそう訊ねられたら、どう答えていただろう。大人になると目ざとくなるのさ。あるいは、大人になると責任感が増すのさ、とでも答えていただろうか。しかし、どれも違っているような気がする。親にとっては子供に頼まれたことをするのが少しも苦痛ではないのだ。もしかしたら、それは「喜び」ですらあるかもしれない。

あるいは、私の子供のころの食卓での記憶に、こんなものがある。食べ盛りの私のおかずの皿に何もなくなってしまうと、母が自分の皿から肉や魚を私の皿に移してくれて、言う。

「食べなさい」

そのときも、子供のころの私は思ったはずだ。お母さんはおなかがすかないのだろうか、と。

そして、気がつくと、親になった私も母と同じようなことをやっていた。年を取ると、育ち盛りのときほどの食欲がなくなっているということもあるだろう。だが、それだけでなく、なにより子供がおいしそうに食べている姿を見ることは自分の「喜び」であるからだ。

ある意味で、親は子に、「睡眠」や「食物」を削って、与えていると言えなくもない。だがそれは、親の「義務」だからというのではなく、「喜び」であるからだ。それを愛情と言ってもよい。しかし、大方の親たちは、それを愛情とも意識しないまま、ごく普通に行っている。「睡眠」を削り、「食物」を削るということは、「生命」を削るということと等しい行為である。自分の「いのち」を削って、子に与える。それが何でもないことのように行われることによって、「いのち」もまたごく自然に伝えられることになるのだ。

しかし、もしも何かの理由でそれがうまくいかなくなったとしたら？

かつて私は、家庭というものに襲いかかる最も悲痛な出来事は何だろうと自問し、その最大のもののひとつは幼い子供を不意に失ってしまうことではないかと自答したことがある。たとえそれが病気によるものであれ、事故によるものであれ、場合によっては犯罪によるものであれ、不意に幼い子供を奪われること以上に家庭を苦しめるものはないのではないかと考えたのだ。

しかし、そのときの私には、自らが手を下して幼い子供を傷つけたり、殺《あや》めたりする父親や母親がいる家庭のことはまったく視野に入っていなかった。そんな父親や母親が存在するのは遠い外国の社会、たとえばアメリカのような社会だろうというくらいに思っていた。

ところが、ここ数年、日本のさまざまな土地で幼い子供への虐待の存在が明らかになるにつれ、この国においてもその病根はすでにかなりの深さに達していることを認めざるを得なくなってきた。もしかしたら、家庭における最も悲痛な出来事とは幼い子供に対する虐待であるのかもしれない、と思うほどに。


幼児ならともかく、学齢期にあるような子供が、どうしてそれほど苛酷な仕打ちを受けながら、逃げ出したり、誰かに告げたりしないのかという意見がある。だが、それは、たとえどのような親であれ、幼い子供にとって親は常に圧倒的な存在だということを考慮に入れていない浅薄な意見だと思われる。実際、私たちが幼かったころのことを考えてみればいい。自分を取り囲む世界の中で父親や母親の存在がどれほど大きいものだったか。夜中にふと目が覚め、もしお父さんやお母さんが死んでしまったら自分はどうなるのだろう、と途方に暮れつつ思いを巡らせたことはないだろうか。その父母に、さらに暴力が加われば、それは絶対的な存在になってしまう。幼い子供たちに、自力でその引力圏から脱する勇気や知恵を持つことを求めるのは酷な話なのだ。

たぶん、子供を虐待する父親や母親は、自分が親から「いのち」を与えられた記憶が希薄な人たちなのだろう。
親から「いのち」を与えられた記憶は、自分の子へ「いのち」を与える行為につながっていく。つまり、それは「いのち」をめぐる記憶の連鎖とでもいうべきものだ。もし、その記憶の連鎖が途切れたら、人間にとって何よりも大切なはずの「いのち」の連鎖もまた途絶えてしまうのかもしれない。

（05・1）

すべてを自分たちの手で

自分の人生において、これは幸運だったなと思えることがいくつかある。そのひとつとして、それもとりわけ重要なひとつとして、都立の南高校に入学したことがあげられる。もし南高校に入っていなければ、気ままに文章を書いて生きていくという私の現在はなかったように思う。

私が南高校に通うことになったのは、まったくの偶然によっていた。当時の都立高校は、入学試験で一定以上の点数を取ってさえいれば、志望する高校に落ちても他の高校に入れるという救済措置があった。私が日比谷高校に落ちたときも、いくつかの高校に入ることが可能だった。確か、その中には三田高校とか八潮高校とかいう名前があったと思う。

日比谷高校を受験する際、中学の教師の多くが「おまえの実力では合格できるかどうか不確実だからワンランク落とした方がいい」と勧めたとき、断固として「自分の好きなようにしなさい」と言ってくれたのが担任の女性教師だった。日比谷に落ちて、さてどこの高校に行こうかと考えていたとき、その担任の女性教師が私に向かって言った。

「君は、新しい高校が向いていると思う」

私はそのひとことで新設の南高校に行くことを決めたのだ。そして、私はすぐにその担任の女性教師の言葉の正しさを知ることになった。

新設の南高校では私たちが一期生であり、私たち以外に生徒はいなかった。校舎が増設中であったり、グラウンドが整備されていないといった条件の悪さはあったが、上級生がいないということは極めて心地のよいものだった。上級生がいないことでどんなに自由に跳びはねても頭を押さえつけられることがなかった。もし、伝統のある高校に行ったとしたら、上級生との摩擦や葛藤で多くのエネルギーが無駄に費やされてしまったことだろう。

なによりも、あらゆるものを自分たちの手で作り出していくというのがよかった。自分たちの欲しいクラブを自分たちで作り、必要と思われる学校行事を見よう見まねで生み出していく。すべて自分たちが「始め」なければ「始まり」はないのだ。

大学受験に関しても、私たち生徒はもちろん、教師たちもまったくの手探りだったと思う。学年でどのくらいの成績を取っていればどのていどの大学に合格できるか、といった基礎的なデータの蓄積すらないのだから無理もなかった。しかし、私にはそのことも幸いした。受験のシステムが確立されていなかったために、勉強以外のことをするのに罪悪感を抱かなくて済んだ。

陸上競技部の部長をし、落語研究会の会長を頼まれ、文芸部の友人の誘いに応じて、部の雑誌に短編小説を書いていた。一年に一冊のその雑誌に、わずか一編の短い小説を書くためにどれほどの時間が費やされたことだろう。

勉強などほとんどしないまま、スポーツをし、本を読み、小説を書き、アルバイトをし、ひとりで旅をし、何か訳もわからないものに関して悩むこともできた。

高校三年になって、まったくいい加減に東京大学の経済学部を受験することにしたが、試験を受けるとこれまた落ちて、結局、まぐれで合格した横浜国立大学の経済学部に現役で入学することになった。

もし、浪人などをして、東京大学の経済学部に行っていたら、私の人生はかなり限定されたものになっていただろう。横浜国立大学の経済学部に行ったということ、そしてそこでひとりの大学教師に出会ったことで、私の現在の、他人からはまったく「能天気」と思われるだろう人生が開始されることになった。

その大学教師も、中学の担任の女性教師と同じように、卒業に際してどのような道に進むべきか迷っている私に向かって、こう言ったのだ。

「君は、自由な道が向いていると思う」

新しい高校、自由な道。教師たちのそうした言葉に送り出されるようにして現在の私がある。

私がいっさいの組織に属さず、まったくのフリーランスとして生きて行くときの基礎となったものは、たぶん、高校の三年間の「すべてを自分たちの手で」という経験だったのだと思う。

その貴重な経験をさせてくれた高校がなくなるという。寂しくないことはないが、こうも思う。あの高校は私たちのために、いや私のために生まれたのではなかったか、と。私が在籍した三年間が満ち足りたものであった以上、その後にどうなろうと本質的には関係がない。あの三年間は私の人生においてもっとも豊かな三年間だった。それだけで十分だと思うのだ。

そしてそれは、「母校」がなくなることを惜しむ卒業生のすべてに妥当することであるように思われる。もし、あなたに「惜しむ」気持があるとすれば、あなたの南高校における三年間は豊かなものであったに違いない。確かに、その「記憶」は掛け替えがないものだろう。しかし、それはまた、たとえ校舎が壊され、グラウンドがなくなっても、あなたから消えるはずのないものでもあるのだ。
それで十分、ではないだろうか？

（05・3）

新聞記者になった日　北野新太へ

北野新太君とは、彼が「スイッチ」という雑誌でアルバイトをしているときに初めて会った。ときどき編集部の使いで私の仕事場の近くまで原稿を取りにきたり、現像を頼んでおいた写真のフィルムを届けにきたりしてくれた。

そのときの北野君の印象は、若いのにゆったりした構えの、落ち着いた話し方をする青年だなというものだった。

このまま「スイッチ」に残って編集部員になる道を歩むのだろうと思っていると、ある日突然、報知新聞に入りましたというニュースを携えて目の前に現れた。それを聞いて、ほんの少し、大丈夫かなと思った。スポーツ新聞の記者がすべてそうだというのではないが、彼のようにゆったりとした構えの人は少ないような気がしたからだ。

しかし、それからしばらくして、新聞記者となった北野君が、著者インタヴューの取材記者として私の目の前に現れた。そのインタヴューを受け、またそれによってまとめられた記事を読み、これなら記者として充分やっていけるなと安心した。

ところが——。

その日の夕方、ホテルのティールームで久しぶりに会った北野君にとりわけ変わったところがあったわけではない。

「今日は休みだったの？」

何の気なしに訊ねると、北野君がいつもとほんの少し異なる重い口調で答えた。

「いやあ、ほんとは休みだったんですけど、とんでもないことが起きてしまって」

「どうしたの？」

聞けば、ジャイアンツの有望な若手選手の結婚についての記事を他紙に抜かれてしまったのだという。いわゆる「特オチ」に近いものであるらしい。その程度の記事は抜かれてもたいしたことではないのではないか。私が言うと、報知新聞的にはたいしたことなのだという。

私はその選手の結婚の記事が載っていても載っていなくても報知新聞には本質的に変わりはないと思うのだが、若い記者が「抜かれた！」というまさにその日に会っているということが面白く、つい根掘り葉掘り訊いてしまった。

話しているうちに、北野君も「たいしたことはない」という私の説に影響されてきたのか、いつものゆったりとした雰囲気に戻ってきた。

しかし、あまりにもその「特オチ」の話に熱中してしまったため、私は次の約束の時間が来ているのに気がつかなかった。腕時計を見ると、時間が迫っている。

「それじゃあ、今度はゆっくり酒でも飲みながら、その後のことを聞かせてね」

そう言って、私は席を立った。

北野君が何か言いたそうだったのが少し気になったが、そのままコートを着て出てきてしまった。

いま思えば、そのとき、北野君は自分の結婚の話をしたかったのだろう。そして、仲間が遊びで作ってくれる「結婚特別号」のこの原稿の依頼をしたかったのだろう。ところが、他人の結婚の話を書かなかったばかりに、自分の結婚の話が切り出しにくくなっていたのだ。

いや、もしかしたら、あの「特オチ」に動揺して、さすがの北野君も自分の結婚の話をするのを忘れてしまったのかもしれない。

新聞記者にとって「特オチ」はある意味での「勲章」と言えなくもない。そうした「勲章」をいくつも手に入れていくことで真の新聞記者になっていく。そうだとすれば去年の十一月二十九日のあの日が、北野君にとっては初めて「新聞記者」になった歴史的な日だったのだろう。

どうして私がそんな日にちまで正確に覚えているのか？　この話とはまったく関係ないが、その日が私の誕生日だったからだ。

（07・1）

この季節の小さな楽しみ

秋から春にかけて、つまりしだいに寒くなっていき、やがて暖かくなりはじめるまでの季節には、小さな楽しみがひとつ増える。

私の仕事場は自宅とかなり離れており、毎朝四十分くらい歩いて通っている。昼間、仕事場で原稿を書いたり本を読んだりすると、夜は、映画を見たり人に会ったりする用事がないかぎり同じ道を通って家に帰ることになる。

その道の途中に、あるときから今川焼き屋の店が出るようになった。それも週に一度、水曜日の夕方だけ、文房具屋の店先を借りて屋台風の店を出すのだ。作っているのは中年の女性とその娘さんらしい若い女性の二人組である。娘さんがひとりだけで作っていることも少なくない。

しばらくのあいだは通りすがりに眺めているだけだったが、ある冬の寒い晩、ついその暖かそうな明かりと匂いに誘われて立ち寄ってしまった。そして、一個百円の今川焼きを三つ買って家に帰ると、妻と娘にとてもおいしいと喜ばれた。確かに、中に入っている餡の甘さのほどがよく、全体が上品な味に仕上がっていたのだ。

それからは、仕事場からの帰りにまだ店が開いているようだと、必ず買って帰るようになった。

それにしても、どうして週に一度なのだろう。どうしてこんな人通りの少ない裏道の文房具屋の軒先を借りているのだろう……。

そのようにして二年目の冬が過ぎようとする頃、ひとりで今川焼きを引っ繰り返していた娘さんに、さりげなく理由を訊ねてみた。

すると、思いがけない答えが返ってきた。

「ここは祖母の家なんです。齢を取っているので、週に一回は母と見に来るようにしていたんですけど、それならついでにここで売らせてもらおうということになったんです」

聞けば、もともと埼玉の私鉄駅で今川焼きの店を出しているのだという。

なんというおばあちゃん孝行の孫だろう。それ以来、水曜日にはあまり予定を入れないようにして、できるだけ今川焼きを買うようになった。

あるとき、買った今川焼きを袋に入れてくれている合間に訊ねてみた。

「一日でどのくらいの数が売れるの」

「六、七百です」

それはすごい。こんな辺鄙《へんぴ》なところでよくそんなに売れるものだと感心した。そこで、「本店」ともいうべき埼玉の駅前の店はどのくらい売れるのか訊ねてみた。

「五百くらいです」

「駅前の方が少ないの？」

「ええ、あちらの方がお客さんの数自体は多いんです。学校帰りの学生さんたちなんかがよく買ってくれるんですけど、その場で食べるんで一人ひとつなんですね。でも、ここは住宅街なんで、家族の人たちのために何個も買っていってくれる方が多いんです。だから、お客さんの数は少なくても、こっちの方が売り上げは多いんです」

なるほど、商売というのは面白いものだなと感心した。


ある夜、いつものように三つ買ってお金を渡すと、お母さんの方の中年女性がいきなり言った。

「いま『凍』を読んでいます」

まさか、その人が私のことを知っているとは思わなかった。慌てて、ありがとうございます、と言うと、お母さんはさらにこう続けた。

「でも、カタカナが多いので、なかなか前に進めなくて」

確かに、私の『凍』という作品はヒマラヤ登山の話なので、カタカナの地名や人名が頻繁に出てくる。

それからしばらくしてまた立ち寄ると、今度は娘さんにこんなことを言われた。

「母がようやく読み終わったので、いまは私が借りています」

「お母さんはカタカナが多くて苦戦していたらしいけど、乗り切れたのかなあ」

私が半分冗談めかして言うと、娘さんがいたずらっぽい口調で応じた。

「後半はようやく山の名前と人の名前の区別がつくようになったそうです」

そこで私たちは声を上げて笑い合ったが、その晩、とても幸せな気分で今川焼きを食べることができた。


しかし、つい仕事に熱中して帰る時間が遅くなると、売り切れてしまっていたりする。そんなときは、残念と思う一方で、売り切れていてよかったと思ったりもする。なんだか、身内のような気持になっているらしい。

先週の水曜日も、新聞に連載中の原稿を書いていて、ふと気がつくと午後七時を過ぎている。大急ぎで机の上を整理して仕事場を出たが、文房具屋に着くと、娘さんがすでに後片づけを始めている。

「さすがにもう残ってないかな」

私が話しかけると、娘さんが頭を下げて言った。

「すみません、またよろしくお願いします」

家への暗い夜道を歩きながら、売り切れていてよかったと思う一方で、やはり今夜はあの今川焼きを食べたかったなと思ったりもした。

（07・5）

ありきたりのひとこと

去年の暮れのことだった。

朝、家から仕事場に向かうため集合住宅の下りのエレベーターに乗ろうとすると、そこに宅配便の制服を着た若者がやってきた。不在で配り切れなかったのか、荷物を載せた台車を押している。

一緒に乗り込んでから、降りる階数を訊ねると、やはりそのまま車に戻るらしく一階だという。私はボタンを押しながら若者に声を掛けた。エレベーターで誰かと乗り合わせたときに気まずく黙っているのがあまり好きではないのだ。

「一日にどのくらい配るの？」

すると、宅配便の若者は別にいやな顔もせずに答えてくれた。

「二百軒くらいです」

そうか、一日に二百軒も配らなくてはならないのか。いつも駆け足で配っているような印象があり、それはパフォーマンス重視の会社の方針に仕方なく従っているだけだと思っていたが、実際的な必要性もあってのことだったのか。なるほど。なるほど。

「それをどのくらいの時間で回るの？」

さらに訊ねると、彼がまたごくさらりと答えた。

「昨日は夜の九時半までかかりました」

配達先の家に人がいたりいなかったりで夜までかかってしまうのだろう。

「たいへんだね」

「ええ」

ちょうどそこで一階についてしまったので、ひとことだけ投げかけて別れた。

「頑張って」

すると、若者は意外にも帽子を取って軽く会釈しながら言った。

「ありがとうございます」

ただそれだけのことだったが、私はその若者のお陰でとても気持のいい朝を迎えられたことを喜んだ。

私の父が死んだとき、密葬ということで近親の者だけで葬儀を執り行ったが、それでも父母の住んでいたマンションの方たちの弔問は断ることができなかった。

その中に、幼い男の子を連れて焼香してくださった若い母親がいた。そして、その男の子にも焼香をさせると、こんなことを話された。

「お父様は、エレベーターでご一緒になると、いつもこの子に声を掛けてくださっていたんですよ。それがこの子にはとても嬉しかったようで……」

父がどのようなつもりで声を掛けていたのかは知らない。私と同じようにエレベーターの中でむっつりし合っているのが気詰まりだっただけかもしれない。しかし、父のひとことが幼い子の心をいくらかでも解きほぐしていたとすれば、私の「頑張って」というありきたりのひとことも、あの宅配便の若者の心にほんの一瞬の温もりをもたらすものになった可能性がないではない。彼の「ありがとうございます」というごく普通のひとことが、私に明るい朝をくれたように。

（08・3）

小さな光

朝、起きてホテルの部屋のカーテンを引き開けると、外は真っ白になっていた。

私は秋田にいて、この朝、列車で盛岡に行くつもりだった。

秋田駅に着き、構内に流れているアナウンスを聞くと、列車の運行状況はかなり面倒なことになっているようだった。盛岡から先の太平洋側の地域に強風が吹き荒れ、東北新幹線は全線にわたって運転を見合わせているという。その影響を受け、秋田始発の列車を間引き運転することになったというのだ。不運なことに、私が乗る予定の「こまち」も運休する一本に入ってしまった。

仕方なく、その切符を払い戻してもらい、そのあとの「間引かれない」列車に振り替えてもらうことにした。

待合室でじっと待っていたが、事態は好転する兆しのないまま、ついに振り替えてもらった列車も運休することに決まったというアナウンスが流れた。駅員に訊ねると、午後の二時まではあらゆる列車を運休することになったと言う。

私は、午後一時に、盛岡で先頃亡くなった方の家に弔問にうかがう約束をしていた。しかし、それは不可能になってしまった。私は携帯電話を持っていないので、公衆電話を探して連絡をし、日をあらためてうかがわせていただくことにした。

さて、それでどうしよう。

東京へ帰りたいが、新幹線の復旧を待っていてはいつになるかわからない。この状態では飛行機も満席だろう。

しかし、と思った。トライするだけはしてみようか。

私はまた公衆電話に戻って航空会社に電話をした。なかなかつながらなかったが、ようやく電話口に出てきてくれた女性に訊ねると、意外なことに次の東京行きの便にはまだ空席があるという。問題は、「次の」というのが五時間も先ということだったが、この状況で贅沢は言っていられない。

私は予約し、秋田駅から秋田空港にバスで移動することにした。そのとき、空港で長時間待つことになるので、近くの書店で本を買っていくことにした。何にするか迷った末に、和製ハードボイルドの文庫本を買った。

空港に着き、搭乗券を買い、待合室で本を読みはじめた。ところが、ついていない日はとことんついていないらしく、五ページほど読んだところで、奇妙な言葉の使い方に引っ掛かって顔を上げた瞬間、以前も同じところで引っ掛かったことがあるのを思い出した。すでに一度、単行本で買って読んだことがある作品だったのだ。

私が少しがっかりしていると、さらに追い打ちをかけるように、東京から到着する飛行機が遅れたため、出発が一時間遅れるというアナウンスが流れた。

ようやく搭乗することができ、飛行機が水平飛行に入ったときにはさすがにぐったりしていた。しかし、飛行機が羽田に近づき、着陸態勢に入ったとき、ふと窓の外を見て息を呑んだ。ちょうど、夕陽が地平線の向こうに沈もうとしており、その光が東京湾の海面に反射して黄金色に輝いていたのだ。そして、その黄金色の海の中を、黒い影のようにしか見えない小さな船たちが白い航跡を残してゆっくりと動いている……。

私はその光景を見ているうちに、この日一日の小さな不運をすっかり忘れていた。というより、むしろその光景を見ることができた幸運を感謝していた。

あるとき、まだ小学生だった娘に言われたことがあった。

「お父さんのそういう性格って、やっぱりO型だからかな」

昔、『イージー・ライダー』を作ったピーター・フォンダが、笑いながら言っていたことがある。

「日本では記者会見で血液型を訊かれるんだぜ」

私はこの話を、血液型で性格を決めつけようとする人をからかう際によく使わせてもらったものだが、最近になって、血液型には一定ていど性格に影響を及ぼす要素が含まれているかもしれないという研究が発表されたとかで、さほど単純ではなくなっているようだ。しかし、娘が私の性向を血液型で納得しようとしたときには、ちょっとした疑義を呈したと思う。

「そうかな？」

すると、高学年になってさまざまな問題にぶつかりはじめていたらしい娘がつぶやいた。

「わたしはB型だから、そんなに簡単にいやなことを忘れられないな」

そこで私は言った。

「でも、お母さんもB型だけど、お父さんに似てない？」

「うん、それはそうだけど……」

娘はしばらく考えていたが、やがて結論が出たらしく晴れ晴れとした顔で言った。

「それって、血液型じゃなくて、年を取ると忘れっぽくなるってことなんだね」

私は笑いたくなるのをこらえて言った。

「そうかもしれないね」

生まれついてのものなのか、意識して獲得したものなのか、あるいは娘が言うように単なる健忘症の一種なのかはともかく、少なくとも私には、小さな光が見えさえすればそれまでの闇を忘れてしまえるというところがあるらしい。しかも、その傾向は年々強まっているようにも思われる。

もっとも、それが「物書き」にとって本当にいいことかどうかはわからないのだが。


（08・4）

四十一人目の盗賊

幼い頃から一貫してテレビを見るのが好きだった。スポーツ中継はもちろん、ニュースやドキュメンタリー、バラエティーや歌謡番組も嫌いではなかった。

それは成長してからも変わらず、毎週土曜日の夜になるとドリフターズの『全員集合』にチャンネルを合わせる私を見て、結婚したばかりの妻に驚かれたり軽蔑されたりしたものだった。

しかし、そんな私でも、「熱中した」と言える番組はいくつもない。プロ野球のナイター中継を除けば、アメリカのテレビ映画の『ルート66』と『逃亡者』だけである。

これまで、私はテレビ番組で好きだったものは何かと訊ねられるたびに、躊躇《ちゅうちょ》なく『ルート66』と『逃亡者』を挙げていた。そして、それを私の「移動」することへの渇望と結びつけるのが常だった。たとえば、『ルート66』や『逃亡者』を見るたびにどこかに行きたいという気持になって仕方がなかった、というように。

確かに、『ルート66』に対する熱中は「移動」に対する願望と深く結びついていただろう。自分もこの主人公たちと同じような旅をすれば、あのように冒険的な日々が送れるのかもしれない、と思ったことは間違いないからだ。行く先々で、さまざまな人々との出会いを重ね、さまざまな事件に巻き込まれる。もちろん、その出会いの中には、女性との恋も存在する。幼い私は、いつの日にか、自分もこのような旅をして、まだ見ぬすばらしい女性と出会ってみたいという憧れのようなものを抱いていたに違いない。

しかし、私がもう一方の番組である『逃亡者』を、もしかしたら『ルート66』以上に好んだのは、単にそれによって「移動」したいという気持を掻き立てられたからというだけではなかったように思える。テレビの『逃亡者』が少年時代の私を惹きつけたのには、たぶんもうひとつ別の大きな要素があったように思えるのだ。

それに気づかされたのは、何年か前にハリソン・フォードの主演で映画化された『逃亡者』を見てからである。

ハリソン・フォード主演の『逃亡者』は、アメリカ本国でその年のアカデミー賞の作品賞にノミネートされたばかりでなく、日本においても興行収入ランキングでベストテンに入る大ヒット作となった。その順位は、昔のテレビシリーズを見ていた人がノスタルジーに駆られて見にいったというだけでは獲得できないものだったろうから、デヴィッド・ジャンセンのリチャード・キンブルを知らない、まったく新しい観客を大量に動員した結果ということになる。あるいは、その人たちにとっては、ハリソン・フォードのアクション物というだけでよかったのかもしれない。

実際、映画の『逃亡者』は遊園地のローラー・コースターに乗っているようなスリルに満ちていた。もちろん、それはかなり肉体的なもので、コースターから降りてしまえばすぐに忘れてしまうような種類のスリルだったが、乗っているあいだは、つまり見ているあいだは、次はどうなるのだろうと常にハラハラしていたのだから、上映時間の二時間は充分に楽しませてくれたことになる。だが、その『逃亡者』は、かつて少年時代の私を捉えて離さなかった、あの輝きに満ちた『逃亡者』とはまったく別のものだった。共通していたのは、妻殺しの嫌疑をかけられた元医師が逃亡の末に真犯人を捕まえる、というストーリーの骨格だけだったと言えなくもない。そんなことは充分に覚悟して映画館に行ったつもりだったが、見終わってあらためてその違いに驚かされることになった。

私はテレビの『逃亡者』がとにかく好きだった。調べてみると、それは私の高校時代を中心にした四年間のことだったが、毎週毎週よほどのことがないかぎりチャンネルを合わせつづけた。私は、それ以前も以後も、この『逃亡者』以上に熱心にテレビのシリーズ物を見たことはない。

何がそれほど少年の私を惹きつけたのか。そのひとつの理由が、脱走した犯人のキンブルが、執拗なジェラード警部の追及を逃れ、真犯人の「片腕の男」を追ってアメリカ中を移動する、というところにあったことは間違いない。しかし、私が心を動かされた理由はそれだけではなかった。

その理由が何だったかを説明するには、映画の『逃亡者』に存在しなかったものを挙げるのが最も手っ取り早いかもしれない。

まず、テレビの『逃亡者』にあって、映画の『逃亡者』になかったのは、真の移動だったと言えるだろう。映画の『逃亡者』は、追われるキンブルに充分な移動をさせられなかったのだ。いや、移動はするのだが、その移動は追っ手から逃れ、真犯人を見つけるためだけに費やされる移動で、キンブルがキンブルとなるための最も大事なことをさせられなかった。

では、『逃亡者』における最も大事なこととは何だったのか。

テレビシリーズにおけるキンブルは、移動するたびに名前を変え、経歴を作り替える。そして、農夫になり、修理工になり、店員になる。いわば、一週間にひとつの人生を生きている。もちろん、その当時ですら、一週間しかたっていないのに、どうしていつも一カ月も二カ月も暮らしているようにその生活空間に溶け込んでいるのか、という批判的な眼を持っていなかったわけではない。しかし、その虚構は虚構として、少年の私はいくつもの仮の人生を生きるというキンブルの生に憧れに近い思いを抱きつづけていた。

それに対して、映画の『逃亡者』は、ストーリーを展開させることに汲々《きゆうきゆう》としていたため、移動するキンブルに「いくつもの仮の人生」を生きさせることができなかった。

それだけではない。映画では、ジェラード警部役のトミー・リー・ジョーンズの好演にもかかわらず、キンブルとジェラードのあいだに存在する、重要な、ある意味で『逃亡者』というドラマを成り立たせるための本質的とも言える「関係」を描くことができなかった。

キンブルとジェラードとの重要な関係。それは、追う者と追われる者とのあいだに生まれる「了解」の関係である。シリーズが深まるにつれ、ジェラードは誰よりも深くキンブルを理解する者として登場するようになる。ジェラードは、キンブルが現れたという場所に急行しては、常にこう言いつづけることになるのだ。

「もしそれが本物のキンブルなら……」

と。

たとえば、この町に住みついていたキンブルが人を傷つけ金を盗んで逃げたという保安官に、ジェラード警部は確信を持ってこう言うことになる。

「キンブルならそんなことはしない」

いわば、『逃亡者』はキンブルとジェラードとの、反転した「愛の物語」だといってもいいくらいの甘やかな「了解」の関係が存在するのだ。しかし、映画では、その「了解」を生まれさせる時間的な余裕がなかった。

その結果、映画はテレビの『逃亡者』を特徴づけていた、追われる者が追われながら「いくつもの仮の人生」を生きるということもなく、追う者と追われる者とのあいだに生まれる「甘やかな了解の関係」も描くことができないまま、ただ、逃げ、ただ、捕まえようとするだけの映画になってしまった。

もっとも、四年間にわたり百時間以上も使って描かれた物語を、わずか二時間で作らなければならなかったのだから無理はなかったのかもしれない。

いずれにしても、私があれほどテレビシリーズの『逃亡者』に惹かれたのは、単にキンブルが移動しつづけているだけでなく、彼がいくつもの仮の人生を生きているという点にあったのだ。もしかしたら、私にはそれが自分にとっての理想の生き方のように思えていたのかもしれない。

確かに私は幼い頃からテレビを見るのが好きだったが、ひとりでぼんやり考えごとをしている時間というのも嫌いではなかった。

放課後、くたくたになるまで外で遊び、家に帰って夕食をとるとテレビを見てから机に向かう。勉強をするためではない。漫画を読むためか、あるいは夢想するために、だ。漫画を読み終え、机に頬杖をついてぼんやりしていると、またたくまに二、三時間が過ぎていた、などということがよくあった。

そのようなとき、まさに夢のように考えていたことが二つある。

ひとつはどこかの学校に転校したいということである。転校して、自分のことを知っている人がいない学校に行けたらどんなにすばらしいだろうと思っていた。そうすれば、いままでとはまったく違う自分になってやり直すことができる。

もうひとつは『アリババと四十人の盗賊』に出てくるような盗賊に「さらわれたい」ということだった。

本来、『千夜一夜物語』のアリババの話においては、盗賊たちはかなりの悪役になっている。山で薪拾いをしていたアリババが、偶然、盗賊たちが洞窟に財宝を隠すところを垣間見てしまう。盗賊の親分が不思議な呪文を唱えると、頑丈そうな岩の扉が開き、閉じるではないか。

私が幼いころに読んだ絵本では、岩陰で一部始終を見ていたアリババが、盗賊がいなくなってから、覚えた呪文を唱えるところがひとつのクライマックスとなっていたはずである。

「開け、ゴマ！」

これは、日本の翻訳者の創作ではないらしいが、実に不思議で、心をそそられる呪文と言える。念のため、大場正史訳の「バートン版」で確かめてみると、その呪文は次のようになっている。

「開け、おお、胡麻よ！」

確かに、重い岩の扉を開けるには、これくらい芝居がかっている方がいいような気もする。しかし、なんと言っても、子供のころから慣れ親しんでいる分だけ「開け、ゴマ！」という簡素な呪文の方が効力があるようにも思われる。

アリババは洞窟から少しだけ財宝を盗み出してくるが、それを兄のカシムに知られ、岩を開ける呪文を教えざるをえなくなる。

ところが、そのカシムは、財宝が隠された洞窟に入り、扉を閉めてじっくり吟味しているうちに、扉を開ける呪文を忘れてしまう。やがて、カシムは戻ってきた盗賊たちに発見され、八つ裂き——正確には「四つ裂き」——にされて殺されてしまうことになる。

普通の絵本はそこらあたりで終わることになるが、『千夜一夜物語』では、さらに続きがある。兄の亡骸《なきがら》を運び、仕立て屋に縫い合わせてもらい、正式な葬式を出したところから、カシム以外にも秘密を知っている者がいることが露見してしまい、アリババは盗賊たちに狙われることになる。ところが、女奴隷の機転で危ういところを何度も助けてもらい、さらには盗賊の親分を返り討ちにすることに成功する。そして、アリババはその女奴隷を自分の甥と——他の版では息子と——結婚させることにする。

だが、少年の私が望んだのは、アリババのように洞窟の前で呪文を唱えることでもなく、盗賊たちの財宝を掠《かす》め取ることでもなかった。

ある晩、家でぐっすり眠っていると盗賊たちが押し入り、私をさらっていく。さらわれた私はどこか遠い異国で盗賊たちと一緒に波瀾万丈の生活を送る。つまり私は、アリババではなく、四十一人目の盗賊になりたかったのだ。狙われるほどの「財宝」があるはずもない私の家に、なんで盗賊がはるばるアラビアからやって来て押し入ってこなければならないのかわからないが、とにかく私は彼らに「さらわれる」ことを夢想しつづけた。

英語では「誘拐」をキッドナップという。キッド〈子供〉と、ナブ〈さらう〉の合成語らしい。

一方、かつて日本には「人さらい」という言葉があった。現代ではほとんど死語に近くなってしまったが、私が幼いころは、「そんなに暗くなるまで遊んでいると人さらいが来ますよ」などという脅し文句がまだ存在していたような気がする。

この「人さらい」と「誘拐」とでは、自分の意思に反して誰かに連れ去られるという点では同じでも、微妙な違いがある。「誘拐」は身代金さえ払えばなんとなく帰れそうな気もするが、「人さらい」の方は、いったんそれに遭ってしまうと、もうどこか遠くに連れて行かれたまま永久に家には戻れないように思える。

だから、「人さらい」の方が恐ろしいということになるはずなのだが、私はその「人さらい」に憧れていたのだ。

不思議なのは、別に通っている学校に不満があるわけでもなければ、家族を嫌っていたわけでもないということだった。ただ、こことは別の場所に行き、ここにいる自分とは別の自分になってみたいという欲求を強く持っていたらしいのだ。

当然のことながらその希望はかなわなかったが、大学を卒業した二十二歳のとき、ほとんどその夢がかなうような状況が訪れた。

私は自分の名前の横に「ルポライター」とつけた名刺を一枚持つことで、さまざまな土地に赴き、さまざまな世界に入っていくようになったのだ。それはまるで、いくつもの仮の人生を生きることで「自分とは別の自分」になれるように思えるものでもあった。

私は私とまったく違う私になることができたと思った。しかし、それはただ単にそう思っていただけで、その私もまた同じ私であるということに気がつくのにそう長い年月は必要としなかった。ただし、私が二十六歳でユーラシアへの長い旅に出ようとしていたとき、その簡単な事実にはまだ気づいていなかったと思う。私が旅に出たのは、心のどこかに、まだ、転校したい、盗賊にさらわれてみたいという望みが、ほんの少しながらあったからに違いなかった。

（08・12）

天邪鬼

このところ必要があって山田風太郎の作品を読んでいた。

かつて読んだものもあり、初めて読むものもあった。その初めて読むものの中に、エッセイ類があった。『風眼抄』や『あと千回の晩飯』といったタイトルの本だ。

しかし、そうした本の中のエッセイを読んでいるうちに不思議な気分になってきた。

山田風太郎には「天邪鬼」とか「偏屈」といった定評があるらしい。親しい付き合いをしていた高木彬光もそう言っているし、山田風太郎自身も、自分を「列外の人」と見なしていた。

それもあって、私は山田風太郎をこんなふうにイメージするようになっていた。

山田風太郎の有名な「忍法帖」シリーズの一作に『伊賀忍法帖』という作品がある。この中に、織田信長、明智光秀、松永弾正、豊臣秀吉といった戦国時代の錚々《そうそう》たるメンバーの前で「幻術」を披露した、謎の「幻術師」として有名な果心居士《かしんこじ》が出てくる。

この果心居士について、山田風太郎は次のように書いている。

《さて、右のような数々の記述から、この奇怪な人物の性格を想像するのに、ひとつ思いあたることがある。／それは、この大幻法者が、なかなか人がわるく、皮肉屋で、そして途方もないいたずら好きな人間であったらしいということである》

私は山田風太郎を、彼が規定する果心居士に重ね合わせるようにして、天邪鬼で、皮肉屋の老人というように理解するようになっていた。

ところが、エッセイを読んでいくうちに、「はて？」と思うようになったのだ。この人のどこが天邪鬼で皮肉屋なのだろう。

もし、山田風太郎が天邪鬼で皮肉屋なら、私も天邪鬼で皮肉屋ということになる。なぜなら、山田風太郎がエッセイの中で述べている感想の類いは、私にはごく真っ当なものに思えるからだ。そして私は、自分で言うのも気が引けるが、いや、そう言わなくてはならないのは残念なのだが、とても普通で、平凡な男であるからだ。私のようにごく平凡な男と、その感想がことごとく合致する人物が、果たして天邪鬼で皮肉屋だなどということがあるだろうか。

たとえば、『あと千回の晩飯』の中に「夜半《よわ》のさすらい」というエッセイがある。

山田風太郎は晩酌のあと一眠りし、それから八帖と六帖の二間続きの書斎に入るらしいのだが、毎夜、そこを意味もなくふらふらと歩きまわっているのだという。別に小説の構想を練ったり、深遠な哲学的瞑想にふけっているわけではないともいう。

《さまざまな感想や疑問や新発見や一人合点が泡のように浮かんで支離滅裂にながれてゆく》

そのエッセイで明らかにしている、ある一夜の「感想や疑問や新発見や一人合点」は、私にもほとんど異論を差し挟む余地のない、しごく真っ当なもののように思える。

――臨終のときにおける医者のむりな延命策は、ヒューマニズムにそむいた暴行であり、天意にそむいた悪徳である。

――ライスカレーに福神漬、イナリずしに紅ショーガなんてだれの思いつきだろう。

——なぜ宮内庁は千年も前の天皇陵の調査を許さないのかな？——この問題に関するかぎり、宮内庁は「国民の敵」であると思う……。

これにどんな異論が差し挟めるだろうか。

あるいは、『風眼抄』に「坐る権利」というエッセイがある。

夏の繁忙期に列車に乗る。一等車も満員で立っている人がいる。そこに車掌が検札に来ると、二等の切符で坐っている若い女性がいる。当然、立たせようとすると、一等に切り替えると言い出す。しかし、最初から一等の切符を持っている人に坐らせるのが筋だから立ってくれと言っても、車内で切符の等級を切り替えることができるというのは乗客の権利だからと言って、どうしても立たない。車掌が困惑していると、近くの老紳士が説得に乗り出してくれた。だが、それでも、権利を盾に頑として立とうとしない。

それでどうなったか。やがて疲れて肘掛けに腰を下ろした老紳士とその若い女性は、まるで祖父と孫のように和やかにまったく別の会話を始めたというのだ。依然として、若い女性は席に坐ったまま。

その成り行きをじっと眺めていた山田風太郎は、最後にこう書く。

《悪さかんなれば天に勝つ》

この一行に皮肉屋の片鱗がうかがえないことはない。しかし、それがその場における山田風太郎の本当の感想かどうかはわからない。ただただ啞然としていたのに、とりあえずエッセイとしての形を整えるために書いただけかもしれない。なぜなら、この文章は、山田風太郎自身が『伊賀忍法帖』でクライマックスに使った文章の借り物にすぎないからだ。

そこでは、ほんの少し違っているものの、こう書かれていたものだ。

《悪さかんなれば天に勝つという》

あれっ？　山田風太郎を読んでいるうちに、私の方がいつの間にか皮肉屋になってしまったのだろうか。

（10・10）

スランプってさあ、と少年は言った

ある夕方、外苑前で人に会うことになっていたので、仕事場から公園を突っ切って最寄りの駅に向かっていた。

その公園には一周二・一キロのランニングコースがあって、どんな時間帯にもさまざまな人たちが走っている。ちょうど、私が体育館の前を歩いているとき、向こうから高校生くらいの少年が三人で走ってきた。その走り方からすると、陸上競技関係の部に所属しているとは思えず、かといって野球部とかサッカー部というようなハードな練習を必要とする部に入っている風にも見えない。かなり「ゆるい」部活動をしている仲良し三人組がなんとなくランニングをしているというような感じに見受けられる。

彼らとすれ違うとき、ひとりがこんなことを言っているのが聞こえてきた。

「スランプってさあ、あれは次に成長するための心の準備の期間なんだって」

すると、一緒に走っていた別の少年が明るい声で応じた。

「そうか、救われるなあ」

そのやりとりを耳にして、私は思わず笑いそうになってしまった。

果たして彼らにとっての「スランプ」とはどのような種類のものなのだろう。部活動でやっているスポーツにおける「スランプ」なのだろうか。それとも学校の勉学における「スランプ」なのだろうか……。

そんなことを考えているうちに、自分は「スランプ」というものを経験したことがあるだろうかということが気になってきた。

学生時代の部活動では、野球でも陸上競技でも「スランプ」を意識するほどのところまで達していなかったような気がする。だから、もし経験したことがあるとすれば、いまやっている「書く」という仕事においてということになる。

さて、私は「スランプ」に陥ったことがあっただろうか？

駅に着くまで考えつづけたが、思い当たる節がない。たぶん、私は「スランプ」に陥ったことがないのだ。他人の眼から見ると、あまり仕事をせず、ほとんど「スランプ状態」ではないかと思われる時期が少なくなかったかもしれないが、主観的には書けなくて困るという時期を経験したことがないのだ。

それには、私の性格、性向が関係しているのかもしれない。

私は、日頃から、あまり大きな目標を掲げることがない。ただ、眼の前にあるたったひとつの仕事を、できるだけ手を抜かずに仕上げるということに集中しているだけである。その意味では、どこか職人的な気質を持っていると言えなくもない。確かに、アーティスト〈芸術家〉にスランプはあっても、アルティザン〈職人〉にはスランプというようなものはないはずだ。

とはいえ、すべての職人がいつでも同じ技術の領域にとどまっているわけではない。彼らは彼らなりに、より高いレヴェルの技術を身につけようと努力しているに違いない。私も、常に、いまの自分が可能なものよりほんの少しだけマシなものを書こうと悪戦を続けている。その結果、なかなか作品が産み出せないということにもつながっていくのだが、そうした努力を続けているかぎり、主観的には「スランプ」に陥っていると思うことはない。たとえほんの少しであっても、自分以上の自分になろうとするかぎり、そう簡単に書けないのは当然のことであるからだ。あるいは、それこそが「スランプ」というものなのだよと言われてしまうかもしれないが、私には、クライミングで山の高みに登るための取っ掛かりを手や足でさぐっているようなものであって、空しく時間を費やしているとは思えないのだ。

しかし。

私には書くことに関しての「スランプ」はないかもしれないが、読むことにおける「スランプ」というものはあるような気がする。最近は、なかなか本が読めないだけでなく、読んでも、以前のようには心が動かない。その結果、新しい書き手と巡り合うことが少なくなってしまった。だが、そんな私に、わずかな出会いの機会を作ってくれるのが映画である。

月に四、五本は新しい映画を見る。その作品に原作があると、たとえ映画の出来がどうであれ、それを読んでみたくなる。どう脚色したのか。映画が面白かったり面白くなかったりする理由が原作にあるのかどうか。

そのようにして、私にとってまったく新しい書き手たちの何人かと遭遇してきたが、近年もっとも強い印象を受けたのはアメリカの作家コーマック・マッカーシーだった。

もし、コーエン兄弟が監督した『ノーカントリー』を見なかったら、恐らくコーマック・マッカーシーの『血と暴力の国』は読まなかっただろう。そしてさらに、映画化された『ザ・ロード』が日本に来る前にその原作を読んでおこうともしなかっただろう。

とりわけ、終末的な世界を父と幼い息子が命をかけて旅するという『ザ・ロード』には、激しく心を揺り動かされることになった。

物語の終盤、瀕死の父が幼い息子に語りかける。

《父親は息をあえがせながら少年の手をとった。先へ進むんだ、といった。パパは一緒には行けない。でもお前は先へ進まなくちゃいけない。道の先になにがあるかはわからない。パパとお前はずっと運がよかった。お前はこれからも運がいいはずだ。今にわかる。だからもう行きなさい》（黒原敏行訳）

映画では、父をヴィゴ・モーテンセンが演じ、息子をコディ・スミット＝マクフィーという当時十三歳の少年が演じた。

これは、かつて、アンソニー・ホプキンスとエマ・トンプソンによって演じられたカズオ・イシグロの『日の名残り』に負けず劣らず、原作に匹敵しうるすばらしい映画作品に思えたが、アメリカでも日本でも意外なほど評価されなかった。

訳者の「あとがき」によれば、今年七十八歳になるはずのマッカーシーは、六十代後半で息子を得たらしい。その息子が四歳になったとき、あるホテルに一緒に泊まっていた。

《息子が眠ったあと、深夜に窓から外を眺めていたマッカーシーは、列車の物悲しい汽笛を聞きながら、五十年後、百年後にはこの町はどんなふうになっているだろうと考えた。すると山の上で大火事が起きている光景が眼に浮かび、それからこの小説が生まれたというのだ》

だからだろうか、この父と子の道行きは、幾多の困難に見舞われるにもかかわらず、まるで恋人同士の逃避行のように甘美なものに思える。それは、息子と共にひたすら生き抜いていくというのが、父親にとっての究極の夢のひとつであるからかもしれない。

もちろん、現実にこのような終末的な世界が訪れ、その中を生きなければならないとすれば、「甘美」などという言葉は入り込む余地のないことは充分に知っているつもりではあるのだが。

それはともかく、公園ですれ違った少年のひとりが言っていた、「スランプとは、次に成長するための心の準備の期間である」というのはなかなか悪くない台詞のように思える。

もしそうなら、私の「読むことにおけるスランプ」も、いつか解消することになるかもしれないという希望が持てるからだ。

（11・5）

地獄の一丁目

子供のころ、外で遊ぶのは大好きだったが、室内で遊ぶということが不得意だった。

小学校に上がるまではいつも近所の子供たちと原っぱで暗くなるまで走りまわっていたし、小学校に入ってからはクラスメイトと少し遠くの公園でこれまた暗くなるまで野球をしつづけた。だから、子供のときの記憶として「オモチャ」というようなもので遊んだ記憶がないのだ。とりわけ、「愛玩」するものとしてのオモチャを持ったことがない。

もちろん、原っぱでの遊びには独楽《こま》やけん玉がつきものだった。しかし、それは、主として鬼ごっこのために使われるものだった。たとえば、独楽は手のひらの上で回すことができているあいだだけ走れることになっていたし、けん玉は入れたりのせたりする箇所によって移動できる歩数が決まっていた。つまり、重要なのは鬼ごっこであり、独楽やけん玉はそのための「道具」にすぎなかった。

私が最初に「愛玩」する対象としてのオモチャを意識したのは小学三年生くらいだったと思う。ひとりっ子のクラスメイトの家に招かれ、二人で遊ぶことになった。行ってみると、彼の広い部屋にはいっぱいに鉄道のレールが敷きつめられており、そこを模型の電気機関車が走れるようになっていた。クラスメイトはお気に入りらしい一台をレールの上に置くと、スイッチを入れて走らせはじめた。クラスメイトは私にもやらせてくれようとしたが、実を言うと、私にはなにがおもしろいのかよくわからなかった。三十分くらいはつき合ったと思うが、ついにこう口に出してしまった。

「外で遊ばない?」

それからどうなったかは記憶にないが、レールの上を走る模型の機関車をただ眺めているだけのときの、あの途方に暮れた感じはいまでもよく覚えている。

しかし、それは「愛玩」するためのオモチャに対してだけのことではなかった。成長するにしたがって、私にはおよそ「物」というものに対する欲望が希薄なのだということがわかってきた。大学生になっても、いや大学を卒業しても、友人たちが騒いでいる音響機器だとか、車だとかに少しも興味が湧かなかったし、服や靴などの流行などにもまったく関心がなかった。書物を除けば、およそなにかがほしいと心から思ったことがないのではないかという気がするほどだ。

そのようにして、何十年も生きてきた。だから、たぶん、それは一生変わらないだろうと思っていた。

ところが、である。

先ごろ、古いカメラのコレクターとしても有名な同世代の写真家と話をする機会があった。私は、現在、ロバート・キャパが撮った写真について調べている。そこで、その写真家にキャパが初期のころに使っていた一九三〇年代のドイツ製カメラについてレクチャーしてもらおうとしたのだ。

その日、私が知りたいと思うすべてを訊くことができ、礼を言って帰ろうとすると、写真家に呼び止められた。そして写真家は、説明するためにわざわざ自分のコレクションの中から持ってきてくれていた年代物の「ライカ」と「ローライフレックス」と「コンタックス」の三台を指し示し、こんなことを言った。

「これを持っていったらいかがですか。しばらく自分の手元に置いて、暇なときには触れていたほうがいいですよ。そうすれば、なにかがわかるかもしれませんから」

貴重なものを預かるということに一瞬躊躇するものを覚えたが、やはりありがたく借り受け、手元に置かせてもらうことにした。

以来、写真家に勧められたとおり、暇なときには手に持って、フィルムの巻き上げ装置をいじったり、ファインダーを覗いてシャッターを押してみたりするようになった。

中でも、やはり手に取る回数が多いのが、バルナック型と呼ばれるクラシックなライカだった。実際に手に取ってみると、予想以上に小さく、しかし独特の重量感がある。そして、いかにも頑丈そうだ。写真家の話では、この七十年以上前のライカでも、まったく問題なく現在でも撮影できるはずだという。

そこで試しにモノクロームのフィルムを買って試し撮りをしてみることにした。オートフォーカスのカメラしか使ったことがないので、絞りもシャッター速度も適当に目盛りを合わせ、近所の公園で撮ってみた。

現像に出し、上がってきた写真を見て驚いた。ちゃんと写っているのだ。いや、写っているだけでなく、コントラストにシャープさはないものの、逆に白と黒の世界にさまざまな階調のグレーが現れ、映像の雰囲気を柔らかいものにしてくれている。

その写真を見ているうちに、自分でも不思議な気分が芽生えてくるようになってしまった。

「こういう写真が撮れるカメラがほしい！」

いや、もっと正確に言えば、「バルナック型のライカ」がほしい、と思うようになってしまったのだ。

私も外国に行くときは写真を撮ったりするが、これまで、カメラの機種にこだわったことなどまったくない。極端に言えば、そこらに転がっているカメラで撮ってきたというにすぎない。

私の「バルナック型のライカ」がほしいという感情は、カメラに対して抱いた最初の「欲望」である。いや、もしかしたら、「物」に対して抱いた初めての「欲望」かもしれない。

さて。これから私は、人からの借り物ではなく「自前のライカ」で写真を撮ろうとするようになるのだろうか。そして、多くのクラシックカメラのコレクターのように「ライカ狂い」が始まるのだろうか。

たぶん、そうはならないような気もするが、ひょっとすると、一台くらいは買ってみようとするかもしれない。そういえば、銀座四丁目から歌舞伎座に向けて晴海通りを歩いて行くとき、通りに面して何軒かのカメラ屋がある。私にはまったく無縁と見向きもしなかったが、あれはライカなどをはじめとするクラシックカメラを売る店だったかもしれない。

今度、東銀座で映画の試写を見たあとに寄ってみようかと思ったりもする。そこが案外、銀座の四丁目ならぬ、「物狂い」への地獄の一丁目だったりするのかもしれないけれど。

（12・8）

「お」のない「もてなし」

先頃、アルゼンチンのブエノスアイレスで、オリンピックの開催都市を決めるＩＯＣの総会が開催された。

そこで、東京にオリンピックを招致すべく、多くの日本人が壇上に立ち、プレゼンテーション用のスピーチを行った。そのあとの投票の結果、日本人スピーカーの熱意と創意が受け入れられたのか、強力な競争相手と見られていたイスタンブールやマドリードを退け、東京が開催都市に選ばれた。

私はその一部始終をテレビの中継で見ていたのだが、途中、日本人のスピーチの中に気になる箇所が出てきた。気になる箇所というより、少しばかり気恥ずかしくなってしまった箇所、と言ったほうが正確かもしれない。

それは、元アナウンサーだった女性が、フランス語で行ったスピーチの中で、一音ずつ離して「お・も・て・な・し」と言ったところだ。

《東京は皆様をユニークにお迎えします。日本語ではそれを「お・も・て・な・し」という一語で表現できます》

そうでなくても、外国語での会話の中に、日本文化の特質を説明するものとして日本語がそのまま挿入されると、なんとなくこそばゆいものである。「ワビ」とか「サビ」とか「カワイイ」とかいう言葉が、聞き馴れない単語のように響いてくる。

だが、「お・も・て・な・し」が気恥ずかしかったのはそれだけが理由ではなかった。「もてなし」に「お」がつけられている。なんだか、そのことによって、彼女のスピーチが、味より外見や雰囲気で会食の店を選んでしまう、社用の接待係の台詞のように聞こえてきてしまったのだ。

異邦の客をもてなそうとする。それ自体はとてもすばらしい行為だ。

かりにその「もてなし」というものを因数分解してみるとどういうことになるか。市井の人にとっては「さりげない親切」をするということであり、観光業の人にとっては対価以上のサービス、つまり「よりよいサービス」をするということになるような気がする。

だが、もし異邦の人に対する「もてなし」が「さりげない親切」と「よりよいサービス」で成り立っているとするなら、それはなにも日本の専売特許ではない。

私は二十代の頃から外国を旅する機会が比較的多くあったが、そのたびにさまざまな国の市井の人に「さりげない親切」を受けつづけてきた。

それは私がいかにも貧しげなバックパッカーだったからという側面もあっただろう。とりわけ若いときは、誰もがちょっと親切にしてやりたくなるような危ういところがあったのかもしれない。しかし、それから数十年が過ぎ、充分すぎるくらいに齢を取り、多少は自由な金を持つようになったいまも、依然として、旅先で親切を受けつづけている。

去年も、スペインのアンダルシアを旅していた折り、小さな町の小さなバルで小さな親切を受けた。

午後、強い日差しの中を歩きまわったあとで、ひと休みするつもりで通りすがりのバルに入った。ビールを一杯飲み、もう一杯おかわりをしようとすると、隣に座っていた老人が待ちなさいというように手を振った。そして、何かを一生懸命説明する。私はスペイン語はいくつかのフレーズと単語くらいしか知らないが、それでもその老人の言いたいことは奇跡的によくわかった。

「一杯目のビールは冷たくておいしい。でも、二杯も飲む必要はない。二杯目は、香りと味のあるものを飲みなさい。ここには近くの町でつくられたおいしい白ワインがある」

そして、バーテンに注いでもらった白ワインのグラスを私に勧める。ひとくち飲んでみると、それはシェリーのような飲み口の、きりっとした白ワインだった。

私がおいしいとうなずくと、老人だけでなく、そのバルにいた客のみんなが満足したようにうなずき返してくれる。飲み終わり、私が代金を払おうとすると、すでに老人からもらっているからと言ってバーテンは決して受け取ろうとしなかった。

私はアンダルシアのその小さな町で「さりげない親切」による「もてなし」を受けていたのだ。

たぶん、真の「もてなし」の精神とは、「おもてなし」をしているなどということをあからさまに示さないところにあるのだろう。社用の接待係のように、いかにも「接待している」ということを相手に伝えなければならないというのでもないかぎり、「もてなし」は、しているかしていないかわからないくらいのさりげなさをよしとするはずだ。

日本の市井の人の「さりげない親切」は心配する必要はない。もし懸念するとしたら、依然として存在する外国語に対する恐怖心から、その親切心を上手に表すことができないかもしれないということくらいだろうか。多くの日本人が異邦の人に「さりげない親切」をしたいという思いを抱いているだろうことは間違いない。

では、観光業の人たちの「よりよいサービス」はどうか。私が気になるのは、たとえば、日本のホテルや旅館に行ってみると、あの元アナウンサーだった女性が口にした「お・も・て・なし」のような「もてなし」が氾濫しているように思えることだ。

旅をする者にとって、旅の宿にもっとも必要な「もてなし」とはどんなものだろう。

到着したときに振る舞われる気の利いた茶菓による接待か。ブランド物を用いた豊富なアメニティグッズか。絢爛豪華な食事の皿の数か。それとも、寝心地のよい枕やベッドか。

たぶん、人によって旅の宿に求めるものは違っているだろう。しかし、少なくとも、旅する私が求めるものはそうしたものではない。

長い旅をしていると、その土地に着くのがさまざまな時間帯になる。夜遅くなることもあるが、逆に昼間の早い時間に着いてしまうこともある。場合によっては、朝方に到着してしまうことすらある。

そのようなときは、夜も普通に眠ることができていない可能性がある。できることなら、なるべく早く部屋に入って、シャワーを浴びたりベッドで横になったりしたい。

ところが、日本のホテルや旅館では、ほとんどのところでチェックインの時間が厳格に決まっており、午後二時とか三時にならないと部屋に入れてくれないことになっている。早く着いてしまうと、ロビーのようなところでその時刻が来るまで茫然《ぼうぜん》と待っていなくてはならない。

外国では、そういう場合、部屋が空いていさえすれば、臨機応変にチェックインさせてくれるところが少なくない。

やはりこれも去年のことだが、ドイツのシュトゥットガルトから夜行列車でフランスのパリに入らなければならないことがあり、北駅近くのホテルに朝の十時に着いてしまった。列車の中ではほとんど眠れず、疲労困憊《こんぱい》という状況だった私は、レセプションで恐る恐る部屋に入れてもらえないか頼んだ。すると、昨夜から空いている部屋があるからと、ごくあっさりチェックインさせてくれ、大いに助かった。

ホテルや旅館がチェックインを午後の二時や三時からとするにはそれなりの理由があるだろう。たぶん室内を清掃する手順と人員の配置に関してもっとも効率的にしたいという経営の論理があるのだろうと思う。しかし、チェックインの時間を厳守しようとするのはあくまでも宿の側の都合であり、客の身になってのものではない。ホテルや旅館の客は、すべてが午後遅くになってからそこに到着するという旅行者ばかりではないのだ。

私が旅の宿に求めるもの、その第一が「時間」における、自由度である。


旅ではさまざまな乗り物に乗ったが、海外に行くということになると、まず利用するのは飛行機である。

その飛行機では、ミール・サービスにもさまざまなものに遭遇した。キャビアをいくらでも食べさせてくれた飛行機もあれば、寿司バーで職人に寿司を握ってもらえるという飛行機に乗ったこともある。

しかし、もっとも印象に残っているフライトということになると、数十年前、私が初めてアメリカの国内線に乗ったときのものになるかもしれない。それはロサンゼルスからニューヨークへアメリカ大陸を横断する便だったが、通常のミール・サービスが終わったあと、機内アナウンスがあった。

――これからはギャレーに軽食の用意をしておくので自由に召し上がってほしい。

別に食べたかったわけではないが、後学のため見学に行くと、ギャレーの横のスペースに、パン、チーズ、ハム、野菜、果物などの皿が並べられ、客が自由にオープン・サンドウィッチをつくれるようになっていた。

これはすばらしいと思った。ある意味で、機上のサービスとしてはこれ以上の「もてなし」はないようにさえ思えた。食べたい人が食べたい時に食べたいように食べることができる。それは真の意味で客の身になって考えられたサービスだった。

異邦の人を迎えるのに必要なのは、過剰な「おもてなし」ではなく、「お」のない、ごく普通の「もてなし」であるだろう。そして、その「もてなし」は、偶然の出会いによる親切心から出たものであっても、また、計算の裏打ちのある商売心から発したものであっても、「相手の身になる」ということが基本であってほしい。

そう、「おもてなし」から「お」を取り去った「もてなし」の精神とは、もてなす側の自己満足のためではなく、相手の望むだろうことを、さりげなく、淡々とするところにあるのだから。

（14・1）

秋の果実

秋になって東京の街を歩いても、庭に無花果《いちじく》や石榴《ざくろ》の実が生《な》っているような家をあまり見かけない。ましてや、よその家の庭に生っている果物の実をもいで盗み食いをしているというような子供を見かけることはまったくなくなってしまった。そんな行儀の悪いことをしてはならないとよく躾《しつ》けられているのかもしれないし、盗み食いなどする必要もないほど家に甘いものがあふれているのかもしれない。

かつて私の少年時代、東京でも、いろいろな家の庭にさまざまな果実が生っていた。私の家の裏庭にも無花果の木があり、秋になってその実を食べるのが楽しみだった。また、遊び場に行く途中の家々には、柿や石榴が生っていたりもした。その実を、垣根から手を伸ばし、枝からひとつふたつもいで食べることはなんとなく許されていたように思う。

もっとも、それは春から夏にかけてのことだったと思うが、枇杷《びわ》が大好きだった私が、あるとき友達と近くの家で盗み食いをしていて、つい夢中になったあげく、その木に生っていた実をすべて食べ尽くしてしまったことがある。さすがにこのときばかりは、その家のおばさんに見つかって、こっぴどく叱られてしまった。

私の家の向かいのお宅には庭に大きな柿の木があって、子供の私にも一番下の枝に生っている実がちょうどいい具合にもげる。ところが、残念なことに、その柿は渋くて食べられない。渋柿も何年かすると甘柿になるという話を耳にした私は、毎年楽しみにしてもぐのだが、そのたびにあまりの渋さに吐き出してしまうということを繰り返した。後年、渋柿はいつまで経っても渋柿のままだということを知ったが、今年こそはと思いながら、しかし、今度もまた渋いままかもしれないと恐れながら一口嚙むときの、あの期待と恐怖がないまぜになったスリルはいまでも忘れられない。

二十代のとき、私は仕事のすべてをなげうって一年ほどユーラシアを旅したことがある。乗合バスを乗り継いでのその旅で、イスラム圏のシルクロードに差しかかったのは秋だった。シルクロードの秋は葡萄《ぶどう》と石榴の実であふれていた。ちょうどその年は秋がラマダン〈断食月〉の時期にあたっており、乗合バスの乗客の多くが、午後六時を過ぎると、露店で買っておいた葡萄の房でとりあえず渇いた喉を潤そうとしていたものだった。

十数年前、父が死んだあと、遺された俳句によって小さな私家版の句集を出した。その際、私がユーラシアへの長い旅に出ていたときに詠んだ句がいくつか見つかったが、中にこんなものがあった。

葡萄食へば思ひは旅の子にかへる

私はシルクロードのどこかの町から父へ葉書を出した。そこに、眼にも鮮やかな葡萄や石榴の実についてのことを記したのだろう。おそらく、父はそれを読んでふと俳句を作る気になった。

一年に及ぶ長い旅のあいだ、父や母には葉書を二、三通しか出さなかった。いったいどこをどのように旅しているのか不安でないことはなかったはずだ。ただ、父も母も、幼い頃から、私がしようとすることにブレーキをかけるような言葉をいっさい口にしなかった。このときも、無謀な旅に出る前の私を、ただ黙って見守ってくれていた。

しかしいま、私自身がこの句を作った父の年齢と同じになったいま、あの父が、ほとんど何も知らせず遠い異国をほっつき歩いている自分の息子について、どのような「思ひ」でいたかが気にならないことはない。

すべてをなげうって日本を出てしまった私を馬鹿な奴だと思っていたか。あるいは、その自由さを羨ましいと思っていたか。

秋に「秋の果実」を食べると、少年時代に盗み食いしたときのさまざまな実の味と、若い頃シルクロードで眼にした葡萄や石榴の実の輝きと同時に、父が作った、親の悲しみがほんのわずか滲んだような俳句を思い出す。

（14・11）

傘がある

雨が嫌いなんですか、と訊かれるときがある。

いや、と答えると、さらに、雨が降っているんで会社を辞めたんでしょ、と畳みかけられる。

そこで、私はどう答えたらいいのか迷い、ちょっぴり途方に暮れる。

確かに、私は大学を卒業し、就職の決まっていた会社に向かう初出勤の朝、就職するのはやめよう、と思い、会社に着くと同時に人事担当の重役に退社する旨を伝えた。そして、その日の朝は間違いなく雨が降っていた。

しかし、雨が嫌いだったからかというと、そんなことはない。雨はむしろ好きと言っていいほどだ。

私が嫌いなのは雨ではなく、傘なのだ。いや、それも正確ではない。傘そのものが嫌いなのではなく、雨に濡れないようにと傘をさすという行為が好きではないのだ。

子供の頃から外で遊ぶことが好きだった私は、少々の雨に濡れることなどなんということもなかった。夏休みなど、雨に濡れながら遊ぶことはむしろ楽しいくらいだった。

その性癖は大学生になってからも変わらず、よほどの雨でなければ傘をさすということがなかった。東京は傘をささなくとも移動が可能な街であり、また、ジーンズがほとんど制服のようだった私は、濡れて困るような服を着ていなかったということもあった。

それともうひとつ、私が雨の日に傘をさすのが嫌いだったのは、雨が上がると傘をどこかに置き忘れてきてしまうということもあったかもしれない。子供の頃から、ひとつのことに夢中になると他のことをすっかり忘れてしまうというところがあったからだ。

だが、その初出勤の日の朝、私はジーンズのかわりに着慣れないビジネス・スーツを身につけ、スニーカーのかわりにビジネス・シューズを履いていた。しかも、その服と靴を濡らさないようにと黒い傘をさしている。

やはり、この姿は自分に合っていないのではないか？

そして、東京駅から中央郵便局のあいだの横断歩道を渡っているとき、雨の日に濡れないように傘をささなければならないという人生を送るのはよそう、と思ったのだ。

私にとっての問題は、雨そのものではなく、傘をさすという行為だった。


さて、その傘である。

たぶん私は、少年時代も、学生時代も、それ以後も、傘そのものに対する好悪の感情は持っていなかったと思う。できれば持って歩きたくなかったが、特に好きでもなければ嫌いでもなかった。

ところが、あるときから、その傘が好きになってしまったのだ。

卒業してすぐにフリーランスのライターになった私は、あるとき新聞にコラムを連載した。

市井の人を取材し、その一瞬の輝きを、短い文章で描き切る。そうしたコラムの登場人物のひとりに「傘屋」の男性がいた。いくつかの偶然から傘を商うことになった彼は、ひとりで傘のデザインをし、素材を発注し、それらを使って完成品を作ってもらう。まさにたったひとりの「傘屋」だった。

その彼を取材して「あめ、あめ、ふれ、ふれ」という文章を書くと、とても喜んでくれ、お礼にと一本の傘をプレゼントしてくれた。

「これはあなたにぴったりの傘だと思います」

そう言われてみると、私のために作られたかのように思えてくる。布地は明るめの紺色、柄の部分は濃い茶色の木でできている。重量感はあるが重すぎるということはない。私は身長が比較的高いので、普通の傘だと、どうしても足元が濡れてしまう。ところが、その傘はいくらか大きめなので濡れることがない。

しばらく使っているうちに雨の日に傘をさして歩くのが嫌でなくなってきた。いや、むしろその傘をさして歩くのが楽しくなってきた。

そして、思った。やはり、いい物というのはあるのだな。いい物とは、高価というのでもなければ、有名というのでもなく、自分に合った物なのだな、と。

ところが。

それから四、五年たったある雨の晩、友人と青山のレストランで食事をし、帰る段になって、私が預けた傘がなくなっていることに気がついた。正確に言えば、レストランの店員に傘を渡されたとき、すぐに自分の傘でないことに気がついたのだ。外見はよく似ている。布地は明るめの紺色だし、柄の部分は木でできている。しかし、それは、私の大好きな「あの傘」ではなかった。

似てはいるが、素材の質が微妙に落ちている。しかも、大きさがひとまわり小さくなっている。店の人に事情を説明したが、誰が持っていってしまったかわからないという。そこには、似たようなものなのだからそれで我慢してくださいという響きがある。

私は腹を立てながら、諦めるより仕方がないことを悟った。このレストランは、たかが一本の傘のために大追跡をしてくれるような店ではないだろう。そこで、たったひとりの「傘屋」で買い直すことにしたが、「あの傘」と同じ傘は存在していなかった。それは、文字通り私のために作ってくれた、この世でたった一本の傘だったのだ。

以来、私はまた雨の日に傘をさして歩くのが憂鬱になってしまった。

ところが、ところが、である。

数年前、誕生日に一本の傘を贈られた。ニューヨークの有名ブランドが作ったという茶色の布地の傘だ。プレゼントしてもらえたのは嬉しいが、私にはどんなものであれ海外の有名ブランドのロゴが刻印されたような品を使う趣味は持っていない。そのまま家の傘立てに放り込んだままになっていた。しかし、ある日、雨が降っているにもかかわらず、仕事場にすべての傘が移動したままになっていて、さしていくべき傘がない。その「ブランド傘」をさすしかなくなった。さしてみて驚いた。充分な大きさがあるにもかかわらずとても軽い。しかも、茶色い布地に織り込まれているロゴも、ほとんど目立たないように焦げ茶が使われている。柄の部分は木でできているが、その持ち心地もいい。

その日を境に、私はふたたび雨の日に傘をさして歩くのが楽しくなった。

しかし、一方で、「その傘」をさして行く場所を選ぶようになってしまった。以前「傘屋」が作ってくれた「あの傘」のように、預けた傘を間違われてしまうようなところにはさしていけない。つまり、私はまた大好きな傘を失うことを恐れるようになってしまったのだ。

そしてあらためて思い知らされることになった。いい物、自分に合った物を持つということは、失うことを恐れなくてはならないことなのだな、と。

かつて井上陽水は「傘がない」の中でこう歌った。

だけども問題は今日の雨
傘がない

いま、外を見ると、細かい雨が降り出している。これから待ち合わせの場所に出かけなくてはならない私にとって、今日の問題は、傘がないことではなく、好きな傘があることだ。

（15・6）

欲望について

先頃、北陸を旅した。

ちょうど金沢に着いた日が、翌日から大雪になるかもしれないという予報の出ている日曜日だった。

夜、どこかで軽く飲みながら食事をしようと主計町《かずえまち》茶屋街を歩いたが、日曜ということもあり、居酒屋風の店は軒並み灯りが消えている。さて、どうしよう。そう思いながら浅野川のほとりを歩いていると、小料理屋風の店が一軒開いている。

入ると、大寒波の襲来ということが観光客にも広く行き渡っているせいなのか、客が誰もいない。

着物姿の若い女性に、一階にするか二階にするか訊ねられ、二階に上げてもらうことにした。案内されたのは、窓から浅野川沿いに連なる街灯が見える、いかにも茶屋街らしい情緒あふれる空間だった。

出されたメニューを見ると、値段によっていくつかに分かれたコース料理が売り物の店であるらしい。私は、真ん中の値段のコースを選び、酒を一本もらうことにした。

やがて出てきた料理は、いくらか創作料理風の手が加えられた会席料理で、能登半島の食材が豊富に使われているおいしいものだった。途中の皿では、「のと115」という化学記号のような名前のついた肉厚のしいたけの味に驚かされもした。

客は他に誰もいないということもあり、着物姿の若い女性が私だけのために一階から二階に料理を運んでくれるのだが、その間合いも絶妙だ。それもあって、いつの間にか銚子も三本まで進んでしまった。

しかし、料理を食べ、杯を乾す、ということを繰り返しているうちに、あることを思い出して、つい笑ってしまった。

ひとりで酒を飲みながら思い出し笑いをしている。周囲に誰もいないからよかったものの、いれば、そしてその様子を見られてしまったら、なんとなく気味が悪い奴と思われたかもしれない。

ある晩、銀座の酒場のカウンターでひとり飲んでいると、隣に老紳士が腰を下ろした。

といっても、それはすでに十年以上前のことである。

ここ十年くらいは、銀座で誰かと会食をしたあと、ひとりでぶらりと馴染みの酒場に行くということがほとんどなくなってきたからだ。

ちょっぴり寂しいことだが、食事が終わればまっすぐ家に帰るか、せいぜい一緒に食事をした人たちとどこかの酒場で軽く一、二杯のハードリカーを飲むくらいしかしない。

だが、十数年前のそのときは、食事のあと、ひとりで飲みたい気分だったのだろう、カウンターだけの小さな酒場に寄ったのだ。

隣に座った老紳士は、いわゆる酒場だけでの知り合いで、何度か言葉を交わしたことがある方だったが、さほど親しいという仲ではない。しかし、その晩は、老紳士によほど腹に据えかねたことがあったらしく、半分冗談めかしながらもかなり熱く、私に向かってこんなことを話し出した。

「いま、招待されて、なんとかという流行りのフランス料理屋で食事してきたんだが、これがひどい店でね」

何か怒りを吐き出したいのだろうと思った私は、誘い水になるような質問をした。

「どんな風にですか」

「フランス料理屋なのに、会席料理風に勝手に小皿が次々と出てくるんだよ」

なるほど、そういうことかと思った。

あるときから、日本のイタリア料理屋やフランス料理屋のコース料理に、会席料理を真似て小皿に盛った料理を次々と出すというスタイルが登場してきた。

私が初めてそういうスタイルの店に出会ったのは、西麻布の交差点と広尾の地下鉄駅のちょうど中間くらいの位置にあった「マリーエ」というイタリア料理屋だった。オーナーが声楽家の五十嵐喜芳であり、娘さんの名前である麻利江から店名をつけたと聞いたことがある。

誰がそこに連れていってくれたのかはっきり覚えていないが、時期は一九七〇年代の終わりくらいだったような記憶がある。

いまはコースの前に「アミューズ」と称して、日本の小料理屋の「突きだし」や会席料理の「先付」風の小皿が出てくるレストランも珍しくなくなったが、初めての「マリーエ」で、最初から次々とそのような小皿が出てきたときには驚いた。いや、驚いたというより、感動した。まったく初めて遭遇するスタイルだったからだ。ひとつひとつが洒落た造りの料理であり、しかも飽きさせないくらいの量しか皿にのっていない。

それ以後、さまざまなイタリア料理やフランス料理の店で、コースに品数の多い小皿料理を供するようなところが増えていった。

銀座の酒場で隣に座った老紳士は、そういう店の一軒に連れていかれ、憤慨していたのだ。

しかし、私は、最初に「マリーエ」で食べたときの感動が忘れられないのか、そうした小皿料理を供する店が嫌いではない。

そこで、訊ねてみた。

「それがいけませんか?」

すると、老紳士は、いくらかむきになりながらこう言った。

「レストランには、今日はあれが食べたいと思うからそこに行くんだろ? 今日は牛肉の赤ワイン煮込みが食べたい。だったらあのフランス料理屋がいいだろうという具合にね」

「それはそうですけど……」

「それが、訳のわからないものをのせた小皿が次々と出てきているうちに終わってしまう。そんなのは食事じゃないよな」

私は笑いながら首を振った。

「僕は、もしかしたら、そのように訳のわからないものが次々出てくる料理の方がいいかもしれませんね」

すると、老紳士は両手を広げて慨嘆した。

「君もか」

その老紳士は帝国ホテルの元社長である犬丸一郎氏だった。

犬丸さんとは、そのバーでときどきお会いするだけだったが、敗戦直後に、連合国軍が進駐してきて、最高司令官のダグラス・マッカーサーが帝国ホテルで食事をしたときのことなどを聞かせてもらったこともある。

その日、食事の前に、犬丸さんの父上で、当時やはり帝国ホテルの社長だった徹三氏が、マッカーサーに命じられ、車に同乗して焼け野原の東京都心を案内させられたという。

皇居前から、平河町や霞ヶ関と廻る途中、現在は国会図書館が建つあたりに差しかかった。そこにはかつてのドイツ大使館があったが、アメリカ軍機の空襲によってきれいに焼け落ちていた。

「あれがドイツ大使館のあったあたりです」

徹三氏がそう説明すると、マッカーサーが表情も変えずに言ったという。

「グッド・ジョブ！」

いい仕事をした、我が軍は、と。

やがて息子の犬丸さんは、徹三氏の命令によって、アメリカの大学のホテル科に留学し、そこからヨーロッパに渡る。

犬丸さんが書かれた『「帝国ホテル」から見た現代史』という本によれば、以来、フランスには三十回くらい、イタリアにも同じく三十回近く行っているという。

そのような犬丸さんにとって、会席料理風のフランス料理などとても受け入れられるものではなかったのだろう。

しかし、私は、そのときの犬丸氏の「怒り」の理由を聞いて、こう思ったものだった。

犬丸氏のように老いても旺盛な食欲がある人には何が食べたいという明確な欲望が常にあるのだろうが、私たちのような普通の食欲しかない者にとっては、特にオーダーしないでも次々といろいろな皿が出てくる会席料理風のものの方がありがたいのではないだろうか。少なくとも私は、イタリア料理屋だけでなく、フランス料理屋でも、会席料理風の小皿料理が次々出てくる店が嫌いではないな、と。


しかし、それから何年かの時が過ぎ、気がつくと自分も犬丸氏と同じような思いを抱くようになっているのに驚かされるようになった。いろいろな皿を食べるより、これという一皿を食べたくなってきていたのだ。そして、こう思うようになった。明確な一皿をこそ食べたいというのは、欲望の「旺盛さ」ではなく、むしろ欲望の「収縮」の問題だったのではないか、と。齢をとってくると、何でも受け入れるという欲望が収縮してくるから、逆に明確な一皿が食べたいと思うようになるのではないか、と。

現に私も、最近、和風の旅館に泊まり、夜、満艦飾のような料理の皿が並ぶ膳を見るたびに、内心やれやれと思うことが続いている。肉も魚も野菜も汁もと欲張らず、本当においしく調理された一品か二品の皿か鍋を中心に、それをいかにおいしく食べてもらうかに心が配られた膳に遭遇したいものだと思うようになっているのだ。

たぶん、それも、私の欲望が「収縮」しているからかもしれないと思う。しかし、もしそれが年齢のせいだとすると、これからますます多くなる高齢者の欲望の有り様も似たものになる可能性が高いはずだ。

金沢の、主計町茶屋街の小料理屋では、最後にご飯ものを出してくれることになっているという。

着物姿の若い女性が言った。

「タイのカレーです」

私が驚いて訊き返すと、その反応を楽しむように、笑いながら説明してくれた。

「タイ・カレー？」

「タイランドのタイではなく、魚の鯛のカレーです」

出てきた鯛のカレーは、こぶりの丼に入って出てきた。

カレーのルウがごはんの上にかけられているというより、全体に均等にまぶされており、その上に切り身のような鯛がのっている。

食べてみると、意外にも和風の料理の締めとしての落ち着きがあり、悪くない。しかし、もう少し量がほしかったなとも思った。

すべて食べ終わったところに、若い料理人が挨拶に出てきてくれたが、私はこう言うのを必死に我慢しなくてはならなかった。

鯛のカレーはとてもおいしかった。もしこの次ここに来ることがあったら、酒のつまみに一、二品頼んだあとは、鯛のカレーをどんともらって食べたいな、と。

もちろん、せっかく作ってくれた各種の料理を全否定していると受け取られかねない、そのような危険な台詞は最後まで口に出さなかった。

だが、それにしても。

あの夜、犬丸さんは、「流行りのフランス料理屋」で、何か自分の思いの丈を口にするというようなことがあったのだろうか。あるいは、何も言い残すことができなかったために、私にちょっとした愚痴を述べただけなのだろうか。

（18・5）

第五部　深い海の底に

＊別れる

冬のひばり

　私もまた、彼女について、実際に会うまで、いや会って話してみるまで、ある種の先入観を抱きつづけていたように思う。

　その先入観とは、日常生活から歌手活動に至るすべてを母親に任せ、自分はただ舞台で歌っているだけの「芸能馬鹿」で、衣装のセンスの悪さに象徴される鈍感な女性、といったものだ。

　しかし、会って十分もしないうちに、この人は、もしかしたら、私たちが決めつけているような女性ではなく、繊細といってもいいほどの鋭敏さを持っている女性なのではないか、と思うようになった。

　最初にそう思わされたのは、彼女の母親について話しているときだった。

　彼女には、一卵性母娘とからかわれるほど彼女のために尽くし、ほとんどその全人生を注ぎ込んだといってもよい母親がいた。しかし、その母親に死なれて、ひとり取り残された彼女は、剝き出しの現実と直面せざるを得ず、とりわけ経済的な問題については途方に暮れることが多かったに違いない……。

　ところが、私のそうした思い込みに対して、彼女は意外な話を始めた。

「仕事のことや、お金のことも、だいたいわかっていたけど、私が知らないふりをしていなければ、あんなに一生懸命にやってくれているおふくろに悪いじゃない」

　そのとき、おやっ、この人は、と思った。そして、さらに、こんな話が出てくるにいたって、つまらぬ先入観は打ち砕かれることになったのだ。

「まだシルクハットに燕尾服を着て歌っていた時代だというから、彼女が十二、三歳の頃のことだったろう。地方に公演に行くと、夜の部が終わったあとも、熱狂的なファンに取り囲まれて宿に帰ることができない。そこで誰かが一計を案じ、ステッキの先にシルクハットをのせ、人込みの中からちらっと見せることにした。それを見たファンは彼女がそこにいると錯覚し、歓声をあげて殺到する。その隙に、男衆に背負われた彼女が、逃げるように走り去る。

「当時は、車でさっと帰って、一流ホテルの玄関に横づけにする、という時代ではありませんでしたからね。劇場から走っても行けるような安旅館に泊まっていたんです。ただ、そんなことをされるたびに、私はなんでこんな思いをしなければいけないのかしらと思っていました。こんな真っ暗な中を、男の人におぶわれて、犯人みたいにコートですっぽり隠されて、線路づたいに走っていく。どうしてだろうって……」

　私にはその姿が眼に浮かぶようだった。

　コートにすっぽりと覆われてというのだから、それはやはり冬のことなのだろう。以前の冬は、いまよりもっと寒かったような気がする。そして、夜の闇もいまよりもっと深かった。地方の小都市には、現在のように小ぎれいな市民ホールもなく、駅前の映画館が主要な劇場でもあったのだろう。

　そこでの公演を終えると、近くの旅館に駆け込もうとする男衆の背中にしがみつきながら、さまざまなことを感じている少女がいる。その多くは疑問だ。どうして自分はこんなことをしなくてはいけないのか。どうして自分は他の少女と同じことをしていられないのだろう……。

考えてみれば、そんな少女が鈍感なはずはなかったのだ。

しかし、彼女は、だからといってシルクハットをかぶって歌うことをやめようとは思わなかった。なぜなら、彼女はスターであることが決して嫌いではなかったからだ。

彼女、美空ひばりが死んだのは、私が会ってから五年後のことだった。会ったのがどんな季節だったかは忘れたが、彼女のことを思い出すと、冬、男衆に背負われ、暗い線路際の道を行く少女の姿が眼に浮かぶ。

（97・2）

熱を浴びる

私は、二十代の半ばに、ユーラシアの外縁をうろつく長い旅をしたことがある。旅から帰った私は『深夜特急』というタイトルの紀行文を書いたが、その中の、香港からシンガポールまでを収めた第一巻には、特にマカオについて一章が設けられている。

そこに、ある人物について触れた、こんな文章がある。

私は大学で第二外国語にスペイン語を選択した。それによってセルバンテスを原語で読んでやろうとか、会社に入ってから役立てようとかいった真っ当な理由があったわけではなく、ドイツ語もフランス語もロシア語も中国語もやりたくなかったからという消極的なものでしかなかったが、自分でも意外なほどよく授業に出た。スペイン語の教師の話が面白かったのだ。

眼鏡をかけ、小太りで、せっかちな喋《しゃべ》り方をする。せっかちなのは、喋りたいことが溢《あふ》れるほどあるからなのだ、ということはしばらくするうちにわかってきた。彼は、九十分の授業時間のうち十五分ほど教科書を読むと、あとは必ず、その溢れんばかりにたまっている自身の話を始めた。

私が習ったスペイン語の教師は女子大から来ている非常勤講師であり、日欧交渉史とでもいうべき分野の研究者だった。とりわけ十六世紀から十七世紀にかけての日本と南欧諸国との交渉が専門であるらしく、話はすぐにイエズス会や南蛮貿易にそれていき、いつの間にかスペインやポルトガルでの彼の研究生活の時代に飛んでいく。日本を訪れた宣教師が本国へ送った手紙などを集めてある古文書館で思いがけない一通を発見した時の感動といったものから、日本には新幹線といってマドリッドとバルセロナの間を三、四時間で走る列車があると言うと嘘つきと思われて相手にされなくなったというどうでもいいようなものまで、話は尽きることがなかった。

そのような話の中で、南欧の都市でもないのに頻繁に口をついて出てきた都市の名が三つある。ゴアとマラッカとマカオ。それらはいずれもポルトガルのアジア貿易の前進基地としての役割を果したところである。かつての栄光の時代はポルトガルの没落と共に去り、いまは歴史の化石のような所になってしまっている。彼が話してくれたその経緯は、ゴアの場合もマラッカの場合も面白かったが、とりわけ私にはマカオが印象的だった。

マカオは、日本への生糸と日本からの銀で栄えた貿易基地だった。ところが、日本におけるキリスト教への圧力が強まるにつれて、日本との貿易が困難になっていく。東アジアにおけるイエズス会の伝道のための基地であり、マカオ市民の精神的な拠り所であった聖パウロ学院教会は、マカオの衰退と運命を共にするかのように焼失し、前の壁を一枚だけ残してすべてが潰《つい》え去ったという。

その壁の前に立った時の感動を、小太りの中年のオッサンが息もつかずに喋りつづける姿は、なかなか悪くなかった。そのような熱い心を持っていなければ、どこかの国の宣教師が書いた五百年も前の手紙の翻訳に一生を賭けなどしないだろう、と思わせるものが彼にはあった。もっとも、あまりにも愛しすぎたためか、スペイン語を習いたての私たちへの試験問題にまで、十六、七世紀の宣教師が書いた手紙を使いたがるのには閉口したが……。

言うまでもなく、この「小太りの中年のオッサン」というのは、三十年近く前の松田毅一先生である。私は横浜国立大学経済学部で松田先生にスペイン語の授業を受けたことがあるのだ。

私は、単に教師を教師であるというだけの理由で「先生」と呼ぶのを好まない。それは、私の気持のどこかに、ひとりの人間にとって「先生」と呼べる相手がそうたくさんいてはたまらない、という思いがあるからなのだろう。

だから、小学校から大学まで数多くの教師と接していながら、素直に「先生」と呼べる教師は何人もいない。しかし、不思議なことに、教師と生徒という関係でいえば極めて淡いものしかなかったはずの松田毅一先生に対しては、素直に「先生」と口にすることができるのだ。

それは、たぶん、松田先生が私の「先生像」に合致するところを多く持っているからだろうという気がする。

私が大学の授業にほとんど出なかったのは、大学の教師というもの、あるいは大学の教師の講義というものにうんざりしていたからだ。その程度の話を聞くくらいなら、港のベンチで本でも読んでいた方がましだぜ、というレベルの講義が多かった。しかし、そんな私が松田先生のスペイン語の授業はかなり勤勉に出席したのだ。それが語学の授業で、出席しないと単位がもらえなかったから、というのではなかった。むしろ、松田先生は出欠については極めて寛容だったと記憶する。

　スペイン語の授業そのものは極めてシンプルなものだった。先に掲げた文章に記した通り、大学書林版の『スペイン語四週間』をテキストとして使い、かなりのスピードで読んではどんどん前に進んでいってしまう。九十分の授業のうち十五分というのはいささか大袈裟《おおげさ》にしても、三十分以上はスペイン語の授業をしなかったと思う。そして、そのあとはいつも雑談になった。それでも、「上智大学のスペイン語学科よりも進んでいるはずです」というのが松田先生の得意の口癖だった。

　私が松田先生の授業に惹かれたのは、授業の合間の雑談が面白かったということもあるが、それ以上に、人間としての松田先生が興味深かったのだろうと思う。私たちは、少なくとも私は、大学の講義に書物に記されてあるような知識の断片を求めているわけではなかった。私たちは、いや私は、大学の教師から何らかの「熱」を浴びたかったのだと思う。その「熱」に感応して、自分も何かをしたかったのだと思う。そして、松田先生には、研究者としての、教育者としての「熱」が間違いなくあった。

　松田先生の「熱」は、私をスペイン語にも、日欧交渉史にも向かわせることはなかった。だが、その数年後に、私を西に向かって旅立たせるひとつの力となった。

　――あのオッサンが話していた土地を訪れてみようか……。

　そうして旅に出た私は、マカオ、マラッカ、ゴアを経て、イタリア、スペイン、ポルトガルへと向かうことになったのだ。

私は松田先生が亡くなられたことをまったく知らなかった。その日、松田先生が亡くなられた日、私はスペインのマラガにいた。マラガは、私の二十代の旅で、心を残したまま足早に立ち去らなければならなかった街であり、いつかもういちど訪ねてみたいと思いつづけていた街でもあったのだ。

マラガの高台にはイスラム風の城塞があり、そこには地中海を望む丘がある。私はその日、リスボンにも、マカオにもつながる海を見ながら、なぜか松田先生のことを思い出したりしていた、などと出来過ぎた嘘を書くつもりはない。ただ、私にとって初めての長い旅から四半世紀が過ぎたいま、再びこの地に足を踏み入れることができたということを、不思議な心の波立ちをもって受け止めていたことは確かである。そこには明らかに何人かへの感謝の念が含まれていた。

松田先生にスペイン語の授業を受けなければ、私の旅があのようなものになることはなかったろう。もし、松田先生の授業を受けなかったとしたら、香港に立ち寄ってもマカオに行くことはなく、クアラルンプールからシンガポールに向かう途中でマラッカに迂回することもなく、そもそも西に向けてのあのような旅に出ようという願望を抱くようになったかどうかさえわからない。

間違いなく私は松田先生の教え子のひとりであり、もしかしたら誰よりも強烈にその「熱」を浴びたひとりだったのかもしれない。いま、ふと、そんなことを思ったりもする。

（97・11）

最初の人

また大切な人が亡くなった。五月四日、長洲一二先生が死去されたのだ。

長洲先生は私の大学におけるゼミナールの教官だった。しかし、先生が私にとって「大切な人」だったというとき、それは単にゼミナールの教官であったからというだけが理由ではない。先生は、いわば「最初の人」だったのだ。

もちろん、先生がいなければ、文筆を業とする現在の私は存在していない。大学を卒業して就職したものの、たった一日で会社を辞めてしまった私に、「何か書いてみないか」と声を掛けてくれたのが長洲先生だった。すべてはそのひとことから始まった。

しかし、先生が「最初の人」であるのは、私をジャーナリズムの世界に送り出すきっかけを作ってくれた人としてではないのだ。

それは私が十九歳から二十歳になろうとしているときのことだった。初冬のある日、私は鎌倉の長洲先生の家に向かっていた。

当時、私は経済学部の二年生でゼミナール選択の時期を迎えていた。だが、経済学という学問そのものに興味を失っていた私には、どの教官のどのゼミに行こうが大差ないと思えてならなかった。それでも最終的に長洲ゼミを選ぶことにしたのは、先生の「社会科学概論」の講義が、私の出席していた数少ない講義のひとつだったからということが大きかった。しかし、当時の長洲先生は論壇のスターだった。そのような「花形教官」のゼミを選ぶということに、ある種のやましさを覚えないわけにはいかなかった私は、第二志望のゼミに、およそ人気のない、地味な日本経済史の研究をしている若手の教官のゼミを選ぶことで、心理的なバランスを取ろうとした。

その志望書を出してしばらくすると、教務課の掲示板に、長洲ゼミを希望する者は原稿用紙五枚以内で作文を書いてくるようにという貼り紙が出された。希望者が多いためそれによって選抜するということのようだった。

退屈していた私は暇つぶしができたことを喜び、その作文を書き上げることに熱中した。しかし、自信をもって提出した二週間後、長洲ゼミに入ることを許可された十二人の名簿の中に私の名はなかった。

私はそれを見てショックを受け、次に腹を立てた。あの作文のどこが悪かったというのだろう。別に長洲ゼミにどうしても入りたいとは思わないが、あの作文を読んでこの学生は必要ないと判断した理由は何なのだろう。先生に会ってその理由を教えてもらいたい……。

いまになれば、そうすることで傷つけられた自尊心の回復を図ろうとしていたのだということがわかる。だが、そのときは、自身の傲慢さに気づかず、自分にはそうする権利があると思い込んでいた。

何度か先生の研究室を訪ねたが不在だった。数日後にはもうゼミの進路を決めなくてはならないというある日、私は意を決して先生の自宅に電話をした。第二志望のゼミに行くことはいやではなかったが、どうしても先生に合否の理由を教えてもらいたかった。

電話に出たのは先生の奥様だった。私が理由を説明すると、親身になって聞いてくれた奥様がこう言った。長洲はここ数日は忙しくて家にも大学にも落ち着いていないと思う。でも、明日の朝なら確実に家にいる。よかったら早朝に訪ねていらっしゃい。

翌朝、暗いうちに家を出た私は、ようやく稲村ケ崎の先生の家を捜し当てるとベルを押した。奥様が寒いのに大変だったわねとねぎらってくれ、すぐに書斎に通された。

先生の前に座った私は、緊張したまま訪ねてきた理由を話しはじめた。

それを黙って聞いていた先生は、私が話しおわると、意外なほどやさしい口調で言った。

――私が作文を書かせたのは、合否の判定をするためではなかった。どれだけ本気で入ろうとしているかを確かめただけで、中身はまったく読まなかった。では、どのように合否を決めたのか。それは第二志望のゼミをどこにしているかによっていたのだ。つまり、私のゼミを落とされた人が、第二志望のゼミにも入れてもらえないなどということがないように、希望者が多いところを第二志望としている人を入れ、少ないゼミを第二志望としている人を機械的に落としたのだ……。

それを聞いて私は納得した。先生はあの作文を読んで落としたのではないという。それならこちらも文句のつけようがない。素直に第二志望のゼミに行こう。そう思っていると、しかし、と先生は言った。

「どんな理由であれ、私は君を私のゼミに入れなかった。そうなんですね」

私がうなずくと、先生はこう言った。

「それは間違いでした」

私は驚いて先生の顔を見た。すると、先生はあらたまった口調でこう言ったのだ。

「私のゼミに入ってくれますか？」

その言葉にさらに驚かされた。ゼミに入れてやろう、でもなく、ゼミに入りなさい、でもなく、ゼミに入ってくれますか、と言ったのだ。

私はしばし茫然としてから、慌てて、ええ、と返事した。

いまでも、先生が亡くなったいまでも、あのときどうして「入ってくれますか」などというような言い方をされたのかわからない。

しかし、それが私にとって初めての言葉だということはその時すでにわかっていた。その言葉の底には、君は何者かになりうる、というメッセージが存在するように思えた。そして、そのようなメッセージを発してくれた「大人」は、先生が初めてだったのだ。

もしかしたら、私は二十歳からの困難な数年を、先生のその言葉ひとつを支えに切り抜けていったのかもしれないと思う。

そして、こうも思う。教師が教え子に、あるいは「大人」が「若者」に、真に与えられるものがあるとすれば、それは「君は何者かになりうるんだよ」というメッセージだけではないだろうかと。


（99・6）

ふもとの楽しみ

田辺聖子さんのエッセイ集の中で、私がとりわけ好きなものに『篭《かご》にりんご　テーブルにお茶…』がある。若い女性に向けて、柔らかい口調でさりげなく人生論を展開しているという趣のものだ。私はすでに若くもなく、女性でもないが、ふと思い立っては書棚から取り出し、そのうちの何編かを読むことがある。読んでは、そうだよなあ、と心の中で相槌《あいづち》を打ったり、そうかもしれないなあ、とあらためて考え直したりする。

中でも、私が好きな一編は、「てっぺん」と題されたエッセイである。それをいまよりずっと若いころに読んで、人生観が少し変わった。いや、田辺さんの作品に対して、人生観が変わったなどという大袈裟な物言いがふさわしくないとしたら、自分を含めた「ひと」というものに対する考え方に影響を受けた、と言っておこうか。

その「てっぺん」というエッセイは、まず政治家という種族へのやんわりとした揶揄《やゆ》から始まる。どうして彼らは総理大臣という「てっぺん」ばかり目指すのだろう、と。

《なんで、みんな、てっぺんへ登りたがるのですか。麓《ふもと》でもすてきな所はいっぱい、あるのだ。中腹が好きな人もあっていいだろう。

いや、三合目くらいがいちばん、いいんだ、という人もある》

会社づとめをしている人の中に、出世することより現場の仕事を愛するという人がいる。「てっぺん」好きの人は、そんな人のことを軽蔑したりする。しかし、と田辺さんは言うのだ。

《私はといえば、ふもとや三合目をみずから望んで、人生をたのしんでいる人が好きである》

社長とか、重役とかを目指している「てっぺん」好きの人は、人生において大事なものを置き忘れるということもあるだろう。

《てっぺんだけをめざしているうちに、人生のいちばん美味しい部分が、腐ってたべられなくなっちゃったり、するのだ》

そこから、若い女性に対して、結婚というものについてのひとつの考え方が提示される。

結婚相手として、学歴や収入や容姿などに「総理大臣になる」ほどの難しい条件をつけるのは、やはりもうひとつの「てっぺん」を追い求める生き方であり、ばかばかしすぎないか。

《てっぺんよりふもとの方で、仲よくやれる人をみつけるべきである》

そして、なにより、相手を求めて焦る前に、現在の生活をひとりで充分に楽しめるようになることが大事なのではないか。しかし、だからといって、肩肘《かたひじ》張ってひとりでどこまでも生きていく、などと思い込む必要はない。

《かたくなにならなくてもいいけれど、ふもとや三合目であそぶことを知っている女の子。いそいそして、けなげに生きている女の子は、自分の好み、というものができていて、何が何でもてっぺんへ登りさえすればいい、とは思わない》

私がこの田辺さんのエッセイを読んで軽い衝撃を受けたのは、自分の内部にある「てっぺん」好きの部分に気づかされたからだったと思う。自分自身はあるとき「てっぺん」を目指すという生き方から意識的に離脱したはずなのに、ノンフィクションのライターとしては「てっぺん」を目指す人、目指していた人に強い関心を寄せ、結果として自分自身も「てっぺん」を目指していたかもしれないと思い至ったからである。

そして、このエッセイの考え方によって周囲を見てみると、「ひと」に対する価値観に変化が起きるような気がしてきた。

いままで、どうしてもっと頑張らないのだろうと歯痒《はがゆ》く思っていた親しい友人が、むしろ「ふもとや三合目であそぶことを知っている」奴であり、「自分の好み、というものができて」いて、現在の生活を充分に楽しんでいる男だったりする。

だが、このエッセイが、心の底にストンと落ちてくるようになったのは、実際に田辺さんとお会いするという経験が必要だったかもしれない。いや、もう少し正確に言うと、田辺さんと夫である「カモカのおっちゃん」のお二人に会う必要があったような気がするのだ。

カモカのおっちゃんとは、そう頻繁にお会いしていたわけではない。両手の指で折れるくらいの回数でしかなかっただろう。しかし、その機会は、私にとってすべて印象深いものだった。

お二人と初めて会ったのは、私が二十代から三十代に差しかかったころだった。田辺さんの本の解説を書かせていただく機会があり、上京されたおりに編集者を交えて食事をすることになったのだ。場所は西麻布の小料理屋であり、田辺さんとおっちゃん、私と私の妻、それに編集者が二人の計六人だった。

その席に私の妻が一緒だったのは、彼女が田辺さんの熱心な読者だったからだ。私は、もし彼女と知り合わなかったら、田辺さんの本と巡り合わなかったかもしれない。それまでの私には、女性作家の小説を読むという習慣がまったくなかったのだ。だが、妻の書棚には田辺さんの本のすべてがあり、あるとき、彼女にこう言われた。

「田辺さんの本は読んでおいた方がいいような気がする」

私には強情なところと素直なところが同居しているが、そのときは素直に田辺さんの本を読むことにした。そして、私はいままで読んだことのないような作品世界があることを知らされたのだ。

お二人に初めてお会いしたその西麻布の小料理屋では、「お造り」として出されてきた魚介類の中に、小さな木のサクに入ったままのウニがあった。それを見て、妻が嘆声を発した。

「こんなの、初めて」

私は一瞬どのように反応してよいか迷ってしまった。初めて会食する方々を前にして、妻のその世間知らずぶりに驚けばよいのか、呆れればよいのか。

ところが、妻がそう言うと、すぐに、まさに打てば響くというような調子で、カモカのおっちゃんが私に向かって言ったのだ。

「それくらい食べさせてやりィーな」

そこで大笑いになった。そして、次の瞬間、お二人と私たちとの距離が一挙に縮まったように感じられた。

もし、私が呆れたとでもいう表情を浮かべれば、妻を傷つけることになったかもしれない。しかし、私にそんな表情を浮かべる暇も与えずに、カモカのおっちゃんは一声発してくれたのだ。

いまでも我が家では、子供が珍しいものを初めて食べて感動したりすると、つい妻と二人で声を出して言い合ってしまう。

「それくらい食べさせてやりィーな」


それからしばらくして、こんどは駿河台《するがだい》にある小さなホテルでお会いした。

当時、私は全国紙に初めての連載をしていた。若かった上に、連載小説の欄でノンフィクションを書くという変わったことをしていたため、ジャーナリズムの世界でほんの少しだが話題になっていた。私自身は、これまでの仕事と異なる特別なものではないと思っているつもりだったが、知らないうちに肩に力が入っていたのかもしれない。

カモカのおっちゃんは、そこに同席していた人からその話題が出されると、私に向かってただひとことこう言った。

「これから大変やなあ」

普通に考えれば、そんな仕事を若いうちにしてしまうと、以後の展開が難しくなるという意味に取ることができるだろう。それには、前提として、その仕事が「何か」であるという認識が存在するはずだ。しかし、カモカのおっちゃんの「ひとこと」には、そんな前提がまったく含まれていないようだった。単に、いまも大変だろうが、これからも大変だろうと言っているにすぎないようだった。いや、むしろ、私には、これから先の大変さに比べれば、いまやっていることなど特に何ということはないのではないかとさえ言っているように聞こえた。

そのとき、不思議なことに、ふっと肩から無駄な力が抜けていくような気がした。それは、カモカのおっちゃんの「ひとこと」が、やはりその仕事をどこかで特別視していた自分に気づかせてくれた結果と言えるのかもしれなかった。

カモカのおっちゃんの考え方はどんなときにも一貫していたように思う。そこには、常に、何かを特別視しようとするものを相対化してくれるものが秘められていた。

私にとってカモカのおっちゃんは、若いうちに遭遇することのできた数少ない「大人」のひとりだった。そして、田辺さんが「てっぺん」で書いている、「ふもとや三合目をみずから望んで、人生をたのしんでいる人」の具体的な「見本」のような人物だった。

それは、田辺さんにとっても同じだったのではないかという気がしないでもない。もしかしたら、田辺さんも、かつては文学者として「てっぺん」を目指すようなところが皆無ではなかったかもしれない。しかし、カモカのおっちゃんと出会い、一緒に暮らすようになって、「ふもと」の楽しみを身をもって感じ取れるようになったのではないだろうか。

田辺さんの『篭にりんご　テーブルにお茶…』の中に「ユーモアについて」という文章がある。そこにこんな一節がある。

《私の知っている男の人に、

「それが何ぼのもんじゃ」

という口ぐせの人がある》

この男性とは、もちろん、カモカのおっちゃんのことであるだろう。田辺さんの幸せは、自分のやっていること、小説を書くということに理解を示しつつ、しかし「それが何ぼのもんじゃ」

と言ってくれる人を身近に持ったということだったと思われる。

田辺さんが、いわゆる「大家」になってからも、決して「大家風」にならず、常に「普通の人」としてのバランス感覚を失わなかったのも、近くに「それが何ぼのもんじゃ」と言ってくれるカモカのおっちゃんという存在があったからだと思える。そして、いまもなおそれが失われていないのは、依然として「それが何ぼのもんじゃ」というカモカのおっちゃんがいてくれるからだと思う。亡くなってからもずっと、田辺さんのすぐそばに。

しかし、ふとこんなことを思ったりもする。カモカのおっちゃんにとって「てっぺん」とは何だったのだろう。カモカのおっちゃんはただの一度も「てっぺん」を目指したことがなかったのだろうか。それとも、「てっぺん」が「ふもと」でもあるという、希有《けう》な人生を歩めた人だったのだろうか……。


これは田辺さんの全集であり、本来は田辺さんについて書くべき場所なのに、カモカのおっちゃんのことばかり書いてしまった。それには、私にこういう思いがあったからである。

あれは田辺さん御夫妻が神戸から伊丹《いたみ》に引っ越されたあとのことだった。妻と二人で新居にうかがい、御馳走になったうえ、図々しくも泊めていただいたことがあった。そのとき、妻が田辺さんに小さな箱に入ったプレゼントを差し出すと、田辺さんが嬉しそうにその包みを開けはじめた。私とカモカのおっちゃんは、その嬉々とした二人のやりとりをただ茫然と眺めているばかりだったのだが、しばらくしておっちゃんが私に向かってこう言った。

「男はつまらんなあ」

それがとても羨ましそうだったので、一瞬、私もカモカのおっちゃんのために何か持ってくるべきだったのだろうかと思ったくらいだった。しかし、すぐに、私がカモカのおっちゃんにリボンで結んだ小箱など渡したら気色悪がるはずだと思い直した。

だが、ときおり、カモカのおっちゃんのことを思い出すと、どんなにつまらないものでもいいから持っていき、お渡しすればよかったなと後悔する。

そう、私には、そのときの「つまらないもの」の代わりになってくれるような文章をいつか書きたいという思いがあったのだ。そこで、少し強引ながら、この機会に書かせていただくことにした。

いいですよね、田辺さん？

（06・5）

与えるだけで

ある晩、銀座の小さな酒場のカウンターで酒を飲んでいた。私は二十代だったから、たぶんバーボンのストレートを飲んでいたのだと思う。

横には見知らぬオッサンがやはりひとりで飲んでいて、なんとなく言葉を交わすようになった。後になってその眼光に独特の鋭さがあることに気がつくのだが、そのときは大して風采の上がらない痩せぎすのオッサンを、インテリであることが災いしてあまり出世できなかった部長クラスの会社員なのではないかなどと思っていた。

ところが、しばらく話していると、不意にそのオッサンが持ち物の紙包みを開けて言ったのだ。

「これ、お食べになりませんか」

見ると、そこにはきれいな色の和菓子があった。

「さっき、三越の地下で買ってきたんですけど、これはとてもおいしいんですよ」

酒場で和菓子を勧めるとは不思議なことをする人だと思ったが、年長の人が勧めることを断わるのは罪悪だ、と思っているようなところがある私は、礼を言って素直にひとつつまんでみた。バーボンに和菓子というのも珍妙な取り合せだったが、確かにおいしいこともあって、ついでにもうひとつ貰って食べてしまった。

酒場のおかみとのやりとりを小耳にはさむかぎりでは、どうやらそのオッサンは「辻留」で働いている誰かを待っているらしい。そういえば、私も一度、「辻留」で対談をしたことがあったが、話に熱中するあまりほとんど箸をつけないうちに皿や鉢を下げられ、有名なその店の懐石料理の味を、ゆっくり味わうこともできないまま空しく帰ったことがあった。

「辻留では一度しっかり料理を味わってみたいと思っているんですよ」

そこに知り合いがいるらしいということもあって、ちょっとした儀礼的な挨拶程度のつもりで言うと、そのオッサンがこともなげに呟いた。

「それでは、こんど一緒に参りましょうか」

私はびっくりしてしまった。この定年間近風のオッサンが見ず知らずの若造を、あのひどく高そうな「辻留」に連れていってくれるという。何を調子のいいことを言っているのだろう。私は急に真面目に相手をしているのが馬鹿ばかしくなってきてしまった。

そんなことがあったということすら忘れてしまっていた一カ月後、そのオッサンの秘書だという女性から「辻留」で会食をしないかという誘いの電話が掛かってきた。なんとオッサンは私もよく知っている会社の社長だったのだ。仕事に追われていた私は心ならずも断わらざるをえなかったが、そのオッサンの、酒場での話を忘れない律儀さに、これはと思わされた。すると、それからまた一カ月後に、同じような誘いの電話があった。今度は喜んで参加すると、そこにはオッサンの友人だという二人の企業経営者がいた。どちらの会社もよく知られている大きな企業だった。三人はいずれも五十代であり、サラリーマン社長ではなくオーナー社長であり、二代目だということが共通していた。

オッサンの友人である二人は、彼が連れてきた若造の私を、いったい何者か知らないままに温かく受け入れてくれた。もっとも、オッサンにしたところで、私について知っていることといえば、酒場のおかみに教えてもらったにちがいない名前と電話番号くらいのはずだったが。

それ以来、私も彼らの会に呼ばれることが重なり、いつの間にか正式のメンバーのようになってしまった。そして私は、彼らによって、東京の四季というものに眼を開かされる機会を多く持てるようになった。その多くは食べるということにつながっていたが、正月には柳橋へ、花見には千鳥ヶ淵へ、鮎の季節には多摩川べりへ、酉の市には浅草へ、ふぐの季節には築地へと、そのたびに私の知らない東京を味わわせてもらうことになった。

いや、それだけではない。オッサンはその席にさまざまな人を招くことで、私がこれまで触れることのなかった世界にも導いてくれたのだった。

そう、その「オッサン」こそ、小学館の相賀徹夫さんだった。

相賀さんは、私に与えるだけで何も求めなかった。いつか、何か仕事上の頼み事をしてくれないかと、どこかで心待ちにしているようなところもあった。しかし、会うたびに「いい仕事をされていますね」と言うだけで、何も依頼はしてくださらなかった。

この三十年、会ったからといって特別な何を話せる能力があるわけでもない私を、常に相賀さんはひとりの「友人」として扱ってくださった。ただ単に、私があの日、相賀さんが勧める和菓子を断わらなかったというだけの理由で。

（09・3）

極楽とんぼ

1

去年の十一月、青山にあるイタリア料理店で「太田欣三《きんぞう》さんを偲ぶ会」という小さな集まりがもたれた。

太田欣三といっても一般にはあまり知られた名前ではないかもしれない。太田さんはすぐれた編集者だったが、誰でも知っているというような大きな出版社で編集をしていたわけではなかったからだ。太田さんが長く編集していたのは、ＴＢＳの「調査情報」という放送専門誌だった。いわば一企業のＰＲ誌といってもいいような雑誌を編集していたのだ。しかし、少なくとも私にとって、太田さんは最も大切な編集者のひとりだった。

二十三歳のときに初めて会って以来、常にその「眼」を意識しつづけてきた。一緒に仕事をしたのは一九七一年八月から一九七五年八月までの四年間である。しかも、そのうちの一年は私がユーラシアへの旅に出ていたから、正味はわずか三年ということになる。だが、その三年のあいだはもちろんのこと、「調査情報」で仕事をすることがなくなってからも、常に太田さんの「眼」を意識しつづけていた。これを読んだら太田さんはどう思うだろう、そしてなんと言うだろうか、と。

太田さんは、原稿の遅い私に実に根気よく付き合ってくれた。編集部の別室に泊まり込んで書いている私が、ようやく何枚か書き上げると、それを待ちかねたように持っていっては自分の机で読んでくれる。そして、常に面白いと言いつづけてくれた。面白いからどんどん書けと。私の原稿が常に予定の枚数より長くなってしまう理由のひとつはそこにもある。のちに、太田さんにはよくそんなことを冗談めかして言ったものだった。

青山での「太田欣三さんを偲ぶ会」には、親しかったライターや編集者や酒場の経営者や「調査情報」でアルバイトをしていた女性などが参加しており、会が進むにつれてそれぞれに思いのこもった太田さんに関する話を披露してくれた。最近では二、三年に一度というくらいしか会うことがなかったので、初めて知ることも少なくなかった。

途中で、私も求められ、こんな話をした。

――太田さんが「調査情報」の編集部を辞めるとき、TBSの社員食堂で「お別れの会」のようなものが催された。その会が終わると、最後まで残った数人で近所の酒場に向かうことになった。

そこで、太田さんが、私に向かって苦笑まじりに言ったことがある。

「若い書き手の中には、自分にも沢木のように付き合ってくれという奴がいたりもするが、そういうのにはこう返事をするんだよ。あのときは沢木も若かったけど俺も若かった。だから、あんなことができたんだ。とてもじゃないけど、いまはもうできない」

それを聞いたときは、ただ一緒に笑っているだけだったが、この会で太田さんの七十五という享年を知り、あらためてそのことの意味を嚙み締めることになった。そうなのだ。本当に太田さんは若かったのだ。私が二十三のとき、太田さんは三十六だった。その当時は、私にとって、年長の人はおしなべてひどく年上に思えていたものだった。太田さんと一緒に「調査情報」を作っていた今井明夫氏も宮川史朗氏も、すべて年上であり、年齢など気にすることもないほどの年長者だった。

しかし、いま、あらためて、太田さんも三十代だったからこそ、私とのあの濃密な付き合いができたのだなと気がついた……。

私がたどたどしくそのようなことを話すと、終わってから、ひとりの男性が近寄ってきて言った。

「それは僕なんです」

「えっ？」

「太田さんに、沢木さんのように鍛えてくださいと言ったのは僕なんです。でも、沢木さんが話されたように簡単に断られてしまいました」

その人は、太田さんが編集している「調査情報」の、最後に近い時期に書き手として関わっていたのだという。

その話を聞いて、ある感慨が湧いてきた。もし、その人が三十代の太田さんと出会っていれば、ライターとしての歩みはどうなっていたのだろうか、と。そして、それは、私が三十代の太田さんと出会っていなければどのような書き手になっていただろうというのと同じことだった。

私にとって太田さんは、ライターと編集者という関係を超えた存在だった。「師」でもなく、

「友」でもなく、もとより「身内」でもない。しかし、そのすべてであるような意識を抱いて接しつづけていたような気がする。

2

太田さんが亡くなったのは去年の九月だった。それから二カ月後に「偲ぶ会」が催されたことになるのだが、そこで私は初めて夫人の貴美子さんにお会いした。

実は、太田さんは、私が「調査情報」に出入りする前後から、私生活は風雲急を告げていて、前の夫人と離婚をしていたのだ。詳しいことはわからなかったが、同居している太田さんのお母さんと折り合いが悪かったことも一因だったらしく、離婚の結果、母方で暮らすことになった二人のお子さんとも別れていた。そして、しばらくして、ひとまわり若い女性と再婚することになったのだが、私はその貴美子さんとなかなかお会いする機会がなかった。

「いや、うちのカミさんがね」

太田さんは、齢を重ねるごとに、どこかで聞いたようなこんな台詞を口にすることが多くなっていたが、当の「カミさん」にはなかなか会わせてもらえなかった。

その貴美子さんが会の最後に挨拶をされた。

――当人の強い希望で病気のことはみなさんにお知らせしなかった。また、お知りになった方が見舞いにいらしてくださるというのに対しても、お断りしつづけてしまった。そのことを深くお詫びさせていただきたい……。

そのようなことを、しっかりした口調で話された。
太田さんの病状について知っていたのは近親者の数人だけだったようだが、「茜会《あかねかい》」の浜田詩子さんだけはわかっていた。「茜会」は、太田さんに「宗匠」役を引き受けてもらい、TBSでアルバイトをしたことのある女性たちを中心に三カ月に一度のペースで開かれている句会だったが、ある日、世話人の浜田さんのもとに太田さんから次のような手紙が届いたのだ。

せっかく支度《したく》していただいた五月の句会ですが、小生「がん」が骨に転移、まったくもって出席できそうにもありません。現在は痛みを緩和する「在宅緩和ケア」を受けてそこそこ動いておりますが、いずれ動けなくなり入院ということになるでしょう。回復の余地はまったくありませんので、これにてあかね句会は脱退ということになります。こんなに早く「その日」がやってこようとは本人も思っておらず、「あかね三百吟」ぐらいは平気でやるつもりでおりました。いやはや、残念無念、口惜しや。俳句のよさはさらっとしたところ、などといえばクロート筋からは猛烈な非難叱正を浴びそうですが、小生が「あかね」の諸姉とつかず離れずの、すがすがしいお付き合いができたのは俳句のおかげであろうと思います。そして諸姉の寛大さに感謝感謝。ほんとうにありがとうございました。

驚いた浜田さんがお見舞いにうかがいたいと電話をすると、応対に出た夫人の貴美子さんからどなたともお会いしたくないと申していますのでと柔らかく断られてしまった。そこで、太田さんと私との関係をよく知っている浜田さんは、せめて沢木とだけでも会ってもらえないかと言ってくれたらしい。しかし、返事は同じだった。

浜田さんからその連絡を受けたとき、私はこう言って慰めたことを覚えている。

「無理に会う必要はないかもしれないよ。僕も病気になったら、たぶん、太田さんとまったく同じような対応をすると思うから」

ただ、太田さんへの深い敬愛の念を抱きつづけ、三年にわたって一緒に句会を育ててきた浜田さんには、私とは違う思いがあったのも無理はなかった。

貴美子さんが、挨拶の中で、見舞いを断ったことへの謝罪の意をあらわしたのは、浜田さんと私、とりわけ浜田さんに対してであったと思う。

その貴美子さんから、会の終わりに、私はあるものを手渡された。ずしりと重みのある書類封筒で、生前の太田さんに頼まれていたものだという。自分が死んだら、これを耕太郎に渡してほしい、と言い残していたというのだ。

3

会場のイタリア料理店を出た私は、冷たい夜風に吹かれながら宮益坂を歩いて下り、渋谷の西口にあるターミナルから帰りのバスに乗った。

始発のおかげで、私の好きないちばん後ろの席に坐ることができた。私は、そこで封筒の中のものを取り出した。

それはワードプロセッサーのプリンターで印字された、三十ページほどの原稿で、最初のページには、太田さんの独特な字体で「飲食三百六十五日」と記されていた。

原稿の中身は、俳句だった。春夏秋冬に分かれて、それぞれの季節に詠んだ俳句が並んでいる。その数、およそ三百ほど。しかも、そのすべてが、食べ物と飲み物、つまり料理と酒についての句だった。そして、最後に、「料理メモ」と題された小粋な短文が置かれている。

太田さんが俳句を「嗜んでいる」らしいことは知っていた。

七年前、「調査情報」の編集長だった今井さんが亡くなり、赤坂でやはり「偲ぶ会」が催されたとき、終わってから太田さんと浜田さんたちとでホテルのバーに行った。そこで、私の父のことが話題に出た。

父の死後、私は遺された俳句を集めて小さな句集を編んだ。葬儀は密葬にしたため、知り合いにはその句集を送ることで父の死を知らせることになった。

その席で、浜田さんが、自分たちも俳句を作ってみたいというようなことを言った。ついては、太田さんに「宗匠役」をしてくれないかと頼んだ。私は言下に断ると思っていたが、意外にも太田さんは考えてみようかなというような含みをもたせた答え方をした。

さらに驚いたことに、その三年後には、正式に太田さんを中心にして「茜会」という句会が発足するようになった。

太田さんと会ったときに、自分も俳句を作っているということは聞いていた。しかし、いくら「ただのアドバイス役」ということであっても、句会の中心に座ってもいいと思うほど俳句に強い思いを抱いているとは知らなかった。

浜田さんからは、私にも三カ月置きに開かれる句会への誘いがあったが、定期的に俳句を作るということが面倒だったこともあり、なかなか参加できなかった。

それでも、その誘いの電話や手紙によって、句会での太田さんがかなり熱心だということは伝わってきた。季題を出し、メンバーが作った俳句に点を入れ、句会で感想を述べる。そして、自身もその季題の句を作る。

しかし、夫人の貴美子さんから渡された「飲食三百六十五日」を実際に眼にするまで、これほど俳句に打ち込んでいるとは思っていなかった。そして、作られた句がこれほどすばらしいとは思っていなかった。

研ぎだせる鉄の匂いや冴えかえる
空豆や宙《そら》ゆく船の形して
凩《こがらし》のにおいするなり里の芋

だが、どうしてこの作品を私に委ねようとしたのか。

それは、太田さんとの最後の酒宴になってしまった夜の思い出につながっていく。

三年ほど前のことになるが、太田さんと「茜会」の女性たちとで六本木で会うことがあった。俳優座で公演されていた芝居を見るためだった。

実は、太田さんは、編集者だけではなく、織田久というペンネームを持つ著述家でもあった。まだ「調査情報」の編集者だった頃、連載の穴埋めという意味もあったのだろうか、「広告百年史」という連載を始めた。織田久はそのときにつけたペンネームである。織田久は「おだひさし」と読むが、「小田急」のもじりでもあるという、冗談っぽい名づけ方をしている。しかし、この「広告百年史」は、やがて上下二冊にまとめられる大著になる。明治以降の広告文を具体的に取り上げながら、日本の広告というものがどのように変化してきたかを描いたもので、いまや広告の歴史を研究する人にとっての重要な文献になっているという。

織田久はそれだけで消えてしまっていたが、「調査情報」を辞めてからの無聊《ぶりょう》をかこつためもあったのか、ぽつりぽつりとその名前で書物を発表するようになっていた。どれも江戸時代の「旅」について描いたもので、ひとつは『江戸の極楽とんぼ』、もうひとつは『嘉永五年東北』というタイトルの本だった。

一冊目の『江戸の極楽とんぼ』は、江戸天保期の芸人が書いた旅日誌をもとに当時の世相を語っていくという趣向の作品であり、二冊目の『嘉永五年東北』は、吉田松陰が行った二十一歳のときの東北一周の旅について、やはりその旅日誌をもとに幕末の時代と人を語ったものだった。

俳優座で演じられた芝居は、そのうちの『江戸の極楽とんぼ』を脚色したものである。

太田さんが書いた『江戸の極楽とんぼ』の主人公は、江戸浄瑠璃の一派「富本節」の富本繁太《とみもとしげた》夫《ゆう》という無名の芸人である。この富本繁太夫、芸人としては生涯まったく芽が出なかったが、『筆満可勢《ふでまかせ》』という旅日記を残したことによって後世に知られることになった。

太田さんは、その『筆満可勢』をひもときながら、富本繁太夫と共に東北を旅するのだ。繁太夫は、いきあたりばったりに船に乗り、江戸から石巻《いしのまき》に向かってしまう。そして、ところどころで富本節の興行をしてはなにがしかの金を稼ぎ、また次の土地に移っていく。時には、大きな名跡の名前を騙《かた》ったり、それが露見したりと気の休まらないことも起きるが、基本的にはのんしゃらんと、酒を飲んだり、女を買ったりしながら、気楽に道中を続けていく。

この繁太夫の「極楽とんぼ」ぶりがなかなか魅力的なのだ。彼の旅はさらに盛岡から秋田、酒田から長岡へと続くが、『筆満可勢』の最後は京都にいる繁太夫の姿で終わる。そのとき、繁太夫は江戸から来ていた芸者のヒモになっている。

俳優座で見た芝居は、繁太夫という主人公の、徹底していい加減であることの魅力が充分に描かれていないような気がした。それもあったのだろうか、芝居を見た後の酒宴では、芝居の話より俳句の話が多く出た。

そのとき、太田さんはすでに前立腺ガンにかかっていたが、まだいたって元気だった。私は、太田さんの、自分の病気をも面白がってしまうような口調に、ごく軽いものなのだろうと思い込んでしまったくらいだった。

最初のうちは太田さんも酒の量を抑えていたが、そのうち「少しくらいいいかな」と言いながら、普通のペースで飲みはじめた。

それがどのような流れだったか、いまははっきりしない。たぶん、私が料理のことを口に出したからかもしれない。私は日本にいるかぎり、朝早く家から少し離れた仕事場に歩いて通うという日々を送っているが、そこでの昼食は自分で作ることが多い。月曜日にその一週間の昼食用の食材を買い、昼になるとキッチンに立つ。作るのはほとんど麺類だが、飽きないようにメニューについてはさまざまに工夫をしている。

そんなことをちょっぴり自慢げに話していると、太田さんも料理のことを話しはじめた。意外だったのは、それが読んだり聞いたりした「蘊蓄」ではなく、実体験からくる話だったことだ。

しかも、私などよりはるかに年季が入っている。

太田さんは、「調査情報」を辞めて以来、まったく働きに出ていない。そのため、料理を作るようになったという。とりわけ、同居していたお母さんが亡くなってからは、外で働くようになった「カミさん」の帰りを待ちながら料理を作るという雰囲気が強くなっているのだという。だが、そのことを、別に自嘲的ではなく、楽しげに語っていた。

「どういうわけか、鍋が多くなってね。いろんな鍋を作るようになったよ」

その結果、必然的に鍋と酒の句が多くなったとも言って笑っていた。

私の父も、酒の句が多かった。遺稿集を作るとき、その酒の句を見つけるのが楽しみだった。

そう言ったあとで、私はこんなことを付け加えた。

「盛大な葬式をしても、立派な墓を建てても、父に何かをしてやれたという気にはなれなかっただろうけど、遺稿集を出すというのは僕にとってある種の満足感がありましたね。人はすべからく俳句を残しておくべきかもしれませんね。残された家族のために」

すると、太田さんがひとりごとのように言ったのだ。

「俺も耕太郎に作ってもらおうかな……」

私に何かをしてもらおうなどということはまったく言ったことのない人だったので、内心ビクッとした。そこで、慌てて、私はことさら陽気な口調で言った。

「いいですね。太田さんが死んだら、僕がかっこいい遺稿集を作りますね」

もちろん、そんなことはないだろう、たとえあったとしてもはるか先のことだろうと思っていたのだ。

4

暖房のきいたバスの中で、私は太田さんの「飲食三百六十五日」を読みつづけた。

私は俳句に関してはまったくの素人である。だから、句の巧拙の判断ができないだけでなく、句の読解そのものもよくできない。しかし、太田さんの句は、私の父の句と同じく、技巧をこらしていないためわかりやすい。題材も、魚や野菜を中心にした食材と、その調理法とが詠み込まれているだけだ。しかし、「食通」と称される人の「グルメ記事」などより、数倍おいしそうに思える。なにより、いますぐ、それを食べたいという気持になってくる。読んでいるだけで、まるで温かい鍋でもつついているかのように体がホカホカしてくる。

もちろん、そこに収められた作品は、おいしそうで、楽しそうな句ばかりではない。

ＴＢＳの会社としての姿勢が変わり、だから「調査情報」をめぐる状況が変わり、太田さんは五十七歳で「調査情報」を辞めることになった。辞めた理由のもうひとつに、認知症の進んだお母さんの世話を貴美子さんひとりに任せつづけることへの罪悪感があったらしいことを太田さんの口から聞かされたことがある。いずれにしても、以後、太田さんはどこの会社にも属することはなかった。充分な蓄えがあったとは思えないから、経済的には楽ではなかったはずだ。お母さんが亡くなってからは、夫人の貴美子さんが働きに出るようになる。そして、太田さんは、家で本を読んだりしながら、料理に精を出すようになる。

太田さんはどんな困難な状況でも面白がってしまう強い心を持っていたが、ひとりで妻の帰りを待つ夜などに、ある種の寂寥感《せきりょうかん》に襲われることがなくもなかっただろう。それがわずかに滲み出ている句が散見される。

夜が縦に深くなりゆく独り酒

あるいは、さまざまな思いが沈潜し、夜更けに至っても眠れないということもあったにちがいない。

目のさえて寝酒乾鮭《ねざけからざけ》二三片《にさんぺん》

しかし、そうしたいくつかの例外を除けば、ほとんどの句が「軽み」を旨とする、洒脱なものになっている。自分の姿を相対化して笑っている姿がある。

冷奴《ひややっこ》頼るはおぬしばかりなり

松茸に敵意なけれどしめじ飯《めし》

太田さんは旧満州に生まれ、父を失い、敗戦後、母と妹と共に必死に日本に帰ってきた。幼少期は親類を頼って高知で暮らしたが、高校生のころ東京にやって来た。そして、新宿高校から早稲田大学美術史科に入った。

卒業後、しばらく「日本読書新聞」の編集部にいたが、やがてTBSの「調査情報」に転じた。しかし、その立場は一年ごとに年俸の取り決めをする契約社員だった。
だからだろうか、太田さんは自分にはどこにも「根」や「故郷」はないと思っていたようなところがある。

蕗《ふき》味噌や流沙《りゅうさ》のくらしさだまらず
たらの芽やふるさともたぬ二人ゆえ

しかし、「飲食三百六十五日」の句には、長く暮らすことになった東京の、あえて言えば江戸前の「気風」や「気配」のようなものが感じられる。

薄青く刃研《やいば》ぎそむ四日かな
とり貝や江戸の年増《としま》の鉄漿《かね》の色
切絵図の細道ぬけて新茶かな
烏賊《いか》買うて西日のなかを帰りけり

大陸生まれの土佐育ち。イントネーションにも独特の「なまり」があったが、太田さんの句には東京生まれの東京育ちだった私の父の句などとも共通する「粋」であることを価値と見なす心性が存在する。

粋とは何か。それはさまざまに定義されるだろうが、ひとつには悲しみや苦しみを悲しみや苦しみとして表さないという「思い切り」にあると考えられる。あるいは、こう言い換えてもよい。悲や苦を、悲や苦として表そうとしているもうひとりの自分を笑い飛ばそうと身構えている自分をよしとする心構えにある、と。

閑居《かんきょ》して煮豚ばかりが巧《うま》くなり
素麺《そうめん》や清貧ここに集《つど》いける

だが、「江戸」といえば、実は太田さんの『江戸の極楽とんぼ』と『嘉永五年東北』の「江戸物」二冊の本について、私は微妙な読後感を抱いていた。その読後感とは、内容は確かに面白いが、これらの作品が太田さんにとってどういう意味を持つかよくわからない、というものだった。

ところが、青山での「偲ぶ会」で、「調査情報」の常連ライターであるばかりでなく、一緒に軟式野球のチームを作ったりする仲でもあった松尾羊一氏がこう言うのを聞いて、ハッとすることがあった。

「太田さんは、江戸という時代に強い思いを持っていた。編集者から書き手になるのがあまりにも遅くなってしまったが、もう少し早く編集者稼業から足を洗っていたら、いま時代作家でござい

とふんぞりかえっている連中より、数倍すばらしい時代小説を書いていたことだろう」

なるほど、「飲食三百六十五日」は、まるで江戸の裏店でひっそりと生きる市井の「町人」が詠んだものでもあるかのような、「粋」と「軽み」に満ちている。

太田さんは、その後半生を隅田川と荒川にはさまれたあたりにある借家で送った。もしかしたら、太田さんは、そこで暮らしながら、幻の江戸に生きていたのかもしれない……。バスから降り、家に向かって歩きながら、私はそんなことも思っていた。

5

青山での「偲ぶ会」から何日かして、貴美子さんからワードプロセッサーに残されていたという太田さんの他の俳句と、最後の何カ月かに夫婦間で交わされた病状の連絡ノートが送られてきた。このようなものを見せたら怒られるかもしれないけれど、沢木さんにならいいと思うのでという一文を添えて。

それを読むと、あらためて、太田さんのダンディズムのようなものが伝わってくる。

たとえば、ホスピスに入った直後には、こんな走り書きがされているのだ。

病にからまぬ句づくりを目ざすこと。
辞世めきしものも同断。
以上、原則二。

ここには、私に託した俳句が「飲食」だけに限定したものだったというのと同じ「粋がり」が存在する。

しかし、そのノートの中に、ただひとつ、自らに禁じていた「辞世めきしもの」に近い句が残されている。

貴美子さんにうかがうと、入院していた病院からホスピスに転院する前、いわば「面接試験」を受けるためにその病院に行ったことがあるのだという。

それはちょうど桜の季節で、通り道だった江戸東京博物館の裏の道には、桜の花びらが盛大に舞い散っていたという。そして、その桜を詠んだ句がこれだ。

花吹雪ごめんなすって急ぎ旅

これが最後の桜になるにちがいないという思いはあっただろう。しかし、太田さんはその思いをことさら悲劇的に描こうとはしていない。ホスピスに向かう自分を、まるで大衆演劇の劇場で三度笠を片手に花道から退場する旅人のように、芝居がかった存在とすることで戯画化している。しかし、だからこそ、私の胸には強く迫ってくるのだ。

ノートのページを繰っているうちに、ふと、何かで読んだ文章の一節が甦ってきた。とんぼは死んでも飛んでいるときと同じく羽根を広げたままの姿でいる、と。

病床に伏しているときの姿をまったく知らない私たちにとって、太田さんは依然として大空をゆったりと舞っている「極楽とんぼ」のような存在としてありつづけている。

もちろん、極楽とんぼには極楽とんぼなりの哀しみや無念さはあったことだろう。実際、「飲食三百六十五日」にもこんな作品があるくらいだ。

煮凝《にこご》りや崩れしゆめのあと始末

太田さんの「崩れしゆめ」とは何だったのだろう……。

もしかしたら、太田さんを「極楽とんぼ」と呼ぶには少し無理があるのかもしれない。あまりにも繊細すぎるところがあったからだ。しかし、私には、もうひとりの「極楽とんぼ」富本繁太夫を相棒に、いつまでも幻の江戸の空を自由に舞ってくれていれば、というささやかな夢があるのだ。

（10・6）

美しい人生

弔辞、ということでしたが、僕にはそのような立派なものを述べることはできません。

それには僕と内藤利朗との関係が不思議なものだったから、ということもあります。

彼が、幼い頃、僕の住んでいた町に引っ越してきて以来、五十年以上も付き合ってきましたが、その関係は、友人同士というのとは少し違っていたような気がします。もとより血縁関係はないのですが、彼より三つ齢上だったということもあり、僕は常に兄貴風を吹かしてきました。小さい頃は、勉強を教えるだけでなく、覚えなくてもいいカードゲームを教え込んで熱中させたり、あちこちよからぬところに連れ回したりしていました。

やがて僕が大学を卒業してフリーのライターになると、彼も日大芸術学部の写真学科に進んでカメラマンを目指すようになりました。父親の英治さんが写真家の秋山庄太郎さんと知り合いだった関係から、大学卒業後はその助手となり、やがて独立してフリーのカメラマンになりました。

そうすると、僕はさらに兄貴風を吹かせ、あれこれと仕事上の頼み事をするようになりました。

利朗が比較的早く運転を覚え、車を持ったところから、体のいい運転手としてこきつかったりもしました。

やがて、カシアス内藤君という僕の友人のボクサーがカムバックし、僕がそのカムバックに手を貸すことになります。そのとき、僕はいつものように利朗に手伝ってくれるよう頼みました。最初のうちは一種の運転手のようなものにしか過ぎなかった彼が、いつの間にか、僕とカシアス内藤とエディ・タウンゼントさんというトレーナーにとって必要な仲間になっていきました。彼はいつも黙ってそばにいてくれるだけでしたが、そのお陰でどれほど僕たちの緊張した関係が和らいだことでしょう。とにかく彼は、いつものようにまったく文句も言わず、一年という時間を費やしてくれました。

その一年の記録は『ラストファイト』という写真集として結実します。たぶんそれは、日本で出版されたボクシングの写真集の中で、最も美しい一冊と言えると思います。

僕には、兄貴分として、利朗を不満に思うところがなくもありませんでした。たとえば、『ラストファイト』で、マスコミにもいくらか名前が売れ、いろいろな編集者との関係ができたにもかかわらず、自分から積極的に売り込みに行くというようなことをいっさいしません。どうしてもっとチャンスを生かさないのだろうと歯痒かったのです。

しかし、僕も少しずつ齢を取るにつれて、それが、それこそが内藤利朗なのだと理解できるようになりました。

作家の田辺聖子さんに「ふもとの楽しみ」という言葉があります。誰もがテッペンを目指して息せき切って登ろうとしているとき、山のふもとで、美しい草花を愛で、馬や羊と戯れ、楽しむことを知っている人がいる。自分はそういう「ふもとで楽しむことのできる人」が好きだと言うのです。

利朗はまさに「ふもとの楽しみ」を知っている人でした。

あの『ラストファイト』も、すばらしい写真を撮ろうとした結果ではなく、あくまでカシアス内藤のカムバックに手を貸してくれという僕の頼み事をきいてくれた結果でした。彼にとっては、それもまた、山のテッペンに登るためではなく、たぶん「ふもとの楽しみ」を味わうためのものだったのです。自分の部屋で好きなジャズやクラシックの音楽を聴いたり、庭に植えた薔薇の手入れをするのと同じように。

ここに参列してくださっている方で、内藤利朗に否定的な感情を持っている方は、おそらく一人もいないのではないかと思います。

――内藤さんはいい人だった。

すべての人がそう思ってくださっていると思います。男と女の関係の仲で、あの人はいい人だったと言われるのはあまり名誉なことではないと言われたりします。しかし、このような世の中で、利朗のように「いい人だ」と言われつづけることができたというのは、ほとんど奇跡に近いことのように思えます。

先頃亡くなった私の知人の女性がこんなことを言っていたことがあります。男には「格」がある。名声でも富でもない。人間としての「格」が高いか低いかだけだというのです。

利朗は人間としての「格」が高い男だったと思います。

内藤利朗は死にました。

奥さんの美栄子さんが、最後に近く、「息をして」と呼びかける声には胸をつかれました。

僕もまさか彼が自分より先に逝くとは思ってもいませんでした。僕は、心のどこかで、永遠に彼に頼み事ができるものと思っていたような気がします。一度くらい、利朗から無理な頼み事をされてみたかった。

しかし、これから、僕はことあるごとに、彼がいたら、いてくれたらと思いつづけるでしょう。そして、それは、ここに参列してくださった皆さんにも必ず訪れる感慨だと思います。

――内藤さんがいてくれたら。

たぶん、内藤利朗が生涯をかけて生み出してきたもの、それはそうした皆さんの思いだったという気がします。

内藤利朗の一生は、とても美しいものだったと思います。

二〇一三年九月十日

沢木耕太郎

（13・9）

深い海の底に

1

その日、仕事場に着いて、いくつかの雑用を片付けていると、未知の新聞記者から電話が掛かってきた。

「いま、高倉健さんが亡くなったという報が入ってきました。ついては、コメントをいただけないでしょうか」

私は驚きを努めて押し隠しながら、電話でコメントをするということをしていないので申し訳ありませんが、と断らせてもらった。

電話を切ってから、痛みに似た衝撃があらためて体の奥に届いてきた。そして、思った。遅かった、間に合わなかった、と。

もう三十年以上も前のことになる。

私は、あるボクシングの試合を見るためにアメリカのラスヴェガスに行こうかどうしようか迷っていた。

それは世界ヘヴィー級のタイトルマッチで、チャンピオンのラリー・ホームズにモハメッド・アリが四度目の戴冠を懸けて挑戦するという試合だった。

迷っていたのは二つの思いがせめぎ合っていたからである。ひとつは、これまで数々の死闘を繰り広げてきたアリにとっても、さすがにこの試合が最後の世界戦になるだろう。それは見ておきたい、という思い。もうひとつは、しかし、二年ものブランクがある三十八歳のアリは、無敗の王者であるラリー・ホームズには勝ち目がないだろう。いや、勝ち目がないどころか、試合にもならないかもしれない。そんな無残なアリの姿を見るためラスヴェガスまで行かなくてもいいのではないか、という思い。

だが、試合の一週間前になって、やはり行くべきではないかと思うようになった。たとえこれがどんなに無残な結果になろうと、クアラルンプール、マニラ、ニューオリンズと、アリの世界戦を追いかけて見てきたというのに、この試合を見逃す手はないのではないか。やはり彼の最後は見届けるべきだ、と心が決まった。

そこで、私はロサンゼルス在住のボクシング・カメラマンである林一道さんに、チケットを手に入れてもらえないだろうかという連絡を入れた。ところが、折り返し電話を掛けてきてくれた林さんによれば、チケットはすでに完売になっているという。会場のシーザース・パレスの広報によれば、「三万枚用意されたチケットのうち、二万九千九百九十七枚を売りつくし、あとは予備のために取ってある三枚を残すだけであり、それは売れない」といった状況になっているという。

もしかしたら客が入らないのではないかと思っていた私には意外だったが、アリならまた奇跡を起こしてくれると信じている人がそれだけ多いということでもあったのだろう。

しかし、せっかく行こうと決心したのに見ることができないとなると残念に思えてくる。落胆しているのがわかったのか、電話口の向こうの林さんが「もしかしたら、なんとかなるかもしれないので、少し待ってくれますか」と言った。そして、実際、その翌日、「席が確保できました」という電話が掛かってきた。話を聞くと、林さんが親しい知人のために用意していた席がひとつあったが、その知人に私のことを話すと、自分が見るよりはと言ってその人が快く譲ってくれたのだという。私は林さんとその知人の好意を素直に受けることにして、すぐにラスヴェガス行きの航空券を買った。

その林さんの知人というのが、まだ会うこともなかった高倉健さんだった。

試合は、アリがホームズにめった打ちにされ、十一ラウンド目のゴングが鳴ってもコーナーの椅子から立ち上がれなかったことで決着がついた。ついにアリは、生涯で初めて、ＴＫＯという名のノックアウトによる敗北を喫することになったのだ。

私は、そのアリの敗北をどのように受け止めていいかわからないまま、深夜遅くまでカジノをうろうろしていた。

午前一時、ようやく部屋に戻ろうという気になり、ホテルの廊下を歩いていると、左右の部屋からカタカタッという音が聞こえてきた。立ち止まり、耳を澄ますと、タイプライターの音だということがわかった。この階の私の部屋の周辺には、ジャーナリストが多く泊まっていた。彼らの中にはプレスセンターで仕事を終えたあとも、部屋に戻って記事を書きつづけている人がいたのだ。それも一人や二人ではないらしい。あちこちからタイプライターの音が聞こえてくる。私はゾクッとするものを覚え、また歩き出して部屋に戻った。そして、ベッドの横のデスクの前に座ると、私も試合の観戦記を書き出した。

もちろん、私はなにひとつ仕事を持たずにやってきていた。だから、それは雑誌社や新聞社にあてたものではなかった。本来はこの試合を生で見られたはずの人が、チケットを私に譲ってくれることで見られなくなってしまった。私はその人、高倉健さんのためだけに観戦記を書くことにしたのだ。

それは想像以上に長いものになってしまい、書き終わると夜明け近くになっていた。私はその観戦記を高倉さんの事務所に送ると、ようやくモハメッド・アリの敗北の意味が理解できたように思え、安心してベッドの中に潜り込むことができたのだった。

いつか高倉さんに会って、直接、礼を言いたいと思っていたが、なかなかそのチャンスが巡ってこなかった。しかし、だからといって、無理に会おうというつもりもなかった。私には、心のどこかに、会いたい人には必ずどこかで会えるものだ、という「信仰」のようなものがあったからだ。

そして、実際、三年後にその機会がやってきた。

東京のＦＭ局で、ある番組を担当することになった。それは、私が会いたい人に、その人が行きたいという場所で会い、話をするという番組だった。私は、その一回目のゲストとして、高倉さんに出てもらえないかと思った。しかし、私がその名前を出すと、番組のディレクターは「とても無理だろう」という反応をした。それも当然だった。高倉さんがラジオの対談番組などに出るはずがない。しかし、お願いするだけしてくれないかと頼むと、ディレクターは恐る恐る高倉さんの事務所に連絡してくれた。

すると、しばらくしてディレクターから驚いたような声で電話が掛かってきた。高倉さんからオーケーが出た。出ただけでなく、もし話をするのなら、北海道の牧場に泊まりがけで行かないかと言ってくれたという。

そこで私たちは日高町にある「日高ケンタッキーファーム」という牧場で、引退した往年の名馬などを見ながら、そして、そこに付属した宿泊施設に泊まりながら話をすることになったのだ。

北海道に向かったのは七人の男たちだった。放送局の側からはディレクターや音声を担当する人だけでなく、その対談風景を番組宣伝用の写真に収めておこうというカメラマンなどが参加しており、高倉さんの側には、関係が強くなっていた東宝の若い社員が付き添いで来ていたりしたからだ。

夕方はその牧場の簡素なレストランで食事をした。

高倉さんが酒を飲まないということは知っていたが、自分にもグラスを用意してくれという。そして、グラスにワインがつがれると、乾杯の音頭を取ってくれただけでなく、グラスにほんの少しだけ口をつけてくれた。あとで訊くと、自分がそうしないと、他の人が飲みにくいだろうからというのだった。

夜はみんなで暖炉を囲んで、高倉さんがポットに入れて持ってきてくれたコーヒーを飲みながら話をした。

そのとき、このような番組にどうして出演してくれたのかということについて、こんな風に語ってくれた。

「事務所にも言っていたんですね。沢木さんだったら、どんなことでもするから、いつでもあけるから。そういう方があるんですね。僕は全然お目にかかってないのに、手紙を読んだときに、この人にお目にかかりたいとか、この人が書いたものを読みたいとか思うようになる方が……」

話は長時間におよび、内容は多岐にわたった。

高倉さんは、決して流れるようにはしゃべらない。しかし、言いたいことを正確に伝えるために、少しずつ考えながら話す。それが「口下手」と受け取られることもあるが、話してくれる内容はどれも焦点の定まった興味深いものばかりだった。

たとえば、それはこんなふうなものだった。

「俳優ってつくづく孤独な、まあどんな職業でもそうかもしれませんけど、どんなに自分が好意を持っていても、どんなになんとかしてあげたいと思っても、実際に映される場合、演じる場合というのは、やっぱりその人ひとりなんですからね。このあいだもある高名な俳優さんが、台詞が引っかかってなかなか言えなくて、それを横っちょで、出てくるのを待っていたんですけど、そういうときってつらいですね。なにか自分の未来を見てるみたいでね。だけど、それは自分がどんなにその人のことを案じても、スタッフがどんなに案じても、それは代わりにやってやるとか、代わりにしゃべってやるということはできないんです」

私たち——話していたのは主として高倉さんと私だったが、そこにいた全員も一緒に話しているような気分だったと、あとでみんなから聞かされた——は、夜遅くまで暖炉の火を眺めながら話しつづけた。

北海道で贅沢な二日間を過ごすことができ、高倉さんとの対話も充分に録音することができた。放送局では、これを一回分の一時間で放送するのはもったいない、二回に分けて、つまり二週にわたって放送しようということになった。しかし、そのとき、ディレクターは大変なことを忘れていたのに気がついた。高倉さんの出演料を決めていなかったのだ。

私は、以前、TBSの親しい知人からこんなことを聞いたことがあった。彼は長年ラジオドラマを作ってきた人だったが、しばらく別の部署に異動させられていて、久しぶりに古巣に復帰すると、当時としても珍しいほどの大掛かりなラジオドラマを企画した。吉村昭原作の『羆嵐《くまあらし》』を、高倉さんの主演で二時間のドラマにしようとしたのだ。彼のプランを高倉さんも面白く思ってくれたらしく、倉本聰さんの脚色、倍賞千恵子さんや笠智衆さんの共演で実現の運びとなった。その番組は、日本のラジオ局が作り得た最後の本格的なラジオドラマだったのではないかと思えるほどのものになったが、その制作費もラジオの枠を超える巨額のものになった。高倉さんの出演料だけでも三百万円以上になったからだ。

私が、我が番組のディレクターにその話をすると、まさに彼は「蒼く」なった。ラジオドラマと対談番組では質が違うとは言え、あの高倉さんを二日間も拘束し、二回分二時間の番組にしようとしているのだ。

ディレクターは再び恐る恐る高倉さんの事務所に電話を掛けて訊ねた。今回の出演料をいくらお払いすればいいでしょうか。すると、事務所の女性がこう言った。

「ラジオの予算ではとてもお払いになることはできない額だと思います」

ディレクターはさらに「蒼く」なったが、事務所の女性の話には続きがあった。

「だから、一銭もいただかなくてよいと申しております」

私たちは高倉さんをタダで二日間も働かせることになったのだ。

その番組は、最初に高倉さんが出てくれたことによって、さまざまな人が快く出演してくれることになった。吉永小百合さん、中島みゆきさん、井上陽水さん、阿佐田哲也さん……そして最終回には、まずそのような番組には出るはずがないと言われていた美空ひばりさんまでが出演してくれた。「健ちゃんが出た番組ならいいわ」というのだった。ただし、ひとつ、いかにも美空さんらしい条件がついていた。

「健ちゃんが二週やったんだったら、私も二週にして」

もちろん、放送局側にも私にも異論があるはずはなかった。


その美空さんの番組が放送され、私にはまた原稿を書くことに集中するという日々が戻ってきた。

そんなある日、私の住んでいる集合住宅に来客があった。インターフォンが鳴り、「どなたですか」と応答すると、低く太い男性の声が聞こえてきた。

「高倉です」

まさか、あの高倉健さんが家に訪ねてくるはずはない。しかし、あの高倉さん以外、私には高倉という知り合いはいない。

慌てて玄関に飛び出て、ドアを開けると、そこに訪ねてくるはずのない高倉さんが立っていた。

「突然ですみません」

そう言ってから、手にした大きな紙包みを差し出した。

「これ、知り合いに作ってもらったんですけど、よかったら使ってくれないかなと思って」

何かはわからなかったが、そのためにわざわざ訪ねてくれたらしい。私はそれが何かわからないまま受け取って、言った。

「ありがとうございます……」

そこで、ふと気がついて、どうぞお上がりくださいと言おうとすると、そこに、ようやく立てるようになったばかりの娘がよちよちと歩いて出てきた。

高倉さんは一瞬驚いたようだった。私に子供がいるとは思っていなかったのかもしれない。しかし、小さな娘が私の足につかまり、この人は誰というように高倉さんを見上げると、やさしい笑みを浮かべて小さな声で言った。

「高倉です」

私が慌てて「どうぞ、お上がりください」と声に出して言うと、高倉さんは「外に車を停めてあるんで」と言い、

「それじゃあ」

と言い残して出ていった。

まさに風のように現れ、風のように去っていってしまったのだ。

茫然としたまま、居間のテーブルに高倉さんが手渡してくれた包みを置いた。茶色いクラフト紙のようなもので無造作に包み、紙紐で簡単に結んである。広げてみると、そこには、ハンティ

ングワールドのバッグに似た、ダークグリーンのショルダー式の旅行鞄があった。革は柔らかく、全体に手作りであることがよくわかる風合いがある。見ただけでも、いかにも使いやすそうなバッグだった。もしかしたら、北海道に行ったとき、私のバッグが古ぼけて穴が空きそうなのを眼に留めてくれていたのかもしれなかった。

私は、ありがたく使わせてもらうことにした。

2

それ以後、ときどき、ほんのときどきだったが、高倉さんと会ってコーヒーを飲みながら話すようになった。

場所は、青山の珈琲店だったり、高輪のホテルのミーティングルームだったりした。

そのホテルのミーティングルームでは、高倉さんに「ここの温かいアップルパイがおいしいから」と勧められ、よく一緒に食べながら話をした。

コーヒーをサーブしに来てくれた若いウェートレスが、図体の大きな男が二人でアップルパイを食べながら話をしているのを見て、びっくりしたような表情を浮かべたりしていたものだった。

ある日、そのミーティングルームで話しているとき高倉さんに訊ねられた。

「いま、どんなことをしてるんですか」

その頃、私は自分の語学力を省みず、無謀にもロバート・キャパの伝記の翻訳をしていた。

「翻訳をしています」

私が答えると、高倉さんは不思議そうな表情を浮かべながら訊ねてきた。

「どんなものを訳しているんですか」

「ロバート・キャパの伝記です」

するると、高倉さんはこう訊ねてきた。

「キャパっていうのは、どういう人なんですか？」

それに対する答え方はいくつもあったろう。スペイン戦争で「崩れ落ちる兵士」という写真を撮って名声を得た。第二次世界大戦のノルマンディー上陸作戦で、「血のオマハ」と呼ばれる激戦地に従軍し、震えるような戦闘写真を撮り切った。あるいは、第一次インドシナ戦争を取材中、ベトナムで地雷を踏んで死亡した。

しかし、そのときの私は、こんな紹介の仕方をした。

スペイン戦争が終わり、しばらくアメリカに行っていたが、やがて第二次世界大戦が勃発すると、ヨーロッパに渡って連合国軍に従軍して写真を撮るようになる。そのとき、ロンドンでピンキーというニックネームの美しい女性と恋に落ちる。アフリカ戦線から戻り、ピンキーとの再会を果たすと、キャパはホテルに高価なシャンパンを用意して楽しい夜を過ごそうとする。ところが、戦線の状況が急変するや、美しい恋人と飛び切りのシャンパンを残したまま戦場に向かってしまう……。

私がそこまで話すと、その説明を黙って聞いていた高倉さんがつぶやくように言った。

「どうしてなんでしょうね」

私は意味がうまく取れなくて訊き返した。

「えっ？」

「どうして行っちゃうんでしょうね」

「………」

「気持のいいベッドがあって、いい女がいて、うまいシャンパンがあって……どうして男は行ってしまうんでしょうね」

私がどうとも反応できなくて黙っていると、高倉さんが独り言のようにつぶやいた。

「でも、行っちゃうんですよね」

そこには複雑な響きが籠もっているように思えた。そして、私は思ったものだった。高倉さんも、どういうかたちかは正確にわからないが、かつて「行ってしまった」ことがあったのだな、と。

その翻訳は、時間はかかったものの、上下二巻の本としてなんとか刊行することができた。するると、それを読んだ広告代理店のある人が、私にテレビ番組の出演依頼をしてきた。キャパの足跡を追ってヨーロッパを旅しないかというのだ。

当時の私には、テレビの出演に対して強いアレルギーがあった。声はまだしも、顔を晒《さら》すことはノンフィクションのライターとして作品を書きにくくさせてしまうのではないかという強い懸念を抱いていたのだ。そのため、テレビ出演をすべて断っていた。

しかし、二、三週間かけてキャパに関わりのある地を巡るというその話は魅力的だった。迷っているうちに、話はどんどん大きくなり、高倉さんと組んで旅をしてほしいということになった。私は、そこに高倉さんの名前が出てきた時点で、その番組は成立しないだろうと思った。高倉さんがそんな仕事をするはずがない。私はどこかでホッとしていた。これで悩まなくても済む、と。

ところが、高倉さんにその話を打診すると、思いもよらない答えが返ってきたという。

「沢木さんとヨーロッパを旅するというのもいいかもしれないな」

高倉さんが出演してくれるということで、その番組のプロジェクトは格段と大きなものになっていった。

それに比例して、私はさらに憂鬱になってきた。これまでテレビには出ないと言いつづけていたのに、いくらキャパだからといって、いくら高倉さんと一緒だからといって自分の原則を曲げるのは恥ずかしいのではないか。

悩みに悩んだあげく、しばらくして、高倉さんに、申し訳ないがこの話はなかったことにしていただけないだろうか、と告げることにした。せっかく私のために一カ月もスケジュールを空けてくれようとしていたのに、その身勝手さに呆れ果てられるだろうと思っていたが、逆に高倉さんはこう言って慰めてくれた。

「いいじゃないですか。いつか、仕事抜きで一緒にヨーロッパに行けばいいんだから」

私は、ますます高倉さんに借りばかり作っている、という意識が強くなった。

だから、東宝の高倉さん担当の社員から、高倉さんの映画のシノプシスを書いてもらえないかと頼まれたとき、よしやってみようと勇んだのだ。これで少しでも借りを返すことができるかもしれない、と。

かつて、高倉さんが羨ましそうに、そして少し悲しそうにこう言うのを聞いたことがあった。

「ハリウッドのスターは、一本撮り終わると、家の机に積んである何十冊もの脚本を読んで、その中から次の作品を選ぶことができるらしいんだ。こっちは、一冊もないどころか、仕事が決まってもまだホンが書き上がるのを待っていなければならないくらいなんだからなあ」

高倉さんに、机に積まれた脚本の一冊になるようなシノプシスをなんとしてでも書いてあげたい。

だが、その熱意とは裏腹に、作業はなかなかうまく進展しなかった。

あるストーリーを考えて高倉さんに話すと、ちょっと違うなという表情を浮かべられてしまう。あるいは、高倉さんにこんな設定で考えてみてくれないかと頼まれ、ストーリーを考えていくと、そこに制服をからませられないかと言われてしまう。

高倉さんの好きな映画に、ジョン・フォードが監督した『長い灰色の線』とリチャード・ギアが主演した『愛と青春の旅だち』がある。どちらも、制服が重要な要素として登場してくる。高倉さんには制服というものへの強いこだわりがあるようなのだ。しかし、私にはそれが理解できない……。

そんなやり取りを何度か続けたあとのある日のことだった。青山通りに面した珈琲店でやはり映画の話をしていた。

「高倉健でどんな映画が見たい？」

高倉さんにいきなりそう訊かれた私は、少しヤケになって答えた。

「この青山通りを、渋谷方面から赤坂方面に向かって、高倉さんがゼーゼー言いながら走りつづけるような映画です」

「走ってどうする」

「走るだけです」

「高倉健は追われているのか、追っているのか」

「追われていても、追っていてもどちらでもかまいません」

「終わりはどうなる」

「終わりなんてどうでもいいんです。この道を高倉健がゼーゼー言って走ってくれさえすれば、ストーリーだって、終わりだって、どうにでも考え出してみせます」

さすがにその私の乱暴な台詞には高倉さんも苦笑していたが、私は本気だった。

それからしばらくしてクリント・イーストウッドの『ザ・シークレット・サービス』が世に現れたとき、高倉さんにやってほしかったのはこれだったのだと悔しい思いをした。

だが、私が提示するストーリーに高倉さんの顔がパッと輝くということはなかった。どうやら、高倉さんが撮りたい映画と、私が見たい映画には微妙な差異があるようだった。


そうしたこともあって、高倉さんと会うことが間遠になり、少し疎遠になっていた。

それを知って、あるとき檀ふみさんが、東映の大泉撮影所で撮影中の高倉さんの「陣中見舞い」に誘ってくれた。檀さんにとって高倉さんは、『昭和残俠伝　破れ傘』に出演することで芸能界にデビューすることになって以来の「永遠のアイドル」だった。

そのとき高倉さんが撮影していたのは、降旗康男さんが監督する『鉄道員（ぽっぽや）』だった。それも、ちょうど幻の娘役の広末涼子さんが、高倉さんが駅長を務めている駅舎に訪ねてくるという、ある意味でこの映画にとって最も大事なシーンを撮っているところだった。

噂どおり、シーンとシーン、カットとカットの間の休憩時間にも、高倉さんはずっと立ちつづけて待っている。私にそんなことを言ったわけではなかったが、スタッフが必死に働いているときに、自分だけ安穏と休んでいるわけにはいかないというようなことなのだろうと理解した。

そんな配慮より、さっさと休養を取って、次のシーンを生き生きとしたものにしたほうがいいではないか、という言い方にも一理ある。もしかしたら、一理どころか理のすべてがある正しいことなのかもしれない。だが、高倉さんには、それが正しいことかどうかより、自分が感覚的に納得できるかどうかのほうが大事だという考え方があるようなのだ。

夕方になり、仕事のある檀さんは途中で帰ったが、私はずっと見学させてもらうことにした。

その日は、夜遅くまで撮影が続くということで、午後六時過ぎに夕食のための休憩が入った。

普通は弁当ということになるらしいのだが、高倉さんの映画ではケータリングの食事が運び込まれ、スタジオの前が即席の屋台村のようになるという。実際、おにぎりや湯気の立った味噌汁や温かそうなおかずが長いテーブルの上に並び、出演者やスタッフがビュッフェスタイルで好きなように食べはじめた。

しかし、高倉さんはほとんど箸をつけず、みんなと少し離れたところにひとりで立っている。スタッフから私も食べることを勧められたが、高倉さんの傍に寄り、二人で雑談することのほうを選んだ。

そこに、広末涼子さんが近づいてきた。高倉さんが私を紹介してくれ、三人で話すことになった。

当時、広末さんは、早稲田大学に入学したものの、通学のたびに大騒ぎになってしまうため、ほとんど休学状態になっていると聞いていた。

「やはり、いまも大学には行けないんですか？」

私が訊ねると、広末さんは少し表情を曇らせて言った。

「ええ、私が行くと、いろいろなところに迷惑をかけてしまいそうで」

すると、高倉さんが言った。

「それなら、沢木さんと二人でボディーガードをしてあげようか」

それを聞いて、広末さんが笑いながら言った。

「そんなことしたら、もっと大騒ぎになってしまいます」

もちろん、高倉さんも本気ではなかったろうが、まったくの冗談というのでもなさそうだった。

そして、こう言った。

「もし、日本の大学に行けないんだったら、一、二年、アメリカに行って学校に通ったらいいんじゃないかな」

その意見に私も同意した。

「それはいいかもしれない。日本にこだわる必要はないんじゃないかな」

すると、広末さんは、私たち三人のやりとりを少し離れたところで心配そうに見つめていた男性に向かって声を掛けた。

「もし私がアメリカに行っちゃったりしたら、＊＊さんは悲しむでしょ？」

その男性はどう答えていいかわからず、曖昧な笑いを浮かべている。どうやら、その男性は、広末さんの所属事務所の責任者のようだった。

しばらくして、広末さんが食事のテーブルの方に去っていくと、高倉さんが残念そうに言った。

「行けるときにアメリカに行って、きちんと英語を勉強してくるといいんだけどなあ」

そして、こう付け加えた。

「政信にも言っているんだ。いまのうちにしばらくアメリカで英語の勉強をしてきたほうがいい。それくらいの費用だったら出してやるからって」

政信とは、やはり『鉄道員』に出演している若い男優の安藤政信さんのことのようだった。


そうした高倉さんの言葉には、ハリウッドというより、「洋画」というものに対する独特の強い思いがあったような気がする。

高倉さんは北九州の炭鉱町で育っているが、自分が映画俳優になるとは思ってもいなかった少年時代から、そこにある三つの映画館のうちのひとつで「洋画」をよく見ていたらしい。

たとえば、ヴィヴィアン・リーとロバート・テイラーが主演した『哀愁』は十数回見たという。対訳本で台詞をすべて記憶し、友人と映画館に行くと、ほら次は、男が「あなたは幸せか」なんて言うんだぞ、そして返事を聞くと、「完全にか」なんて訊き返すんだぞ、などと言い合いながら見ていたという。

高倉さんがハリウッドの本格的な「洋画」に出演した一本にリドリー・スコットが監督した『ブラック・レイン』がある。

そのときのことはさまざまなかたちで何度か聞いたことがある。

最後に近いシーンで、監督のリドリー・スコットが自らカメラをかついで撮影しはじめたときの迫力には凄まじいものがあったということ。

日本での撮影部分が終わると、高倉さんが懇意にしている隠れ家のように小さな神戸のレストランに主演のマイケル・ダグラスを招待したこと。

それを喜んだマイケル・ダグラスが、アメリカで招待してくれたのは、ワイナリーの地下カーブをレストランに改造した豪華なところだった。食事が終わって、別の間でくつろいでいると、いつの間にかバイオリン弾きがやってきて美しい旋律を奏でてくれたということ。

マイケル・ダグラスが、アメリカの撮影部分で最後に残った泥まみれの格闘シーンを撮り終えると、そのままの姿で近くに待たせてあったヘリコプターに乗って颯爽とロサンゼルスに戻っていったということ……。

そして。

映画の完成後、ロサンゼルスでプレミア上映されることになった。ホテルから会場までは大きなリムジンが迎えに来て、共演者の松田優作さんと共に乗り込んだ。

会場が近づいてくると、松田さんがカメラを差し出して少し恥ずかしそうに高倉さんに言った。

「これで撮っていただけませんか」

高倉さんが、そのとき、死を間近にしていた松田さんの本当の病状を知っていたかどうかはわからない。しかし、高倉さんはそのカメラを受け取ると、快く記念写真を撮ってあげたという。

「優作が妙に真面目な顔をしてね。でも、嬉しそうだった」

リムジンの中で、正装した高倉さんがカメラを構え、やはり正装した松田さんの記念写真を撮っている。それを想像しただけでふっと口元が緩んできそうになる。

狂気をはらんだような犯人役の松田さんに比べ、真面目すぎるくらい真面目な刑事役の高倉さんは、決して得な役回りではなかったが、『ブラック・レイン』の話をするときの高倉さんはいつも楽しげだった。

高倉さんは、必ずしも流暢ではなかったかもしれないが、英語で自分の意思を伝えることが普通にできた。しかし一方で、もう少し英語が自在にしゃべれたらという思いもあったのだろう。若い俳優たちへの「一、二年アメリカで勉強してきたら」という言葉には、もしかしたら、俳優としてほんの少し満たされなかった「夢」の存在が見え隠れしているのかもしれない。

3

いつかいつかと思いながら、自分の仕事の忙しさにかまけて、高倉さんの映画のためのシノプシスを書けないでいることが長く続いた。

そのうち、高倉さんが映画を撮る間隔が長くなり、出演する映画のストーリーも私が好むものとはかなり違っていると感じられてきて、自分の出番はなくなったと思うようになっていた。

ところが、五年前のことだった。

アメリカで映画を撮っている中国人監督のウェイン・ワンさんが来日し、私に会いたいという申し出をしてくれた。ワンさんは、エイミ・タン原作の『ジョイ・ラック・クラブ』やハーヴェイ・カイテル主演の『スモーク』などの作品で知られている。

夜、食事をする約束で会ってみると、ワンさんは私と同年代の温和な好男子で、すばらしく魅力的な人物だった。そのワンさんが「いま、沢木さんはどんなことに興味を持っているのですか」と質問してくれた。

そのとき、私はマカオから帰ったばかりのところだった。

本来、私はギャンブルにほとんど興味のないタイプの人間だった。ところが、二十五年ほど前、ひょんなことからバカラに関心を持つようになってしまったのだ。

二十五年前、阿佐田哲也こと色川武大さんが亡くなり、その色川さんの追悼をするため、ひとりでマカオに行った。生前の色川さんが「いつかマカオに行ってバカラをしよう」と言ってくれていたからだ。私が文庫の解説を書かせてもらうことになった『新麻雀放浪記』では、重要な舞台がマカオであり、ギャンブルの種類がバカラだった。色川さんは、マカオに行って、私にバカラというものを教えてくれようとしていたらしい。ところが、色川さんがこの世を去ったため、ひとりでマカオのカジノに行くことになった私は、まったくやったこともないバカラの勝負を眺めているうちに、自分でも信じられないくらい強く魅入られてしまった。そして、一週間ぶっつづけでバカラをやって日本に帰ったときには立派なバカラのジャンキーになっていた。

以来、仕事で外国に行き、そこでの用事が終わると、近くにカジノがあるかどうか調べ、そこにバカラの台があれば必ずやるというようになった。いや、仕事がなくても、ただバカラをやるためだけにマカオやラスヴェガスに行くようになった。

そのようにバカラをやりつづけているうちに、バカラをテーマにひとつのストーリーができないだろうか、という思いが生まれてきた。カジノの周辺、とりわけバカラのテーブルの周辺では、実にさまざまな人に遭遇し、さまざまな物語の断片を目撃することになった。これを小説にできないだろうかと思うようになったのだ。

だが、それはぼんやりした思いだけで明確なストーリーにはならなかった。


ところが、ウェイン・ワンさんに、いまどんなことに興味を持っているのかと訊ねられ、バカラと答え、バカラをテーマに小説を書きたいと思っていると付け加えると、さらに、それはどんなストーリーなのですかと訊ねられた。

ひとりの若者が偶然のことからマカオに立ち寄り、おっかなびっくりバカラをやってみる。ほんの少額を賭けて当たるが、そのチップを中国人の老人にかすめ取られてしまう。それから、何度かその老人をカジノの周辺で見かけるうちに興味を覚えるようになる。あるとき、街を歩いている老人のあとをつけるように歩いていくと、墓地に入っていく。その奥のベンチで煙草をふかしているところを見つけると、若者はつかつかとその老人に近づいて声を掛ける。

「日本の方ですね」

すると、その老人は中国語ではなく日本語で鋭く言う。

「どうしてだ」

そこから謎めいた老人と若者との関わりが始まるのだが、私はそれを、いわゆる「仕方話」で話しつづけた。

私は英語が上手に話せない。ところが、ワンさんはすぐれた通訳を伴っていて、彼女が見事に訳して聞かせてくれる。私が長い話を終えると、ワンさんが言った。

う。

「それは、そのままで映画のシナリオになっています」

そしてこうも言った。

「もし映画にするとしたら、やはりその老人の役は高倉健さんしかいませんね」

聞けば、ワンさんも高倉さんのファンだという。一度は一緒に仕事がしたいという手紙を送ると、高倉さんから自分もいつか一緒にできたらと思っているという返事をもらったくらいだという。

そのとき、私の内部で、やはりそうだったのかと気がついた。やはり私は無意識のうちにあの老人を高倉さんに擬して考えていたのだ。

別れ際にワンさんが「小説が完成したらぜひ読ませてください」と言った。たとえ社交辞令だとしても、その言葉は嬉しかった。

私は翌日からその物語を書くことに熱中しはじめた。その老人が生き生きと動き出したからだ。高倉さんの声に乗せて考えると老人の台詞が次々と浮かんでくる。なるほど、役者に当て書きをする座付き作家が書きやすいというのはこういうことなのかと納得した。

もしこれが完成したら、高倉さんの映画の原作の候補になるかもしれない。これまで一度もきちんとしたかたちで高倉さんに映画の主人公の人物像を作り上げて提示することができなかったが、もしかしたらこれがその代わりになるかもしれない。

だが、半年もあれば書き上がるだろうと思っていたが、とてもそんな簡単には行かなかった。当初は、原稿用紙にして二百枚くらいの中編と考えていたが、書いて行くうちにストーリーが膨らんでいってしまったのだ。四、五百枚の長編になり、八百枚から千枚になり、千二百枚を超えるようになってしまった。それと共に、一年、また一年と過ぎていってしまった。

ウェイン・ワンさんが読みたいと言ってくれたのは単なる社交辞令だと思っていたが、一年に一度くらい「まだ小説は完成しませんか」という問い合わせがくる。だが、三年経っても四年経っても書き上がらなかった。

しかし、五年後のこの秋、それは『波の音が消えるまで』というタイトルを持つ、千五百枚の書き下ろし小説として完成した。

ほぼすべての作業が終わり、あとは刊行を待つだけになった。

あまりにも遅くなり過ぎた。いまの高倉さんにはこのような動きの激しい役は演じられないかもしれない。いや、その前に、このような役を好まないかもしれない。だが、とにかく出来上がったら読んでもらおうと思った。


刊行を待つあいだ、私はしばらくロサンゼルスに滞在することにした。ロサンゼルス在住の林一道さんが招いてくれたのだ。

林さんは私と高倉さんを結びつけてくれた人だった。高倉さんのためにとっておいたアリ戦のチケットを、高倉さんの承諾を得て私にまわしてくれた。それがなかったら、私は高倉さんと出会うこともなかっただろう。

若い頃、日本から新天地を求めてロサンゼルスに渡った林さんは、偶然のことから高倉さんと知り合った。以来、私の眼には、アメリカにおける「弟分」と映るようなかたちで高倉さんとの関係を続けていた。かつて高倉さんは、暇になると必ず行くというほどハワイが好きだったが、いつの間にかそれが西海岸になっていた。そこに、林さんがいたということも、大きな要因だったような気がする。

林さんが私を招いてくれたのは、ボクシングのスーパースターへの道を歩みはじめているゲンナジー・ゴロフキンの世界タイトルマッチを見せたいと思ってくれたからだった。チケットはとってあるから、もしよかったら来ないかという。そこで私は、長かった仕事の疲れを癒すためもあってロサンゼルスに向かったのだ。

試合は、ゴロフキンの底知れない強さを見せられただけであっけなく終わってしまったが、その滞在の最後の日の夜、海岸沿いにある林さんの部屋で、林さんが大切にしている一本の音楽テープを聞かせてもらった。

「これから林君のために『叱られて』を歌いますね」

そうやさしく語りかけた女性は、伴奏のいっさいない、いわゆるアカペラで、太く低い声で歌いはじめる。

叱られて　叱られて
あの子は町までお使いに

それは、高倉さんの妻だった江利チエミさんの歌声だった。

林さんが若い頃、何者かになろうと悪戦を続けていた時期に江利さんがひとりでロサンゼルスにやって来た。そして、林さんのアメリカにおける親がわりとなってくれていた方の家に泊まった。当時、江利さんは高倉さんとの離婚を目前にしていた。だが、高倉さんの「弟分」のような林さんのことを気に掛けてくれていた江利さんは、寂しくなったら聞いてほしいと言い、自分の部屋でひとり歌い、ひとりで録音したそのテープを手渡してくれたのだという。テープの中には、「叱られて」以外に「赤とんぼ」や「月の沙漠」など全九曲の童謡唱歌が吹き込まれていた。林さんによれば、江利さんが録音するために使ったそのテープレコーダーは、高倉さんが林さんの親がわりの方にプレゼントするため日本から持ってきてくれたものだったという。

たぶん、高倉さんと江利さんは別れる必要のない二人だったのだろう。私も高倉さんが「こっちから別れるつもりは全然なかったんだけどね」と言うのを聞いたことがある。だが、二人の結婚というフィルムは、巻き戻して修復をされないうちに、主演のひとりである江利さんが命を落としてしまった。

静かな静かな　里の秋
お背戸に木の実の　落ちる夜は

聞いているこちらの心に滲み入ってくるような江利さんの歌声を聞きながら、私と林さんはやはり高倉さんのことを話していた。

私は『波の音が消えるまで』の話をし、その老人の役を高倉さんに演じてほしかったが、さすがにもう無理かもしれない。しかし、誰かのまったく違う物語でいいから、あと一本、高倉さんに映画を撮ってもらいたい。美しく消えていく「最後の映画」を撮ってほしい……。

そう私が言うと、林さんが言った。

「もういいじゃないですか」

「………」

「もう充分、演《や》ってきたじゃないですか。これ以上、何を演らせようというんです。高倉さんには、ありがとうございました、と言って、休んでもらいましょうよ」

そのとき、パーンと横面を張られたような気がした。そうかもしれない。あと一本、もう一本というのは、こちらの勝手な思いに過ぎないのかもしれない。高倉さんは、もうすでに充分演じつづけ、演じ切ったのかもしれない……。


日本に帰ると、間もなく『波の音が消えるまで』の見本が刷り上がった。

私は、編集者に頼み、その本をまず東宝の社長室に送ってもらった。私が初めて北海道で高倉さんと会ったとき、東宝から付いてきた若い社員がいる。そして、その社員は、しばらくすると私に高倉さんの映画のシノプシスを書かせてくれようとした。その社員、島谷能成さんが、いまは東宝の社長になっていたのだ。

その本は、ついに島谷さんのもとに届けられなかったシノプシスのかわりだった。私が高倉さんに演じてもらいたかった役とは、このような人物だったのです。最終的に、このような人物になったのです。それを伝えたかった。そして、島谷さんがその本を読めば、きっと高倉さんに手渡してくれるだろうと思ったのだ。

しかし。

本の新聞広告が朝刊に出たその日の昼前、未知の新聞記者から電話が掛かってきた。「いま、高倉さんが亡くなったという報が入ってきました……」と。

遅かった。もう少し早く書き上げていれば、高倉さんにも眼を通すくらいのことはしてもらえたかもしれない。間に合わなかった。

だが、一方で、それもよしとしよう、という諦めとは異なる思いが生まれてもいた。

高倉さんが演じる映画にはならなかったが、どこからか、その老人の台詞が高倉さんの声に乗って聞こえてくる。それはつまり、その小説が、私の内部で、私だけの高倉さんの映画として存在しているということであるのだろう。脚色されなかったおかげで、完璧な姿のままの一本の映画として。

もしかしたら、私と林さんがロサンゼルスで江利さんの歌を聴きながら高倉さんの話をしていたとき、高倉さんは病院のベッドの上で苦しい戦いをしていたのかもしれない。

かつて、私が初めて高倉さんと北海道の牧場で話したとき、こんなやりとりをしたことがあった。自分の未来というものがどのように見えているのですかと私が訊ねると、高倉さんはこう答えた。

「何も見えていませんね。僕はついこのあいだまでは、メキシコのモーテルでからからになって死んでたよ、なんていうのはかっこいいなと思っていたこともありましたけど、いまはそういうのはいやですね」

そこで、私が、いまは、と訊ねると、こう答えたのだ。

「いまはね、そうですね、いまだったら、アクアラングで潜ったままぜんぜん出てこないというのがいいですね。なんだかカリブ海に潜りに行ったまんま上がってこないよ、というのが一番いいですね」

確かに高倉さんが死んだのは病院のベッドの上だったが、ほとんど高倉さんが望んだとおりの死を迎えることができたような気がする。本当に身近な少数の人を除いて、死の間際の戦いの存在も、その詳細もいっさい知られることがなかった。だからこそ、私たちは、高倉さんがベッドの上で死んだのではなく、北の雪嶺の奥深くに分け入ったまま消えてしまったかのように思うことができるのかもしれないのだ。あるいは、南の深い海の底に潜ったまま……。

（15・1）

供花として

もう二十年以上前のことになる。私は檀一雄の未亡人であるヨソ子さんのもとを週に一回訪ね、話をお聞きするということを続けた。

それは断続的ではあったが、ほぼ一年に及んだ。

私が石神井にお住まいのヨソ子さんを訪ねて話を聞くようになったとき、最初のうち、その訪問の曜日は月曜日だった。月曜の午後一時半にうかがい、六時前に失礼する。いま考えれば、もうすでに七十代に入られていたヨソ子さんに、ずいぶん長い時間付き合わせたものだと思う。

しかし、お邪魔していた四時間余りをずっとインタヴューしていたわけでなく、そこには二度ほどのコーヒー・ブレイクが挟まれるのが常だった。三時頃にケーキか和菓子を出してくださる。そして、四時半を過ぎた頃には、いわゆる「小腹」を満たしてくれるような軽い食事が出てくる。

ある日、手製の鯖鮨が出た。とてもおいしく、私は瞬く間にすべてを平らげてしまった。よほど私がおいしそうに食べたらしく、次の週も鯖鮨を作っておいてくださった。もちろん、それもきれいに平らげた。

以来、夕方の軽い食事は鯖鮨と決まっていった。月曜日にうかがい、ケーキか和菓子を食べ、鯖鮨を御馳走になる。まったく何が目的かわからないくらいだったが、とりとめもない私の質問に答えることを、ヨソ子さんもそれなりに楽しんでくださっているようにも思えた。

ところが、そんなある日、ヨソ子さんがこうおっしゃった。

「もしよければ、来週からは、月曜ではなくて、火曜日にいらっしゃっていただけませんか」

もちろん、私に否はなかった。当時は、ヨソ子さんにお会いして話を聞くというのが、私の生活のリズムを作ってくれている最も大事な「イベント」だった。

しばらくして、ふと、その理由をおうかがいしてみる気になった。

すると、ヨソ子さんは少し恥ずかしそうにこうおっしゃった。

「前の日が日曜日だと、魚屋さんがお休みなので、いい鯖が手に入らないんですよ」

どうせ作るのなら、いい鯖を手に入れたいから、というのだった。

そのヨソ子さんも、去年の夏、九十二歳で亡くなられた。

長女の檀ふみさんの意向もあり、親族と、ごく親しい知人だけの葬儀だったが、その会葬者には御礼として私の書いた『檀』が配られた。

ふみさんからは、私のもとに、『檀』は母にとって美しい花でした、という感謝の念を伝える手紙が届いた。

あるいは、ヨソ子さんが毎週火曜日に作ってくださった鯖鮨が、その遺影を飾るささやかな「供花」を生んでくれたということになるのかもしれない。

（16・7）

銀河を渡る――あとがき

私は、これまで、全エッセイと呼ばれる本を二冊出してきた。『路上の視野』と『象が空を』である。どちらも十年分のエッセイをまとめたものだった。

二冊目の『象が空を』を出したのが一九九三年だったから、その流れでいけば、十年後の二〇〇三年に三冊目の全エッセイ集が出ていてもおかしくなかった。

しかし、そのとき、何かの理由でエッセイ集をまとめている余裕がなかったのだと思う。少しずつ先延ばしにしているうちに、なんと二十五年が過ぎてしまった。このまま放置していくと、散逸しかねない。そこで、今年、なんとしてでも出しておこう、ということになった。

だが、さすがに二十五年のあいだに膨大な量のエッセイが溜まっており、そのすべてを一冊に収録するわけにはいきそうにない。前二冊の全エッセイ集には、談話や書評のようなものまで、文字通りすべてを収めていたが、今回の『銀河を渡る』では、一、二の例外を除いて、ほぼ純粋にエッセイと呼べるものだけを集めることにした。

そしてそれらのエッセイを、「歩く」、「見る」、「書く」、「暮らす」、「別れる」の五つのパートに分類した。その分け方は『象が空を』を踏襲したものだが、本来そこにあったのは「歩く」、「見る」、「会う」、「読む」、「書く」、「暮らす」の全六部だった。つまり、この『銀河を渡る』は、前著にあった「会う」と「読む」がなくなり、「別れる」が増えたということになる。

かつて「読む」というパートにまとめられていた書物関係のエッセイ群は、あまりにも量が多すぎるため別の本にまとめられることになった。とすると、『象が空を』と『銀河を渡る』との大きな違いは、「会う」がなくなり、「別れる」、つまり追悼の思いを込めて書かれた文章がひとつのパートとして立てられるほどの量になっていたという点になる。

それは、この何年かの私の日々の送り方の変化を如実に反映しているのかもしれない。

もちろん、いまでもさまざまな人と会うことを続けている。しかし、新たに会った人についてより、永い別れを告げざるをえなかった人について書きたいと思うことの方が多くなっていたのだ。


だが、二十五年という、そう短くはないこの年月の中で、変わらなかったことがひとつある。それは、私が常に移動を繰り返してきたということだ。ここではないどこかを求めて、というほど初々しくはないにしても、ここことは異なるどこかへ行きたい、という好奇心が消え失せたことはなかった。それが私に繰り返し繰り返し海を渡らせた。

ここことは異なるどこかへの旅をしても、やはりしばらくすればここに戻ってくる。しかし、それは、ここが離れがたい宿命の土地と感じられているからではなかった。どこかに行き、ここに戻ってくるたびに、ほっとするということはある。しかし、同時に、ここが、他のどこかとほとんど等価になっていくような感覚が生まれてくるのを覚えつづけてもいたのだ。ここが常に帰るべき場所というのではなく、単に出発すべき場所として存在するようになったということでもある。

ところで。

私が移動を続けてきたと言うとき、それは単に空間的なものだけではない。たとえば長くノンフィクションを書きつづけてきた私が、フィクションをぽつぽつと書くようになっている。それもまた、ここことは異なるどこかへ、という好奇心がもたらす移動への情熱のなせるわざだったように思える。

かつて山口瞳は、私のエッセイについて「エッセイを小説のように書く」と評したことがあった。そして、自分自身についてはノ「小説を随筆のように書く」のだとも。

その「エッセイ」を「ノンフィクション」に置き換えると、私は「ノンフィクションをフィクションのように書いている」ということになるのかもしれない。

だが、私は「のように」書いたかもしれないが、ノンフィクションにフィクションをまじえて書いたことは一度もない。その理由はただひとつ、私には、ノンフィクションとフィクションを峻別しなくてはならないというかなり厳密なノンフィクション観、フィクション観が存在しているからだ。ノンフィクションとフィクションのあいだには超えがたい、あるいは超えてはならない一線がある。

私が「小説＊＊事件」というような、フィクションだかノンフィクションだかよくわからない曖昧な著作を好まないのも、それが事実を追求する厳しさに耐え切れないだけでなく、飛翔させるべき想像力の羽音すら聞こえてこないようなものが多いからだろう。

日本から異国に行くのに海を渡らなくてはならないように、ノンフィクションからフィクションへの移動には一本の河を渡らなくてはならないように思える。

その河は夜空に浮かぶ銀河のように、遠くから見れば細く白い線のようなものにしか見えないが、いざ渡ろうとすれば何億光年かかるかわからない広大なものであるのかもしれない。

だが、いま、もしかしたら、フィクションは銀河の向こうにあるのではなく、銀河を渡るという行為の中にあるのかもしれないと思いはじめている。私にとっての旅が、目的地ではなく、そこに至る過程の中にこそあったように。

さまざまな媒体にさまざまなかたちで書いてきたエッセイを、なんとか一冊にまとめるという繁雑な作業を引き受けてくれたのは、結婚、出産、育児という一連の大事業を、いままさに「敢行中」の武政桃永さんである。きっと忙しいだろうに、にこにこ笑いながら見事に仕上げてくださった。

さらに、この本の表紙に藤田嗣治の作品を使わせてもらうことができたのも幸運だった。なぜなら、藤田嗣治もまた、ある意味で移動することをやめない人生を送った旅人のひとりであるからだ。

選んだのは、子供たちがいろいろな職業人に扮している姿を描いた「小さな職人たち」というシリーズの一枚で、「ヴァガボンド」と題された少年の絵だった。

みすぼらしい服を着た、こましゃくれた顔つきの少年が、右手にワインの瓶を持ち、バゲットを左手に持っている。まさにヴァガボンド、放浪者そのものだ。果たしてヴァガボンドがひとつの職業と呼べるのかどうかはさておき、この少年が、なんとなく幼い頃の私と通じるものがあるような気がしてならない。それは、左手に持ったバゲットが、パンというより、なんとなくチャンバラゴッコに使う刀のように見えてしまうからかもしれない。幼い私もこんな刀をベルトに差して、チャンバラゴッコに励んでいたものだ。

果たして、この小さな放浪者はこれからどこに行こうとしているのだろう……。

沢木耕太郎

二〇一八年八月

装画：レオナール・フジタ（藤田嗣治）『放浪者』 ポーラ美術館蔵
画像提供：ポーラ美術館 / DNPartcom

装幀：新潮社装幀室

沢木耕太郎（さわき・こうたろう）

1947年東京生れ。横浜国立大学経済学部卒業。ほどなくルポライターとして出発し、鮮烈な感性と斬新な文体で注目を集める。1979年『テロルの決算』で大宅壮一ノンフィクション賞、82年に『一瞬の夏』で新田次郎文学賞。その後も『深夜特急』や『檀』など今も読み継がれる名作を次々に発表し、2006年『凍』で講談社ノンフィクション賞を、2014年に『キャパの十字架』で司馬遼太郎賞を受賞している。近年は長編小説『波の音が消えるまで』『春に散る』を刊行。その他にも『旅する力』『あなたがいる場所』『流星ひとつ』「沢木耕太郎ノンフィクション」シリーズ（全9巻）などがある。

銀《ぎん》河《が》を渡《わた》る　全《ぜん》エッセイ

発　行　2018年９月25日
４　刷　2019年３月20日

著　者　沢《さわ》木《き》耕《こう》太《た》郎《ろう》
発行者　佐藤隆信
発行所　株式会社新潮社
住　所　〒162-8711
東京都新宿区矢来町71
電　話　編集部 03-3266-5411
読者係 03-3266-5111
http://www.shinchosha.co.jp
印刷所　錦明印刷株式会社
製本所　加藤製本株式会社

乱丁・落丁本は、ご面倒ですが
小社読者係宛お送り下さい。
送料小社負担にてお取替えいたします。
価格はカバーに表示してあります。

ISBN978-4-10-327519-0 C0095

波の音が消えるまで（上巻・下巻）　沢木耕太郎

流星ひとつ　沢木耕太郎

深夜特急　第一便　黄金宮殿　沢木耕太郎

深夜特急　第三便　飛光よ、飛光よ　沢木耕太郎

凍（とう）　沢木耕太郎

あなたがいる場所　沢木耕太郎

あのマカオの地で――。青年はバカラの海に、人生の極北を見る。淫するとは、燃えつきるとは、「運命」とは。沢木ロマン迸《ほとばし》る、初のエンターテインメント長編小説！

流星のように消え去った藤圭子の、想像を超える「真実」とは。一度は封印された作品が、三十三年の時を隔てていま、新たに甦る。奇跡のノンフィクション緊急刊行！

デリーからロンドンまで、二万キロの道のりを乗合いバスで旅してやろう！　ユーラシアの果てを目指して、26歳の〈私〉は旅に出た。香港、マカオ、マレーシア、そして……。

『深夜特急』はついに、闇を駆けぬけ光り輝く海へ出た！　トルコ、ギリシャ、スペイン、ポルトガル――大西洋の風に吹かれながら私は、〝旅の終り〟を決意した……。

最強のクライマー山野井夫妻を襲った「一瞬の魔」は、美しい氷壁を死の壁に変えた。宙吊りの妻の頭上で、生きて還るために迫られた、後戻りできない選択とは――。

九つの物語《ナインストーリーズ》で呼び起こされる、あの日の記憶――少女のとまどい、少年の決断。妻の嘆き、父の絶望。痛みを超える瞬間を鮮やかに描き出す、著者初めての短編小説集。